"中国现当代名家散文典藏"编辑委员会

主　任：阎晶明
副主任：丁　帆
委　员（以姓氏笔画为序）：
　　　　止　庵　孔令燕　何　平　何向阳
　　　　李红强　张　莉　周立民　施战军
　　　　贺绍俊　臧永清

费孝通散文

人民文学出版社

图书在版编目（CIP）数据

费孝通散文／费孝通著. -- 北京：人民文学出版社，2025. --（中国现当代名家散文典藏）. -- ISBN 978-7-02-019295-3

Ⅰ. I267

中国国家版本馆 CIP 数据核字第 2025TV1492 号

责任编辑	周方舟
装帧设计	陶　雷
责任印制	张　娜

出版发行　人民文学出版社
社　　址　北京市朝内大街 166 号
邮政编码　100705

印　　刷　河北环京美印刷有限公司
经　　销　全国新华书店等

字　　数　279 千字
开　　本　880 毫米×1230 毫米　1/32
印　　张　12.125　插页 3
印　　数　1—5000
版　　次　2025 年 7 月北京第 1 版
印　　次　2025 年 7 月第 1 次印刷

书　　号　978-7-02-019295-3
定　　价　45.00 元

如有印装质量问题，请与本社图书销售中心调换。电话：010-59905336

作者像

晚报对旧作　无心论短长
路遥试马力　坎坷出文章
风卷空人口　海阔意自扬
涓滴乡土水　汇归大海洋
岁月春秋逝　老来惹夕阳
盍卷寻旧梦　江村琐事忙

题"江村屯经"中译本
赠 通华同志

费孝通
1986年12月15日
（于金陵饭店，陆
学艺汉请内陪同）

作者手稿

出版缘起

中国现代文学开启自一百多年前的一场文学革命。从此，与社会现实密切相关，普通大众可以接受、可以欣赏、可以从中得到思想启蒙和艺术享受的新文学，就如雨后春笋般生长，涌现出一篇又一篇、一部又一部影响当时、传之久远的经典作品。自"五四"新文学以来的中国现当代文学发展进程中，散文无疑是耀人眼目的明星。

散文既能直抒胸臆，又能描摹万物，因此被视为自由多样的文体；散文语言贴近日常，最易触动人们的情感，可以直接地陶冶人们的心灵。这也是经典散文被誉为美文、拥有广泛读者、历经岁月更迭仍让人捧读的原因。百余年来的中国现当代散文创作云蒸霞蔚，已莽莽如浩瀚的文学森林，人们若贸然闯入这片森林之中，时有乱花迷眼、茫然难辨之困扰。为了让广大喜爱散文的读者能够更迅捷地读到中国现当代散文的经典性作品，我们精心编选了这套"中国现当代名家散文典藏"丛书。本丛书编选过程中，我们邀请了文学界的专家学者组成编委会，在认真商讨的基础上，汇集、编选了20世纪以来中国现当代散文史上的名家、名作。目的就是方便广大读者感受散文经典的艺术魅力，有利于集中欣赏、比较阅读、收藏，以及进行相关研究。

在研究、讨论过程中，编委会形成了经典性的编选宗旨。卷帙浩繁的现当代散文作品中，以经典作家、经典作品的筛选为编选原则，是为读者提供阅读便利的需要，也是为百余年散文创作所做的某种回顾和总结。我们深知，任何一部文学经典都并非一蹴而就，也非任由某个权威命名而成，文学经典是经过时间的淘洗，经受了社会和读者等各个方面的考验，自然形成的。这个淘洗和考验的过程就是一部文学作品被经典化的过程。经典，是经典化过程的结晶。中国现代文学是中国当代文学的前身，当代文学是活在我们身边的文学，这是一件非常有趣的事，因为这样一来，我们也许就能亲眼看到一部文学作品是如何诞生的，又是如何引起社会的热议、得到不断深入阐释的，我们对一部当代散文的喜爱，往往也是在这一过程中不断地得以强化。经典便是在这样不断被阅读、被热议、被阐释的过程中得到人们的广泛肯定从而成为大家公认的经典。当我们要编选一套现当代散文经典的丛书时，就应该考虑到当代文学的这一特点，要意识到当代文学的经典并不是凝固不变的，它仍处在不断丰富和不断成熟的经典化过程之中。这就确定了我们的基本编辑思路，即我们自觉地将"中国现当代名家散文典藏"的编选和出版，视为参与到现当代散文的经典化过程的一次积极行动。经典化，为我们的编选打通了一条通往经典性的最佳通道。我们从经典化的角度来审视现当代散文，就要更强调发展和辩证的眼光，更需要发现和辨析那些正在茁壮生长中的新现象和新作品；这也提醒我们，在经典标准的确认上不能墨守成规。我们既要关注作为文学史的经典，同时又要更看重历经岁月变幻始终在广大读者中拥有良好口碑的作品。我们认为，读者是经典化过程中不可忽视的参与者，因此也希望这次"中国现当代名家散文典藏"的编选和出版，能够为广大读者参与到现当代散文经典化进程中来提供一次良好的机会。

经典化的编选思路,自然决定了这套丛书有另一特征:开放性。中国现当代文学作为活在我们身边的文学,这就意味着它是一种具有旺盛生命力的,仍在茁壮生长的文学。回望过去的一百余年,现当代散文已经产生了不少的经典性作品;凝视当下的现实,仍有许多正行走在经典化道路上的优秀作品;放眼未来,我们相信,将会有更多的经典脱颖而出。我们这套散文典藏丛书不光要"回望",而且还要有"凝视"和"放眼",也就是说,我们不光要推出已有定论的经典性作品,而且还要把那些正行走在经典化道路上的,以及刚刚萌芽即将脱颖而出的优秀作品也纳入丛书的视野,因此我们必须采取开放性的编选方针。我们不是一次性地编选数十本书就宣布大功告成了,我们还要在此基础上继续延伸下去,把在经典化进程中逐渐成熟了的作家和作品吸纳进来,作为系列丛书、长期工作、"长河"计划而接连不断地出版下去。

本丛书编辑过程中,坚持优中选优原则,同时也充分尊重作家意愿和相关版权要求。在编辑"中国现当代名家散文典藏"过程中,由于版权限制等因素,使得一些名家名作还没有如期纳入丛书当中,我们也将努力创造条件,争取将更多的优秀散文佳作奉献给读者,以呈现中国现当代散文创作的整体成就和总体风貌。

感谢广大作家的支持,感谢广大读者的厚爱。

人民文学出版社
"中国现当代名家散文典藏"编辑委员会

目 录

1 导读

第一辑

3 杜鹃与杜甫
5 植物学家龚自珍
7 一封未拆的信
12 悼锡德兰·韦柏先生
19 与时代俱逝的鲍尔温
26 雄圣甘地
32 信得过的人
36 难得难忘的良师益友
43 缅怀肯尼雅塔
49 林则徐小传
51 梁漱溟先生之所以成为思想家
53 做人要做这样的人
58 清华人的一代风骚
72 顾颉刚先生百年祭

79	人不知而不愠
97	逝者如斯而未尝往也
101	开风气　育人才
114	爱国学者的一代人
118	推己及人

第 二 辑

125	西山在滇池东岸
128	鸡足朝山记
153	为西湖不平
156	为西湖一文补笔
162	赴美访学观感点滴
175	海南曲
179	洞庭记游
183	游青海湖
186	清水人形
190	红场小记
194	游滕王阁小记
200	访天一阁
203	游什刹海

第 三 辑

213　龙胜猕猴桃
220　家乡的凤尾菇
227　盐城藕粉丸子
229　秦淮风味小吃
235　肺腑之味
240　榕城佛跳墙
246　无棣金丝枣
250　府书记的十大营养蔬菜
257　话说乡味
263　说"茶"
266　烹饪上"华味"能否胜过"洋味"

第 四 辑

271　杂草七则
276　"知我，罪我"
281　清明怀故乡
283　邦各有其道
290　雾里英伦
294　土地里长出来的文化
299　《爱的教育》之重沐
303　残疾人需要学习和就业

306　孔林片思

312　寻根絮语

322　《史记》的书生私见

326　参与超越　神游冥想

334　更高层次的文化走向

340　简述我一生的写作

345　"美美与共"和人类文明

导　读

　　费孝通的名字一直罩在人类学家和社会学家的影子里，文学天赋反而被淡化了。如果不是从事学术研究工作，他很可能成为一名杰出的作家。从其文章的体式和韵律看，与民国的京派文人的笔记比，并不逊色，有的甚至还颇多神采。而他的《乡土中国》一直在流行，半是因了学问之好，半是得益于文史的修养，其述学文本可作文学作品来读。这种现象，说起来颇有意思。

　　从20世纪30年代开始，他的文章便已经显出特质来，行文轻松，谈吐自如，冷寂、清幽的笔调散出鲜活之味。精神扩散于象牙塔外，看人看事，都在开阔的时空里。这避免了一般文人的过度内敛，能够在不同的语境里发现己身和世界的隐秘。他幼时在苏州一带受过良好的古代辞章的熏陶，江南水乡的文气渗入生命的深处，出笔之处便有灵动之思。如果不是到了燕京大学、清华大学读书，以及后来留学英国，他也许会成为江南名士也说不定。

　　严格来说，散文随笔写作，他只是偶而为之，并不倾注于文学创作。内心所思，多为社会生命形态与文化形态里的经纬，常常在田野调查与风物考古中思考世相。这是西方知识人才有的方式，学理的层面仿佛有无限深远之地，吸引其探之、究之，于是描前人未见之景，听到他人难明之音。但这种考察，与太史公的云游，徐霞客的行吟，未尝没有相似的一面，即便是学术味道很浓的著述，我们也能闻出诗的味道品出画的情境。也由于此，他的写作，科学理性之旁，不仅仅多了鲜活的实证精神，有时候不乏古人文章里的意象。那么说他既会概念演绎，也能形象思维，二者是相得益彰的。

看他三四十年代的散文，明显带有京派文人的气息，西学的痕迹泛出智性，内觉中也有深意，并无激进的冲动和轰鸣。这或许受到英国学人的影响视角与国内文坛中人并不一样，思考现象界的问题，有外在于既定经验的眼光，但这种眼光也带有中土的色调，与西化的思想略有差异，这是冯至、杨绛的文章偶能见到的片影。在动荡的 20 世纪的烟云里，他眼里的世界不仅有恒定不变的民族性的光点，也能够看到不同文明碰撞时的莫测的风向。环顾四野，定位己身，在古今中外多个维度思考问题时，其文词中波动、变换之影里流动的情思，叠印的光泽是忽明忽暗的。

就写作而言，费孝通的母语是被异质文化之风吹拂过的，他不仅仅从马林诺斯基那里学到人类学的要义，也由此接触了非洲同学肯尼雅塔，这位后来成为肯尼亚总统的学者，以自己的人格和情怀，改写了祖国的历史，对于费孝通的冲击可谓不浅。他在文章中礼赞过许多域外思想者。锡德兰·韦柏，鲍尔温，圣雄甘地等，都在思想层面给东方人颇多启示。费孝通描述这些人物，能够捕捉到精神气质中核心的元素，态度也非传统文人那种温吞和暧昧。这些逆俗的理念也成为他映照国内学者与思想者的另一面镜子，而他的文章所以耐读，是因常常有镜内之像和镜外之像。

所谓镜内之像，是存在的本然之色，他的乡土调查和实地体验，所获的知识带有泥土气，而非书卷气。而镜外之像则是汉文明之外的它者之形，其中包括民俗、信仰、宗教、哲学等等。后者使他重新发现了母语和故土文明的特质，而改变其落后之处，发扬其固有之光，便有了可能。所以，他的写作不是自我的倾诉、自恋之语，而是寻路与筑路之劳作。发现的快慰与创造的快乐，在文字间常可感受到。

倘若要了解现代学术思想的变迁，费孝通的散文提供的话题不无价值。他的文章记录了自己与学界的多重关系，那些关于吴文藻、顾颉刚、闻一多的文字，描述了现代学术在中国建立的多难过程。他受益于前辈的智慧，但也不同于许多京派学人。比如他谈及顾颉刚，就批评了那治学方式的简单化，显然视野高于前者。这些文字是他短章中精彩的部分，于学理中见卓思，在读人中有智慧。他的《难得难忘的良师益友》《做人要做这样的人》《人不知而不愠》《逝者如斯而未尝往也》记录了一般作家未见的另一知识群落。就方法与趣味而言，在20世纪皆非流行的灵思，但内中涵盖的思想，则往往又是知识群落最为忽略的遗存。礼赞龚自珍、闻一多，而描述这些人的辞章又非文人的调子，在格调上与同代作家颇为不同，古风之中有人类学的元素，境界上也就溢出传统路径，有了一般文章所没有的宽度。

费孝通一生走过许多偏僻之地。年轻时就深入广西瑶寨作风俗调查，后来研究江村经济，对于苏南、长江三角洲都有细心的研究，而晚年又几去边疆，访问雪山大地，对于华夏地理沿革，颇多心得。他记录所走之地常有发现，读出深层的文化肌理。所写风景不是蜻蜓点水，每每有精意闪动。他自己喜欢司马迁、苏轼这类人物，历史在心头不是几条概念，而是风声水声与人声的交织，精神之旗是飘动的。与现代散文家的风物描写不同，他的文章透出学识、智慧，可称得上寓识于美，转智成趣。所以，那些山水之作，就跳出一般文人感受，村落与古街背后的历史之影，悄然而来，在与古人对视的片刻，道出淹没的遗存里的幽魂，那就比一般游记多了知识考古的趣味。

除了山水之乐外，费孝通对于美食的描述，境界上也别具一格。他的陈述带有亲历性的真观，而口吻里却多为学识。写那些天下美食，不是沉醉其间，而是带出社会学家的才识，讲述生活的美之外，还有创造的快乐。那里有考据，含传说，带追问，将社会这个课堂的声音变为思想的流水，滚动着诸多巧思妙想。所以不觉得轻薄单一，总有背后的旋律在。这是深味民俗的审美，而非审美中的民俗。后者是京派文人常有的叙述逻辑，而费孝通则与之相反，由宽而窄，举重若轻中，隐含的意味也款款而出。这种写法，看似平常，实则出奇的地方很多，对于生活的体味，不在狭窄的趣味里，而是带出盘诘、自省和梦幻。既是审美的独白，也是学识的弥散。现代以来，如此风格的写作，的确不多。

在费孝通的作品里，多为传统士大夫漠视的存在，衣食住行、生死信仰，谣俗之风，在他笔下获得另一种意义。他很少讨论六合之外的形而上的存在，而是用对于生态文明的一种调适的态度，积极用世，又非功利主义；爱智多识，且不满足以往。这就不同于胡适传统，和鲁迅传统也有很大的距离。他的思想，从人类学的谱系中回到儒家，但又非经学里的孔学之意，而是在更高的层面的仁爱思想。孔子的从正面入手研究事理的方式，影响了他进入学术和写作的方式，但他又觉得延伸孔子思想，当有世界主义意识，这就是在差异性文明中，提倡"各美其美，美人之美"主张。可以说，传统思想资源，在他那里不再是没有活力的死水，而成了流动的精神之河。

也由于此，费孝通贡献给学界与文坛的是有着生气的文本。他笔下的边寨、古镇、荒原，获得了另一种意义。寻常之物，亦有可为者。于是目光所及，常含佳趣。这佳趣不是悬挂在空中楼阁里的飘渺之美，浪漫之美，而是在复杂经验里升腾的一种人文之梦。山水之于他，不是静的存在，他自己也非乡土的过客。他的生命深深地介入到广袤的土地，那些草木河流，都与自己有关。这样的时候，我们看到的是他的异样的文格：困而不悲，难而不惧，苦而不哀。读先生的文章，可得学识,不乏真气,周身是纯然之风。这让人想起柳田国男、柳宗悦的写作,思想来源于大地,智慧得之于生活。古都知识人习以为常的书写习惯与思想习惯,在他那里被颠倒过来。许多年后,重读先生的文章,不觉得过时,原因大概在此。

孙　郁

2025 年 4 月 15 日

第 一 辑

杜鹃与杜甫

我不识杜鹃,亦未听见过杜鹃的鸣声。即或听见过,亦因与杜鹃素不相识之故,未及倾耳细味。但是为了杜鹃在中国文学上却久已成了一个很普遍的题材,所以我意想中的杜鹃也成了一种神秘的"诗鸟"了。

我屡次想寻一个机会和杜鹃诗鸟一见,并且常喜搜集关于这诗鸟的记载,但是为了自己学识浅陋的缘故,好久得不到良好的结果。犹记得在姜尚愚先生教我们历史时,曾一度讲起它,并且转述其鸣声。惟隔了两年的现在,实在追忆不起了。

由诗鸟杜鹃,常联想到诗人杜甫。这种联想虽是一种极可笑的事,但是在相同的"诗"和"杜"两字上,或未始不可强为相联。

在杜甫的两首诗上——《杜鹃行》和《杜鹃》——使我更认为有相联的可能了。

"君不见昔日蜀天子,化作杜鹃似老乌。寄巢生子不自啄,群鸟至今与哺雏。虽同君臣有旧礼,骨肉满眼身羁孤。业工窜伏深树里,四月五月偏号呼。其声哀痛口流血,所诉何事常区区。尔岂摧残始发愤,羞带羽翮伤形愚。苍天变化谁料得,万事反覆何所无。万事反覆何所无,岂忆当殿群臣趋。"

"西川有杜鹃,东川无杜鹃。涪万无杜鹃,云安有杜鹃。我昔游锦城,结庐锦水边。有竹一顷余,乔木上参天。杜鹃暮春至,哀哀叫其间。我见常再拜,重是古帝魂。生子百鸟巢,百鸟不敢嗔。仍为喂其子,礼若奉至尊。鸿雁及鸒羊,有礼太古前。行飞与跪乳，识序如知恩。圣贤古法则，付与后世传。君看禽鸟情，犹解事杜鹃。今忽暮春间，值我病经年。身病不能拜，泪下如迸泉。"

照传说上说："蜀之先，肇于人皇之际；其后有王者曰杜宇，称帝曰望帝。后化作杜鹃，人民见鹃鸣而思望帝。"

杜鹃是望帝的化身，久已为人所公认。所以杜甫见群鸟的"礼若奉至尊"，不免要引想起当时乱世的君不君，臣不臣的现象。加上他怀才不遇的感慨，如何能禁不放声一唱！他想，若果真在这乱世里出了一位赤心的明君，他一定愿和百鸟的待杜鹃一般的侍奉和扶助他。就是一个"寄巢生子不自啄"的皇帝，也愿"百鸟不敢嗔，仍为喂其子"的"礼若奉至尊"。但是可怜，在这禽鸟都不如的人类；在湮灭失传了人伦礼法的人类；在除了互相残杀和争斗外，毫无其他合乎人道作为的人类里，既无明君可寻，更没顺民可求！所以他不能不反而去歌颂禽鸟地说："鸿雁及羔羊，有礼太古前。行飞与跪乳，识序如知恩。圣贤古法则，付与后世传。君看禽鸟情，犹解事杜鹃。"

进一层，他就把杜鹃认作了他想像中的明君了。所以他"我见常再拜"，以致一旦"身病不能拜"，就"泪下如迸泉"了。

依我这种无谓的牵引起来，杜鹃与杜甫，却发生了君臣关系了。我为了崇拜诗人杜甫，更不能不急欲一见杜甫的"明君"诗鸟杜鹃了。

前天在徐志摩的《巴黎的鳞爪》上读了一篇济慈的《夜莺歌》，在"其声哀痛口流血"一点，我又疑心济慈的夜莺即杜甫的杜鹃了，惟其所不同者济慈以夜莺自比，杜甫以杜鹃比明君罢了。

1927年11月28日晚草于东吴一中

植物学家龚自珍

在暑假时，因青哥很喜读龚自珍的文章，所以把一部久藏在书架角里，连我见都没有见过的《定盦全集》，移放在天天遇见的书桌上了。

我因为它外观既不美观，翻开来又是每行里至少有两个以上的奇怪生字，所以我恨透了它。但是在晚上乘凉时青哥常大赞而特赞龚自珍的笔法什样有奇气，什样有色彩。他常背了几段给我听，我虽则似懂非懂，但是却常给他引得发笑起来，因为龚先生的文章里常有许多奇怪的植物名字，真和植物学教科书一般。

后来我顽性敌不过青哥的引诱，也跟胡乱的读了几篇。虽则不用心的去读，不会增进什么知识，但是龚自珍之为植物学家，却给我证实了。只要看他几篇游记，他没有一处不在百忙里夹述两句关于植物的记载，而且用他植物学家的眼光来分析："这是什么名称？这种植物出产在何处？产在这里的植物比产在那里的好是坏……"

举几个例来说：

《说京师翠微山》："……草木有江东之'玉兰'，有'苹婆'有巨'松''柏'，杂华靡靡芬腴……泉之上有四'松'焉，'松'之皮白，皆百尺……不忘龙泉，尤不忘'松'。昔者余游苏州之邓尉山，有四'松'焉，形偃神飞，白昼若雷雨，四'松'之蔽可千亩。平生至是，见'八松'矣。邓尉之'松'放，翠微之'松'肃；邓尉之'松'古之逸，翠微之'松'古之直；邓尉之

'松',殆不知天地为何物,翠微之'松',天地间不可无是'松'者也!"

《说昌平州》:"……其谷宜'麦'亦宜'稻'……其木多'文杏','苹婆','柿','棠梨'……"

《说天寿山》:"山多'文杏',春正月而华,山之势尊,故木之华也先;山气厚,故木之华也怒。山深,故春甚寒,深且固,故虽寒而不冽……"

《说居庸关》:"……木多'文杏','苹婆','棠梨',皆怒华……"

《记王隐君》:"……出门遇'梅'一株,方作华……桥外大小两树依倚立,一'杏',一'乌桕'。"

《重过扬州记》:"……阜有'桂',水有'芙','藁','菱','茨'……"

综合以上所举的几篇里,关于植物的记载已不下十余种。若他不是植物学家,如何会识这许多连我们听都没有听过,见都没有见过的各种植物,如"苹婆","玉兰","芙","藁"这些东西呢?更加上了他建造了病梅馆去医疗病梅,所以参互求之龚自珍之为植物学家无疑了。

但是龚自珍的植物学家,固异于现在的植物学,他所研究的是"气",而近代植物学家所研究的是"质",易言之,龚自珍是个艺术化的植物学家,不是科学化的植物学家。但是无论如何,在龚自珍文学家的尊号上,总是可以套得上植物学家的尊号的罢。

1927年11月30日于东吴一中

一封未拆的信

——纪念老师沈骊英先生

从我们魁阁走上公路，向北，约摸半个钟点的路程，就到三岔口。中央农业实验所有一个分站疏散在这村子里。疏散在附近的文化机关时常有往来，大家用所在地的名称作各个机关的绰号。三岔口的徐季吾先生上下车站，便道常来我们魁阁，我们星期天有闲也常去三岔口望他。在一次闲谈中徐先生讲起了沈骊英先生。

"沈先生是我的老师，"我这样说，"我在小学时，最喜欢的老师就是她。"

我停了一忽，接着说：

"说来这已是二十多年前的事了。最后一次见着她是在东吴的校门前，那时候我就在这大学的附中里念书。我母亲去世不久，她是我母亲的朋友，一路和我说了许多关于我生活细节的话。中学时代的孩子最怕听这些，尤其像我这种乱哄哄的人，一天到晚真不知干些什么，她那时所说的，听过也就忘了。但是，我一闭眼，还记得这位老师的笑容。一副近视眼，一个拖在脑后梳得松松的髻。那时看来算是相当时髦的。至少，她所穿那件红方格子带裙子的衣服，在我印象里是件标准的西装——"

我一面说着，二十多年前的印象似乎愈来愈逼真：天赐庄夹道的两道红墙，东吴大门口的那棵大树——在这地方我们分手了。本来是路上偶然相逢，你想，一个十五六岁的男孩子在路上遇着了他幼年的女教师，怎么会说得上什么清楚的话？手插在裤袋里，脸红红的,眼睛潮润润地,只怕有哪个同学看见,多不好意思?

徐先生打断了我的回忆,"沈先生不是在苏州那个女学校里教过书的么?怎会教得着你的呢?"

十多年前,我如果听到这话,一定要脸红,决不会接着说:"是呀,我是在女学校里长大的呀。"徐先生好奇地听我说下去:"那个学校名叫振华。苏州人大概都知道这学校。现在的校址是织造府。苏州的织造府谁不知道?这就是曹雪芹住过的地方,据说他所描写的大观园就依这个织造府作蓝本的。"

我在中学里时,最怕是有人提起我的来历;愈是怕,愈成了同学们取笑的把柄。"女学生!"——在这种心理压力之下,我怎么会有勇气,在我女老师的身边并排着走?校门救了我,我飞跑似的冲进铁门,头也不敢回,甚至连"再会"两字也没有说。可是,虽则这样鲁莽,我却并没有这样容易把这事忘却,二十多年后,还是这样清楚的记得:那副眼镜,那件红方格的西装和温存的语调。

我进高小刚是十岁,初次从小镇里搬到苏州。羸弱多病使我的母亲不敢把我送入普通的小学。振华靠近我们所住的地方,是我母亲的朋友王季玉先生所办的,而且是个女学,理论上说女孩子不像男孩子那样喜欢欺负人,至少欺负时不太动用武力。不久我成了这女学校里少数男学生之一。入学时我母亲还特地送我去,那时校址是在十全街,就在那时我被介绍给这位沈先生。以后她常带我到她的房里去,她房里的样子现在已模糊了,只记得她窗外满墙的迎春花,黄黄的一片。当时,沈先生,我后来总是这样称呼她,其实还是和这一片黄花一样的时代,但是在我却免不了认为她已经属于"什么都懂,什么都能"的伟大人物那一类了。我当初总有一点羞涩,也有一些异样:在四年的小学中,老师在我是一个可怕的人物，打手心的是他，罚立壁角的也是他，一个似乎不太讲理，永远也不会明白孩子们心情的权威。可是这个老师却会拉着我的手，满面是笑容，是个手里没有戒尺的人，这使我不太明白。我想，我那时一定没有勇气望着她的眼，不然，我怎会现在只记得满墙的迎春花呢？

沈先生教我算学，每次做练习，我总是第一个交卷。习题做快了，又不重看一遍，不免时常把6写成8，2写成3。"这样一个粗心大意的孩子！"其实我的心哪里是在做算学？课堂外的世界在招惹我。可怪的是沈先生从来没有打过这个顽皮的手心，或禁闭过这个冒失的孩子。她望着我这匆忙的神色，忙乱的步伐，微微的摇着头："孩子们，你们什么时候才会定心做一个算题？"

过了有十年的一个暑假，我在沪江的暑期学校里选了三门算学课程，天气热得像是坐在蒸笼里，我伏在桌子上做题解；入晚靠窗眺望黄浦江的烟景，一个个还是几何的图形。我不知为什么，一直到现在还是记不住历史上的人名，地理上的地名，而对于数字并不怎么怕；若是有理由可说的，该是我高小里历史和地理的教师并不是姓沈的缘故罢。多少孩子们的兴趣在给老师们铲除送终？等大学毕业，一个人对于学术前途还没有全被封锁的，该算是很稀少的例外了。

我的性格也许是很不宜于算学的，可是为了有这个启蒙的教师，我竟为了它牺牲了一个可以夏游的暑天。

从那天偶尔在街上见面之后，我一直没有见过这位老师。我也没有去想着她的理由。天上的雨，灌溉了草木，人家看到苍翠，甚至草木也欣然自感茂盛，雨水已经没入了泥土，没有它的事了。多少小学里的教师们，一天天，一年年把孩子们培养着，可是，培养了出来，向广阔的天地间一送，谁还记得他们呢？孩子们的眼睛望着前面，不常回头的。小学教师们的功绩也就这样被埋葬在不常露面的记忆之中了。

一直到徐季吾先生说起了沈骊英先生在中央农业实验所服务，我才引起了这一段内疚。其实，如果不是我当时也在教书，也许这段内疚都不会发生。人情原是这样的。我问起沈先生的生活，徐先生这样和我说：

"她已是一个一群孩子的好母亲，同时也已成了我们种麦的农民们的恩人了。华北所种的那些改良麦种就是她试验成功的。她从南京逃难出来，自己的衣服什物都没有带，可是，亏她的，我们所里那些麦种却一粒不漏的运到了重庆。我们现在在云南所推广的麦种，还不是她带进来的种子所培植出来的？所里的人都爱她。她是所长的太太，但是，她的地位并不是从她先生身上套取来的，相反的，她帮了她先生为所里立下这一项最成功的成绩。"

我听着了，不知为什么心跳得特别快，皮肤上起一阵冷。一个被认为早已"完成"了的小学里的老师，在我们分离的二十多年中，竟会生长得比她的学生更快。她并没有停留，她默默的做了一件中国科学界里罕有的大事。改良麦种，听来似乎很简单，可是，这是一件多繁重的事？麦子的花开得已经看不清楚，每朵花要轻手轻脚的包好，防止野蜂带来了野种。花熟了，又要一朵朵的把选择好的花粉加上去。如果"粗心大意"，一错就要耽搁一年。一年！多少农民的收入要等一年才能增加？

家务，疾病，战争，在阻碍她的成功，可是并没有打击倒她。她所改良的麦种已经在广大的华北平原，甚至在这西南偏僻的山国里，到处在农民的爱护中推广了。

我从三岔口回来，坐在魁阁的西窗边，写了一封将近五张纸长的信给我这二十年没见过面，通过消息的老师。我写完这信，心上像是放下了一块石头。我想，任何一个老师在读着他多年前学生的信，一封表示世界上还没有把老师完全丢在脑后的学生的信，应当是一件高兴的事。我更向她说："当你在试验室里工作得疲乏的时候，你可以想到有一个曾经受过你教育的孩子，为了要对得起他的老师，也在另一个性质不同的试验室里感觉到工作后疲乏的可贵。我可以告慰你的不过是这一些。让我再加一笔，请你原谅我，我还是像在你班上时那样粗心大意，现在还没有定心做过一个算题。"

我把这信挂号递给呈贡的邮局，屈指数日子，盼望得到一封会使我兴奋的回信。

不到一个星期，徐季吾先生特地到魁阁来报告我一个消息：沈骊英先生脑充血死在她的试验室里。我还是坐在靠西窗的椅子上，隔着松树，远远是一片波光，这不是开迎春花的时节，但是波光闪烁处，还不是开遍了这黄花？

又过了一个星期，我寄出的信退了回来，加了一个信封，没有夹什么字。再没有人去拆这封信了，我把它投入了炉子里。

1946 年 1 月 11 日

悼锡德兰·韦柏先生

能及身见到自己孕育、保养、栽培、提携的理想长大、成年、发华、结实的人物是历史上所罕有的，而英国费边社会主义的首创者，工党之父，锡德兰·韦柏先生(Sidney James Web)，即柏斯斐德公爵 Lord Passfield)却是罕有者之中的一个。他以八十九岁的高龄，在工党政府调整阵容，以壮健的自信迎接英国近代最艰难的第三届国会的前夕，与此深深刻上他思想烙印的祖国，与此正徘徊在和平歧路，受着左右思潮激荡，已近迷惑的世界，长辞永诀了。如果还有人对这已为人间服务了超过半个世纪的记录觉得不足，真未免贪婪；我们只有抱怨上天对英国的偏心，竟这样的不吝啬人杰，让这蕞尔岛国上，在过去百年中，聚集着这样多不世出的才智，而且，怎能使人不妒忌，又给他们这样长的寿命？至今还有萧翁硕果独存；以经验，讲历史。就是这些老而不旧，历久而不顽固的人物，支持着英国社会兴替的秩序，变迁得这样深，这样快，而依然有条不紊，从容有度；革命不需流血的光荣成就。

可是，韦柏先生的逝世还是使人感觉到一种无可补偿的损失，好像寿命给他这种人的限制是不公道的。读他书的人从不会想到他的年纪；他的思想永远不过时，只要是他还活着。七十八岁的时候，他还会写出一千二百页的巨著，而且这巨著却又是对苏联社会最公平的介绍和批评。年龄竟成了复利的母金。谁会不私下猜想："当他过百岁生日时会给我们什么宝贵的纪念品了？"他永逝的消息带来的怎能不是失望，一种似乎不应当有，但又是免不了的私怨，放走了一个缺不得但又留不住的客人一般的怅惘，一种寂寞，一种空虚。

这时我又想起了斯宾塞 Spencer，那一个汇集英国个人主义时代的大成的哲人，弥留时，韦柏夫人向他说的话了。她说："当我们丧失你的时候，我们会觉得你是不能缺的。"和空气一样：有时，太自然了，不希奇的；没有时，那才是不得了。我们实在不应让上帝把韦柏先生召回天国，我们人间还不能缺他；这是他：缓冲了现代工业所带来的阶级争斗。这是他：筑下了个人主义到社会主义的桥梁；这是他：豁免了英国，可能是全世界，一次左右壁垒分裂所会引起的流血悲剧。如果我们没有沙迷了眼睛，怎能说：这已是他功德完成的日子？

——但是，这是我们过分的奢望。也许，我们应当让他安息了。他已指出了这条维持人类文明的道路，走不走应是我们自己的选择。

韦柏先生的传记是平淡的：没有马克思的流亡，没有拿破仑的长征，甚至连罗斯福的小儿麻痹症都没有。他不像穆勒一般七岁能文，他也不像小彼得一般弱冠执政——他虽则没有这些，但是对时代的贡献却不下于任何一人。

他这平淡的一生开始在一个平常的家庭里，像19世纪中叶英国中层阶级的其他家庭一般的平常，平常得不时夹着些恼人的贫窘。但是不时的贫窘并没有剥夺他受教育的机会。十六岁结束了他的学校生活，在一个经纪人的写字间里当个小书记。这工作并没有阻碍他求学的生活。三年的自修使他能通过文官考试进入公务职位。按部就班的连续应试，二十二岁升到了最高级的书记官的地位。公务又限制不了他的学业,公余他在法律学院上学,经过十年,使他能辞去公务,执律师业。

三十三岁起,开始他提倡社会主义的政治生涯。他那时被选入了伦敦地方议会。他的从政却和别人不同。多年公务员生活和他善于思索,不懈观察的性格,使他对于政治,尤其是行政制度,发生研究的兴趣。他参加政治的动机并不在个人事业的发展,而是想从实地经验中去了解英国政治制度的情况。从那时起,他开始写他那七大巨册的《英国地方政治制度史》,在他平生的著作中,还只是极小的一部。

他平淡的传记中惟一略具色彩的节目是他的婚姻(假如他迟生半个世纪,他这种婚姻也并不能说有任何别致之处)。他的夫人裴屈莱斯·波特 Beatrice Potter 是伦敦有名的望族九姊妹之一(另一个姊妹就是现任经济部长的克利浦斯的母亲),自幼跟从父友斯宾塞学习,眼看这独身的哲学家怎样一页一页地写成他的名著《综合哲学》,可是她却在个人主义的渊源里蜕化出了社会主义的根苗。从社会地位讲,这一宗婚事,在当时看来,是相当"非常"的。也许从性格上看去,也不易使人能预料到他们的结合。韦柏先生平稳的性格一如他平稳的身世,是个不易激动,理胜于情,胸无城府,坦白易近的人,而他的夫人却是个感应极锐利,悟性极敏捷,而且又是富于清教徒的道德观念的人。可是这许多距离却阻挡不住这两人的结合,共同的兴趣结合了他们,他们的结合又产生了共同的事业。自从结合之后,他们的事业实在是"共同"的:写的书是共同的,不但一同搜集材料,一同讨论,连写出来的文字,都分不出是谁起的草。Sidney and Beatrice Webb 像是一个作家的笔名。没有人能想像假如锡德兰不加上裴屈莱斯英国文坛会有怎样的损失;损失是一定的,自从 1943 年裴屈莱斯死后,锡德兰从没有再出版过一本书。这四年的寂寞生活可能是韦柏先生成年之后贡献最少的四年。

"费边"Fabian 像是韦柏夫妇的绰号,他们不但是费边社的开创者中的要角,而且一直是该社的台柱,虽则他们并不是开创者之中最后去世的人物,只差萧翁一位。费边本是古罗马名将,他采用迁延战术击败汉业堡。这字因之用来指缓进主义。韦柏夫妇采用此名来称他们的学社表示他们所主张的是:慢慢的,用正常的民主政治方式,争取国会里的名额,去实现社会主义的立法。这方法比了马克思所主张革命的方式是缓进的,是迁延的,所以是费边的。

激进的社会主义认为"费边"是条盲巷。因为他们认为民主政治只有在对于资本主义下的特权阶级有利的时代方能存在,如果这方式会威胁他们的特权时,他们立刻会取消这种方式,不等到你能用这方式去打击他们时,这方式本身已经不见了。这说法自有相当根据。民主政治是协商的政治,是同意的政治。如果有力者不愿协商,不愿同意,这种政治自然不能成立。因之,民主政治的最后试验是在社会上有力分子是否能因大多数人民的意见而放弃他们的权力和特权,不去破坏这政治的方式。激进社会主义认为天下不会有已经执到权力,已经得到特权的人,不想尽一切方法,包括暴力,去维持权力和特权的,所以夺取权力,消灭特权,不可能不用暴力。

费边社会主义却说:"让我们试试看。我们英国人也许可能不需要暴力的。这样说好不好?只有在不尊重民意,想靠暴力来维持少数人特权的地方,才会发生暴力革命,所以如果我们能说服这少数人,使他们明白在暴力革命丧失特权不如自动的放弃为上算,暴力革命不是就能避免了么？我们相信英国人可以有这一点聪明。"

韦柏先生不但说这是可能的，而且要使这可能性实现。他教育和组织人民，领导他们争取应得的政治和经济的权利。他尽力说服对方：辩论、著作，用事实证明他的看法，要求大家以理智和远见来求公共的幸福——这是他一生的事业。

在教育事业上，他最大的成就是创立伦敦经济政治学院——校友里包括现在政府领袖艾德礼，唐尔登，诺贝干等，把社会科学列入大学课程中。他创刊《新政治家》周刊，一直到现在还是英国有力的进步舆论的发言者。他主持费边社的研究计划，对英国社会制度的各方面作详尽的研究，历史性的和实地调查性的研究报告陆续发行，使英国人民对于自己的社会有充分的了解，了解是理智的开始。

在组织事业上，除了他所主持的费边社外，他促进了工党的成立。工党是费边主义的实验。他呼吁劳工阶级团结，参加选举，进入国会，执掌政权，实行社会主义立法。1915年，他自己出任工党的全国执行委员，主持工党政策的厘定。1919年他被选入国会。1929年在工党政府里，他担任商业局主席，他举行了一次空前的英国工商业调查，是后来经济计划的基础。这时他已经是七十岁的人了。他力求退出实际政治，因为他明白他的贡献并不应限制在日常的公务上。但是政府不肯放他，他又入过一次阁，一直到1931年才达到这愿望。

他所参加的那次工党政府，并没有在国会里把握绝对多数，所以实验的结果并不能使他满意。英国的特权阶级固然比别国聪明，并不想破坏民主政治来保障自己的特权，因为他们知道这样做并不能有效的，但是也并不像他所希望的那样肯轻易放弃特权。工党政府终于垮了台，韦柏先生默默的在思考着这些基本问题。在1923年他已经在《资本主义文明的腐败》一书中指出了这困难：资本主义并不肯自动的退让。他于是研究苏联的革命，他偕同夫人一起亲身到苏联去视察，1935年，他那部介绍和批评苏联的巨著《苏维埃共产主义，一个新的文明？》出版，这是他最后一部巨著。

从那时起，世界已进入一个将到的大风暴。东方的日本烧起了侵略的火焰，欧洲的反动势力从西班牙入手，终于把英国卷入了战火之中。在战争中，韦柏先生似乎给人所遗忘了。但是他没有忘情于这个多难的世界，他厌恶暴力，而暴力正支配着整个欧陆；他怀爱民主，而民主已成了软弱无能的罪名。他一生的信仰正在遭受火的考验。这时已不再是话和笔，而是血和肉的答辩。在这最危急的时候，1943年，形影相依，偕老白头的裴屈莱斯，受不住这丧乱和忧患，先他去世。这一切的打击对他是深切的。但是他还活着，他要得到一个答复，才愿意长辞永息。

1945年带来了他所盼望的历史的答复：法西斯崩溃，民主政治得到了最后胜利。这还不够，7月26日，他微笑了；英国又成功了一次不流血的革命，他一生所努力的目标，工党在民主政治正轨上获得了政权，而且在国会里得到了绝对多数的地位。他祝福他自己培育出来的子女们：

"现在可成功了。"

韦柏先生是有耐性的，他是费边。费边不怕失败，因为缓进就是节节失败，节节上进的意思；这和急功相反。谁也说不定英国是否能保持这革命不流血的记录，但是，这是一个值得宝贵的理想。在这刚受暴力摧残过的世界上，这理想更值得宝贵，更值得爱护。

我们留不住韦柏先生,但是他所带给我们的理想却不能让它轻易离开这人间。

         1947年10月31日于清华胜因院

与时代俱逝的鲍尔温

恕我又一度的在英伦传来的丧钟声里写这类追悼的文字。时代汹涌激荡，浪花四溅里更显得滚滚巨流的浩荡无涯。千古人物，来去匆匆；今昨之间，宛如隔世——历史刚要翻过一页，史坦利·鲍尔温 Stanley Baldwin 的名字轻轻的在书角卷影里溜过了我们的眼梢。要过去的终于过去了。

威斯敏士特的巴力门在正为游丝将断的外长会议所烦忧的气氛中（12月15日），议长宣布了为前首相鲍尔温致哀的仪式，静默中带来了多少人不同的回忆。十一年前就在这屋顶之下发表皇储逊位的英雄，曾不断的受过当今议席上占着多数的人们的咒诅（这个从来没有被工党所饶赦过的铁腕），但是在这天的哀悼中却没有了仇恨，恩怨在巴力门里，真可以像伦敦的雾一样容易浓，一样容易消。共党的议员 Gallacher 并非例外，他说："希望没有什么话，没有什么事，会在现在说来和做来，去打搅他的安息。"像是失去了一个朋友，虽则生前他们对他从来没有表示过亲热。

鲍尔温象征着过去的英国；他是个典型的一代人物，那正在消逝中的一代；那简朴，认真，坚韧，拘谨，保守，自负的人物。承继着宏伟但是森严的祖业；在这巨邸里多的是过去的光辉，但时间已蒙上了陈旧的一层；望去虽不失香色古雅，接触上却冷酷没有温情；不但如此，骨子里已经腐蚀，门面固然还算完整——那两次大战之间的英国。

两次大战之间的英国是曾在19世纪蓬勃地创造帝国伟业的资产阶级，在战争的亏耗，列强的争霸，殖民地的反抗以及打击下，艰苦撑持的衰落局面。从现在看来，也正可以说是这阶级最后的挣扎。鲍尔温的差使并不是愉快的。他要在英国传统民主所允许的方式中遏制那就是从传统民主精神所孕育出来的一个新势力，要求经济民主的新势力。这曾领导过英国人民向封建社会要求解放的资产阶级，经过了几个世纪，终于造下了个贫富悬殊的资本主义社会。经济上的不平等使早年所标榜的政治平等和自由失去了真实的内容，劳工群众并不能公平的分享工业所带来的优裕生活。当他们想从政治民主中去要求经济民主时，面前却横着个有经验，有才干，有决心的保守势力挡着路。

具有悠久渊源的英国新贵族，资产阶级，是优秀的，不是腐败的。从他们自己的利益说，是负责的，有为的；从相反的利益看去，是狡猾的，老练的。他们不是暴发户，不嚣张，沉得住气，计算周到，行动阴险，"假冒为善"因之也成了咒诅他们的确当名词。如果人类历史里缺不了一段以个人来负责积聚财富，扩大生产力，建立有效的经济组织，把人们从封建和乡土性的生活中解放出来的过程，英国资产阶级确是完成这任务最合式的人物。英国资本主义社会的式微，并不是由于资产阶级的人谋不臧，而是时势的改变。像鲍尔温，像丘吉尔，以他们所代表的利益来评价，不能不承认都是一代人杰。

英国历史上缺乏拿破仑式的人物，把个人权力的扩大和维持作为他行动的枢纽；英国的政治家常是利益集团的公仆，他们个人的毁誉和所代表的利益的毁誉，因之也应当分别而论。在英国人的眼光中,公私的界限从不相混,私人间的友谊尽可跨党,他们也从不吝啬对异党的精彩表演报以会心的微笑,甚至热烈的鼓掌。下棋的不会恨毒对手的妙着。

鲍尔温在异党支配下的巴力门里能赢得全场真挚的哀悼,并不是靠他一生的政绩,而是靠他始终如一的政治风度。他的风度,别国人士也许很难欣赏,却正是英国式的。

他在首次组阁的演说中引为最足以自豪的,不是他政策的高超,而是在他内阁里半数以上的阁员是他中学的同学。这一个小小的插话,引起了全场的赞许。只有英国人会这样。英国当时从政的人物大多经过贵族性的教育,最著名的是两个中学,伊登和罗培。在他们的教育中最注重的不是技术,也不是学识,而是在社会生活中所需的组织力,责任性和领袖气魄。这些表现得最清楚的是在团体竞赛中,所以足球和赛船在他们学校生活竟成为近于仪式性的大事。在这里他们要实践传统的基本道德:fair play,sportsmanship 那一套很难找到确当翻译的精神。这些精神就是他们政治的基础。鲍尔温这小小的插话表白了他将谨守"队长"的任务,也是保证了他有遵从传统精神的决心。

在他退休的告别辞里,他又说,最使他安慰的是他有机会把他的地位传授给张伯伦,因为他早年曾受知于张氏之门,得之于张氏的还之于张氏,无愧于心。这并不是私相授受,把国事看成家事。这一层他不必顾忌,因为首相的地位是要经过在朝党的推荐,他并无决定之权。他这样说却表示了"自己不过是个别人的公仆",对政权没有私心的贪婪。英国人喜欢这态度。

再说他的退休,这在英国历史上也是少有的,并非由于在国会里失了信任,也不是因为衰老难持,而是为了实行传统 fair play 的精神。爱德华的婚事为难了这负有管束皇家责任的首相。一个离过婚的美国平民妇女，如果被拥为万民之母的皇后，真太使保守的绅士们难堪了。但是固执的皇储却不愿为这传统牺牲他私人的幸福，于是被鲍尔温逼得自动让位。鲍氏这样做，固然卫护了皇室的"清白"，但是逼宫之举，未免太违反人情，太对不起爱德华，于是事成之后，悄然引退。这种"公平交易"在别国人看来可以是无聊，多余和没有意义，但是英国人民却在静默中赏识了他的"无私"。

鲍尔温和丘吉尔性格上则相反，如果没有战争，丘吉尔也许终身不会在英国掌执政权的，因为英国人并不喜欢丘老那样叱咤风云的豪放，鲍尔温才合英国的标准。以他们两人的文章说也够看得出他们的分别了。丘老是属于阳刚的一路，讲声调，重色彩，多重复，富刺激；气魄浩瀚，热情充沛；用的字怪僻而复音，用的句子排列而对称。鲍氏却一切反是，他善于用单音字，短句子，通俗而平易，淡如水，清如涟，絮絮如老妪话家常，亲切而近人；简洁，明白，淳朴，坦荡，是属于阴柔的一路。英国的性格如它的景色，阴柔胜于阳刚：旷野草原，凹凸起伏而不成山冈，虽不能极目万里，但宽放舒畅，也不会起局促之感。雾雨迷蒙，更隐蔽了明确的线条；阳光稀少，又培养出晦涩含蓄的画面。在政治上相配的是鲍尔温和艾德礼，不是丘吉尔和克利浦斯。我并不是说克伦威尔，庇得，丘吉尔，克利浦斯不能在英国政治上奇葩怒发，但是这些究属风云豪杰，是变局而不是常态。

阴沉并非苟且，鲍尔温是多谋的。他守卫这已将被时代所扬弃的传统，真煞费苦心。这样一个人才担负起这样一件与历史无益的任务是值得惋惜的。我们对曾国藩的遗恨正不妨借用来凭吊鲍氏的际遇。他们只拖延了无可挽回的趋势，寂寞的归结于无情的灰飞烟灭，如果不在英国，还无从得人宽宥，而免于后世的指责。

第一次大战之后的英国实在已到了清算帝国的时机，资本主义所导引出来人间的残杀已空前的演出了一幕，人类如果有智慧的话，这教训应当已经足够。当时英国并非没有人感觉到穷通变革的需要。战时首相劳合乔治已开始从温和的立法过程去迎合劳工的要求，但是雄厚的保守势力还没有死心，他们挑选出这个忠实的阶级公仆，鲍尔温开始向进步势力反攻了。他著名的"卡尔登总会"的演说，在 1922 年击破了英国自由主义的堡垒，劳合乔治下台，自由党从此一蹶不振。中间政党的垮台使劳资阵线短兵相接。他知道这一个硬仗绝难幸免。1925 年矿工罢工的巨浪以压倒的优势袭击资方。他付了两千两百万镑工资津贴的代价缓和了这攻势，争取了九个月的时间；他并不利用这休战去想法解决矿业里的纠纷，而在准备他的反攻。他组织了一个"资源维持机构"，以备罢工时应战。等他准备就绪，1926 年大罢工终于降临。他审时量力知道劳工阵线有隙可乘，逼住工会下不了台，当调解已属可能时，他走了。罢工对于国家经济的损失，他不关心；罢工所引起社会的混乱，劳工的穷困，他熟视无睹；劳工要求的合理，他更不考虑；他拖延着这个于劳工不利的局面，他心目中只有一件事，要一劳永逸的彻底把劳工的新兴势力压制下去，使这世界成为资产阶级的温床。他肯付代价，有耐心等待。到劳工阵线混乱，到一般舆论厌恶罢工时，他还手了。1927 年，他在国会里通过了限制罢工的法案，用一面重枷压上劳工的肩头，一直到二十年后，才被现任的工党政府所取消。

鲍尔温想为资产阶级建设的温床并没有因之稳固，1929年，工党又在大选中抬了头，但是鲍氏却镇静应付，他所代表的势力还是雄厚，最初是金融势力逼着工党内阁开放政权；他握有民营的英伦银行在手掌里，麦克唐纳跳不出他的圈套。联合政府成立，麦氏出卖了工党。1931年工党在大选里一落千丈，保守党获得了一次空前的胜利，他们的政权一直维持到这次大战的结束。忽视鲍氏的政治手腕是自欺，他至少延迟了工党的社会主义政策有二十年之久。如果没有第二次大战，谁也说不定，他是否可能不致及身见到他所打击的势力终于长成的。

他的失败也不能说是他自己造成的，更正确一些说，他虽则善于招架，但是他所卫护的传统秩序中的矛盾却日形显著，终归瓦解。他为了要打击劳工势力，限制罢工，纵容主要的工矿业由私人无计划的经营。单以煤矿一项说，出量日跌，大批矿工抛弃了这不见天日的地穴，向都市转业，以致劳力缺乏，伏下了去冬英国煤荒的根源。多少工业区域遭受了不景气的风暴，沦为萧条区。我在《悼爱玲·魏金生》一文里所提到的"饥饿请愿"就发生在1935年，为了失业而引起的抗议。这些事件固然没有直接威胁鲍氏所代表的保守政权，但是国富消耗，使他不能不缩紧军备，最后差一点竟可能抵不住外来的侵略。

缩军本来是应当的，但是英国的保守政权在第一次大战战后，像这次战后的美国一般，依旧一贯的在世界上维护那曾引起过一次战争的经济秩序；战争的根源不加清理，还是想用着传统的分化政策来维持势力均衡的局面。当意大利侵略阿比西尼亚的时候，鲍尔温一方面在国联里反对意大利，而同时却和法西斯的黑衣宰相讨价还价，要保证英国在地中海里的利益。他对于这个世界的新趋势并没有了解的能力，因为除了保护他所代表的集团利益外，并没有其他的兴趣。他的继承者张伯伦在希特勒已经拔剑张弓时，还幻想他可以利用这霸王东向为英国资产阶级铲除个敌人——苏联。鲍氏的缩军政策是为了要减轻受创了的英国资产阶级的担负。他聪明地知道这担负如果转嫁到劳工身上必然会加强新兴势力，但是自己却又担负不起，于是一方面纵容法西斯的抬头，另一方面又暴露自己的弱点，鼓励法西斯的侵略行动。如果人类的兴趣是在和平，不是在任何集团利益的维持，历史对鲍尔温的政策是难以原谅的。

当少数人的利益并不能配合着大多数人的利益的时候，就不免会发生鲍尔温所遭遇的运命。鲍氏的风度，文采和才能，虽则邀得了巴力门的崇慕，但是盖棺论定，岂能免于"一代之能臣，和平的罪人"的批语？

鲍尔温死了，同他一起消逝的是英国历史上重要的，但并非最光荣的一章。如果这过去的确是过去了，我们也不必再去打扰这已安息了的魂灵了。

1948 年 1 月 11 日于清华胜因院

雄圣甘地

雄是一时的，圣是永久的；雄是权变，圣是常道；雄是术，圣是理。雄和圣要能相合，使一时的成为永久的，使权变不离常道，使术不悖理，是难能，因而也可贵。不择手段是雄而背圣，用行舍藏，怀道隐遁是圣而弃雄——历史上这种例子多得很。雄圣联不上，使人怀疑现实和理想，政治和道德，总是相排斥的。甘地在人类历史上是仅有的人物；被认为相排斥，相对立的将在他的一生事业中证明是相合的，相辅的。雄和圣将结合在甘地身上。只有像甘地这种坚韧的灵魂，凝聚的气魄，苦炼的肉体，才能当得起这真理的考验。这考验真无情，在他自称已是"垂死老人"时，还不给他安息的暮年，还要他在这人类文明的被雄而忘圣的人物所威胁，道德基础被凌辱，人格国格被金元所亵渎的关头，再度标象出迷惑了的人群自救的道路。

他如骸的肢体，他如丝的喉音，还要被历史借用来警醒这面临空前灾难的世界。他说："我没有足够能力说话或行动的日子已不远了，"但是他继续说，"在上帝的手里，就是死，我也不怕。"——"上帝使余开始绝食，故惟有上帝能使余终止绝食。"

他这次绝食是由于印巴冲突而引起的。绝食是甘地常用的武器，以非暴力抵抗暴力的武器。可是这次他所要抵抗的对象却不是外来加于印度的暴力，而是外力消除后所爆发出来内在的暴力。这使他更痛心，因为他的仇敌，暴力，并没有离开他，已进一步逼入印度的魂灵。他的仇敌并不是什么人，什么国，而是暴力本身。谁使用暴力就是他的仇敌，但是谁放弃暴力也就是他的朋友。暴力像是魔鬼，附着人体，去打击人类的文明，甘地并不因这魔鬼所附着的人和他的亲疏而改变他的态度；他会自杀，如果这魔鬼附着他自己。

甘地所不肯屈服的是暴力，他向暴力宣战。这似乎是矛盾的说法；多少人讥笑甘地，一说起武器，一说到宣战怎能不包括暴力？向暴力抵抗，向暴力宣战，自己就得用暴力，也就是对暴力屈服了。非暴力就谈不到抵抗和宣战——这表面的矛盾也正包含在我们"止戈为武"的训诂里。我们的历史却没有证实这种训诂并非是不可能；这是甘地，在为这训诂作见证。

暴力不能以暴力来消灭，这样做不过是以暴易暴，暴力换一个附着的躯体。战争，暴力的冲突，正是暴力滋长的沃土。暴力会传染，会像瘟疫一样的蔓延。所以克服暴力决不能是暴力，但是什么呢？甘地要答复这难题。

多少人讥笑过甘地的非暴力主义。讥笑他的人认为不以暴力去回击暴力，将永远被暴力所压制。暴力本身无所谓好坏，当自己能利用它来压制别人的时候，这是个好工具，如果被人用它来压制自己的时候，这才是该咒诅的，其实该咒诅的并非暴力，而是为什么自己不能有效的使用暴力来压制别人。好汉要自强，那是承认了人和人的关系只是力的平衡；不是去取消力，而是自己增加力。

忽略人和人之间有着力的平衡是错误的。人从禽兽的水准里冒出来，但是骨子里还是充满着兽性。禽兽的水准，大体说来，弱肉强食是一条原则，存在是力的平衡；但是认为人和人之间只有力的关系，也是错误的。人在个体肌肉之暴力之上发现了有组织的团体之力。靠这力量人吃了禽兽，不被消灭就被豢养。团体之力在其在外的表现上也可以是暴力的,但是这更强的对外暴力却是从否定了对内暴力里得来的。否定暴力是道德,是团体间合作的保障,是和平,友爱的基础。

讥笑甘地的人认为暴力决不会消灭,那是因为他们认为天下一家,人类是一个大团体,全体合作来创造文化是幻想。这种幻想被视作不切实的宗教,即在宗教里,他们甚至可以说,和平的世界也只是已失去的伊甸园和身后的天国,不是这个人间的世界。在人间,不会有统一的利益,永久是分着壁垒,分着团体,也永远有冲突,解决冲突的方法最后也只有暴力。和平不过是休战,友爱不过是假面具。现实是政治,是权变,是玩手段;甘地错认了现实,相当残酷的现实。他是个幻想者。幻想者应当做个小说家,至多是个宗教家,但不能是政治家的。

但是甘地却是个实行家,他在儿时就有印度统一的美梦,现在没有人能否认印度有今天的独立应当归功于甘地。他在把理想实现,在依着他的理想改变现实,决没有停留在幻想的虚无飘渺间。但是他的"政治"却有别于普通的"政治"。他是超出现在所谓政治家所默认的前提。西洋的政治家有着一个至今没有变的前提:世界上永远有着主权分立的国家,国和国之间依赖暴力维持平衡。战争是一切计算考虑不能少的坐标。他们也谈"天下一家",而实际是"一家天下"。天下一家是指全体人类是一个团体,所谓一个团体就是有一个道德基础,道德原则适用于一切人,不因所属团体而加以分别。一家天下是某一团体独占暴力,统治其他一切团体。

甘地放弃了这前提,他要以同一道德原则来应付一切事变。他反对英国统治印度,他也反对日本统治中国,他更反对印度统治巴基斯坦,或巴基斯坦统治印度。他欢迎一切东方民族的解放运动,但是他不相信暴力是解放的手段。他在日本侵略中国时曾发表过一封公开信，这封信也曾引起英国政府对他的怀疑。他在原则上同意日本要赶走西洋在东方的统治，但是他指责日本，用暴力来做这事，结果将是以暴易暴。他反对印度参战，但也反对印度利用日本来赶走英国。他这种被认为不切实际的政策，我相信到现在也许可以使一般人了解了。

他一直在警告人类，暴力会腐蚀人性。战胜国家靠了它所使用的暴力获得了胜利，但是会丧失它的灵魂。我想目前的美国正是一个最好的例子。为了自由，为了民主，它培植了暴力，希特勒是死了，但是希特勒的鬼却战胜了美国。在过去几年中，美国人民自己丧失了言论和思想的自由，丧失了罢工的自由；美国的传统民主精神在战胜纳粹之后会遭到内在的腐蚀，在事前很少人会相信，但是甘地却早预言了暴力的阴险。手里握有暴力的人，面目是相同，不论出身是什么。

甘地的任务是建立一个大同的天下；除非我们认为这是不好的或是不必的，这如果是人类的目标，努力的方向不能是秦始皇式的兼并，不是拿破仑式的征服，这些在历史上证明是无效的；这里甘地提出了一种新的政治，不是暴力的统一，而是道德的统一。

讥笑甘地的人忘记了人类的历史。欧洲曾经有过两度的统一，一是罗马帝国的统一，一是基督教的统一。前者是暴力的统一，后者是道德的统一。在马槽里出生的拿撒勒人耶稣凭他道德的武器，继承了罗马的天下。这并非神迹，而是人类群体生活的原则。暴力的统一是一时的，而道德的统一是永久的。

印度是一个极复杂的群体组合；宗教，文化，种族把这大陆上的人民割离分碎，成了无数不相了解的团体。世界上最严格的社会阶层是印度的 caste；世界上最排外的宗教是印度的印回两教；世界上贫富最悬殊的是印度的"满哈拉加"和平民。在这充满着纷争的大陆上，在过去几百年来又加上了个曾是最强的大英帝国的统治。这里甘地勾出了个统一的美梦。印度如果能统一的话，世界的统一决不能是更艰难的事了。暴力曾表面上做到了印度的一体，那是英国的统治；但是没有人比甘地更清楚，在英国统治下的印度从来没有真正成为一个团体，因为在这纷争扰乱的局面中，缺乏一个道德的统一。他很坚决地否定以印度社会任何一个团体来代替英国的统治，那是以暴易暴；他拒绝以暴力革命的手段来赶走英国，取得独立；并不是因为他认为以暴力去赶走英国是做不通的，在二次大战时，甘地确有充分的机会采取革命手段获得独立的。但是他拒绝这种试探，他为了暴动而屡次绝食过。为什么？暴力会腐蚀他道德统一的成就。以暴力来倾覆英国统治是可能的，但是以暴力来建立统一的印度是不可能的。

我相信他的认识是正确的，如果印度统一的障碍只是英国的统治，这次独立之后，不应再有印回的冲突了。甘地是现实的，他要在根本上下工夫。他去和被视为污秽的贱民相接触，为的是要在社会阶层的鸿沟上架一道桥梁，逐渐把鸿沟填平，他调解印回的歧异，他淡食单衣和贫民同甘苦。他在这许多阻碍统一的界线上跨过去，象征了印度的真正一统。没有仇恨！没有成见，他在建立道德的基础。

雄圣甘地——这一个亿万人所信赖的道德标准，不但了解人间道德的力量，而且是明白怎样去应用道德力量去实现理想的人。

六天的绝食终于消弭了印度的内战。我们带着羡慕而又有一点嫉妒的心情，庆贺印度人民逃过了一个劫难，更庆贺印度能有这一个万民的领袖；寄言印度的人民，善于爱护这雄圣兼有的甘地，不但为了印度，更为了这面临毁灭的世界；爱护他，也就是爱护一个为人类建立道德基础的功臣。愿他的声音超出国界，我们全世界的人民，不愿在暴力中毁灭的亿万生灵，需要他。我们惭愧，同是东方的文明古国，我们竟这样不肖，辱没我们祖先的光荣，在使用西方的暴力残杀自己的同胞。东方！这和平的名词，这曾拯救过西方文明的力量，现在蒙受了自己给自己的耻辱。在惶恐中，我们只有把眼睛望着我们邻居，背着东方的传统使命的雄圣甘地。

1948年1月22日于清华胜因院

费孝通在清华

1947年2月28日，费孝通(中)从英国回国，途经新加坡与胡愈之、沈兹九在南洋出版社前留影

信得过的人

——忆吴晗同志

"千古文章未尽才",这是郭沫若同志为闻一多全集作序时引用的一句诗。他说:"闻一多先生的大才未尽,实在是一件千古的恨事。"我想这句诗对于吴晗同志来说也是适用的。

许多朋友都知道:当年在昆明民主运动中,闻一多和吴晗都是深受青年敬重的民主战士。闻一多被蒋介石反动集团暗杀于昆明街头,吴晗则被林彪、"四人帮"诬陷死于冤狱之中。一代学人,含冤而逝,"实在是一件千古的恨事"。

吴晗同志离开我们已经十年了。他的夫人袁震同志也是一位很有成就的史学家,多年病残,也遭毒手,女死儿散,真是家破人亡。如今,党中央拨乱反正,吴晗同志的沉冤也得昭雪,学界是非,文坛功过,重得分明,老晗你可以瞑目了。

吴晗是著名的历史学家,专攻明史,著述甚多,学术上造诣很高,学生时代已露头角。他在解放后为党为人民做了许多有益的工作,而在解放前,更长期在党的领导下,团结了周围的师生朋友从事民主运动,做出了卓越的贡献。这样一位好党员、好战士,竟被诬为"黑帮"、"反共文人",是非倒置,莫此为甚!

吴晗同志〔全面〕抗战[①]以前和我同在清华,相识甚早,但彼此过从渐多而成为知己,则是40年代在昆明的民主运动中。追忆往

[①] 本书中作者所写"抗战"一般指全面抗战。

事，历历在目。他那光明磊落，爽朗刚直的性格，对敌人英勇无畏的神情，深深地印在许多朋友们的心中，尤其难忘的是他在当年昆明知识分子中所起的作用，自己的感受更深。

当时昆明知识分子比较集中，除少数先进分子，多数人对共产党、对马克思主义都少了解，大家主要是从爱国主义出发，要求团结抗战，民主进步，希望祖国经过抗战能得繁荣富强，但事与愿违，国民党政府消极抗战、积极反共的反动面目日益暴露。破坏团结，压制民主，特务横行，贪污腐化，广大工农惨遭剥削压榨，知识分子也备受摧残，许多人都弄得衣食不周，有的甚至濒于饥寒交迫之境。人们都祈求迅速改变这种状况，又提不出切实可行的办法，就在这国破家危、民不聊生的时刻，伟大的中国共产党给我们指明了方向，开展民主斗争。但怎样根据当时当地的具体情况，把党的号召变成我们大家的行动，要有一些理解和熟悉知识分子的人来起个桥梁作用，把党和知识分子紧密联系起来，吴晗同志在这方面做了大量的工作。

他本身是个知识分子，而且是个知名的教授，长期生活在知识分子之中，熟悉周围的人和事，同大家有共同的语言，便于利用师生关系、朋友关系联系各种类型的群众，传达贯彻党的意图和方针政策，也能准确地把知识分子的生活、思想、感情的发展变化及时汇报给党，供制定战略策略的依据。同时也由于他的学问、文章和行义，在师友学生中有相当影响，组织上充分发挥了他的这些长处，因此他能做别人一时难以做到的事情，起别人一时难起的作用。

在白色恐怖统治下，反动派竭力阻塞党和群众的联系，一般从事教学研究的知识分子是不容易和党接触的，而大家又是多么希望见到党啊！当时大后方的民主运动，在敬爱的周总理的直接关怀下，不断得到发展，有些久经考验的同志相继来到昆明参加指导工作，通过各种方式让我们直接听到党的声音，一些学习讨论活动我们多是经由吴晗联系，有些同志需要有公开身分便于参加活动，找到有关的人都是勇于承担风险的，如华岗同志到云南大学社会学系教书，就是由吴晗同志引荐的，彼此都以能为党做点事情而感到荣幸。

吴晗和进步青年的组织一直保持密切的联系。我看到不少学生都乐于找他"谈天"或出主意，他支持和鼓励了许多青年积极参加学生运动。他是当年昆明青年敬重的一位民主教授。西南联大被誉为"民主堡垒"，其中自然有他的一份辛勤劳动。解放初成立全国青联，他被选为这个组织的领导成员，也正表明他和青年运动的关系。

当时他还花了不少精力，协同组织和青年学生一道，做了团结老一代教授的工作，像张奚若、潘光旦等老师，都同他有深厚的友谊，还有像邵循正、费青、向达等和我这样一些人，都是程度不同地受到他的影响。他同闻一多烈士的亲密交往，共忧患，同战斗，在师生中更留有深刻的印象。

对于一些暂时被认为是所谓不关心政治的知识分子，有的人怕麻烦，不愿做耐心争取的工作，吴晗和闻一多等同志按照党的指示，毅然承担起这样的任务，尽量利用原来的关系，让大家增多联系互相帮助，还特地找了一些朋友，办了《时代评论》周刊，给大家增辟一个说话的论坛，推动更多的人参加民主运动。他们两位生活都很艰苦，仍不辞辛苦奔走筹集经费，开办之初没地方印刷，又是他们联系地下印刷所支持承印。刊物虽然只出了十八期就被反动派封禁了，但经过这番努力，的确增加了不少朋友，使敌人更加孤立。吴晗和闻一多同志认真执行党的指示,谦虚诚恳,团结群众,给我们做出了很好的榜样。

以后复员回清华,我们曾在一起组织过关于中国社会结构等问题的学术讨论,尽管讨论中有些观点不尽恰当,有的研究水平不高,他从不以高明自居,总是用商量探讨的态度,把多年精湛的研究心得和学习马列主义、毛泽东思想的体会,毫无保留地摆出来,通过讨论引导大家提高学习革命理论的兴趣。从长期的接触中,可以看出吴晗同志不仅对中国历史知识丰富,而且对马列主义也下过刻苦的功夫。他还有一个好的文风,善于用自己的语言明确地表达出所要讨论的观点。文字简洁明快,更是文如其人。

正因为他既讲原则,又有耐心,熟悉情况,又真诚正直,热心助人,所以深受大家欢迎。既完成党所交付的任务,也是大家信得过的人。解放后,他担任北京市副市长,工作十分繁重,大家看到他还兼任着许多社会活动,无论在学术研究上,在文化交流上,或科学普及和通俗读物的组织推动上,吴晗都尽力所能及地发挥了相当大的作用,团结了一些同志,调动了一批写作力量,还培养了一些人才。"四人帮"妄图把吴晗同志搞臭,真是蚍蜉撼树,可笑不自量。

四十多年过去了,吴晗同志含冤逝去也十年了。重新回顾这些往事,思绪万千,他为写海瑞而遭千古奇冤,他的性格却也真和海瑞有些相似;他主张学习海瑞刚直不阿的精神,我们也将深切地怀念他的战斗的一生,而他的学术研究和工作经验,也都有不少内容值得珍视,希望能得到整理和印行!

斯人已逝,音容宛在,老晗你安息吧!

1979 年 2 月 20 日

难得难忘的良师益友

闻一多烈士，殉难已经三十多年了。

今年是烈士诞辰八十周年，他的生前友好、学生、战友，都一直在深切地怀念他，怀念这位"拍案而起，横眉怒对国民党的手枪，宁可倒下去，不愿屈服"的民主战士，怀念这位对我国学术研究和大学教育，对新文学运动都做出过杰出贡献的诗人，学者！

我在青年时期，读过他的那些洋溢着爱国主义热情而又带有浪漫情趣的诗篇，曾经为他的《死水》深沉的愤激所感动，也曾为他那倾诉着一个知识分子良心的《静夜》里的崇高情操，兴起过钦敬之情。

30年代初，在清华园里见到了他。虽无交往，但从他的诗，从他的文章，从他对黑暗现实的沉默中所显示的正义感，看到了一位正直爱国的知识分子的形象。特别是他对神话、传说的酷好，这对当年正在从事人类学社会学研究的一个青年来说，更有亲切之感。

抗日战争时期，我们都在昆明，在一起工作，更有幸的是还曾在一起战斗。无论是在学术研究工作中，或是在民主运动中，他都是我的良师益友。他洒脱的风度，严谨的学风，渊博的学识，平易近人的态度，坦率真诚的性格，追求真理热爱真理的锲而不舍的精神，一直留在我的记忆中，至今仍历历在目。

记得1943年，我在《鸡足朝山记》那篇游记中，触景叙情，对国民党反动统治下一个教书人的生活，写过这样几句话："自从那次昆明的寓所遭了日寇轰炸之后,生活在乡间,煮饭、打水,一切杂务重重地压上了肩头,又在这时候做了一个孩子的父亲。留恋在已被社会所遗弃的职业里,忍受着没有法子自解的苛刻的待遇中,虽则有时感觉着一些雪后青松的骄傲,但是当我听到孩子饥饿的哭声,当我看见妻子劳作过度的憔悴时,心里好像有着刺,拔不出来,要哭,没有泪;想飞,两翅胶着肩膀;想跑,两肩上还有着重担。我沉默了,话似乎是多余的。光明在日子的背后。"有这样的心绪的在当年也许决不止我一人,这是在那个"国家存亡的关头,不能执干戈卫社稷,眼对着一切腐败和可耻,又无力来改变现实的人,最容易走上这消极的路"。

不久,我就应邀去美国讲学,一年之后归来,昆明民主运动在党的领导下,在敬爱的周总理直接关怀下,已经进入高潮。这时的闻一多先生同我出国前的状况也大不一样了,他已经是昆明广大青年热爱尊敬的民主教授。他见到我,立即伸出热情的欢迎的手,同时也毫不含糊地指出我一年前的那种思想,"不好!不好!"他说:"这往往是知识分子对现实无可奈何的一种想法,我自己过去就有过,而且钻进乱纸堆,就像你们知道的,听任丑恶去开垦,看它造出个什么世界!结果呢?明哲可以保身,却放纵反动派把国家弄成现在这样腐败、落后、反动,所以我们不能不管了,决不能听任国民党反动派为所欲为了。"榜样是最好的引导,他的谦逊而又坚定的声音,发人深省。从此也作为一个新兵向先进的同志学步,并且从学得的一些新的看法,对先前一度浮现过的思念试作清理。但比起闻先生一往无前的坚毅步伐,就难以自宥了,每一念及,着实感到愧疚!

那时间,闻先生已受到党的教育,参加了民主同盟,斗争有明确的方向。在知识分子相当集中而民主阵营中思想又较复杂的昆明,他始终旗帜鲜明,坚决拥护党的方针政策,这无论对我个人说,或对其他朋友说,都堪称典范。应当说,在那白色恐怖的年代,形势多变,斗争尖锐,书生意气常不免犹豫多虑。每当有重大争论分歧时,多以他马首是瞻。由于他在学术界和文坛上都有很高的声望,在中外享有声誉的学府中居有一定的地位,而又言行一致,无私无畏,作风正派,热情诚恳,他的举止也就理所当然地受到广大青年学生和同辈师友的尊重和信任。他在被誉为"民主堡垒"的西南联大和整个昆明,起了别人难以起到的作用,对民主运动做出了重大的贡献。

尽管如此,他却总是虚怀若谷地向比他先行的同志求教,也向共事的朋友和青年学生求教,他一再指出青年是他的老师,是青年人推动他前进。当然,有时他也会同人争论,坚持自己的看法,正确的决不轻易放弃;如果是不对头的,只要真相一明,道理说清,他会无保留地说:"你对,我错了!"服膺真理,表里如一,始终不失赤子之心!

有一件事情,如今又浮上心头:在昆明民主运动正待发展时,由于我们几个书生掉以轻心,苦心经营的一个宣传民主的刊物,被坏人一下子篡夺过去了,还公然在反动报纸上刊登"启事",攻击民主运动。闻先生本来并不具体过问这个刊物,发生这个事件后,他非常气愤,认为决不能任宵小如此嚣张。立即同吴晗同志等邀集有关的人商议,要维护民主声誉,揭露敌人玩弄分裂民主力量的阴谋,还奔走设法在一家地方报纸上刊出声明,使这个被一伙人窃夺后的刊物和借刊物以投机的小政客名誉扫地。闻先生这种坚持原则,嫉恶如仇的精神,使我深受教育。

在抗日战争胜利后发生的"一二·一运动"中，闻先生一直站在斗争的前列，夜以继日，奔走呼号，团结广大师生并肩战斗。当蒋介石屠杀了青年后又装腔作势专对昆明发表什么文告，妄图压制学生运动时，闻先生在校内外各种集会上公开驳斥反动头子的谬论；又奋笔疾书精悍的杂文，描绘了被法西斯血腥恐怖吓昏了的一些知识分子的表现。当蒋介石派遣御用文人来昆明破坏西南联大和整个昆明师生的团结时，他不顾威胁恐吓，义正词严，面对面地谴责那一小撮披着学者外衣的反动政客的丑行，保卫了团结，保卫了民族正气，保卫了"一二·一运动"的光荣。此情此景，亲历其境的人，除反动分子外无不为之感奋。毛主席在表彰闻一多时特别提到"我们中国人是有骨气的"。他面对阴谋诡计，知难勇进，不畏强暴，爱憎分明，怒斥仗势欺人的帮凶学阀的言词，真是掷地有声，深印人心。

而他同昆明青年也正由此建立了呼吸相通，命运与共的亲切关系，博得了广大青年的尊敬和拥护。万千群众随他的欢呼而欢呼，随他的愤怒而愤怒。他实在是少有的天才的宣传鼓动家，用精炼的诗的语言，满腔的爱国热情，强烈的正义感和坚定的信念，像他纪念"一二·一"烈士时所说的，使糊涂的人清醒过来，怯懦的人勇敢起来，疲倦的人振作起来，而反动派则战栗地倒下去！

他在大庭广众中常作狮子吼，而在座谈讨论或个别接触中，又善于娓娓而谈。研究什么问题，商量什么事情，总是推诚相见，以理服人，从不敷衍塞责，虚假应对。他认为主张民主、反对专制独裁的人，自己首先要有民主作风。他确实是按照新的思想新的标准，在不断摆脱传统的因袭，不断改造多年的习惯。大家信赖他，有事也乐于找他交谈，他也就自然地成为一座桥梁，把组织委托的任务或有关时局形势的认识，通过各种联系的渠道，并用自己的语言，及时转达到群众中去。当时在大学同事中有好些进步活动，多是经由他同吴晗同志等联系的。友朋相聚，认识水平有参差，一般都能畅所欲言。由是内外上下之间，可以声气相通。所以当年尽管生活十分清苦，大家在党领导的民主运动中经受锻炼，精神逐步有所寄托，眼界逐步开阔，从对现实的苦闷中逐步兴起了希望。也许正是由于有了这样的思想基础，又具有爱国主义的传统，中国的知识分子与十月革命时的沙俄知识分子是迥然不同的。闻一多是光辉的典范！

他像"一团火"，要把旧社会彻底烧毁。而心中充满爱，爱祖国，爱人民，热烈地向往着必将诞生的新中国！

闻先生一向受人敬重，有一个重要的原因，是他毕生认真坚守自己的岗位，始终从事教学研究工作，做出了卓越的成绩。不管生活如何艰苦，不管国民党反动派怎样威胁恐吓，他都安之若素，贫贱不移，威武不屈。对于自己承担的责任从不松懈。他对学生助手关心爱护又严格要求，对教研工作主张树立自由学风又忌放任自流。他治学谨严，长期治理古代文献，从事考据训诂，吸取近代科学方法，保持了朴学所强调的实事求是的精神。他的贡献早经郭老（沫若）作过中肯的评价，外行自难置一词。不过我清晰记得他同一般考据家很不相同，思路开阔，从不拘泥于本行的范围之内。早在30年代初研究神话，就已涉猎到社会学、人类学、民俗学以及精神分析论等等学科的领域。到了抗战时期，正式"以钩稽古代社会史料之目的解《周易》"，"从《易经》中寻出不少的古代社会材料"。又保持着诗人的敏感，赋予古董以新鲜气息，从《易林》中找出了许多诗意。还在《风诗类钞》中开宗明义指出过去读《诗经》者多是用经学的或历史的或文学的方法,而他对这本书的读法则是社会学的。他对西南兄弟民族丰饶的传说神话民歌民谣以至艺术服饰等等,都有很大的兴趣,而对于兄弟民族苦难的遭遇,更怀有深切的同情。他多次希望古籍史书的研究能同实际的社会调查相配合,对中国的历史和社会的研究,定能取得更多的成绩,也正因此,他的研究就远远超越于一般考据学家和古文献的研究者了。他曾说过:"我始终没有忘记除了我们今天外,还有那两千年前的昨天,除了我们这角落外,还有整个世界。我的历史课题甚至伸到历史以前,所以我研究了神话,我的文化课题超出了文化圈外,所以我又在研究以原始社会为对象的文化人类学。"

他的兴趣如此广阔,钻研又非常认真,一股寻根究底,追源溯本,不弄清原委决不罢休的劲头,受到党的引导,就从本行业务的探索,自觉地进入革命经典著作的学习,而谦谨好学的作风又使他乐与同行交往。事业心,学术的研讨,诗人兴味无穷,身居陋室而风趣横生,虽常饥肠辘辘,依然意兴高逸。有缘过从,受益良多。从来天才出于勤奋,闻先生之所以在诗的创作和学术研究等方面取得精湛的造诣,岂是偶然!

在他牺牲前半年多的光景,由于形势的发展,经他同吴晗同志等的推动,我们曾办过一个刊物。他筹划支持,关怀备至,而对于怎样把刊物办好,更有精辟的见解,认为最重要的是摸透读者的心愿,解决读者的疑难,切忌不着边际的空谈和枯燥无味的说教,尤其不能装腔作势教训别人,这样有理也难服人。要像朋友一样商量共事,平等相待,亲切交谈,有具体事实,又说清道理,才能使人心悦诚服。一个刊物不一定每篇稿子都能如此,但一定要有这样的文章,刊物才会在读者心中生根!语虽寻常而入情入理,感人至深。他自己的文章或讲演，确实达到了这种境界，说理论事，嬉笑怒骂，都与读者或听众"心心相印"。他的文章，不仅文字优美，感情真挚，而且风格别致，不落俗套。

他在不太长的时间里，很快得到万千青年的爱戴，最主要的是因为他坚持跟着党走，斗争英勇，又善于联系群众，鼓动群众一起斗争。同时也因为他具有良好的民主作风（包括文风学风），同群众从感情上建立了亲切无间的关系，相互信赖，相互鼓励。然而，人民所敬爱的好人啊，必然为反动派所忌恨，打击迫害造谣诬蔑，接踵而来，蒋介石集团拥有几百万军队，无数的宪警特务，对仗义执言的一介书生，却惊慌失措，使出人间最卑劣的凶杀暗害手段。因为反动派没有真理，只能搞些鬼蜮伎俩。而他大义凛然，面对极其危险的处境，也不为所动，"表现了我们民族的英雄气概"！

闻先生离开我们已经三十多年了。岁月如流，许多光阴虚度。人入老境，往事不免淡忘。但有些深刻印象，却总难磨灭。回首当年艰苦的岁月，目睹烈士为祖国为民主辛勤工作，不辞劳苦，真如敬爱的周总理所表彰的，他是人民"最忠实最努力的牛"。他不仅为人民忠诚服务，而且为人民的事业英勇献身。他是个铁骨铮铮，有骨气的中国人，给我们留下了一个光明磊落，刚正不阿，不畏强暴，正直无私的具有高度爱国主义精神和正义感的崇高形象！

典范永存。我们要牢记周总理的教导，"学习他的榜样"，永远地怀念他！

1980 年 6 月

缅怀肯尼雅塔

提起肯尼雅塔，我的记忆回到了四十六年前。我第一次见到他是在伦敦经济政治学院二楼马林诺斯基教授的办公室里。开学后每逢星期五下午，马林诺斯基教授就在他这间办公室里召开著名的"今日人类学"的讨论班。参加这个讨论班的除了跟他学习的学生外，还有从世界各地到伦敦来访问的人类学者。在这班上讨论着当时这门学科正在开展研究中的各种问题，一时成为指导社会人类学向前发展的学术中心。

我是1936年秋天进入这个学院念书的。开学后一个多月，马林诺斯基教授才从美国讲学回来继续召开这个讨论班。我满怀着激动的心情走进这间已经坐满了人的办公室，中间的沙发里坐着那位戴着相当深的近视眼镜、面貌清癯的世界闻名的社会人类学家。他身后的书架上、书桌上，甚至桌下地板上堆满了一叠叠书本杂志。我悄悄地在墙角边找到了一个座位。那位教授的眼光突然扫到我的身上，朝着我点了一下头，大声地向在座的同学介绍说，"这是从中国来的年轻人。"话犹未息，我身旁有一只巨大、有力、黑皮肤的手紧紧地把我握住，一股热情直传到我的心头。抬眼一看：是个古铜色的脸，下巴长着一撮胡子，目光炯炯，满面笑容，端庄纯朴，浑重真挚。耳边听到轻轻的声音说，"我叫肯尼雅塔。"这是我平生第一次和非洲的黑人兄弟握手。

偶然的接触，留下了终身难忘的印象。我也不明白是什么把我们这两个分别来自万里相隔的亚非两洲的人在感情上结合到了一起。从此，我们在课间休息时就常常同到学校附近霍尔本地下茶室去饮茶聊天。当时学校里的风气，这种茶时的叙谈，上下古今无所限制，但谁也不涉及个人的身世。我从他的名字上知道，他是来自东非的肯尼亚。肯尼亚当时是英国的殖民地。我从他在班上的发言中知道他的故乡正在殖民主义的统治下挣扎。我从他在茶室里的谈吐中明白了他是个无所畏惧，一心要为非洲同胞的平等自由而献身的人。他体格魁梧壮健，望去像是一尊雕像，似乎随时准备着挑起千斤重担。他那低沉的喉音传达着他深厚抑郁的思虑，明快锐利的对答表现出他英勇果断、敏捷坚决的性格。再加上他幽默机警、豁达老练的语调，使人一看就会知道他不是个初出茅庐的书生。

我从马林诺斯基教授对他那种亲切和悦中带着器重钦佩的态度里，体会到他们师生之间存在一种内心的契洽。这位老师无疑是赏识着这个学生特具的品质和他将在人类历史中扮演的角色——正是这位老师所瞩望的将在20世纪后期上演的那出戏剧中不能少的人物。这位老师用他擅长的诙谐口吻来挪揄这位学生时，我总觉得他并不自觉地暗示着门下得人的骄傲。如果这位老师本人没有亲自受过民族被分裂，亲友受欺压的痛苦，我想他是不可能流露出对这位学生的那种深情厚谊的，而这些溢于言表的情谊也就不会那么强烈地引起我这个来自正在蒙受侵辱的东方大国的青年的领会。

在年龄上，我和肯尼雅塔相差至少有十岁。我没有和他比过长幼，这是不用比的，只要一接触就分明了。他不仅在我眼里是个兄长，同班同学在他面前似乎全都显得幼稚了。后来从他的传记里，我才知道他自己并不知道他是哪年出生的。一个在东非殖民地草原上放羊的孩子，有谁会替他记下生日呢？在肯尼雅塔的眼中，我准是个还不很懂事的年轻人。他同我亲近与其说出于对他私人的吸引力,倒不如说是因为我是个中国人。不是这样,他怎样会一听到老师给我的介绍就伸出他的友谊之手呢?他对我一直像个兄长一样,关怀体贴,但是从来没有告诉过我他在学校之外搞些什么事。我当时只把他看成是个有正义感的非洲学者。

在1938年返国之前,我读到了他在伦敦出版的《面对肯尼亚山》。我很爱读这本书。说实话,这书的内容我现在已回想不起来,但是清楚难忘的是在这本书里跳跃着那颗热爱祖国,热爱民族的心。我为他那股斥责殖民者伪善的劲而叫好。我当时所没有觉察到的却是,他不仅是个文笔生动的作家,而且还是个久经锻炼的实干家。就在他和我们一起讨论学术问题的同时,他更大的精力,更多的时间是花在为非洲被压迫民族争取平等自由的斗争中。这是我在他死后,读到了别人给他写的传记时才明白的。

当然,如果像我这样一个没有政治经验的书生一眼就能识破他当时正在帝国的心脏干着为它掘墓的工作,后人也决不可能写出他后来这段历史了。实际上,当我见到他时,他已是一个成熟的政治活动家了。他已经两次访问过苏联,在德国汉堡参加过国际黑人工人会议,并且在柏林进行了一个时期的地下工作,终于逃出纳粹的虎口,到伦敦来"上学"。这段历史居然会瞒过伦敦监视着他的帝国特务,甚至在他被搜查时,始终没有被想置他于死地的人们抓住任何把柄和口实,能在伦敦居住了十七年,成为非洲人民要求独立解放的喉舌。当时如果有人把他这段经历告诉我,我想我也不会相信的,而这却是真正的历史记录。

1938年暑假,我离开伦敦回国,此后我从来没有再见过肯尼雅塔了。我已想不起我们最后的一面,我们并没有相互告别过。如果不是由于我健忘的话,在1938年已不常见他来参加我们的讨论班了。这可能是由于他已修业完毕，他的论文这年已经出版；也可能是当时风云日急，意大利的铁骑已侵入非洲的阿比西尼亚，策划着非洲人民大团结的肯尼雅塔看来已顾不得我们这些纸上谈兵的朋友了。我回国之后，每次在报纸上看到非洲民族运动的消息，总希望能见到肯尼雅塔这个亲热的名字。但是一年一年地过去了，没有一点消息。我们在两地过着战时的生活。

1946年11月，世界大战已经结束，我重访英伦。我见到了老同学就打听肯尼雅塔的下落。朋友们都说：真遗憾，他已在几个月前回国去了。我一听到这消息，也无心去问他过去这几年是怎样过的了。"肯尼雅塔回非洲了！"这个消息包含着多少意义，但是对这个消息的下文却都心照不宣。也许那时各人还有各人的设想，在我来说，这是"猛虎归山"。这话在当时说来，确实还早。非洲人民的劫数未尽，这条猛虎回返的不是个平静的青山，而还是个踩在白人脚下的火山。

已经遍体鳞伤的"大英帝国"，对东非这块肥肉还死噙住不放。但是经过了两次世界大战的肯尼亚人民又急不可待要摆脱被奴役的地位。火山就要爆发。肯尼雅塔明白他面对的是什么问题，他的立场是坚定的，也是尽人皆知的。看来他在考虑的是怎样能避免一些这火山的岩浆可能对他祖国造成的损失，让他能从敌人那里接过一个能快一些建设起来的祖国。这当然不是离乡十七年，手无寸铁的肯尼雅塔所能自己选择的。殖民地政府在英帝国的支持下正在妄想扑灭人民的怒潮，执行着传统的镇压政策。于是一步一步地迫使肯尼亚人民拿起武器，实行反抗。殖民者无中生有地把这些武装反抗称作"茅茅"活动。"茅茅"是恐怖分子、社会叛徒的代号。真是自己搬起石头打了自己的脚，对"茅茅"的镇压，正如火上加油，搞得这些白日见鬼的殖民者坐立不安。他们把自己激起的群众反抗归咎于众望所归的肯尼雅塔，妄想把他除去之后，还能恢复他们的天堂。1952年11月，以"茅茅"幕后策划者的罪名逮捕了肯尼雅塔，当晚用飞机把他投入沙漠边上的一间特建的小屋里。随后捏造罪证判处七年徒刑。刑满之后还要限制他的行动，实行软禁。

殖民者打错了算盘。肯尼雅塔固然被关进监狱，可是这一关他的声望却更高了。他成了肯尼亚人民命运的象征。人民感激他，把殖民者给他的折磨看成是对他们自己的折磨。火山喷射了，反抗运动如火燎原。肯尼亚人民固然受到惨重损失，但是殖民者却也活不下去，身边不怀着实弹手枪，大街上都不敢行走。他们被孤立在愤怒的群众中间，朝不保夕。历史就是这样进入了60年代。1963年，英国政府被形势所迫，不得不顺从肯尼亚人民的要求把肯尼雅塔释放出来，当肯尼亚自治政府的第一任总理。1964年年底，他被选为肯尼亚共和国的第一任总统。他在垂暮之年亲眼看到了肯尼亚自己的国旗升在自己的国土上。这时他笑了，说出他衷心的感受："这是我一生中最幸福的一天。"

肯尼雅塔从1946年离开英国到1964年当选总统这十八年的经历我当时是一无所知的。当我在报纸上看到"肯尼亚总统肯尼雅塔"这几个字时，我倒并不感到惊异。不知怎么的，我总觉得这是件很自然的事。应当出现的事果然出现了。同时我确也怀有过一种奢望：也许在今生还会再见到这位第一个和我握手的非洲兄弟。现在明白这已是不可能实现的美境。他在我有出国的条件前逝世了。

我觉得遗憾的倒不是已不能在他热爱的国土上再和他握一次手，而是我至今对这一位长期来怀念的朋友还没有一个全面的正确的认识。我至今还不能如实地刻画出这个在人类历史上做出过伟大贡献，在非洲土地上成功地建立起一个现代国家的人物。这几年来，虽则我知道他是已经过世了，一直怀着一种想对他再认识的欲望。

前年，1980年，暑假，我们邀请了几位美国的社会学家来讲学。有一位教授在演讲中，提到了肯尼雅塔的名字，是在讲权力性质的转变时讲到他的，而且用另一个非洲的政治家恩克鲁玛作了对比来说明同样是时势造的英雄而走上了人治和法治的两条道路，取得了两种结果。他的大意是说：看来肯尼雅塔头脑清醒，明白他一生的起起伏伏，反映着历史的进程。他最后赢得的威望和权力并不是靠自己的本领取来的，而是作为群众的象征而得到的，所以他利用自己的威望，把已经握在他个人手上的权力转变为法治的权力，也可以说，把人民给他的权力纳入法律之内。肯尼亚至今是个非洲最安定、最繁荣的国家。恩克鲁玛却没有这样做。时势造的英雄想转过来造时势，结果却被时势所埋葬了。

这番话对我启发很大，但是历史的事实是否果真如此，我却不敢贸答，因为我对非洲各国这些年的情形并不清楚。我能说的只是，依我和肯尼雅塔个人的接触中所得到的印象来说，他是有可能这样做的。他确实具有令人敬佩的特长，但他也确实没有利用过这些特长在别人面前突出自己。他并不因自己地位的改变而改变待人的态度。他在侮辱面前不低头，他在荣耀面前不凌人。这些是他以非洲黑人的身分能和来自各国的同学相处而不亢不卑，不骄不谀，周旋自如，赢得众人的敬爱的性格和品质。

斯人已逝。他留在每个有机会接触他的人心头的那个善良的印象是不会磨灭的。

1982年2月28日于乌鲁木齐

林则徐小传

——为《林则徐诞辰二百周年》纪念邮票而作

林则徐(1785—1850)是清末杰出的爱国政治家。他领导反对列强侵略的禁烟抗英斗争，倡导探求科学知识、引进先进技术，积极兴修水利，提高农业生产，造福人民，在我国近代历史上起了反帝先驱者的作用，是中华民族的好儿女。

林则徐出生于世代以教书为生的家庭。自幼勤学苦读，通过科举渠道，致仕成名。他虽则屡次身为封建王朝的封疆大吏，但对官场陋习，疾恶如仇。他一贯关心人民生活，成为清末政治上的改革和实干派，不避个人祸福，终身贯彻初衷，为当时人民所爱戴、后世所敬仰的推动历史前进的优秀人物。

林则徐初露头角时，即在豫鲁平原督治黄河，在长江三角洲疏浚白茆、浏河，勤修水利，建树政迹。他不尚空谈，重在实干，处处想到民间疾苦，力谋通过经济措施，在当时历史条件的许可下，改善人民的生活。他尊重知识，崇尚实践，为了在华北推广水稻，宅后辟田试种，亲自观察，这种科学态度一反当时脱离实际的学风，走在时代的前列。

林则徐一生永垂史册的功绩是他在禁烟抗英中为中国人民开辟了一条一百多年来反帝斗争的道路。当时英国资本家为了获取巨利，大量向中国倾销鸦片。鸦片是摧残人的肉体和精神的毒物。林则徐见到这种毒物的流行会导致亡国灭种，挺身而起，外临残暴的列强，内对昏庸的朝廷，奋不顾身。当他出任两广总督时，以正义迫使奸商缴出鸦片二百多万斤，在虎门当众销毁。保卫祖国，气吞列强，万民称快，斗志昂扬。这是中国人民抵抗外来侵略取得初战胜利的光荣记录。

接着英国逞其坚甲利兵，阴集战舰，犯我领土，挑起遗臭史册的鸦片战争。林则徐早有准备，在广州修筑炮台，发动群众，进行了有效的保卫战。英军不得不移兵北上，攻我弱点。清廷被迫订立城下之盟，即1842年的《南京条约》，割让香港，开放五口通商，从此我国进入半封建半殖民地的屈辱时代。林则徐亦因此获罪于侵略者和投降派，被清廷流放新疆。

林则徐虽遭贬谪，正气凛然，所到之处，群众报以热烈同情和感激。他到了新疆，关心国防和民生，进行深入群众的调查研究，发现当地传统的水利工程坎儿井，可以利用戈壁的地下水，灌溉荒地，开辟良田，充实边陲经济，巩固国防。他极力推广此项民间建设。今日吐鲁番的葡萄美果就是修筑坎儿井的成果。

今年正是林则徐诞辰二百周年。我们在获得了国家独立，刷尽了列代国耻的今天，特别是历史上遗留下来的香港问题已经得到了圆满解决的时刻，谨以后代虔诚的敬意来纪念这位复兴民族、重振中华的先驱者，并愿与所有的中华儿女一起用以自勉。

1985年8月

梁漱溟先生之所以成为思想家[①]

今天，我能来参加关于梁漱溟先生思想学术的讨论会，感到很荣幸。因为梁先生是我一向尊敬的前辈，是当代中国一位卓越的思想家。我学生时代就读过他的书，虽然没有全都读懂。但梁先生的确是一位一生从事思考人类基本问题的学者，我们称他为思想家是最恰当不过的。

梁漱溟先生在他自己1984年出版的《人心与人生》一书的第27页这样说："我曾多次自白，我始未尝有意乎讲求学问，而只不过是生来好用心思；假如说我今天亦有些学问的话，那都是近六七十年间从好用心思而误打误撞出来的。"

好一个"好用心思"，好一个"误打误撞"！这几句简单的心里话，正道出了一条做学问的正确道路。做学问其实就是对生活中发生的问题，问个为什么，然后抓住问题不放，追根究底，不断用心思，用心思就是思想。做学问的目的不在其他，不单是为生活，不是为名利，只在对自己不明白的事，要找个究竟。宇宙无穷，世海无边，越用心思追根，便越问越深，不断深入，没有止境。梁先生是一生中身体力行地用心思，这正是人之异于禽兽的特点，是人之所以为人的属性。人原是宇宙万物中的一部分，依我们现有的知识而言，还只有人类有此自觉的能力。所以也可以说，宇宙万物是通过人而自觉到的，那正是宇宙进化过程本身的表现。进化无止

[①] 本文是作者在北京梁漱溟思想国际学术讨论会上的讲话。

境，自觉也无止境。思想家就是用心思来对那些尚属不自觉的存在，误打误撞，把人类的境界逐步升华，促使宇宙不断进化。

我正是从梁先生的做学问和他的为人中，看到了一个思想家之所以成为思想家的缘由。他的思想永远是活的，从不僵化。他可以包容各种学科，各科学说，从前人用心思得到的结果中提出新问题，进行新思考，产生新学问。环顾当今之世，在知识分子中能有几个人不惟上、惟书、惟经、惟典？为此舞文弄笔的人也不少，却常常不敢寻根问底，不敢无拘无束地敞开思想，进行独立思考。可见要真正做一个思想家，是多么不容易。正因为是物以稀为贵吧，我对梁先生的治学、为人，是一直抱着爱慕心情的。

我原本想就梁先生用心思打撞的问题提出一些我自己不成熟的看法，但这几个月来一直没有坐定过。因此这次讨论会上我不能提出论文来求教于梁先生和诸位到会的学者，请予原谅。我只能利用这个机会表达我为什么爱慕梁先生的心意。我认识到他是一个我一生中所见到的最认真求知的人，一个无顾虑、无畏惧、坚持说真话的人。我认为，在当今人类遇到这么多前人所没有遇到过的问题的时刻，正需要有更多这样的人，而又实在不可多得。什么是文化，文化不就是思想的积累么？文化有多厚，思考的问题就有多深。梁先生不仅是个论文化的学者，而且是个为今后中国文化进行探索的前锋。限于我本身的水平，我对这位思想家的认识只到这个程度，仅能提供与会的朋友们、同志们做参考。我也想利用这个机会，为大家庆祝梁漱溟先生从事教育科研七十周年和九十五岁寿辰表示祝贺。我敬祝梁先生健康长寿，为中国思想界做出更多的贡献。

1987 年 10 月 31 日

做人要做这样的人

——读《蚕丝春秋》书后

"做人要做这样的人。"

这是我前几年为纪念郑辟疆先生写下的题辞。郑先生是先父的至交，后来又是我的姐夫，我的姐姐是费达生。这是句从我心底里说出来的话。表达了他在我心目中的崇高形象。但他究竟是怎样一个人，我当时还说不清楚。

郑先生长我三十岁，与先父同年。年龄和辈分的差距使我很少和他有亲密接触的机会。我对他的形象是从我的姐姐身上得来的。姐姐一直走在我的前面，是我的表率。我又明白没有郑先生就不会有我姐姐这样的一个人。我敬爱我的姐姐，因而崇尚郑先生的为人。

我感谢《蚕丝春秋》的作者余广彤，他告诉了我郑先生究竟是怎样一个人；又告诉了我姐姐是怎样在郑先生的人格感召下成长的。

我并不想去评论郑先生和我姐姐这两人在中国历史上的地位，我怕私人的感情会影响我的判断。他们不是大人物，只是普通的教师。但是我一想到他们，心中总有一种自疚之情。我们应当一代比一代强，而事实似乎正是相反。想要在当前的知识分子中找到一个像上一代的郑先生这样的人，有那样忧国忧民，见义勇为，舍己为人，不求人知的精神的人，我举目四顾，觉得不那么容易。因此我想，在这个时候回头看看我们上一辈的人怎样立身处世，怎样认真对待他们的一生，怎样把造福人民作为做人的志趣，对我们是有益的。至少可以让人们看到，我们中国有过不少一生为使别人生活得好起来而不计报酬地埋头工作的人。而且，这样的人是会受到后人的尊敬和钦爱的。

郑先生不是个传奇人物，是一个普通的公职人员。在他的一代里，依我可以回忆到的说，也不是独一无二的。说他多少具有我上一代知识分子的代表性，也许并不过分。他出生于江南小镇上清苦的读书人家。他父亲是个落第的儒医，到四乡农民中行医的"郎中先生"。如果当他刚刚成年时，历史上不发生戊戌政变，他也只有走上他父亲的老路；如果又是进不了"仕途"，还不是只能把这希望交给下一代？可是时代究竟开始变了。我们不应当低估了在本世纪之初像"蚕学馆"那种新事物的出现。不妨想一想，过了快要一个世纪了，而"科技下乡"、"职业教育"等等还是有待实现的目标，学用怎样结合现在还在困扰大学里读书的学生！再说，一个从蚕学馆里受国家培养出来的青年，有机会去日本看到了当时先进的社会面貌，首先想到的不是个人怎样摆脱落后的家乡，而立志要去改变家乡的落后面貌。不要轻视了这一念之差，这一差却划出了国家兴亡的界线。这个世纪的两端对比一下，怎能不令人沉默深思？

郑先生就凭这一点决心，说不上什么大志，他定下了自己一生的航向。引进先进技术，对传统蚕丝业进行改革。如果只从蚕丝业的改革本身来说，郑先生所做出的贡献，自有专家去评论。我对郑先生的崇敬并不是只来自在事业上的成就，而是有见于他取得成就的精神素质，用传统词汇来说是他的人格。没有他这种精神上的修养，要在千百年所养成的习惯势力中，推陈出新，使科学技术扎根到千家万户的农民之中去,实在是难于办到的。

郑先生是丝绸之乡的儿女,他的母亲就是小镇上的一个普通妇女,除家务劳动和很短的睡眠之外,所有的时间都是花在织机上的。郑先生就在这种环境里成长,熟悉传统丝绸业对劳动农民生活上的重要意义。可是正是到他这一代,原来养育这一带人民的丝绸业在和国外的竞争中开始没落。郑先生也就是在这农村危机出现的初期最先接触到生产丝绸的新技术的人。历史决定了他的任务,他也勇敢地承担了这个历史任务。

育蚕到织绸是一个复杂的过程,是一个千家万户的生产活动。蚕丝的改革是一场艰巨的新旧斗争,不是少数人所能胜任的。但是一切改革都得有人倡导,有人规划,有人切实工作,才能见效。郑先生可说是从头做起的一个人。他一生的记录是一部完整的中国蚕丝业改革史。他一步一个脚印地把改革的决心变成改革的成果。这个过程写出了他坚定不拔,不怕困难的性格,也写出了他深谋远虑的战略思想。这是值得每一个改革者细心学习的。

这本传记告诉我们郑先生曾经在山东的一个偏僻的职业学校里,用了十二年的时间摸索出怎样培养改革蚕丝业所需的人才的经验,不仅自己亲自上堂讲课,而且编出了一整套从育种到制丝的教材。他告诉了我们:进行社会改革,培养人是第一,必须教育先行。

郑先生一生没有脱离过学校。他首先是个教育家,但是他也从来没有使教育脱离实际。他在办教育时心里十分明确要教育出怎样的人来,对社会有什么用处。正因为他有的放矢地办教育,他所主持的浒墅关女蚕校不愧是中国蚕丝业改革的发动机。他在女蚕校里培养出一批有我姐姐在内的有技术,又有干劲的学生。凡是了解中国蚕丝事业的人，我相信没有不承认改革之能见效就靠这批骨干，其中有许多人为了事业甚至牺牲个人成家的机会。没有她们的智慧和劳动，今天中国的丝绸产品能在对外贸易中占如此重要的地位是不可能想像的。

我姐姐和郑先生相识是在1918年，那时我姐姐是女蚕校里的一个学生，只有十五岁。郑先生是女蚕校新任的校长，年近四十，他们是师生关系。1923年我姐姐从日本留学回国，在女蚕校工作，他们是同事关系。在长期的共处中，我姐姐接受了郑先生精神上的熏陶，把中国蚕丝业的改革作为自己一生的责任。更重要的是决心向郑先生学习，把个人的打算全部从属于事业的需要。在1950年和郑先生结为夫妻之前，同事了二十七年。在这二十七年中他们同甘共苦，风雨同舟。郑先生的主意，费达生的行动，紧扣密配，把他们的理想，逐步地化成事实。但是郑先生在庆祝解放后的第一个校庆纪念会上宣布他们两人结婚之前，没有一个人料到会发生这件事，而这事一经宣布又没有一个人不觉得这事是不应该不发生的。这种奇异的群众心情只会发生在这一个特定的历史时刻。解放带来了新的社会精神环境。

像我这样年纪的人不会不明白，如果不等到这个时刻而发生了这样的事，旧社会的舆论必然会对他们两人为之奉献一生的蚕丝改革事业带来不利的影响。郑先生对此完全是清醒的，他当时的选择是宁可独身终生也要保卫住这番事业。他把这样强烈的私人感情平静地埋藏在心底这样长久的岁月，我想这对他并不会带来痛苦和烦恼，因为这是他为了完成他的使命必须付出的代价，受之如饴。在他心目中做人就得做一个为别人谋幸福的人，做一个替别人打算高过于为自己打算的人。郑先生时刻关心的是千家万户赖以生存的蚕丝事业。

我姐姐就是在郑先生这种人格教育中成长的。她能接受这种教育奉行一生固然有其内因，但是没有郑先生以身作则的感召是不可能在事业上取得现有的业绩的。他们在结婚之前在精神境界里早已一而二，二而一地分不开了。前辈黄炎培老先生用"同工茧"来作为他们两人结合的比方。这是一个为人民谋幸福的同工茧，是以千丝万缕的精神纤维结成的同工茧。

我总是感到我姐姐一直是走在我的前面，我想赶也总是赶不上的。她自律之严在我同胞骨肉中是最认真的，我不敢和她相比，但是我尽管自己做不到，对能这样做的人是从心底里佩服的，做人应当这样做。抛开为人处世之道不提，如果仅以所从事的事业来说，我确是在她后面紧紧地追赶了一生。

郑先生已经过去了。我姐姐也已经八十五岁，可是她还是不服老，百尺竿头还要再进一步，用生命的全部奉献给振兴蚕丝事业。我相信这样的人一生是愉快的。我懂得我姐姐所说过的话："人生中最使人鼓舞而能获得最大安慰的，也许就在为人家服务后，人家对自己的感激。"如果到太湖周围有桑树的村子里去，只要一提到他们两人的名字，就会从广大劳动农民的脸上体会到对他俩感激的心情。

孔子作《春秋》，使贤者得到肯定，使不肖者有所警觉，使乱臣贼子惧。从这本传记的书名上，我体会到作者为郑先生和我姐姐写传的深意。

1988 年 8 月

清华人的一代风骚

我今年5月渡泸，深入凉山，第一站是西昌。在面对邛海的小楼上憩息时，一位同行的朋友递给我一本薄薄的小书，是科学出版社发行的《为接朝霞顾夕阳》。那位朋友指着作者的名字问我："西南联大的老人，你熟悉他的吧？"我一看忙着点头，突然一转念，却又怅然自思："这样一个我一向尊敬的人怎么连他现在在哪里都说不上来了？"作者是汤佩松先生。这是他的一本回忆录。

自称是"一个清华人"的汤佩松先生现在已经是八十八岁的老人了，比我年长七年零十天。这不到十岁之差却把我们两人划成两辈。正因为辈分不同，加上了我又是个学医未成，在生命科学中半途掉队的人，原是无缘和汤先生相识的。当然，正如送我这本书的朋友说，我们两人曾在昆明的西南联大同事过，但他住在大普集，我住在呈贡魁阁，南北相距有一天步行的路程，相见自是不易。他的大名却早已灌入我的耳中，那是因为我的老师潘光旦先生和汤先生是莫逆之交。不仅这本回忆录的第一页中有潘先生的名字，而且汤先生在接到我托人带给他赞赏这书的口信后特地签名赠我的那本书的扉页上还写着怀念潘先生的话。

我早年对他的印象是个能文能武、多才多艺的人。当时，文指的是他能说一口好英文，武指的是他会打球。在他这本回忆录中不仅得到了证实，内涵更丰富和提高了。他在清华学堂里就是个活宝，成绩一直维持优良外又是"一个少数几名获得'全能'奖的体育运动员"。他在球迷中名声太响，以致当时他的化学老师甚至怀疑他超人一等的实验报告是抄高班同学的旧作业,理由是:"一个在球场上出色的运动员,不可能是一个功课好的学生。"真冤枉了他。

在读到这本回忆录时,我差一点成了这位化学老师的同类人,因为在我初读这本回忆录时,竟怀疑这是不是他亲自执笔写成的,因为我不大相信一个一生在实验室里搞自然科学的学者能写出这一手动人的文章来。直到我看到他叙述从昆明复员回来写这篇《一个清华人的自白》时记下的一笔:"大名鼎鼎的朱自清从清华园本校步行到几公里外的颐和园对面(升平署)我的办公室(和宿舍)来,专门为了赞扬我这篇'文学作品',这是我一生中几次少有的幸遇之一!"能得到朱自清先生赏识的文才必然是货真价实的。这也说明汤先生的能文能武是高规格的。

汤先生在清华的教师中念念不忘的是马约翰老师。他说,"我在那时及以后的学习和工作中能克服许多困难和挫折,以及在生活和工作中的优良运动竞赛作风、态度及精神,是和在清华八年间的强迫性体育制度分不开的。具体地说,体坛巨师,已故的马约翰教授的培养起了极大的影响。"他在这里所说竞赛作风、态度及精神指的就是英文中的 sportsmanship 和 teamwork。这两个字很难翻译,而正是清华人之所以成为清华人的精神内容。

以足球来说,sportsmanship 是竞赛道德,是从球员怎样对待竞赛对手来说的,要能主动的严守球规,己所不欲勿施于对方,不搞小动作,尊重裁判的裁决,不计较胜负始终全力以赴。在这种竞赛精神下才能显得出球艺,球艺是以运动道德为前提的,二者也是分不开的。Teamwork 则是从球队内部队员之间的关系来说的。各个队员要能各守岗位,各尽全力,密切配合,不存个人突出之心,步步从全队整体出发，顾全大局。这两条其实是人类社会赖以健全和发展的基本精神。体育运动的目的就是在通过实践来培养和锻炼这种基本精神。受过良好运动员训练的人重要的是在把这种精神贯彻到一个人的生活和工作中去，使他所处的社会能赖以健全和发展。从这个角度去看汤先生的自传，那就能对他之所以感激马约翰先生有所领会了。

汤佩松先生的一生确是有点像一场精彩的球赛。他使出浑身解数冲向一个目标，有如球员一心一意地要把球踢进对方的球门。这个球门就是他所说的"生命的奥秘"。他一丝不苟地谨守着科学家的竞赛道德，又毫不厌烦地组成一个抱成一团的科学队伍，在困难重重中，不顾一切私人牺牲，冲在别人的前面。这个比喻像其他一切比喻一样总是有点牵强和出格的，但他在科学领域里冲锋陷阵，义无反顾，不达目的不止的劲头，完全像他在球场上踢球一般。我既是个球迷，自容易这样来体会和赞赏他在这本回忆录里写下的一生经历。

在汤先生的一生中，他的球门是清楚的，也就是说他一生奋斗的目标是十分自觉的。更引人入胜的是他叙述这个目标怎样逐步由模糊而明确，由动摇而坚定，由抽象而具体，由"定情"而坚贞不移。

在美国明尼苏达大学里，他的兴趣被一个物理化学教授吸引到热力学这门学科中，又被他在课堂上提出了一个老师避而不答的"愚蠢问题"播下了他一生事业的种子。这个"愚蠢问题"是发生在胚胎学班上，当他的老师刚讲完种子在萌芽过程中胚乳里无结构的淀粉质逐步转变成为有形态结构的幼苗这个变化时，他突然站起来向老师发问:"在这个形态建成过程中,无组织的有机化合物是以什么(化学、物理学)方式达到一个有形态结构的幼苗?"这是个当时生物科学里还没有人能答复的问题,甚至还没有人提出过的问题。作为一个大学生,当着老师的面这样发问,不是有点冒失,甚至有意撞碰和捣乱么?他看到老师的窘状,不能不后悔而认为这个问题是"愚蠢"的了。

愚蠢和敏捷本是一回事的两面。这个问题实际触及了一个探求生命现象的物理学及化学机制,企图答复"生命是什么"的根本问题。

提出"生命是什么"这个问题并不希奇,古已有之,而且甚至可说人人发生过。我们天天接触到的东西,有的是活的,有的不是活的。活和不活的区别我们都明白。但是这个区别怎么发生的?一个东西怎么会是活的?那就提出了生命是什么的问题了。但一般人却不去思索了,把问题挂了起来,或是说这是"天生如此"、"上帝知道"。

自从人类对自然的知识丰富了一些之后,明白了我们所居住的地球上曾经有很长很长的一段时期里并不存在活的东西。有生命的东西,所谓生物,是后来发生的。相信这段自然历史的人不免要问:没有生命的世界里怎样发生生命的呢?

如果一个人发生了一个无法答复的问题,似乎可以戴得上愚蠢的帽子。汤佩松先生在课堂上提的问题其实已超过了"无法答复"的界限,因为他已经指出了答复这问题的方法,就是要用化学和物理学的知识去解决这个问题。他提出的是一个科学命题,就是可以用科学方法来解决的问题,不是愚蠢问题。但是这个问题提得太早了一些,超前了一些,因此当时那位胚胎学的老师只能避而不答了。我们不能怪这位老师,因为在本世纪20年代后期,生物科学还刚刚开始和物理化学相结合。汤佩松先生冒了尖,敏捷过了人。

超前或敏捷过人是汤佩松先生突出的个性。他老是跑在他这门学科的前面,使他的老师辈或当时的权威瞠目结舌。再举一个实例:汤先生在明尼苏达大学读完本科后在约翰·霍普金斯大学得到了博士学位。1930年他受哈佛大学普通生理学研究室之聘去协助当时的权威Crozier的研究工作。研究的题目是"种子萌发期中呼吸作用的温度特征"。这是生物科学当时的前哨课题,目的是在找出呼吸这种生理现象和温度的关系,求得在不同温度中生理上化学反应速度的常数。可是我们这位不甘心在时代水平上"人云亦云"的超前哨兵却"对老板的总的思路开始怀疑甚至厌恶"了起来,因为他认为"呼吸作用只是气体交换的表面工作,离开探索生理功能的实质相差甚远"。

汤先生在完成和老板约定的试验工作的同时,私下却做了一些"黑活"。通过这项"黑活",他"用CO(一氧化碳)抑制和光恢复方法首次证明了在植物中存在着细胞色素氧化酶",而且他的实验又突破了当时酶学动力学中的米氏(Michaelis)常数,因为米氏公式只适用于离体单纯的酶本身(in vitro)而不是存在于细胞体内(in situ)的酶活性与氧浓度(分压、底物)的关系。换一句话说,米氏是把细胞破碎后去测定的,而汤氏则在完整生活着的细胞中测定的。这项"黑活"把汤先生真正挤进了探索生命奥秘的大门,而把当时的那些权威一下抛在身后。

他在1933年离美时绕道走欧洲返国,目的是探探这门学科在国际上的水平。他访问了三位研究呼吸(代谢)作用的权威。在英国剑桥大学遇见Keilin时提出了一个问题:"你的这些关于细胞色素在体外氧化还原现象是否能代表它们在体内进行的规律？"他得到的回答是："这个问题只能由你自己去回答。"这句简单的答语指出了汤先生正在进行的"细胞呼吸作用的动力学研究"将是他在这门学科中"独树一帜"的有自己特色的思路和研究体系。他当即立下决心将为此奋斗终身。这个体系的主导思想，用他自己的话说："是用尽可能简单的，并又在进行正常生命活动的机体（动、植物或其细胞）在尽可能单纯的化学及物理环境（反应体系）中寻求这一问题的答案：一些无组织的（有机）物质是如何通过呼吸代谢、能量转换而变成有形态结构，能进行包括生长、发育在内的生命活动现象（功能）的活生生的生物的？"他明白自己走到了生命科学的最前沿了。

如果容许我用通俗的语言来重复上面这个科学命题，也许可以这样说：我们作为一个活着的人继续不断地在吸收体外没有生命的东西把它们变成我们生命的一部分，而又把原属于我们这个有生命的部分排出体外成为没有生命的东西。这里不就存在着从无生到有生，又从有生到无生的不断转化过程，也不就是生命的过程么？如果我们对这个过程能用化学和物理学上的概念解释清楚，不就是说明了生命的奥秘了么？我这样说如果和汤先生的科学命题相离不太远，我们也就容易理解为什么汤先生抓住呼吸这个关键。普通人不是都认为生死相差只是一口气么？这口气就是生命赖以存在的力和化的来源，力是指热力，化是指代谢作用。断气也成了死亡的同义词。我和生物学告别已有六十年，对这类的问题本来不应当有发言权的。说些门外的话，如果不合原意，还得请汤先生及读者原谅。

在这里我想说，像这样的一条科学思路在生物学界里应当不是难于理解和接受的。但是如果"超了前",却还是会被没有赶上前哨的"权威"们所冷视和排斥。汤先生1933年回国后,还没有来得及在武汉大学落窝,就碰到了抗战。尽管抗战时期生活怎样颠簸,他的时间多半花在总结过去关于细胞呼吸的研究工作,从而理出一条学术思路。他撰写了三篇论文。第一篇就是《一个完整而正在进行生命活动的细胞(生物)如何将外加(或内储)的无形结构的物质转变为自身的有序性较高的结构和在这个转变过程中熵与形态变换的关系》。他把这篇文章寄给他国外的老师和老友,当时这门学科的权威R. Gerard,请他提意见并转投 *Quarterly Review of Biology*(《生物学季刊》)发表。这位老友却很为难,因为直到这时(1941年)西方的生物学界对"在进行生命活动的细胞"这个研究对象还没有足够的认识,所以"在文前作了一篇'说情'式的介绍,并称此文作者是在战火纷飞的中国的困难条件下文献阅读不全而写作的,故而有些'与众不同'"。

另一篇是论太阳能的生物转化作为人类(生物)能源的基本意义的论文,1944年发表在 *Scientific Monthly*(《科学月刊》)。此文一发表,该刊收到过不少谩骂性的"读者来信"。第三篇是汤先生和王竹溪合写的《细胞吸水的热力学处理》,在 *Journal of Physical Chemistry*(《物理化学杂志》,1941年)发表,见世后却如石落深山。直到1985年在Kramer所著的《植物细胞和环境》一书中才提到说,"二十年后的今天当人们早已讨论并认为已经解决了这个问题后(1960年),方发现这篇文章。""希望这篇(指 Kramer 的)短文能……弥补我们对汤和王关于细胞水分关系热力学的先驱性论文长期忽视的遗憾。"

在学术上一直是个超前人物的汤先生不能不在今天长长地呼了一口气说:"时间和岁月是对科学成果估量的最公正、最权威的裁决者。"他是个优秀的体育运动员,有着竞技道德和队伍精神的锻炼,他不计较荣誉和得失。他在自传的结语里写着他一生奉行的信念,首先是"忠于科学",而且他说,"科学就是积累、继承、突破和演进的过程。它来自个人,却属于全人类"。

对这样一个在科学阵地善于"突破"的超前人物,当前的读者也许会发生一个问题,如果上帝给他一个安定的环境、优裕的条件,他对人类知识的累积会做出多大的贡献?话里也不免流露出为这样的人才抱屈。在读完了他的回忆录后,必然会明白那种所谓"安定的环境、优裕的条件"在他一生中其实都是唾手可得的。但是他一一地自觉地拒绝了。他自愿、主动、视为当然地选择了这一条在一些人看来也许会说他是个"傻子"的道路。这本自传是用他一个接一个坚定的决断串成的。

他是1933年3月上旬从美国乘船回国的。他的一位至友在接到他要回国的消息,特地赶到哈佛劝他一定不要离开美国,因为这位朋友相信他在美国一定会脱颖而出,为生物学做出惊人的贡献;并且已经为他的研究工作和前妻因目疾而带来生活上的不便全都做了妥善的安排。但是他谢绝了。

后来过了大约有二十年,在50年代的"思想改造"中,斗争他时要追究他回国的动机。他说这是完全出于他的意外的。他从来没有思考过这个问题。他一向的想法很简单:我是一个中国人,当然要回中国去。他在美国的生活一直是顺利和愉快的,对美国人是友好的。但是总是觉得他不属于这个地方(I don´t belong here),"生我之乡的山山水水总是最可爱的。所以从来没有发生过为什么要回国的念头。"

当然有人可以说,他当时已得到了武汉大学教授的聘书,而且还答应用两千元美金为他建立一个研究室。那不是"衣锦荣归"而且有了"独树一帜"在国内学术界露一手的机会了么?这个说法却不能用来解释为什么其后两次拒绝离国从业的机会。

他在抗战时期所遭受的困难,这里不必多说。1943年他的前妻,加拿大籍,由于营养不足,缺医少药,以致双目失明,不能不在怀孕期间,带了两个孩子,离昆明回娘家。感情十分亲密的夫妇一别四年,1947年汤先生在日本投降后应联合国教科文组织的邀请去伦敦参加学术讨论会,返国时便道去加拿大探亲。他的前妻和所有的亲友都力主他一家人不应再分离了,并在温哥华大学替他谋得了职位。但是他自认是个"清华人"绝不能和母校"不辞而别",在加拿大家里同妻儿只团聚了两个月,就回到北平。这是第一次。

第二次是1979年,中加建交后,他经历了"文革"的折磨,又回加拿大探亲。这时他的前妻已经过世,他又拒绝温哥华大学的聘约,在前妻的墓前献了花。和三个儿子告别回国了。他当时已经七十六岁了。如果还有人要追问他为什么要回国,他已经以行动做出了答复:"我是属于中国的。"不能辜负"一个清华人"这个光荣的称号。

说汤佩松先生是一个杰出的国际上著名的科学家,他是当之无愧的。他已为"探索生命奥秘"找到了一条科学之路。他已用科学的语言说明了,通过呼吸代谢、能量转换,无生的东西怎样转化成有生的东西,变成有形态结构,并能进行生长、发育的生理机制。他已经用被称为生物力能学的体系占领了生物学发展的这个前哨阵地。汤先生对个人的成就应当可以满足了。但是还是孜孜矻矻地工作。因为他深知一门学科要有它的生命,需要科学家本身的代谢作用才能持续和发展下去。生命奥秘原是一项没有尽头的探索。他在自己冲锋陷阵之外,着手培养后一代的继承人。建立一个科学队伍成了他义不容辞的责任。

1938年他应母校清华大学的聘约,从贵阳往昆明的路上,在回忆录里有下面这段话:"不知道为什么连美丽壮观的黄果树瀑布都没有引起我的赞美,倒是曲靖城楼上'金汤永固'的金字黑匾却那样使我难忘。"其实使他难忘的正就是使他不愿留居国外高等学府的那股情深义重向往祖国的热忱。那股热忱是出于超过个人寿命而能长期持续下去的集体生命,祖国对他的召唤。用他的话来说:"要在这个后方基地为百孔千疮的祖国做出我应当做、也能做的贡献。"他应当做也能做,而且确实做到了的是:"为战时和战后国家贮备及培养一批实验生物学的科学人才。"他明确地把"为国储才"作为他在抗战时期向自己提出的目标和誓言。

体育锻炼使汤先生不仅明白竞赛道德是对人处世的基本守则,而且深信队伍组织是成事创业的不二法门。足球要个球队,科学研究要个实验机构。汤先生一到昆明就着手组织他的科研队伍。西南联大是抗战时期北方三个大学,北大、清华、南开南迁时组成的联合体。清华大学用独立的基金在联合体之外另设了五个研究所,其中农业研究所下设植物生理研究组归汤先生主持。为了避免敌机的空袭干扰,这些研究所陆续迁出昆明市区。1940年农业研究所除昆虫研究组外和其他两所迁到了昆明北郊的一个小镇上,这个镇名称大普集。"大普集"从1940年到1946年成了我国抗战时期有名的科学中心之一。聚集在这个中心里的人也就自称是"大普集人",其中最活跃的,起着核心作用的就是汤佩松先生。

他这本回忆录里最能使同西南联大沾过边的人萦怀万千的也许就是这记下了大普集时代的第十一章《难忘的岁月》。他写下了这样的话："就我个人（及我的研究室的许多同事）来说，这一段的生活占了抗战八年中的最长时间，是工作和收集青年工作人员最活跃、最旺盛的时期。这段时间内在生活上愈来愈艰苦，工作上由于物资的来源和供应愈来愈困难也更加艰苦。而正由于此，我们之间也愈来愈团结，意志愈坚强。无论是在工作中，在生活上，总是协同一致、互相帮助……这六年在为国效忠和为国储才上也是一个最集中和高潮的时期。"

在这一章回忆录中，汤先生指名道姓列举了他这个研究队伍的人，我统计一下有二十七人。这个队伍是指在他的研究室工作和生活过的同事和学生们，至于在大普集与梨园村之间的一家茶馆里每月定期会晤，无拘无束地进行学术讨论的，以及国内外到大普集来进行学术交流的学者们都没有统计在这个数目里。这二十七人后来几乎都成了这个学科的带头人和骨干分子，分散在全国有关的学术机关里。他们现在可能已全部进入了退休行列，但这一代学者所创下的业绩，历史会做出公正和权威的估量。

汤先生这支生花妙笔把当年这几间泥砖盖起的"陋室"里仙境般的灵气，一一从回忆中记录了下来：从门上手锯的木制金字，室内那些分别由成员们从远洋带回来的冰箱、电动唱机等"超级"设备，墙外喊声震天男女混打的排球场，"雷打不动"的周末桥牌集会，以及香飘门外的"殷家烙饼"和改善生活时的"汤阴楼"聚餐会，一直到四合院场地上尘土飞扬的"盛大舞会"，在半个世纪后的今天读起来还是那么风趣横溢和栩栩如生。这不仅是令人难忘的，而且是历史上也永远不会褪色的镜头。

至于这个科研队伍在这样简陋的战时设备下,在学术上做出的成果中,许多都是这门学科的先驱甚至超前的作业。幸亏汤先生已经把这些成就的基本观点和哲学思想总结在他的 *Green Thraldom* 一书中,至少在国外已经不会失传了。这里用不到我这个外行后生多赘一词。

我想也许还有人存在一个问题,这种生命奥秘理论上的探索对实际的国计民生究竟有多大用处呢?用这些大普集人所做的研究成果就能扫清这些人的怀疑。让我随手举出下面一些具体例子:这个研究室成功地从荸荠中提取出了一种新的抗菌物质,称作 Puchiin,取其音同荸荠及普集。这是紧接着轰动世界的青霉素之后,国际上首次在高等植物中发现的一种抗生素,可惜当时未能在医药中得到应用,但是它的实用价值很显然,没有得到实用是另一回事。还有一件使我不能忘怀的是我最近在山东和四川看到农村里正在大量推广的用塑料薄膜覆盖来提高棉花和玉米产量的新技术。在读到汤先生的回忆录后才知道,这个现在才得到下乡的新科技却是汤先生在三十年前的《农业学报》上早已经提出的育秧方法。

汤先生从专业出发还提出了整整下一代人所必须正视和解决的有关国计民生甚至整个人类前途的深远问题,比如他从营养学的分析引导出来的世界粮食问题和人口问题。1940 年前后出版而现在已绝版的《天、地、人》论文集里提出的"以农业为基础的中国经济体系如何改变为一个工业化的国家"的问题。这些不正是至今我们还在探索的课题么?只说汤先生具有先见之明是不够的,应当反思的是为什么他提出的这些问题竟如泥牛入海,而导致了我们在这半个世纪里走上这样一条曲折的道路?

抗战胜利，复员回北平是1946年的夏天。汤先生以"无穷的精力"劲头十足地指望"大普集"能在美丽的清华园里茁壮成长。这股充沛的热情在庆祝复员后的第一次校庆那一天像高压下的喷泉，一泻千里地涌流出《一个清华人的自白》那篇引起朱自清先生赞赏的传世之作。他日以继夜地一心一意扑在筹建清华农学院的工作上，成了他"一生中少有的几次美丽好景中的一个"。在这个美景的向往中，他等待着北平的解放。在1948年12月中旬的围城时期召开的一次清华大学全体教授会议上，他又一次表白了清华人的呐喊："清华是全中国国民的血汗建成的。现在到了把它还给国民手里的时候了。"在回忆录里，他说："这个有历史意义的怒吼正好是由她的儿子'一个清华人'在这个关键时刻首先发出的。他没有辜负'一个清华人'这个光荣称号。"

汤先生这本回忆录是1986年8月写成的，离开最后一次"清华人"的呐喊已经三十八年。这三十八年比他从学成回国到清华园解放的十五年要长得多，可是在回忆录里却只占了一百五十页中的十八页。这段时期对一个以旧社会来的知识分子的经历来说原是没有多少可以鼓舞后人的事值得述说的，如果把那些最好在记忆里抹去的事写出来，经历过的人不言自喻，没有经历过的人读到了好处也不大，我看少说还是较好。他只用最简括的语言总结了这段生活："往事已矣！决无私人怨恨！这就是历史，这就是人生。没有什么可以自悯，更没有什么怨天尤人的。这就是生活。这就是一个国家历史的自然演变过程。"

在回忆录的倒数第三页，他对自己这一生做出了如下估计："在植物生物学、生物化学和生物力能学中我的确很努力地做了不少工作。在教育和人才培养上也尽了我能尽的力量。但我对祖国对人民的贡献毕竟离我的主观愿望和客观要求相差很远。我工作成就不多、贡献不大，特别在建国以来未能做出合乎我主观愿望的成就，这只能归咎于我自己的努力和工作水平不够，决不能归咎于任何客观条件，如物质条件的不足或政治运动的频繁上。"

这段话里，他重又以他青年时代运动员的那种坚持竞赛道德和队伍精神的面貌留下了他在科学界的形象，一个不朽的形象，称得上"不愧是个清华人"的形象。

写到这里，我觉得言犹未尽，还想在这本书的书名中的"为接朝霞"这四个字上做点文章。正在下笔踌躇时，来了位朋友，抢着读完了我的草稿，抬起头来呆呆地看着我，一语不发，接着讷讷自言："真是个白头宫女，还有心情闲坐说清华。"好，让我就用这句话来结束这篇读后感吧。

1991年8月10日于丹东山上宾馆

顾颉刚先生百年祭

今天我来参加顾颉刚百岁纪念会，感想很多。我对顾颉刚先生一向敬崇和爱慕，他是我们三吴书香的骄傲。他在燕京大学执教时，我正在未名湖畔上学，但我没有上过他的课，听过他的讲。我们属前后两代，相差十七年，由于学科不同，我错失了上门拜师的机会。我对史学早年并不发生兴趣，更怕读古书，读也读不懂，因之，和顾先生交臂错失。

顾先生的名字我早已耳熟，他的为学我是衷心钦佩的。那时我还在东吴附中读书，我已读到顾先生的《古史辨》（第一册是在1926年出版的）。当时我上课时不很守规矩，凡是老师讲的课听得厌烦时，就偷偷看自己想看的书，《古史辨》就是其中之一。我喜欢这本书是因为它告诉我，书上的东西不要全信，看书要先看一看这书是谁写的，想一想他为什么要写这本书。那时我正是十七八岁的小青年，思想活泼，就喜欢听这种别的书上和教室里听不到的话。头脑里还没有形成教条，敢于怀疑，很忌"有书为证"这类的话。所以《古史辨》吸引了我，提醒我不要盲目认为凡是印在书上的都是可靠的。

后来我看到陆懋德先生说："此书实为近年吾国史学界极有关系之著作；因其影响于青年心理者甚大，且足以使吾国史学发生革命之举动也。"我就是受到这本书影响的青年之一。我还极同意周予同先生所说的话："他不说空话，不喊口号。""他是有计划的、勇敢的，就心之所安，性之所近，力之所至，从事学问与著作。"

这些我在青年时代听到的话，铭记在心，现在年老了，可以加上一句，"受用一生"。我按这几句话做，固然吃了不少苦头，但也尝到真正的甜头。苦头吃过了，也就过去了。甜头却留在心底，历久更甘。

近世的中国学术界大体上也许可以分为四代。从"五四"到抗战是一代，属于我老师们的一代，顾先生就是属于这一代。从抗战开始到解放前后是我这一代，解放后到 70 年代末是一代，最近这十年又可作为一代。一代有一代的特点，各领风骚几十年。第一代的人物我所接触到的许多老师中有比较深刻的印象。他们确是具有一种特殊的气质，追求真理，热爱科学，在他们看来科学之可贵不是已存的知识而已，主要在不断追求知识的这股劲。一个人只有一个小小的脑袋，能有天大的本领，装得尽人间知识？只有人类世世代代追求知识，累积起来，才能越来越多。比如我年轻时代在东吴学生物学时，遗传基因还是先进的知识，现在时隔不过几十年，人们已经掌握了利用基因来改造物种的技能，即所谓遗传工程。已有的知识总是有限，经过不断追求就成了无限。人类是演进来的，还在演进，将来会演进成什么样子，我们现在还不清楚。

我上一代的学者那种一往无前推陈出新的精神确是动人，我相信它符合宇宙的演进规律。我去年在《读书》杂志上发表了一篇《清华人的一代风骚》，就是想歌颂我们上一代的这种精神。我写的是关于汤佩松先生一生的奋斗经过。他在生物学战线上冲锋陷阵，远远地超出当时西方的生物界。可惜生不逢时，他培养的花圃里并没有百紫千红的显赫起来，但是那种精神却表现了我们民族的素质，光辉的前途是可以信得过的。

顾先生不又是这样的一个突出的例子么？他的《古史辨》却比

汤佩松先生的"生命之源"幸运多了。顾先生这支锋利的笔杆居然把几千年占在历史高位的三皇五帝摧枯拉朽地推倒了。原来不过是历代编下的一段神话！历代古人曾费了九牛二虎之力搭成的这座琉璃宝塔被顾先生拆成一堆垃圾。这不是一件大大的快事么？三皇五帝的偶像都拉得倒，也预示了没有事实基础的历史的纸老虎，都不会经得住科学的雷电。

顾先生是打破偶像的前锋。他在《古史辨》第四册的序里说："我们的古史里藏着许多偶像，而帝系所代表的是种族的偶像……王制为政治的偶像……道统是伦理的偶像……经学是学术的偶像……这四种偶像都建立在不自然的一元论上。本来语言风俗不同，祖先氏姓有别的民族，归于黄帝的一元论……有了这样坚实的一元论，于是我们的历史一切被其搅乱，我们的思想一切受其统治……所以我们无论为求真的学术计，或为求生存的民族计，既已发见了这些主题，就当拆去其伪造的体系和装点的形态而回复其多元的真面目，使人晓然于古代真相不过如此，民族的光荣不在过去而在将来……"

顾先生这番激昂慷慨的议论，加上他手不绝书那么厚厚的论证，使像我一样的青年学生完全折服了。事经半个多世纪，我年纪已进入耄耋之列，顾先生也已经过去了十三年，我们今天在这里纪念他的百岁时，作为他一个没有及门的同乡后生，我心里却非常矛盾。我毫不动摇地承认顾先生所说历代虚构的这部上古史，甚至可以类推到以后的许多传说性的史实，都是不足信的。但是我们的祖祖辈辈难道全是居心叵测的诳言家么？他们为什么要编出一套虚构的历史呢？他们认真地虚构这一套历史这件事的本身反映着一件什么真实的历史过程呢？从这个伪编过程能不能就得出结论说，"古代真相不过如此",只是一片荒唐的虚妄传说,因而"民族的光荣不在过去而在将来"。我对这个结论,心里还有疑问,实情恐怕没有这样简单。

顾先生一代的学者有一个共同的特点,就是反对学术界不动思想,轻易信人,人云亦云的风气,所以顾先生自己说要造成一个"讨论学术的风气,造成学者们的容受商榷的度量,更造成学者们的自己感到烦闷而要求解决的欲望"。我这一代在这种学风上虽则已大为衰退,但尚幸余风未灭,只是几经风雨,有话常自己咽下。今天在顾先生的纪念会上尽情一吐,也可说是话得其所。

其实今天我想说的内容,在1958年前已经提过了,只是没有联系到《古史辨》本身。今天补此一课。那是1939年的事,当时我匆匆忙忙从英国回来决心和同胞们共赴国难。到了昆明看到顾先生在2月29日《益世报》的《边疆》副刊上发表了一篇《中华民族是一个》的大文。他的意思是"五大民族"一词是中国人自己作茧自缚,授帝国主义者以分裂我国的借口,所以我们应当正名,中华民族只能有一个,在中华民族之内我们绝不再分析出什么民族。并且着重说:"从今以后大家应当留神使用这'民族'二字。"

我看了这篇文章就有不同意见,认为事实上中国境内不仅有五大民族,而且还有许多人数较少的民族。我在出国前调查过的广西大瑶山,就有瑶族,而瑶族里还分出各种瑶人。不称他们为民族,称他们什么呢?我并没有去推敲顾先生为什么要那样大声疾呼中华民族只有一个。我就给顾先生写了一封信表示异议。这封信在该年5月1日《益世报》的《边疆》副刊上公开刊出了,题目是《关于民族问题的讨论》,接着顾先生在5月8日和29日撰文《续论中华民族是一个,答费孝通先生》。长篇大论,义正词严。

这样的学术辩论在当时是不足为怪的。后来我明白了顾先生是激于爱国热情，针对当时日本帝国主义在东北成立"满洲国"，又在内蒙古煽动分裂，所以义愤填膺，极力反对利用"民族"来分裂我国的侵略行为。他的政治立场我是完全拥护的。虽则我还是不同意他承认满、蒙古是民族是作茧自缚或是授人以柄，成了引起帝国主义分裂我国的原因。而且认为只要不承认有这些"民族"就可以不致引狼入室。借口不是原因，卸下把柄不会使人不能动刀。但是这种牵涉到政治的辩论对当时的形势并不有利，所以我没有再写文章辩论下去。

其实从学术观点上说，顾先生是触及到"民族"这个概念问题的。我们不应该简单地抄袭西方现存的概念来讲中国的事实。民族是属于历史范畴的概念。中国民族的实质取决于中国悠久的历史，如果硬套西方有关民族的概念，很多地方就不能自圆其说。顾先生其实在他的历史研究中已经接触到这个困难。他既要保留西方"民族国家"的概念，一旦承认了中华民族就不能同时承认在中华民族之内还可以同时存在组成这共同体的许多部分，也称之为民族了。

顾先生自有他的想法，我已无法当面请教他了。但是我相信，如果人神可通，他一定不会见怪我旧事重提，因为历史发展本身已经答复了我们当时辩论的问题。答案是中华民族既是一体，又是多元，不是能一不能多，能多不能一。一体与多元原是辩证统一的概念。民族并不是一个一成不变的群体，而是可聚可散，聚散并不决定于名称上的认同〔与否〕，而决定于是否能保证一体内多元的平等的富饶。我们这个统一的中华民族来之不易，历经几千年，是亿万人努力创造得来的成果，我们子子孙孙自应力保其繁荣、富强、完整、统一。过去创立的功绩,不应抹煞了,今后的光荣只能立足在这个现有基础上,从不断创造、不断更新中得来。这一点我希望顾先生能含笑点头,予以同意。

我刚在说到我对《古史辨》心里还有疑问后,插入了我和顾先生在民族问题上的辩论,似乎有一点乱了思路。其实并没有。因为顾先生在民族问题上的主张正说明顾先生思想上存在着一个没有解决的问题,就是并没有重视一切思想在当时必然有它发生的历史背景。正如顾先生当时要提中华民族是一个一样是迫于时势。三皇五帝是否也有其必须提的背景呢?我对顾先生的三皇五帝纯系虚构的说法,并不怀疑。但是想进一步问一下,为什么要虚构这座琉璃宝塔来"欺世骗人"?真如顾先生所谓拆穿了,"古代真相不过如此",意思是它只是一片荒唐的虚妄传说。我们古代历史不是成了一回荒唐事迹了么?我们自然会说"民族的光荣不在过去而在将来"了。这是我不同意他的地方,因为我认为这是出于他没有更进一步深究这座宝塔在中国古史里所起的积极作用。

其实顾先生在厚厚的多少本《古史辨》中有许多地方已经直接或间接提到或暗示,这个虚构过程是密切联系着中华民族从多元形成一体的过程。尧、舜、禹、汤原是东南西北各地民族信奉的神祇。当这些民族与中华民族这个核心相融合时,各别的神祇也就联上了家谱。这一点顾先生不仅不否认,而且提出了不少证据。使我不能了解的是为什么顾先生那样热忱我们这个中华民族的统一体,却不愿承认缔造这个民族统一体,使信奉个别神祇的许多集团归成一体的有功的群众呢?分别的神祇原本是小集团认同的象征。各个小集团融合成了一个较大的集团,很自然需要一个认同的汇合,这时分别的神祇也就自然而然地联系在一起了。虚构三皇五帝的系统，不是哪一个人而是各族的群众。如果我们同意中华民族统一体的不断扩大正说明了我们民族的强盛和文化的发展，那么为什么不肯认可这种认同象征的联宗呢？

说得更明确一些，我不能不怀疑顾先生的思路中存在着个没有解开的矛盾。如果他真正看到了我们这个民族的所以伟大就在于能容纳多元，融成一体，那么他的《古史辨》岂不就是我们民族自古有之的这种伟大性格的见证么？也正因为有此渊源，我们在未来的世界中才可以成为和平共处，兄弟相待的全球性社会的一个支柱。我同意顾先生把我们民族光荣放在将来，但将来的光荣是有根底的。这根底就是我国五千年来的历史，包括顾先生深加辨析的古史。

顾先生所代表的一代学人已经纷纷萎逝，我作为紧接这一代的后辈，深自疚愧，不仅没有能发扬光大前辈的为学精神，甚至难以为继，甘自菲薄。国运其昌，命在维新。缅怀前贤，敢不自勉。

1993 年 8 月 10 日

人不知而不愠

——缅怀史禄国老师

1991年8月在辽宁丹东鸭绿江边度暑。丹东是个满族的聚居区，据1990年人口普查，丹东地区满族人口超过一百万人，占全地区总人口的百分之四十以上，已有三个县，岫岩、凤城、宽甸建立了满族自治地方。我抽出几天时间访问了附近的满族农村。在访问过程中我回忆起半个多世纪前，我在清华大学研究生院读书时曾读过当时的老师史禄国教授在20年代写的《满族的社会组织》一书。引起我对满族研究的想法，如果有机会再去现场深入调查一次和史氏旧著的内容相比较，不是可以看到这个民族在最近七十年里的变化了么？我把这个意思告诉了陪同我去度暑的潘乃谷同志。假期结束回到北京，她立即在北京大学社会学人类学研究中心里说服了高丙中同志，参与这个研究课题。她先在北京图书馆找出了这本久已被人遗忘的旧书进行翻译，作为这个课题的初步工作。1993年暑季译文原稿送到了我的手上，并且说这本译稿已由商务印书馆接受出版，希望我写一篇序文。写序我是不敢的，因为这本书的作者是我的老师，按我自订的写作规矩，在师承上不许越位。我只同意在书后写一篇记下一些对这位老师的追忆。

1933年暑假前，距今可巧正是六十一年前，燕京大学的吴文藻老师带着我去清华大学登门拜见史禄国教授。为了这次约会，吴先生是经过一番考虑的。他认为发展中国的社会学应当走中国化的路子，所谓社会学中国化是以"认识中国，改造中国"为宗旨的，社会学必须从中国本土中长出来。为此他费尽心思要培养一批年轻学生做这件事，他在这年又邀请了美国芝加哥大学的派克到燕京大学来做客座教授，传授实地调查的社区研究方法。这套方法据派克说是从现代人类学里移植过来的。西方当时人类学者都必须参与到具有不同文化特点的各族人民的实际社会生活中去，通过切身的观察、理解、分析、总结，取得对实际的认识。这种参与研究对象的实际生活的方法被称为实地调查的社区研究方法。派克和他的学生们就采用这种方法去调查芝加哥的都市社会，建立了被称为芝加哥学派的社会学。吴先生就有意采用这种方法来建立中国的社会学。这是他的意图，要实行这个意图就必须培养一批人。当时我正好是燕京大学社会学系毕业班的学生，成了他看中的一个培养对象。

要培养一个能进行社区实地调查研究的社会学者，在吴先生看来首先要学会人类学方法，于是想到了就在燕京大学附近的清华大学里的一位教人类学的史禄国教授(以下简称史氏)。燕京和清华两校是近邻，但是要送我去从史氏学人类学却不是那么方便。吴先生为此先说服了清华的社会学及人类学系在1933年招收学人类学的研究生，更重要的一关是要说服史氏愿意接受我这个研究生。这却是个不容易过的关，因为这位教授据说生性怪僻，不易同人接近。为了要他愿意收我这个徒弟，吴先生特地亲自带着我去登门拜见。换一句话说，先得让他对我口试一番，取得了他首肯后，才能进行正规手续。

史氏是怎样一个人？他对自己的身世守口如瓶，我一直不清楚，也不便打听。直到我打算写这篇后记时，才查了他自己的著作和请一位日本朋友帮我在东京搜集了一些资料，关于他的学历才有个简要的梗概。从这个简历中也可以明白为什么他有个不很和人接近的名声。

这位日本朋友复制给我的英文本《国际人类学者人名字典》(C. Winters 编,1991年出版,以下简称《人名字典》)中有关史氏简历的条文,由 A. M. Reshetov 执笔,原系俄文,由 T. L. Mann 译为英文。史氏的原名是 Sergei Mikhailovich Shirokogorov(他所出版的著作署名时名尾不用 v 而用 ff),在中国通用的汉名是史禄国。这个汉名是否由他自己起的,我不清楚。但是至少是他认可的。

史氏的生卒年月有两种说法。一是上述《人名字典》说他1887年6月2日生于 Suzdal(俄罗斯),1939年10月19日死在"北京"(当时我们称北平,在日本军队占领时用什么地名我不清楚)。但是《北方通古斯的社会组织》(以下简称《北方通古斯》)中译文的译者前言里另有一说,在他名后附有"(1889—1939)",意思是生在1889年,比前说迟两年。中译本说是曾"利用原著和日译本"。我请那位日本朋友查了这书的日译本,译者是川久保悌郎、田中克己。在译者跋文里有"教授1889年生于俄罗斯古都附近其父的庄园里",可见第二说来源于此。这两年之差,不易断定何者为误。

据汉译《北方通古斯》译者前言:史氏"1910年毕业于法国巴黎大学人类学院,回国后在圣彼得堡大学和帝国科学院从事研究工作,1915年被选为该院人类学学部委员(时年二十六岁或二十八岁)。曾于1912年至1913年在俄国后贝加尔和1915年到1917年在我国东北多次进行民族志学、考古学和语言学调查。十月革命以后流亡我国。从1922年至1930年先后在上海、厦门、广东等地的大学任教和从事研究工作。1930年以后在北平辅仁大学、清华大学任教，并到福建、广东、云南和东北等地进行过学术调查。1939年逝世于北平。"

史氏在《北方通古斯》自序中说："1912年和1913年我曾到后贝加尔做过三次考察，1915年到1917年期间我又去蒙古和满洲做了考察……1917年科学院又派我前往中国的蒙古以及西伯利亚毗邻的各地方，使我得以继续过去几年的考察。但是我的工作还没有完成，因为整个远东，特别是西伯利亚各地，陷入不安定状况而几次中断，我的研究性质改变了，新资料的搜集几乎限于汉族（体质）人类学的问题。""1917年俄国旧政权崩溃以后……决定返回圣彼得堡……1917年结束的第三次考察，持续了两年多……1917年末在北京进行了对满族的考察……从1918年春季以来……我再也没有到通古斯人和满人居住地区去考察的机会了。"从史氏的自述中可以看到，他对通古斯人及满族的实地考察主要是在1912—1913年和1915—1917年这几年中。他又提到过1920年离开西伯利亚时丢失过一部分资料，表明1917年后还去过通古斯人的地区，看来没有进行正规的调查研究。

《人名字典》记着1918—1922年他是在海参崴大学工作。他自己在所著 Ethnos 专刊的前言中说："经过了十年的思考，1921—1922学年在海参崴的远东大学讲'民族志'这门课程的引论里阐述了这个理论。"这说明1922年流亡到中国之前曾在海参崴的远东大学里住过一年。

1922年他曾到过上海，但他在上海的情况，我不清楚。据他在《北方通古斯》的序言中表示感谢上海商务印书馆总编辑王云五和英文部主任邝富灼，还有上海巡捕房的人，说明他在上海和当地的社会是有联系的。后来不知哪一年他受到了厦门大学之聘担任研究教授。就在这段时间里他编写和准备出版这本著作。这书的序言是 1928 年 7 月在广州写的。当时他是否在中山大学任职我没有确证。我认识的一位民族学家曾经和史氏一起去广西或云南考察过,是和中山大学有关系的。但是这位朋友几年前已逝世,我也无从追问了。据日译本译者的跋文说:他是 1930 年秋到北平辅仁大学及清华大学任教。我只知道他和辅仁大学的许多欧洲学者往来较多,但是否担任教授的职务不敢肯定。依我 1933 年起跟他学习的两年中,没有听说他兼任过辅仁大学的课程。

我是 1935 年和他分别的,他就在这年的暑期按清华的惯例:教授工作五年后有休假出国一年的权利,去了欧洲,但由于一直没有通信,他的行踪我无法得知。我 1938 年返国正在抗日战争时期,北平已经沦陷,情况不明。我所见到从北方南下的人中,没有提到过他。直到抗战胜利后,我于 1947 年回到北平,听说他已逝世。据《人名字典》他是 1939 年 10 月 19 日死的。《北方通古斯》日文本译者跋文中记着 1942 年在北平访史禄国夫人的事。当时她住在景山山麓。他的夫人是 1943 年去世的。

从上述史氏简历中可以看到他一共享年五十岁或五十二岁。在这半个世纪中有五分之二的时间,约有二十年,是用在打学术基础的受业时期。由于他出生于帝俄末期的世家,深受彼得大帝传下来的向西欧开放和向东亚扩张的基本传统影响,后来他留学法国和研究通古斯人。《北方通古斯》日文本译者说他受的是"古典教育",用我们的话说是欧洲早期的通才教育,着重学习数理化文史哲的基础知识和掌握接通欧洲文化的各种语言工具。他在大约二十岁时进入法国巴黎大学,在当时西欧文化的中心,接受资本主义上升时期的实证主义思想的熏陶。他接受进化论的观点,把人和人所构成的社会和所创造的文化看做是自然的一部分，企图用科学方法来探讨其发展变化的规律。

他确是从当时欧洲学术最前沿起步的。当时欧洲的人类学还是在研讨文化起源和发展阶段上徘徊，希望从"原始社会"和"野蛮人"中寻找到人类文明的起源。直到第一次世界大战之后才突破了这种"古典"人类学的传统。史氏就在这时投身到人类学这门学科中的。他扬弃了坐在书斋里用零星汇集的资料沿主观思路推论的那种历史学派和传播学派的老框框，采取了当时先进的亲身实地观察的实证主义的方法。

从人类学的历史上看，他和波兰籍的 Malinowski（1884—1942）、威尔士籍的 Radcliffe-Brown（1881—1955）和德裔美籍的 Kroeber（1876—1960），都是第一次世界大战之后初露头角的所谓现代人类学的创始人。这一代的人类学者基本上都走上了所谓功能论的路子。以我的水平所能理解的限度来说，史氏在这些人中出生最晚，生命最短，所讲的人类学包罗最广，联系的相关学科最宽，思维的透射力最深，但是表述的能力最差，知名度最低，能理解他的人最少，因而到现在为止，他的学术影响也最小。

史氏的造诣和弱点和他的经历是分不开的。他学术的旺季无疑是 1910—1917 年的大约七年时间。当时他在俄罗斯帝国科学院里是一个受到上一代栽培的多才多艺、风华正茂的青年学者。二十六岁当选院士，三次参加受到国家支持的人类学实地考察队，而且在 1917 年革命狂潮初起时还受到人类学博物馆馆长的安排，再去西伯利亚考察。从他当时已初步形成，后来发表有系统的综合性的民族学理论框架看，不能不说他是个多才，而且勤奋好学的青年。他除写作之外还善绘画。在他那本《北方通古斯》里插入了两幅自绘的彩色画。他有一次对我说,用绘画来写生比摄影更能突出主题。他对音乐也具有深厚的欣赏力,他夫人是位钢琴能手。我在他的书房里和他谈话时常听到隔壁传来的琴音。他有时就停住了话头,侧耳倾听,自得之情另有一种神采。所以我说他不仅多才而且是多艺。

具有这样天赋的青年,在当时浓厚而严格的学术气氛里,他获得了他一生事业的结实功底。但是正在他学术旭日初升之际,无情的历史转变给他带来了严厉的打击。他从1917年起就走上了坎坷的命运。他在《北方通古斯》的自序里透露过,1917年前在各地调查时,一路受到官方的殷勤协助,其后一下变成处处跟他为难的旅行。从1917—1920年,他仆仆道上,行旅匆匆,甚至行李遗失,资料被窃。最后不得不远走海参崴,仅一年就开始告别祖国,过着流亡异乡的生活。

在这里插入一小段和我另一位老师Malinowski(以下简称马氏)的对照,也许可以加深对这两人遭遇不同的认识。马氏出生于波兰的Cracow,当时属奥匈帝国。他的父亲是个有名的语言学家。他大学毕业后留学德国,后来从1910年起又到英国留学,1914年由英国伦敦大学资助去澳洲调查研究。欧战爆发,奥匈站在德国一边对抗协约国。那时他正在澳洲调查,被列入敌国人士,行动受到限制,不得离境。但由英国学者担保,可利用这时期在澳做学术研究,因此他有机会从1915—1918年几次深入Trobriand岛,参与土人社会生活。他用观察和体会结合的生动资料写出了惊动一时的著作,一举成名。加上他纯熟的英语和优美的文笔,扩大了影响,成了两次大战之间社会人类学功能派的带头人。

回头看看史氏,他在中国虽然也取得了大学里的职位,但他所讲的那一套理论,在中国不可能为同辈学者所理解。何况他又不能用他母语做媒体来表达他的学术思想,只能借助于他自认驾驭尚欠自如的英语来发表他的著作,传播面狭而且不够透彻。于是两人及身的社会声望自然不可同日而语了。

史氏在1930年进入清华之前的生活我不清楚。据我从别人口上所得来的印象,他所接触的中国同行学人对他至多是以礼相待,甚至由于莫测高深而采取敬而远之的态度。在清华园里和他有来往的倒是生物学系的一些教授,这是我从同乡的生物学系助教口上听来的。他们系里的教授有疑难的问题,多去请教他。我想这是事实,因为我在清华时的工作室就是在生物馆里,占有一大间实验室,而且我可以到生物学系所开的课程去做正式附读生听课并做实验,老师们对我也很优待。这些都是出于史氏给我的安排,表明他和生物系的关系似乎比和自己的社会学及人类学系更亲近些。

人类学在清华园里知道的人不多,史氏作为一个世界级的学者,知道的人更少。他不但在清华里不知名,甚至全国全世界在当时知道他而能理解他的人也是很少的。他在学术本行里有往来的人据我所知道的只有在辅仁大学里的一些欧籍学者,而且大多数是天主教神父。天主教神父从明朝以来就是传播西方学术到东方来的桥梁。这座桥到民国时就只留下了辅仁大学这一个小小据点了。

史氏深居简出,与世隔离,自有他的苦衷。他是个回不了家乡的学者,而所以回不去,或不愿回去,是因为家乡已经变了色,对他是合不来的。至于他怎样能立足在中国的高等学府里,其社会政治背景我是说不上的。只有一次我在他家坐谈,突然看见他神色异常,因为隔窗见到了几个外国人走向他家门。接着又见他夫人匆匆出门去把来人打发开了。他当时那种紧张的表情,留下我不易忘怀的印象。后来我有位朋友私下同我说,苏联的克格勃是无孔不入的。我当时也不大明白这句话的意义,但模糊地理解到我这位老师这时的表情是有点大祸临头的味儿。我怎敢多问呢?

他在清华园里是个孤僻的隐士。生活十分简单,除一周在教室里讲一两堂课外,整天关在书斋里翻书写作。闲下来就听夫人弹钢琴。傍晚两人携手散步,绕清华园一周,每日如此。他这种遗世独立的生活,养成了他那种孤僻的性格,使人觉得他是个很难接近和相处的怪人。这和当年我在伦敦时见到的高朋满座,谈笑风生的马氏正好是个对照。同是异乡流亡客,世态炎凉处两端。

人是社会的动物,最怕是没有人懂得自己,周围得不到自己所期待于别人的反应。在这种处境里连孔子都会兴叹"莫我知也夫?""知我者其天乎"。人之相知是人和人所以能结合成社会的基本纽带。没有共识就不可能有社会交往。孩子哭妈妈就知道他饿了,喂他奶吃。这就是相知的基本模式,也是社会的基础。

一个学者也是为了要社会上明白他所思考、所推敲的问题,所以竭尽心力表达自己的见解,即使四周得不到反应,他总是想著书立说,希望远方也许有人、身后也许有人会明白他的。这是司马迁的所以负辱著书,留言于后世,"疾没世而名不称也"。我说这段话,眼前似乎出现了这位成天伏在书案前的老师。他不就是这样的人么?孔子说"人不知而不愠,不亦君子乎",这句话紧接在"有朋自远方来,不亦乐乎"之后,不能不使我猜想他正是希望远方有个明白他的人能来见他。

史氏在世之日,恐怕深知他的人是不多的。我总觉得似乎是有一条界线,把他的后半生排除在当时的学术圈子之外。他去世后,1986年我三访英伦,在LSE的一次座谈会上,在休息期间有一位英国朋友，紧紧拉着我的手用喜悦的口吻说："史禄国在苏联恢复名誉了。他的著作被公开了，肯定了，而且承认他是通古斯研究的权威了。"这位朋友知道我是史氏的学生。因为我把史氏的名字列入 1945 年出版的 Earthbound China 一书的扉页上，作为纪念我的三位外国老师的首位。所以这位朋友知道我和史氏的关系，把这个好消息通知我。同时我也了解到史氏不能回国的原因，他在祖国曾是被归在"反动学术权威"一类里的。这个标签的涵义我自有深刻的体会。名要搞臭，书要禁读。1990 年 8 月我有缘去莫斯科访问苏联的科学院，接待我的人证明了 1986 年我在伦敦听到的话。我作为史氏的学生也叨了光。

我收到那位日本朋友寄来《人名字典》的复制件中有下面一句话："他又是被推崇为第一个给 Ethnicity（民族性）这个概念下定义的人。"《人名字典》这一条文的作者引用史氏的原话"Ethnos 是人们的群体，说同一语言，自认为出于同一来源，具有完整的一套风俗和生活方式，用来维护和崇敬传统，并用这些来和其他群体做出区别。这是民族志的单位——民族志科学研究的对象"。原文出于何书没有说明，我无法核对。

我最初读到这句话时，觉得十分面熟。这不是和近几十年来我国民族学界所背得烂熟的民族定义基本上是相同的，就少了共同地域和共同经济这两个要素？怎么能把这个"经典"定义的初创权归到史氏名下呢？再看写这段话的人署名 A. M. Reshetov 看来是个俄籍学者，而且条文下注明是从俄文翻译的，译者署名 T. L. Mann 以示文责由著者自负。这本字典是 1991 年出版的。出版社的名字在复制件中查不到。写这条文的日期当在我去访问莫斯科前后不久。我思索了一会，才豁然开朗。史氏在世时，这种话在苏联是不会有人敢说，更不会见诸文字，而是送到国外出版的字典里公开发表的。

还应当说明的是，我在用中文翻译上面这句话时也很尴尬。史氏用的 Ethnos 是他的专用词，采自拉丁文，在《牛津英语字典》直译作 Nation。史氏采用拉丁古字就是为了要避开现代英语中 nation 一词，因为 nation 在 19 世纪欧洲各民族强调政治自主权时，把这词和 state 联了起来，成为 Nation-State。State，是指拥有独立主权的国家，于是 Nation 也染上国家的涵义，比如联合国的英文名字就是 United Nations。为了把民族和主权国家脱钩，他采用了拉丁文 Ethnos。为了不再把浑水搅得更乱，我就直接用 Ethnos，原词不做翻译了。

由于史氏对用字十分严格，不肯苟从英语的习惯用法。这也是普通读者不容易读懂史氏著作的一个原因。他用词力求确切性，于是许多被各家用滥了的名词总是想违避，结果提了不少别人不易了解的新词。他抛开通用之词，采用拉丁文原字，使其不染附义，Ethnos 是一个例子。更使人不易理解的是用一般的英文词汇加以改造而注入新义，如他最后亲自编刊的巨著的书题名为 *Psychomental Complex of the Tungus*。Psycho 原是拉丁文 Psukhe 演化出来的，本意是呼吸、生命和灵魂的意思，但英语里用此为字根，造出一系列的词如 psychic，psychology 等意义也扩大到了整个人的心理活动。晚近称 Psychology 的心理学又日益偏重体质成分，成为研究神经系统活动的学科。史氏总觉得它范围太狭，包括不了思想，意识，于是联上 mind 这个字，创造出 Psychomental 一词，用来指群体所表现的生理、心理、意识和精神境界的现象，又认为这个现象是一种复杂而融洽的整体，所以加上他喜欢用的 complex 一字，构成了人类学研究最上层的对象。这个词要简单地加以翻译实在太困难了。我近来把这一层次的社会文化现象简称作心态，也是个模糊的概括。

他强调心态研究原是出于他研究通古斯人社会文化中特别发达的 Shamanism 萨满信仰。萨满是一种被通古斯人认为是人神媒体的巫师。过去许多人把它看做迷信或原始宗教，但史氏则采取实证主义的立场，把它作为一种在社会生活里积累形成的生理、心理的文化现象来研究，并认为它具有使群体持续和适应一定客观环境的作用。这是功能学派的基本观点。

马氏的巫术分析也是采取这样看法的，但是没有像史氏那样深入到生理基础去阐明这种社会行为的心理机制，所以我认为在这方面马氏在理论上没有史氏那样深入。

史氏的人类学和马氏的人类学的差别也许就在这里。马氏也把文化看成是人类为了满足人的生物需要的手段，但是他没有走进生物基础里面去，而满足以生物基础的"食色性也"为他研究社会文化的出发点，去说明各种社会制度的功能和结构，就是如何在满足生物需要上起作用。史氏的生物学基本训练似乎比较深透些。他把人类学的出发点深植于人体的本身。他更把人体结构和生理机制看做是生物演化的一个阶段，尽管人类比前阶段的生物种类发生了许多质的变化，但这些变化的基层还是生物的机制。他甚至在他的 Ethnos 理论中说："在这些单位(Ethnos)里进行着文化适应的过程，遗传的因素在其中传袭和改变，在最广义的理解上，生物适应过程即在这单位中进行的。"

他的 Ethnos 论最精彩的分析是可以用算术公式来表示的一个可视作 Ethnos 单位，即民族认同的群体，在和同类单位接触中所表现出各自的能量。这能量是这单位的地、人、文三个变量相生相克的综合。地包括生存的空间和资源，人包括成员的数和质即生物基础，文是人造的环境，包括社会结构和文化积累。三个变量相生相克的关系中表现向心力和离心力的消长。在相接触的各单位间能量上平衡的取得或失却即导致各单位的兴衰存亡的变化。所以他的理论的最后一句话是"Ethnos 本身是一个不断变化的过程"。人类学就是研究 Ethnos 的变化过程，用我们的话说就是民族的兴衰消长，是一种动态的研究。

史氏把体质人类学作为人类学的基础训练就是这个原因。而且他所讲的体质人类学决不限于体形学（人体测量学），而要深入到生理现象，从人体形态的类型发掘其生理上的差异，一直到人体各部分生长过程的区别。如果停止在这里，还是生物学的范围。他在理论上的贡献也许就在把生物现象接上社会和文化现象，突破人类的精神领域，再从宗教信仰进入现在所谓意识形态和精神境界。这样一以贯之地把人之所以为人，全部放进自然现象之中，作为理性思考的对象，建立一门名副其实的人类学。我用这一段话来总结史氏的理论，自己知道是很冒失和草率的，也就是说完全可能和史氏理论的真实思想有很大的距离。但是作为我个人的体会，在这里说一说也算是写下我向他学习了两年的一些心得。

正因为他把人类作为自然界演化过程中出现的一个阶段，我时常感觉到他的眼光是一直看到后人类的时期。宇宙的发展不会停止在出现了人类的阶段上。我们如果把人类视作宇宙发展的最高阶段，或是最后阶段，那么等于说宇宙业已发展到了尽头。这似乎是一种人的自大狂。在读了史氏的理论后，油然而生的一种感觉是宇宙本身发生了有"智力"的这种人类，因而产生了社会文化现象，其后不可能不在生物基础上又冒出一种新的突破而出现一种后人类的物体。这种物体所创造的世界将是宇宙演化的新阶段。当前的一切世态不过是向这方向演化积累过程中的一些表现罢了，Ethnos 只是其中的一部分。这样说似乎说远了，但正是我要说明为什么我感到他和马氏相比在思路上可能是高出了一筹。正因为史氏的理论宽阔、广博、深奥，又不幸受到文字表达上的种种困扰，他之不易为人所知是不足为奇的。我虽则跟他学了两年，但还是个不太了解他的人。自惭自疚，为时已晚。

也许我是史氏在中国惟一的及门弟子。但是由于客观的原因，我没有能按照他在我们初次见面时为我规划下的程序完成学业，可说是个及门而未出师的徒弟。他给我规定了三个学习阶段，每个阶段用两个学年。第一阶段学体质人类学，第二阶段学语言学，第三阶段才学文化人类学。其间还要自学一段考古学。这个规划看来是重复他自己的经验。体质、语言、社会及文化和考古是他自己的学术基础程序。在他留下的著作中可以看到他从这些学科的训练中所取得的知识，怎样纯熟地运用到他所从事的人类学研究中去的。

他1922年后在上海、广州和北京的时间，由于他不熟悉汉语，无法进行社会调查，但是他还是利用他在体质人类学的基础训练，在各地进行人体测量。1924—1925年间发表了三本有关华东、广东、华北的中国人体质研究的科学报告。他还应用他在体质方面的研究成果，为中国古代史上人口流动做出过富有启发性的推测（见《北方通古斯》中译本第228页附图）。这三本有关中国人的体质研究至今还是空谷足音，并无后继。

史氏在人类学方面主要的贡献是在通古斯人的研究。他所著有关通古斯人的社会组织和心态研究这两大巨册现已得到高度的声誉，成了举世公认的权威著作。从他有关通古斯人和满族的著作中，读者必然会体会到他在语言学方面的根底。他不仅能掌握当地民族的语言文字去接触和理解各族人民生活，而且用以分析各民族的社会组织和文化的发展。史氏不仅能纯熟地说通古斯各种语言，而且对语言本身进行深入研究，最后完成了《通古斯字典》，用俄语对译。我在从《人名字典》有关史氏简历所附著作简目中得知这本字典1944—1954年已在东京出版。我衷心地感到慰藉，史氏坎坷的一生，终于抵达了他向往的目标，从人类的体质、语言、社会和文化所进行的系统研究环环都做出了传世的成果。他没有辜负历史给他的使命，为开拓人类学做出了先行的榜样。

1935年暑假我刚学完他安排给我的第一阶段的课程，就是体质人类学后，我们就分手了。他当时因在清华已届五年，按校规可以由清华出资送他去欧洲休假。我当时即听他的嘱咐去广西大瑶山调查当地的瑶族。他还为我装备了全副人体测量仪器，并从德国订购了一套当时高质量的照相机，不用胶卷而用胶板。我用这照相机所拍摄的相片有一部分发表在《花蓝瑶社会组织》和《江村经济》两书里，颇受出版社的赏识。这应归功于这相机的质量而和我的手法无关。

我还应当记下，他特地为我和同行的新婚妻子各人定制一双长筒皮靴，坚实牢固，因为他知道西南山区有一种有如北方蝎子一般专门叮人下腿吸血的"蚂蝗"，穿上这种靴就可以防害。他用自己田野工作的经验，十分仔细地给我做好了准备工作。当时谁也没有料想到就是由于这双皮靴竟免了我受一生残废的折磨。因为我们在瑶山里出了事故。一个傍晚的黄昏时刻，我误踏了瑶人在竹林里布置下的捉野兽的机关。当我踏上机关时，安放在机关顶上的大石块一下压了下来，幸而我向前扑得快没有打着我的头，而打在我的腰腿和左脚上。我腰部神经当即麻痹，而左脚奇痛，原来左脚骨节被重石压错了位。如果没有这双坚实的皮靴挡一挡，我的左脚一定压烂，如果流了血和感染了，这左脚也必然完蛋了，甚至我的生命也可能就此结束了。后来我妻子独自出林求援溺水身亡，事过后瑶人劈林开路把我们一死一伤的两人抬送出瑶山。死者已矣，我经过半年的医治，才能拄杖行动，但左脚骨节错位，至今未复。我没有和妻子全归于尽，寻根应当归功于老师送给我这双皮靴。这是我毕生难忘的事。

至于我这位老师对我的教育方法，从简道来，就是着重培养我自己解决问题的能力。他从来不扶着我走，而只提出目标和创造各种条件让我自己去闯，在错路上拉我一把。他在体质人类学这一课程上从没有作过一次有系统的讲解。他给了我几本他自己的著作，就是我上面提到的关于中国人的人体研究。并用示范的方法教会了我怎样使用人体测量的仪器。随着就给我一本日本人所著的关于朝鲜人的人体测量的资料，完全是素材，就是关于一个个人的人体测量各项数字，一共有五百多人。接着就要求我根据这些素材，像他所做过的分析那样，找出朝鲜人的人体类型。怎样找法就由我在他的著作中去捉摸。

他为我向生物学系借了一间实验室，实验室的门有两个钥匙，他一个，我一个。他就让我独自在实验室工作，但是任何时间他都可以自己开门进来看我在做些什么。我们在工作室里见面的机会并不太多。因为他这两年主要的工作，是在编写和刊印他的《通古斯人的心态》巨著。每天主要的时间是在他自己的书斋里埋头工作。可是每天傍晚总要和他夫人一起绕清华园散步一周。当他经过生物馆时，就可以用身边带着的钥匙开门进入我的工作室。我这时大多已回宿舍去了。他正好可以独自查阅我堆在桌上的统计纸，看到错误时就留下"重做"的批语。我一看到这字条，就明白一个星期的劳动又得重来了。

《朝鲜人的体质分析》交卷后，他就替我安排去驻清河的军队测量士兵的体质，每周两次，由驻军派马队来去接送。士兵测量结束后，在暑假里，他又替我接洽妥当到北平监狱，测量犯人的体质。分析这两份资料又费了我一个多学期的时间，独自埋头在这个工作室里打算盘和拉算尺。这又是他的主意。他只准我用这两种工具进行计数。我问他为什么不引进一些较先进而省时间的计算工具。他的答语一直记在我的心里。他说："你得准备在最艰难的条件下，还能继续你的研究工作。"其实这又是他自己的经验总结。他在体质人类学上的贡献，就是靠这两种工具做出来的。他这句话却成了他对我一生的预嘱，只是我没有能像他一样不自丧志地坚持研究。在1957年之后我浪费了足足二十年。我更觉对不住这位老师的是瑶山里所取得的资料，在李、闻事件中遗失在昆明。我没有及时地把这批资料分析出个结论来，以致悔恨至今。不幸的事还不止此。我的两篇关于朝鲜人和中国人的体质分析的毕业论文，也在抗战时期清华图书内迁时，被日机炸沉在长江里。到现在我在体质人类学上并没有留下任何可供后人参考的成果。史老师在我身上费的心计，竟至落了空。

我和史氏在1935年分手后没有再见的机会，他给我规定下的三个学习阶段，也没有按预计完成。我1936年直接到伦敦跟马氏学社会人类学了。到现在我才深刻地意识到这个跳越的阶段没有把语言学学到手，正是我一生学术研究中主要的缺陷。不听老人言，苦果自己受。

我跟史氏学习虽只两年，但受用却是越老越感到深刻。我在别处已经说过，如果要追究我近十年来城乡发展研究中所运用的类别、模式等概念，其来源应当追溯到我埋头在清华园生物楼里的两年。那时不是天天在找体型类型和模式么？至于我在民族学上提出的多元一体论更直接从史氏的 Ethnos 论里传来的。前人播下的种子，能否长出草木，能否开放花朵那是后人的事。我这一生没有做到，还有下一代。值得珍视的是这些种子，好好保留着，总有一天会桃李花满园的。让我把这种心情，写在这本《满族的社会组织》的中译本的书后，传之后世。

1994 年 2 月癸酉除夕于北京北太平庄

费孝通初访禄村时与村民在一起

费孝通在魁阁

逝者如斯而未尝往也[①]

  一个老朋友告别了我们，活着的人有点恋恋不舍，怀念他，友情也还要继续下去。楚老临终的时候有遗嘱，不要开追悼会，不要举行什么仪式。我们尊重楚老的意见，但是总觉得心里有些话，需要大家聚一聚，谈一谈，感情方面才可以稳定下来。我们今天开这个追思会，意思很深，不是追悼的意思，不是光觉得悲伤，而是怀念他，有什么话说一说，使我们还活着的人心里清楚一点。

  我是1941年在昆明开始和图南同志结交，到现在已经将近六十年了。在这个漫长的过程中，有一个突出的特点——当时我记得的他，同最后我看到的他，印象没有变。在我心目中，图南同志的形象在近六十年时间里没有改变，这个特点我觉得很有意义。

  我们处在这么一个大变动的时代，世界在变，个人之间的关系在变，人生舞台上各种各样的架式都有。其中能够保持一贯的，我初次见面得到的印象保持到最后都不变的人，不多。这么多年过去了，图南同志却是一贯的，不管社会怎么变，他一直都是我忠实的朋友，一个可靠的朋友。我很敬慕这样一个人，能做到像他这样的一个人，我自己也就满意了。他的故去，可以说是"无病而终"。当然，这里说的"病"，意思不一样。九十几岁的人，达到了自然规律的一个界限。早上起来还吃饭，坐在那儿默然而息，生命告终了。这个事很能代表他这一生。我们交往了近六十年，他始终如一

[①] 本文是作者在民盟中央召开的"楚图南同志追思会"上的讲话。

地走过来，不给人突然的感觉。在这样一个大动荡的社会里，这不是一件容易的事情。

图南同志在东北的时候，曾经因为做党的工作坐过牢。他从来没有对我讲过这一点，我最近才知道这个事情。他没有因为为党工作受过打击而改变自己的态度，工作顺利时是这样，被抓之后也是这样，始终如一。在惊风巨浪里，我们的情绪，做事情的态度，对人的态度，都容易因为境遇变化而改变，图南同志却能坚持六十年不变。

他比我大十岁，是我的上一辈。现在回想起来，比我大十岁的很多老师们，我的前辈中的知识分子，的确有一个劲儿，这个劲儿现在似乎不太容易见到了。最近几年里边，我写了不少纪念我的前辈的文章，出了一本书，叫《逝者如斯》。我是在想，能不能把我上一代的这些学者怎样做人写出来，让人们知道一点。我想到了很多人，不熟悉的不说了，我所熟悉的就有潘光旦先生、曾昭抡先生、吴泽霖先生，都是我们民盟的同志。我所熟悉的这些上一代老师们，都有相同的这么一个劲儿，一以贯之。就像图南同志，从大革命时期就跟党走了，这么多年，他的信念始终不变，对人对事的态度也不变。我同他在盟内一起做事情，1957年以前搞知识分子问题，他是文教委员会主任，我是副主任，在他领导下做事情。从那时起到后来，我的处境变化很大，一会儿挨骂，一会儿受捧，可是图南同志对我的态度没有变，从开始到最后始终一样。

前一段，我和他都在北京医院住院，房间相隔不远。我出院时去看他，他对我说了三句话，说："中国还需要你，世界还需要你，你还得好好保重。"他的话让我很感动，他寄希望于别人，不为他是自己的朋友，而是为了国家，为了人类，这是他考虑问题的出发点。图南同志能在几十年里不变初衷,就在于心中无我,不是"我"字当头,而是有更大的目标,为人民服务,为全世界人民努力建设一个美好的社会,我们叫做共产主义。他就是从这一点出发来对待别人,对待自己。这一点,我想他是做到了。

图南同志后来说,在他身后不要开纪念会了。这是因为,他的事业还在继续。孔子说这是"逝者如斯",苏东坡《赤壁赋》里接下加了一句话,"逝者如斯,而未尝往也"。事情是过去了,可是并没有走,还在。人就是这样,我们都是这个世界里的过客,最长不过九十几年,一百年就很少了,我认识的只有一个孙越崎老先生。大家迟早都要走上逝者之路,相差无几,这是自然规律,都会像流水一般过去的。可是应当看到也有不变的东西,这就是共同的信念,是具有共同信念的人和人的关系。现在很少有人讲这个事情了。今天纪念图南同志,我又想起这个问题,想讲一讲,提出来。

现在,我们都处在社会的大风浪、大变化里边,很少听人讲到人的修养问题,但这还是一个需要讲的大问题。刘少奇同志写过《论共产党员的修养》,讲共产党员要有修养。我们民盟盟员也有一个修养的问题,一个人怎么对待别人的问题。有修养的人,不是在得失之间做选择,而是在对人对世界的贡献上考虑自己的行动。这一点,存在着我们同资本主义文化的一个根本区别。资本主义的价值观念,是以理性的个人的打算为出发点来考虑的,用理性来权衡得失。共产主义的基本思想是从社会的利益来决定个人的行为。从个人出发和从社会出发,是对于人生处事的两种基本不同的看法。我觉得,中国文化的底子是有社会主义的本质内容的。它不倡导从个人出发,而总是以集体为权衡的导向,至少也是从一个家庭为出发点,而要求推之于国家和天下。这种从群体出发的文化生生不息地传下来，它是超越于个人生死的。我们有这个底子，从一个小的孤立的社会里边向外延伸，到将来扩大到全世界、全人类，这不就是共产主义。

在这个过程里边，我们怎样对待自己，对待别人，还得着重一个自我修养的问题。我想，图南同志能这样无疾而终，能走过这样剧烈变化的社会而一贯地坚持一个信念，保持一个始终如一的形象，至少在我心目中存在着这样一个不变的形象。这形象是他从坚持不懈的修养中得来的。他的修养似乎是无形的，其实处处表现在他的一举一动一意一行之中，从他的书法就可以看得清楚。他这一手具有浑厚朴实的那种不同凡众的好字是经过勤学苦练、千锤百炼、锻铸成的。看到他写的字也就明白他的为人，坚持真理、忠厚待人、无私忘己的高风亮节。我以在这一生中有这样的一位朋友而自幸。他是我的一个想追赶而总是赶不上的活榜样，一个不趋时、不趋势一以贯之的榜样。

1994 年 7 月 7 日

开风气　育人才

今天我借这个纪念北大社会学研究所成立十周年的机会，同时纪念吴文藻老师逝世十周年。这两件值得纪念的事并不是巧合，而正是一条江水流程上的会合点。这条江水就是中国社会学人类学民族学的流程，北大社会学研究所的成立和后来改名为北大社会学人类学研究所，还有吴文藻老师一生的学术事业都是这一条江水的构成部分，值得我们同饮这江水的人在此驻足溯源，回忆反思。因之，我挑选这时刻说一些感想，和同人们一起鼓劲自励。

水有源，树有根，学术风气也有带头人。北大社会学人类学研究所怀有在中国人文科学的领域里开创一种风气的宗旨，在过去十年里，所里已经有不少年轻学者为实现这个风气而做出了一定的成绩。把这个风气带进中国来的，而且为此努力一生的，我所知道，吴文藻老师是其中一个重要的带头人。现在回过头来看这个研究所力行的那些学术方针中，有不少就是吴老师留下的教导。因之在吴老师逝世的十周年回顾一下他始终坚持的学术主张，对这个研究所今后的继续发展，应当是有用的，对同人们今后在学术领域里继续开拓和创造也是有益的。

吴文藻老师的生平和主要论述，在1990年民族出版社出版的《吴文藻人类学社会学研究文集》里已经有了叙述和重刊，我不在这里重复了。我只想从我个人的体会中捡出一点要点，略作诠释。

首先我想说的是吴文藻老师的为人，他在为中国社会学引进的新风气上，身教胜于言传。他所孜孜以求的不是在使他自己成为一代名重一时的学人在文坛上独占鳌头。不，这不是吴老师的为人。他着眼的是学科的本身，他看到了他所从事的社会学这门学科的处境、地位和应起的作用。他在六十五年前提出来的"社会学中国化"是当时改革社会学这门学科的主张。我在和他的接触中有一种感觉：他清醒地觉察到中国原有的社会学需要一个彻底的改革，要开创一种新的风气，但是要实行学术风气的改革和开创，决不是一个人所能做到的，甚至不是一代人所能做到的。所以，他除了明确提出一些方向性的主张外，主要是在培养能起改革作用和能树立新风气的人才。一代不成继以二代、三代。学术是要通过学人来传袭和开拓的，学人是要从加强基础学力和学术实践中成长的。人才，人才，还是人才。人才是文化传袭和发展的载体。不从人才培养上下功夫，学术以及广而大之的文化成了无源之水，无根之木，哪里还谈得上发展和弘扬！从这个角度去体会吴老师不急之于个人的成名成家，而开帐讲学，挑选学生，分送出国深造，继之建立学术研究基地，出版学术刊物，这一切都是深思远谋的切实工夫，其用心是深奥的。

只有了解了六十五年前中国各大学社会学系的实情，才容易理解吴老师当时初次踏上讲台授课时的心情。正如前述文集的附录里"传略"所引用吴老师自己的话说，当时中国各大学里社会学是"始而由外人用外国文字介绍，例证多用外文材料，继而由国人用外国文字讲述，有多讲外国材料者"。接着他深有感慨地总结了一句，"仍不脱为一种变相的舶来物"。

我是1930年从苏州东吴大学医学预科转学到燕京大学来学社会学，有缘见到吴老师初次上台讲"西洋社会思想史"的一个学生。我从中学时就在教会学校里受早期教育，是个用舶来物滋养大的学生。吴老师给我上的第一堂课上留下了我至今难忘的印象。这个印象说出来，现在中国的大学生一定很难理解。我当时觉得真是件怪事，这位从哥伦比亚大学得了博士回来，又是从小我就很崇拜的冰心女士的丈夫，在课堂上怎么会用中国的普通话来讲西洋社会思想？我当时认为是怪事的这个印象，在现在的大学生看来当时我会有这种印象才真是件怪事。这件事正好说明了这六十五年里我们的国家已发生了一个了不起的变化。这个变化不知耗尽了多少人的生命和心血，但只有在这个变化的大背景里才能领会六十五年前老师和学生的心态和他们在这六十五年中经历的苦乐。

现在来讪笑当时的"怪事"是很容易的，但如果置身于六十年前的历史条件里，要想把当时的学术怪胎改造成一门名副其实能为中国人民服务的社会学，却并非一项轻而易举的工作，吴老师当时能做到的只是用本国的普通话来讲西洋社会思想史。这一步也不容易，因为西洋社会思想所包含的一系列概念，并不是中国历史上本来就存在的。要用中国语言表达西方的概念，比起用中国衣料制造西式服装还要困难百倍。

六十五年前在燕京大学讲台上有人用中国语言讲西方社会思想是一个值得纪念的大事，在中国的大学里吹响了中国学术改革的号角。这个人在当时的心情上必然已经立下了要建立一个"植根于中国土壤之中"的社会学，使中国的社会和人文科学"彻底中国化"的决心了。

从六十五年前提出"社会学中国化"的主张，现在看来必然会觉得是件很自然的事，不过是纠正在中国大学里竟要用外语来讲授社会和人文科学的课程的怪事。经过了一个甲子，除了教授外文的课程之外，在中国学校里用本土语言来授课已成了常态，但是，社会和文化科学的教材以本国的材料为主的似乎还说不上是正宗。吴老师所提出的"社会学中国化",在目前是不是已经过时,还是个应该进一步认真研究的问题。北大社会学人类学研究所坚持以结合中国社会文化实际进行科学研究为宗旨,实质上是继承和发扬吴老师早年提出的"社会学中国化"的主张。

这个社会和人文科学中国化问题牵涉到科学知识在文化中的地位和作用的根本问题。其实在大约六十年前在燕京大学的社会学系学生所办的《社会研究》周刊,就曾经展开过一番"为学术而学术"和"学术为实用"之争。尽管"为学术而学术"就是为了丰富人类知识而追求知识,固然也是一种不求名利的做人态度,有它高洁的一面。但是我在这场辩论中始终站在"学术为实用"这一面,因为我觉得"学以致用"是我们中国的传统,是值得继承和发扬的。吴老师当时没有表态,但后来把英国社会人类学的功能学派介绍进来,为学以致用提出了更有力的理论基础。在功能学派看来,文化本身就是人类为了满足他们个人和集体的需要而创造出来的人文世界。满足人类的需要就是对人类的生活是有用的意思。人文世界就建立在人类通过积累和不断更新的知识之上。知识是人文世界的基础和骨干。学以致用不就是说出了知识对人是有用的道理了么?用现在已通行的话说,学术的用处就在为人民服务。

吴老师所主张的"社会学中国化"原来是很朴实的针对当时在大学里所讲的社会学不联系中国社会的实际而提出来的。要使社会学这门学科能为中国人民服务,即对中国国计民生有用处,常识告诉我们,这门学科里所包括的知识必须有中国的内容。提出"社会学中国化",正反映了当时中国大学里所讲的社会学走上了错误的路子,成了"半殖民地上的怪胎"。

把中国社会的事实充实到社会学的内容里去是实现"社会学中国化"所必要做的初步工作。我记得 30 年代的初期在当时的社会学界在这方面已逐步成为普通的要求,出现了两种不同的倾向,一种是用中国已有书本资料,特别是历史资料填入西方社会和人文科学的理论;另一种是用当时通行于英、美社会学的所谓"社会调查"方法,编写描述中国社会的论著。在当时的教会大学里偏重的是第二种倾向。开始引进这方法的还是在教会大学里教书的外籍教师,其中大多不懂中国话,雇佣了一批中国助手按照西方通用的问卷,到中国人的社会里去,按项提问,按表填写,然后以此为依据,加上统计,汇编成书。这在当时的社会学里还是先进的方法。南京金陵大学的 J. L. Buck 教授是其中之一,他用此法开创了中国农村经济的调查,不能不说是有贡献的。这个方法不久就为中国的社会学者所接受和运用并加以改进,适应中国的情况。最著名的是当时在平民教育会工作后来转入清华大学的李景汉教授。他在河北定县和北京郊区一个农村的调查首开其端,接着燕京大学的杨开道教授也开始了北京附近清河镇的社会调查。这些实地调查在中国社会学的进程中有它们重要的地位。至于抗战时期在社会调查工作方面,清华大学国情普查所曾经结合经济学在滇池周围各县进行过人口调查,由陈达教授给予了指导,方法上也得到了进一步的提高,也形成了一种传统,为中国人口学奠定了基础,则是后话。

吴文藻老师当时对上述的两种研究方法都表示怀疑。利用已有的书本上的中国史料来填写西方的理论和基本上借用西方的调查问卷来填入访问资料,都不能充分反映中国社会的实际。1933 年燕京大学社会学系请到了美国芝加哥大学社会学系的 Robert Park 教授来校讲学,给燕京大学的师生们介绍了研究者深入到群众生活中去观察和体验的实地调查方法。吴老师很敏捷地发现了这正是改进当时"社会调查"使其科学化的方法。他从 Park 教授得知这种方法是从社会人类学中吸收来的,而且在美国芝加哥大学已用当时所谓"田野作业"的方法开创了美国社会学的芝加哥学派。吴老师抓住这个机遇,提出了有别于"社会调查"和"社会学调查"的方法论,并且决定跟着追踪进入社会人类学这个学科去谋取"社会学中国化"的进一步发展。

现在我又回想起 1933 年燕京大学社会学系里在我们这批青年学生中掀起的派克热。派克带着我们这些学生到北平去,去现场参观贫民窟、天桥、监狱甚至八大胡同,从而领会了派克所说要从实际上存在的各种各样的社会生活中去体验社会的实际。这正是吴老师提出"社会学中国化"时要求我们用理论去结合的实际。这个实际就是人们社会生活的实际。这个中国是中国人生活在其中的中国。当 Park 教授讲学期满返国时,我们这辈学生出版了一本《派克社会学论文集》送他做纪念。这本书我到现在还没有找到。

就在那年暑假,这一群青年学生就纷纷下乡去搞所谓社会学的"田野作业"。吴老师则正开始认真考虑怎样去培养出一批能做"社会学调查"的学生,他知道要实现他改革社会学的事业,不能停留在口头的论说,必须做出有分量的研究成果,让这些研究成果对社会的效益去奠定这项学术改革的基础。能做这种"社会学调查"的人在哪里呢?当时各大学还没有培养出这种人才。所以吴老师就采取了现在已通行的"请进来,走出去"的办法。他在 1935 年请来了著名的英国人类学家 Radcliffe-Brown 到燕京大学讲学。又在燕京大学的学生中挑出一部分有志于做这项工作的人去学人类学。我就是其中之一,由吴老师介绍,考入清华大学研究院跟俄籍人类学家史禄国学人类学。其后又为李安宅、林耀华等安排出国机会到美国学文化人类学。吴老师自己利用1936年休假机会去美国和英国遍访当时著名的人类学家。我在该年从清华毕业后得到公费出国进修的机会，在伦敦由吴老师的介绍才有机会直接接受马林诺斯基的指导进行学习。

我提到这些似乎是私人的事，目的是要点出吴老师怎样满怀热情地为社会学学科在中国的发展费尽心计。我在这里引一段冰心老人在她《我的老伴》一文中所引吴老师自传中的一段话："我对于哪一个学生，去哪一个国家，哪一个学校，跟谁为师和吸收哪一派理论和方法等问题，都大体上做出了具体的、有针对性的安排。"现在李安宅已经去世，林耀华和我今年都已到了八十五岁，这几个人就是吴老师这段话里所说的那些学生，都是吴老师亲自安排派出去学了人类学回来为"社会学中国化"工作的人，也是吴老师开风气、育人才的例证。

吴老师把英国社会人类学的功能学派引进到中国来，实际上也就是想吸收人类学的方法，来改造当时的社会学，这对社会学的中国化，实在是一个很大的促进。直至今天看来，还是一个很重要的选择，仍然不失其现实的意义。事实上从那个时候起，社会人类学在中国的社会学里一直起着很重要的地位和作用。六十多年前开始的这个风气，是从"社会学中国化"这个时代需要的命题中生长起来的。即使是今天的人，无论是国外的学者，还是国内的专家，只要想扎扎实实地研究一点中国的社会和文化问题，常常会感到社会人类学的方法在社会学研究中的重要性。这个问题说起来，当然还有更深的道理，因为社会学研究的对象是人，人是有文化的，文化是由民族传袭和发展的，所以有它的个性（即本土性），所以在研究时不应照搬一般化的概念。早期西方的人类学是以"非西方社会和文化"作为它的研究对象的,因而注意到文化的个性(即本土性),因而强调研究者应采取田野作业的方法,吴老师提出"社会学中国化"就是着重研究工作必须从中国社会的实际出发。中国人研究中国(本社会、本文化)必须注意中国特色,即中国社会和文化的个性。这就是他所强调中国社会学应引进人类学方法的用意。同时他把这两门学科联系了起来,认为社会学引进人类学的方法可以深化我们对中国社会文化的理解。

吴老师出国休假期满,回到燕京大学,正值抗日战争前夕。他原想返国后在燕京大学试行牛津大学的导师制,并为实现他提出的社会学调查工作继续培养人才。这个计划事实上因战争发生已经落空。他和他同辈的许多爱国的学人一样,不甘心在沦陷区苟延偷安,决心冒风险,历艰苦,跋涉千里进入西南大后方,参与抗战大业。吴老师于1938年暑到达昆明接受云南大学的委托建立社会学系。不久,我也接踵从伦敦返国,立即投入云大新建的社会学系,并取得吴老师的同意在云大社会学系附设一个研究工作站,使我可以继续进行实地农村调查。这个研究工作站在敌机滥炸下迁居昆明附近的呈贡魁星阁,"魁阁"因而成了这个研究工作站当时的通用名称。在这里我回想起魁阁,因为它是在吴老师尽力支持下用来实行他多年主张为社会学"开风气,育人才"的实验室。在他的思想号召下吸引了一批青年人和我在一起共同在十分艰苦的条件下,进行内地农村的社会学研究工作。尽管1940年底吴老师离开昆明去了重庆,这个小小的魁阁还坚持到抗战胜利,并取得一定的科学成果。

吴老师到了重庆后,又着手支持李安宅和林耀华在成都的燕大分校成立了一个社会学系和开展研究工作的据点,并适应当时和当地的条件,在"边政学"的名义下,展开对西南少数民族的社会学调查和研究,同样取得了优秀的成绩。昆明和成都两地的社会学研究工作应当说是吴老师为改造当时的社会学在抗战时期取得的初步成果。抗战胜利后,1946年吴老师出国去日本参加当时中国驻日代表团的工作。新中国成立后他即辞去代表团职务,于1951年克服种种困难返回祖国怀抱。

在吴老师返国后,于1952年高校院系调整中,原在各大学中的社会学系被取消了,原来在社会学系里的教师和学生分别安置在各有关学系里。其中一部分包括我自己,转入新成立的民族学院,开展有关少数民族历史和社会调查研究。这项研究实际上和吴老师在成都时开展的少数民族研究是相衔接的,所以从学术上看吴老师所主张的联系中国实际和吸收人类学的田野作业方法在新的条件下,还是得到了持续。而且适应当时民族工作的需要而得到了为人民服务的机会。

吴老师1951年从国外归来后,1953年参加了民族学院的教学工作。不幸的是他和其他许多社会学者一样在1957年受到反右扩大化的影响,被错划为"右派",失去了继续学术工作的机会。又经过了二十多年,到1979年吴老师的"右派"问题才得到彻底改正。这时他已经年近八十岁了,但对社会学的关心从未间断过。当1978年社会学得到重新肯定和在准备重建的时候,他在自传里曾说"由于多年来我国的社会学和民族学未被承认,我在重建和创新工作中还有许多事要做。我虽年老体弱,但仍有信心在有生之年为发展我国的社会学和民族学做出贡献"。

社会学作为一门学科,中断了有二十多年。这是历史事实。而且正中断在它刚刚自觉地要改造成为一个能为中国人民服务的学科的时刻，社会学在重新获得合法地位时，实质上是要在中国土地上从头建立起一门符合当前新中国需要的社会学。因此不只是在大学里恢复一门学科，在大学里成立社会学系，而是要社会学本身进行改造和创新。正是吴老师在上引自传的话里着重提出重建和创新的意义。其实他也说出了怎样去重建和创新的路子，就是实行他一生主张的理论联系实际和从具体现实的人们生活中去认识和表达社会事实。吴老师是在1985年去世的，他在自传中这句话不幸已成了他对中国社会学重建和创新的遗嘱。

我纪念吴老师的话说到这里可以告一段落。现在可以转身过来纪念北大这个社会学研究所成立十周年了。这两年值得纪念的事在时间上正好在今年相衔接在一起。我在这次讲话的开始时就说，今天我们所要纪念的两件事并不是巧合，而是有内在的密切联系。因为这个研究所的宗旨正符合吴老师总结了一生经验而表达于他遗嘱中的主题，所以两者是一脉相通的。而且我自己正是把两者结合在一起的中介人。接下去我应当说一下这个研究所成立的经过。

1979年改革开放政策开始时，邓小平同志在"坚持四项基本原则"的讲话里，讲到了社会学，并说："现在也需要赶快补课。"这可以说是对社会学这门学科在学术界地位的肯定。接着是怎样落实这项政策的具体工作。当时在过去大学里讲过社会学的老师大多数已经去世，留下的不多，我是其中之一，所以理应响应这个号召。但我当时的心情是很复杂的。社会学这门学科能得到恢复，我当然由衷地感到鼓舞，但是对于重新建立这门学科的困难，我应当说是有充分的估计的。社会学在中国，在我看来在解放前并没有打下结实的基础，正如我上面所说的，它是正处于有人想改造的时候中断的，所以提到恢复这门学科时，我曾经认为它是先天不足。又经了这中断二十多年，可以调动的实力不强。对重建这门学科，我的信心是不足的。最后我用"知难而进"的心情参与重建社会学这项工作。

我记得胡乔木同志在该年社会学研究会成立时的讲话中曾说："要赶快带徒弟，要教学生，即在大学里边恢复社会学系，现在许多同志（指学过社会学的人）都老了。我们希望从我们开这次会到有些大学设立起社会学系这中间不要开追悼会。"在大学里办社会学系，一要教师，二要教材，而当时正是教师教材两缺。既然在一些大学里恢复社会学系作为一个紧急任务提了出来，我们也就不得不采取应急的措施。于是从各大学里征集愿意学社会学的各有关学科的青年教师进行短期集中学习。从若干期学习班里挑选一部分较优秀的成员，采取集体编写教材的方法，加工自学。经过反复讨论修改编出了《社会学概论》这一本基本教材，然后由编写人分别在一些大学里试讲。通过这我们所谓"先有后好"的方针，到1980年起在南开、北大、上海、中山等大学里开始社会学这门课程的设置，在这个基础上陆续在一些大学里建成社会学系。到现在全国已有十五所大学建立了社会学系或专业。1985年我在教委召开的一次社会学教学改革座谈会上的发言中表示重建社会学的任务到这时可以说已初步告一段落。"戏台是搭好了，现在要看各位演员在台上的实践中去充实和提高这门学科了。"我说这句话时的心情不轻松，怎样去帮助教师们能在实践中充实提高还是一个必须考虑的问题。

这问题其实我在采用上述的速成法培养社会学教师时早就看到了的。我从吴老师的遗言里得到启发，看来我们还得从他所指出过的路子上去解决这个充实和提高社会学内容的问题。所以我在《社会学概论》的试讲本前言的结束语里说:"我认为编写人必须定期选择专题投身到社会调查工作中去,联系相应的理论研究,用切实的从中国社会中观察到的事实和实践经验来充实《概论》的内容,并提高社会学的理论和应用水平。"

话是说出了口,但如果我自己不能以身作则,这些话很可能成为一套空言。因之我一方面在说"戏台已经搭成",另一方面我想有必要再创立一个机构使社会学这个学科的教师能够不断接触实际,进行田野作业。所以我建议北大成立社会学系之后,再设立一个社会学研究所,并自愿担任该所的所长,以便继续带头进行实地调查农村和少数民族社区的田野作业。我力求能继承吴老师的"开风气,育人才"和"身教重于言传"的精神,用我自己的研究工作去带动北大社会学学科的教师和研究生的实地研究风气。这样开始我的"行行重行行"。为了摆脱该所的行政事务,1987年我辞去所长职务,但依旧以名誉所长名义保留学术指导的任务,直到目前。

人类学的调查方法是我们认识中国社会实际的重要途径,结合人类学来创建和改造中国的社会学,是我们实现"社会学中国化"的基础工作。我在1990年给北大校领导的信中曾建议:"从我几年来亲自实践的经验看,把社会学和人类学结合起来,以社区为对象,用实地调查研究方法,对学科建设和培养年轻一代扎实的学风很有必要,而且可以突出北大的特点和优势……可把所名改为社会学人类学研究所。"这样可以继承传统,加强国际学术交流,也更加名副其实。1992年研究所正式更名。社会学人类学研究所成立十年来,主要从事了三个方面的工作:边区开发、城乡研究、中华民族多元一体格局的探讨。这些研究都是跨学科的，体现了社会学与人类学综合的想法。同时，这些工作的开展与我多年来十分关注的社会学、人类学的现实应用是密切相关的。中国社会的发展，需要一代接一代人的不断努力。我们社会学人类学工作者不能像西方学者那样，采用对人民生活漠不关心的贵族态度。处在社会变迁中的学术工作者，应当努力为社会现实的发展与人民生活素质的改善，付出不懈的劳动。这一点也许也是中国社会学与人类学的一大特色。

从该所建成的 1985 年至今年已有十年。回顾这十年，这个研究所是取得了一定成就的，我们应当饮水思源，感激吴文藻老师为我们大家开创出这一条改革社会学，使其能适应不断在发展中的新中国的道路。因此在纪念这个研究所的第一个十年的时候，我愿意同时纪念吴文藻老师逝世的十周年。应当说这两件值得纪念的事联结在一起是恰当的，同时也正应当用以加强同人们任重道远的认识和自觉的责任心。

1995 年 12 月 10 日

爱国学者的一代人[1]

几天前，我接到一份通知，说民盟中央要举办纪念曾昭抡先生诞辰一百周年座谈会，问我能不能参加。我说我一定要来。说过之后，我就想，曾昭抡先生在我脑筋里边究竟是什么样的一个人，这个问题不清楚不行，曾先生在历史里边该怎么评价，我没有资格讲这个话。在我心目中他是什么样的一个人，他正代表了"爱国学者"这一代的人。要定个位，我想来想去，有四个字觉得比较妥当一些，就是"爱国学者"。

从年龄上讲，我比曾先生差十年，晚他一代。他这一代人，我接触到了，可是我不属于他那一代人，下一代人认识上一代人不容易，我上一代人的特点在哪里，不容易看得清楚，我看曾昭抡先生，是小一辈看前辈。两辈人在历史里边的位置不同，发生的变化也很大。我希望自己能超脱出来我这一代，设身处地去想想上一代知识分子的精神特点，领略一代风骚。我写过一篇文章，叫《清华人的一代风骚》。这一代人在精神上有共同之处，在各个学科上都表现了出来。

说老实话，我能看出来这一点，但是并不能完全理解，他们生活中的很多事情，我觉得很奇怪。比如讲曾昭抡先生，在西南联大时期，他已经很出名了，是系主任。因为潘光旦先生的关系，我同曾先生也比较熟识，经常听到说他的笑话。他这个人连鞋都穿不好

---

[1] 本文是作者在纪念曾昭抡同志诞辰一百周年座谈会上的发言。

的，是破的。他想不到自己要穿好一点的鞋，还是潘太太提醒他要换一双。最突出的是，下雨的时候，他拿着伞，却不知道打开。我们这一代人觉得这批老头子是怪人。可是我们同情他们，觉得怪得有意思。不修边幅，这是别人的评价，是好话。在他们的真实心里是想不到有边幅可修。他的生活里边有个东西，比其他东西都重要。我想这个东西怎么表达呢？是不是可以用"志"来表达。"匹夫不可夺志"的"志"。这个"志"在我的上一辈人心里很清楚。他要追求一个东西，一个人生的着落。

我最近看了不少写上一代知识分子生平的书，比如陈寅恪，他一定要在明朝到清朝的知识分子当中找到他可以通话的人，所以写《柳如是别传》。他感到语言能通、能交流思想的人，还是在明清之交。志向不同，讲不了话的。代沟的意思就是没有共同语言，志不同也。现在，我们同下一代人交往，看不出他们中的一些人"志"在哪里。他也有他的志，有他追求的东西，有他生活的着落点，可是我们不能体会他了。这和我们对老一代人一样，我对曾昭抡先生这一代人，包括闻一多先生，他们一生中什么东西最重要，他们心里很清楚，我们理解起来就有困难。曾先生连家都不要的。他回到家里，家里的保姆不知道他是主人，把他当客人招待。见曾先生到晚上还不走，保姆很奇怪，闹不明白这个客人怎么回事。这是个笑话，也是真事，说明曾先生"志"不在家。

他的"志"在什么地方，我看的不一定对，但我看到了两个主要的东西，第一个是爱国，这是我看上一代人首先看到的东西。他们的爱国和现在讲的爱国不同。他们真的爱国，这是第一位的东西。为了爱国，别的事情都可以放下。第二个是学术，学者要有知识，有学识。开创一个学科或一个学科的局面，是他一生惟一的任务。一是"爱国",一是"学者",曾昭抡先生身上这两个东西表现得很清楚。现在的学者,当个教授好像很容易,搞教学可以,到科学院也可以,他已经不是为了一个学科在那里拼命了,很难说是把全部生命奉献于这个学科了。

曾昭抡先生对待化学,是和对待他爱人一样的。他创办化学学会会志,用的钱都是自己掏出来的。不是人家要他拿钱,是他主动把工资拿出来办这个杂志。杂志比他的鞋重要。他为这个学科费尽心力,像一个妈妈对自己的孩子一样。在我国把实验室办在大学里边,据说他是第一个。通过实际获得科学知识,他解决了这一个很基本的问题,抓住了要害。人生经历当中的有些东西,随着历史发展就过去了,像"六教授",像"右派",这些东西都过去了,不再讲了,可是实验室对于获得科学知识的重要性是不会过去的。这是学习的需要。将来说起曾昭抡先生的历史上的贡献,我看他在中国化学学科上的贡献会比他当部长的贡献重要得多。在我心目中,曾昭抡先生是个真正的学者。"学"的根子,是爱国,所以我说他是爱国学者。

我们民盟也是从爱国这两个字上长出来的。我和曾先生差不多同时进民盟,都是在40年代。进民盟没有别的理由,就是爱国。当时我们觉得,再那么搞下去不行了,要当亡国奴了,要救亡,所以要加入民盟。不是想当官、想当部长才进民盟的。他后来被打成"右派",官做不成了,他也不在乎。他觉得这样很好。编写了很多教材,培养了很多人才。他在的那个学校我去过,在珞珈山上,高高低低的路不大好走。他还是老样子,穿的还是破鞋子,走路碰到树上,碰破了头也不在乎。他心里边装的就是一个学科的发展,志在此也。

知识分子心里总要有个着落，有个寄托。一生要做什么事情，他自己要知道要明白。现在的人很多不知道他的一生要干什么，没有一个清楚的目标，没有志向了。过去讲"三军可以夺帅，匹夫不可夺志"，现在他没有志了，没有一个一生中不可移动的目标了。我觉得"志"是以前的知识分子比较关键的一个东西，我的上一代人在这个方面比较清楚。像汤佩松，把一生精力放在生物学里边，曾昭抡把一生的精力放在化学里边。没有这样的人在那里拼命，一个学科是不可能出来的。

现在科学院里的人，可以在一门学科的考卷上证明自己学得很好，分数考得很高，得到硕士学位、博士学位，得到各种各样的名誉，可是他并不一定清楚进入这个学科追求的是什么，不一定会觉得这个学科比自己穿的鞋还重要，比自己的老婆还重要。我对现在的年轻人不大了解，也不大理解。我这一代人不能完全理解上一代人，下一代人也不能完全理解我这一代人。相差十年，就有了不能理解的地方。我希望大家能互相地多理解一些。中国文化要是再有一个蓬勃发展的时候，科学界就不能缺曾昭抡这样的人。我希望有这一天。知识分子靠的是知识，国家发展也需要积累知识，这是根本。曾先生当部长的历史很快就过去了，可是他花钱办的化学杂志还存在，他拼命发展的学科还存在，他的"志"转化成的东西还存在。我不知道新的一代继续下去的人心里还有没有这样一个东西。没有这个东西就危险了。没有"志"了，文化就没有底了，没有根本了。我很担心。

1999 年 6 月 10 日

推己及人

　　接到参加纪念潘光旦先生诞辰一百周年座谈会的通知，我就开始想该怎么讲，花了很多时间。晚上睡觉的时候也在想这个问题。在这个会上，怎么表达我的心情呢？想了很多，也确实有很多话可以讲讲。可是我来开会之前，我的女儿对我说：不要讲得太激动，不要讲得太多。我马上就到九十岁了，到了这个年龄的人不宜太激动。可是今天这个场合，要不激动很不容易。我同潘先生的关系，很多人都知道。我同他接触之多，关系之深，大概除了他的女儿之外就轮到我了。从时间上看，我同潘先生的接触要比他有的女儿还要长一些。小三出生之前，我已经和潘先生有接触了。我们是在上海认识的，时间是1930年之前，早于我来北京上学的时间。后来在清华大学，我和潘先生住得很近，是邻舍。到了民族学院，住得更近了。有一个时期，我们几乎是天天见面，一直在一起，可以说是生死与共，荣辱与共，联在一起，分不开了。这一段历史很长，我要是放开讲，可以讲上半天。

　　昨天晚上我还在想，要讲潘先生，关键问题在哪里？我觉得，关键是要看到两代人的差距。在我和潘先生之间，中国知识分子两代人之间的差距可以看得很清楚。我同潘先生的差距很清楚，我同下一代的差距也很清楚。差在哪儿呢？我想说，最关键的差距是在怎么做人。做法不同，看法不同。做一个什么样的人，自己才能觉得过得去？不是人家说你过得去，而是自己觉得过得去。这一点，在两代知识分子之间差别很大。潘先生这一代和我这一代差得很远。他是个好老师,我不是个好学生,他的很多东西没有学到。

潘先生这一代人的一个特点,是懂得孔子讲的一个字:己,推己及人的己。懂得什么叫做"己",这个特点很厉害。己这个字,要讲清楚很难,但这是同人打交道、做事情的基础。归根到底,要懂得这个字。在社会上,人同别人之间的关系里边,有一个"己"字。怎么对待自己,推己及人,老吾老以及人之老,幼吾幼以及人之幼,首先是个"吾",是"己"。在英文里讲,是"self",不是"me",也不是"I"。弄清楚这个"self"是怎么样,该怎么样,是个最基本的问题。可是现在的人大概想不到这个问题了。很多人倒是天天都在那里为自己想办法,为自己做事情,但是他并不认识自己,不知道应当把自己放在什么地方。

潘先生这一代知识分子,对这个总是很清楚。他们对于怎么做人才对得起自己很清楚,对于推己及人立身处世也很清楚。不是潘先生一个人,而是这一代的很多人,都是这样。他们首先是从己做起,要对得起自己。怎么才算对得起呢?不是去争一个好的名誉,不是去追求一个好看的面子。这是不难做到的。可是要真正对得起自己,不是对付别人,这一点很难做到。考虑一个事情,首先想的是怎么对得起自己,而不是做给别人看,这可以说是从"己"里边推出来的一种做人的境界。

这样的境界,我认为是好的。怎么个好法,很难说清楚。如果潘先生还在世的话,我又该去问他了。在我和潘先生交往的一段很长的时间里,我把他当成活字典。我碰到不懂的问题,不去查字典,而是去问他。假定他今天还在,我会问,这个"己"字典出在哪儿?在儒家学说里边,这个世界的关键在什么地方?为什么它提出"推己及人"?"一日三省吾身"是要想什么?人在社会上怎样塑造自己才对得起自己？潘先生在清华大学开过课，专门讲儒家的思想。我那时候在研究院，不去上课，没有去听。后来我想找到他讲课的时候别人记录下来的笔记。新加坡一个朋友叫郑安仑，听过潘先生的课。我要来了郑安仑的课堂笔记，可是他记得不清楚。我后来想，其实不用去看潘先生讲了些什么，他在一生中就是那么去做的。他一生的做人做事，就是儒家思想的一个典型表现。他不光是讲，更重要的是在做。他把儒家思想在自己的生活中表现了出来，体现了儒家主张的道路。

这个道理关键在哪里？我最近的一个想法，是觉得关键在于"己"字。"己"是最关键、最根本的东西，是个核心。决定一个人怎么对待人家的关键，是他怎么对待自己。我从这个想法里想到了自己。我写过一篇文章，题目是《我看人看我》，意思是讲我看人家怎么看我。潘先生同我的一个不同，是他自己能清楚地看待自己。我这一代人可以想到，要在人家眼里做个好人，在做人的问题上要个面子。现在下一代人要不要这个面子已经是个问题了。我这一代人还是要这个面子，所以很在意别人怎么看待自己。潘先生比我们深一层，就是把心思用在自己怎么看待自己。这一点很难做到。这个问题很深，我的力量不够，讲不清楚，只是还可以体会得到。我这一代人还可以体会到有这个问题存在。

孔子的社会思想的关键，我认为是推己及人。自己觉得对的才去做，自己感觉到不对的、不舒服的，就不要那样去对待人家。这是很基本的一点。可是在现在的社会上，还不能说大家都是在这么做了。潘先生一直是在这么做的。这使我能够看到自己的差距。我看人看我，我做到了，也写了文章。可是我没有提出另一个题目：我看我怎么看。我还没有深入到这个"己"字，可潘先生已经做出来了。不管上下左右，朋友也好、保姆也好，都说他好，是个好人。为什么呢？因为他知道怎么对人，知道推己及人。他真正做到了推己及人。一事当前，先想想，这样对人好不好呢？那就先假定放在自己身上，体会一下心情。己所不欲，勿施于人。我今天讲潘先生，主要先讲这一点。我想这一点会得到大家的赞同，因此可以推广出去，促使更多的人这么去想、这么去做。现在的社会上缺乏的就是这样一种做人的风气。年轻的一代人好像找不到自己，自己不知道应当怎么去做。

要想找到自己，办法是要知道自己。不能知己，就无从"推己"。不能推己，如何"及人"？儒家不光讲"推己及人"，而且讲"一以贯之"，潘先生是做到了的。我想，潘先生这一代知识分子在这个方面达到的境界，提出的问题很值得我们深思。现在，怎么做人的问题，学校里不讲，家里也不讲。我们今天纪念潘先生因此很有意义。怎么做人，他实际做了出来。我作为学生，受潘先生的影响很深。我的政治生命、学术生命，可以说和潘先生是分不开的。我是跟着他走的。可是，我没有跟到关键上。直到现在，我才更清楚地体会到我和他的差距。在思考这个差距的过程中，我抓住了一个做人的问题，作为差距的关键。我同上一代人的差距有多大，我正在想。下一代人同我的差距有多大，也可以对照一下。通过比较，就可能明白上一代人里边为什么有那么多大家公认的好人。

潘先生这一代人不为名、不为利，觉得一心为社会做事情才对得起自己。他们有名气，是人家给他们的，不是自己争取的。他们写文章也不是为了面子，不是做给人家看的，而是要解决实际问题。这是他们自己的"己"之所需。我们可以从他们身上受些启发，多用点脑筋，多懂得一点"己"字，也许就可以多懂得一点中国文化。中国文化有一种超越自己的力量。有些文章说潘先生"含冤而死"，可是事实上他没有觉得冤。这一点很了不起。他看得很透，懂得这是历史的必然。他没有怪毛泽东。他觉得"文化大革命"搞到那个地步不是毛泽东的意思。为什么呢？他推己及人，想想假定自己做毛泽东会是什么样的做法，那根本不会是这个做法。因此不应该怪他。这就是从"己"字上出来的超越一己荣辱的境界。这使潘先生对毛泽东一直是尊重的，是尊重到底的。他没有觉得自己冤，而是觉得毛泽东有很多苦衷没法子讲出来，也控制不住，最后演变成一场大的灾难。潘先生经历了灾难，可是他不认为应该埋怨哪一个人，这是一段历史的过程。潘先生是死在我怀里，他确实没有抱怨，没有感到冤，这一点我体会得到。他的人格不是一般的高。我们很难学到。造成他的人格和境界的根本，我认为就是儒家思想。儒家思想的核心，就是推己及人。

1999 年 10 月

第二辑

西山在滇池东岸

我从没有到过西山。可是这几年来疏散在滇池的东岸，书桌就安放在西窗下，偶一抬头，西山就在眼前。尤其是在黄昏时节，读懒写倦，每喜倚窗远眺。逼人的夕阳刚过，一刹间湖面浮起了白漫漫的一片。暮色炊烟送走了西山的倦容，淡淡的描出一道起伏的虚线，镶嵌在多变的云霭里，飘渺隐约，似在天外。要不是月光又把它换回，我怎敢相信谁说它没有给夕阳带走？

西山是不会就这样容易带走的吧！你看它峭壁下这堆沙砾，堆得多高，快到半身。它这斑驳多痕，被神斧砍过的大石面，至少也可以使我们不再怀疑它是个无定的游脚。它是够坚定的了。耽担着这样久的磨折，忍耐着这样深的创伤，从没有说过半个字，多舌的决不是它。恕我没有近过它，不知有没有自作聪明的人，在它额上题过什么字句。即使有，我想它也不致置怀。石刻能抵住多少风雨？一刹间，水面的波纹，天空的云霞，人间的离合，谁认真了，何况这沉着的西山。

我远远望着那神斧砍过的峭壁，忽想起小惠——我那个将近两岁的女儿。要是她懂事了，要我解释西山跟谁打了架，弄得满脸是血，叫我怎样回答。为此，我逢着抬烟管的老乡，总是很客气的想探听一些关于西山的乡史野话，预备将来能对付我这个现在已够刁钻的女儿。可是他们却笑着摇摇头。像西山一般的静默，似乎已厌倦了记忆，卸下了过去。"忘记了罢。日子是在前面。只有弱者才会给往事所沉醉，所麻痹，女人才是哓舌的。"——我记不起是不是尼采所说的话。西山没有传说，不需要辩护，一脸伤痕，一池清血，告诉了我们所能体会的一切。即使有一天，沙砾盖住了它的脸，全身没入了海底。它还是没有呻吟。这我敢保证，虽则我从没有亲近过它。

可是，这套话怎能对我自己的女儿说，战争即使不是罪恶，在羔羊面前至少也是丑恶。做父亲的哪里有这勇气来颂赞吞在肚里的那颗牙子作梗？于是我的视线溜过峭壁，向南移去。这里不是有个仰卧着的女郎？眼向着无穷限的高空。头发散乱的堆着，无限娇懒。丰腴的前胸，在招迎海面的清风，青春的火烧着了她，和她炙面的晚霞一样的红。双膝微耸，她没有睡，更不是醉，她一定瞪着眼，心里比黑夜的潮水冲击得更急更凶。她像是在等待，用落日的赤忱在期望，用弦月的幽贞在企盼。可是她等待的是谁？岂是个忘情的浪子，在天河畔邂逅哪家村女，忘了他的盟誓？岂是个贫困的樵夫，想偷折哪个星园的枯柴，被人禁闭了？岂是个荒诞的狂生，在无穷里采取极限，永没有回头的日子？

让我就这样来编个故事，来哄我的孩子。我开头不就可以说："你看，隔着这水面，那里不是有一盏闪烁的灯光么？这个地方曾经有一对情侣——"接着我想说有一天那个少年忽然想要寻一件世界上稀有的宝物来给他情人，于是他飞入了天空——神话似乎都是这样开始的。我正想接着说留在山上的少女怎样耐心的等待，忽然隔壁传来了小惠学话的声音："不，我要去，我也要去。"

"是的，她怎不跟着去？"我自己打断了我自己的故事。这多情的女郎怎会愿意为一个得不到的稀有的宝物，来换取一个永不回来的情人？岂是她情人的礼物就是一个永诀？不会，不会，我不能相信。可是故事又怎样续下去呢？算了，反正小惠还不满两岁。她长大时,谁知我们又将在哪座山的脚下。即使她还是要追问西山的故事。让她母亲去哄她罢!女人的故事还是让女人去说才是,世界上哪里还有比男人口上的女人更荒诞的呢?

我闭目不看西山。西山在我是个谜,你看:这边是不求人知的忍受,不叫喊的沉痛,不同情的磨折,不逃避不畏缩的接受终古的销蚀,那边是无厌的期待,无侣的青春,无言的消逝,无边际里永恒的分离。谜,在人间至少该是个谜。虽则我已闭了眼。眼前还是西山。

我在滇池东岸,每天对着西山。这样的亲切,又这样的疏远。隔水好像荡漾着迷人的渔歌,晚风是怪冷的,我默默地关上了窗。

1942 年 11 月

鸡足朝山记

一、洱海船底的黄昏

到了海边，上了船，天色已经快黑。我们本来是打算趁晚风横渡洱海，到对岸挖邑去歇夜的。可是洱海里的风谁也捉摸不定，先行的船离埠不久，风向突变，靠不拢岸，直在海面上打转。我们见了这种景象，当晚启程的念头也就断了。同行的人知道一时决定走不成，贪看洱海晚景，纷纷上岸。留在船里的只有潘公和我两人。

我留在船底实在有一点苦衷。三年前有一位前辈好几次要我去大理，他说他在海边盖了一所房子，不妨叫做"文化旅店"。凡有读书人从此经过，一定可以留宿三宵，对饮两杯。而且据说他还有好几匹马——夕阳西下，苍山的白雪衬着五色的彩霞，芳草满堤，蹄声嘚嘚；沙鸥傍飞，悠然入胜——我已经做了好几回这样的美梦。可是三年很快的过去了，我总是没有能应过他的约。这座"文化旅店"正靠近我们这次泊船的码头。但现在已是人去楼空，那几匹马也不知寄养在哪家马房里了。这个年头做人本来应当健忘一些，麻木一些。世已无常而恨我尚不能无情。为了免得自取怅惘，不如关在船底，落日故人，任他岸上美景怎样去惹人罢。

多风少光的船底也有它特别值得留恋的地方。我本是个生长在鱼米之乡的三吴人士，先天是爱船的。十年来天南地北的奔波，除了几次在大海洋上漂泊外，与船久已无缘。这次得之偶然，何忍即离。这一点乡思系住了这两个万里作客的游子。还有一点使我们两人特别爱船的也许是因为我们的眼睛和腿都有一点毛病。潘公有一眼曾失明过，我呢，除了近视之外，对于色彩的感觉总是十分迟钝。潘公是独脚，我呢，左脚也残废过。在船底，我们的缺陷很容易掩饰过去。昏暗的棚子里有眼亦无可视，斗大的舱位里，有脚亦不可动。这里我们正不妨闭着眼静坐，只要有一对耳朵没有聋，就够我们享受这半个黄昏了。

古人时常用"欸乃"二字来代表船，因为船的美是由耳而入的。不论是用橹用桨，或是用桅，船行永远是按着拍水的节奏运动。这轻沉的声调从空洞的船身中取得共鸣，更靠了水流荡漾回旋，陶人心耳。风声，水声，橹声，船声，加上船家互相呼应的俚语声，俨然是一曲自然的诗歌。这曲诗歌非但是自然，毫不做作，而且是活动的。船身和坐客就在节奏里一动一摆，一俯一仰，顺着这调子，够人沉醉。孩子们的摇篮，成人的船，回到了母亲的怀里。

一阵紧风打上船来，船身微微的荡了一下。潘公取下衔着的烟斗，这样说："假如我们在房子里，风这样大就会有些担心，怕墙会倒下来。风和墙谁也不迁就谁，硬碰硬；抵得住，抵；抵不住，倒。在船里就不用着慌，风来了船退一下，风停了，船又回到原位。"我没有说话，倒不是因为我不很能欣赏中国式的"位育"方法，而是因为既然要上鸡山，就得预先学习一下拈花微笑的神气。不可说，不可说。

在船里看黄昏最好是不多说话。但两人相对默然又不免煞风景，于是我们不能不求助于烟茶了。潘公常备着土制无牌的烟丝，我也私自藏着几支香烟，可以对喷。至于茶则不能不索之于船家了。船家都是民家人，他们讲的话，对我们有如鸟语。我向他们要

鸡足朝山记

茶，他们只管向我点头道是，可是不见他们拿出茶壶来，于是我不能不怀疑自己的吴江国语在他们也有如鸟语了。那位船家低了头，手里拿着一个小土罐在炭上烤。烤哪样，怎么不去找茶壶？我真有些不耐烦。可是不久顿觉茶香袭人，满船春色。潘公很得意的靠着船板，笑眯眯的用云南话说："你家格是在烤茶乃？"

　　大理之南，顺宁之北，出一种茶叶，看上去很粗，色泽灰暗，香味也淡，决不像是上品，可是装在小土罐里，火上一烤，过了一忽，香味就来了。香味一来，就得立刻用沸水注入。小土罐本来已经烤得很热，沸水冲入，顿时气泡盈罐，少息倾出，即可饷客。因为土罐量小，若是有两三个客人，每人至多不过分得半小杯。味浓，略带一些焦气，没有咖啡那样烈，没有可可那样腻。它是清而醇，苦而沁，它的味是在舌尖上，不在舌根头，更不在胃里，宜于品，不宜于饮；是用来止渴，不是用来增加身体水分的。我在魁阁读书本是以好茶名朋侪间，自从尝到了烤茶，才恍然自悟三十多年来并未识茶味。潘公尝了烤茶说："庶几近之。"意思是他还领教过更好的，我对烤茶却已经很满意了。可惜的是西洋人学会了喝茶，偏偏要加白糖。近来同胞中也有非糖不成茶的，那才是玷辱了东方文化。

　　当我们和岸上的朋友们分手时，曾再三叮嘱他们千万不要送饭下来。我们想吃一顿船家的便饭，这是出于潘公的主张较多。据他说，幼时靠河而居，河里常停着小船。每当午刻，船家饭熟，眼巴巴的望着他们吃香喷喷的白饭，限于门户之严，总是无缘一尝。从此积下了这个好吃船饭的疙瘩。这一次既无严母在旁，自可痛快的满足一次。我从小在苏州长大，对于船菜自然还有"食"以外的联好。这里虽无船娘，但是也不妨借此情景，重温一些江南的旧梦。

船家把席子推开，摆上碗筷，一菜一肉，菜甜肉香。七八个船夫和我们一起团团围住。可惜我们有一些言语的隔膜，不然加上一番人情，一定还可多吃两碗。

饭饱茶足，朋友们还没有下船，满天星斗，没有月。虽未喝酒，却多少已有了一些醉意。潘公抽烟言志，说他平生没有其他抱负，只想买一艘船，带着他所爱的书（无非是霭理士之辈的著作）放游太湖，随到随宿，逢景玩景。船里可以容得下两三便榻，有友人来便在湖心月下，作终宵谈。新鲜的鱼，到处都很便宜。我静静的听着，总觉自己太俗，没有想过归隐之道。这种悠优的生活是否还会在这愈来愈紧张的世界中出现，更不敢想。可是我口头却反复的在念着定盦词中的一句：

"笛声叫破五湖秋，整我图书三万轴，同上兰舟。"

二、"入山迷路"

在船里等风过洱海，夜深还是没有风。倦话入睡，睡得特别熟。醒来船已快靠岸。这真令人懊悔，因为人家说我不该一开头就白白的失去了洱海早晨一幕最美的景色，这还说什么旅行。可是事后想来却幸亏那天晚上睡得熟，早上又起得迟，不然这天能否安全到达金顶都会成问题。

我们在挖邑上岸。据当地人说从挖邑有两条路可以上鸡足山。一路是比较远些，一天不一定赶得到；另一路近是近，可是十分荒凉，沿路没有人烟，山坡又陡。我们讨论了一下决定走近路，一则是为了不愿在路上多耽搁一天，二则也想尝尝冒险探路的滋味。何况我们人多马壮，一天赶七八十里路自觉很有把握。独脚潘公另雇一个滑竿，怕轿夫走得慢，让他们趁先出发。诸事定妥后，一行人马高高兴兴地在10时左右上路向鸡山前进。

这个文武集成旅队在游兴上虽甚齐整，可是以骑术论在文人方面却大有参差，罗公究是北方之强，隔夜在船上才练得执缰的姿势，第二天居然能有半天没有落伍。山阴孙公一向老成持重，上了马背，更是战战兢兢，目不斜视。坐马有知，逢迎主人之意，也特地放缓脚步，成了一个远远压阵的大将。曾公嫌马跑得慢，不时下马拔脚前行，超过了大队。起初大家还是有说有笑，一过雪线，时已下午。翻过一重山，前面又是一重山。连向导们都说几年没有走过这路，好像愈走愈长，金顶的影子都望不见。除了路旁的白雪，和袋里几支香烟外，别无他物可以应付逐渐加剧的饥渴。大家急于赶路，连风景都无暇欣赏。走得快的愈走愈前，走不快的愈落愈后，拉拉牵牵前后相差总有几里，前不见后人，后不见前人。我死劲的夹着马，在荒山僻道中跟着马蹄痕迹疾行。

太阳向西落下去，而我们却向东转过山腰。积雪没蹄，寒气袭人。路旁丛林密竹，枝叶相叉，迎面拦人。座下的马却顾不得这些，一味向前。会骑马的自能伏在马颈上保全脸面，正襟危坐的骑士们起初还是不低头即挂冠，后来挂冠也不够，非破脸流血不成了。后面追上了我的是曾公，只见他光着头，用着一块手帕裹着手，手帕上是血。我们两人做伴又走了有一二里，远远望见了金顶的方塔，心头不觉宽了一些，以为今晚大概有宿处了。放辔向前，路入下坡。人困马乏，都已到了强弩之末。偶一不慎，马失前蹄，我也就顺势在马头前滑入雪中。正在自幸没有跌重，想整衣上鞍，谁知道那一匹古棕马实在不太喜欢我再去压它了，一溜就跑。山路是这样的狭,又这样的滑,在马后追赶真是狼狈。于是让过曾公,一个人爽性拣了一块石头坐下,悠悠的抽了一回烟。山深林密,万籁俱寂,真不像在石后叶下还有几十个人在蠕动。我从半山,一步一滑,跌到山脚,才听到人声。宋公,曾公等一行正在一个草棚里要了茶水等我们。我算是第三批到山脚的。我的马比我早到二十多分钟。后面还有一半人没有音讯。

山脚的地名叫檀花箐,但并没有什么花,遍地都是些荒草和新树。那间草棚也是临时搭成的,专门赶这个香期,做些小买卖。这条路本是僻径,很少人往来,我们这样大批人马过境,真是梦想不到的。我们自己借火煮了些饵块。同伴们零零散散,一个个到了。罗公落马跌破了半个眼镜,田公下骑在路上拾得了曾公的破帽。最后到的是孙公,本来已经不很小的鼻子更大了,上唇血迹斑斑,曾经一场苦战无疑。各人都带着一段自己以为了不得的故事,可是行程还没完,离开可以住宿的庙宇最近的还有三四里,所以无暇细说。天快黑了,潘公的滑竿毫无信息。除非打算在草棚里过夜,我们不能再这样等了,于是又跨上马,作最后的努力。

新月如钩,斜偎着对面的山巅,一颗很亮的星嵌在月梢,晶莹可爱。我们趁着黄昏的微光,摸路上山,山间的夜下得特别的快,一刹间四围已黑。马在路上踟蹰不前,于是不能不下马牵了缰爬上山去。人马杂沓,碎石间的蹄声,更显得慌乱。水声潺潺警告着行人提防失足。可是谁还敢停留,一转瞬前面的人马就消失在黑雾里,便没有了援引。山林里的呼声,最不易听得准,初听似乎在前在右。可是一忽又似乎在后在左。我一手拖着似乎已近于失望的罗公,一手差不多摸着地面。爬了好一阵,面前实在已无路可走,在一起的几位也已经奋斗到了最后关头,鼓不起上前的勇气了。山不知有多高，更不知我们脚下的是不是条路，假定是路，也不知会领我们到什么地方去。正在这时候，山壁上好像有一块比较淡色的石头，摸上去很光滑，也许是块什么碑罢。我划了一根火柴，一看，果真是。但是光太微弱，辨不出有什么字。既有碑，一定靠近了什么寺院，绝路逢生，兴奋百倍。转到石碑的背后，不远有一间小屋，屋前的路比较宽大些。宋公等在前开路的派了些人在这里等我们，要我们更进一步。于是大家抖起精神，爬上了山巅。山巅上一片白雪，映出尽头矗然独立的方塔，那就是鸡足山的金顶了。我们本来约定是第二天才上金顶的，谁知道入山乱爬反而迷到了目的地。

金顶的和尚们见了我们，合掌呐呐，口称菩萨有灵。原来庙里来了一位做过皮匠的县政府委员，坐收香火捐。这倒并不足奇，在这种偏僻的县份里，哪样不能收税？据说是因为省政府下令保护名山，所以县政府在山里沿路设下不少"弹压所"（名目也怪别致），行人过关得弹压一下，缴纳两元弹压费。到了庙里，如果要烧表荐拔亡魂，又得交县政府两元，交委员老爷三元，交了这笔不知什么名目的税，在焚化的表上可以盖上个印，否则无效。所谓无效也者，也许是阴阳官方另有契约规定，其中奥妙，非吾人所可知。这套税收，尽管新奇，犹有可说；那位"皮匠"委员在庙里虽则可以有不花钱的鸦片可抽，但还是不甘寂寞，想早些回家。那天早上威逼着和尚预支税收三千元，若是当夜交不出，就要用刑吊打。金顶的老和尚着了慌，无计可施，只有在菩萨面前叩头求救。据说他求得一签说是有贵人来助，可是等到黄昏，还是毫无消息。不道在日月俱落的星光中，会有我们这大队人马半夜里来敲门求宿，应验了菩萨的预言。老和尚说完合掌念经，是否有意编出来要我们去应付这皮匠委员，我不知道。但是我总觉得这位菩萨也太狠心了一些，为了要救这老和尚的一阵吊打，何必一定要我们受这样一路的罪，受了这罪还不够，还要我们一夜不得安睡呢？

到了金顶安睡本可不成问题的，可是一点名，独脚潘公和几个押运行李的士兵却没有报到。9点，10点，12点，还是没有消息。山高风急，松涛如吼，心念着雪地里失群的受难者，谁还能高卧呢？何况行李未到齐，要睡也凑不足全体的被褥，于是我们这些年纪较轻的索性烤火待旦，金顶坐夜了。

风好像发了狂，薄薄的纸窗挡不住雪线上彻骨的夜寒。面前虽有一大盆炭火，但是鞋底烤焦了，两足还是不觉得暖气，我们用草席裹着身，不住的看着表，面面相觑，说不出什么话。远地从怒风中传来一阵阵狼嚎，连香烟都生了苦味。静默压人压得慌，但又无人能打破这逼人的静默。每个人心头有着一块石头，一直到第二天早上潘公露宿了一夜，上山重见时，这块石头才落地，大家又有了笑容。

早上我们看完了日出，到大殿签筒里抽出一签，签上写着四个字："入山迷路"。

三、金顶香火

骑了一天马，烤了一夜火，只打了两个瞌睡，天亮的时候，身体疲乏得已经不容易再支持。虽则勉强助兴跟着曾公去看金顶的日出，但是两条腿尽管冷得发抖，骨节里却好像在发烧，嘴里干燥，连接着喝水，解不了半点渴。耳边似乎有无数杂乱的声音，不成句的话，在那里打转。冷风一吹，头脑略略清醒了一些，四肢却更觉得瘫痪。于是我不能不倒头在人家刚推开的被窝里昏昏的睡去了。

一忽醒来,好像是进入了另一个世界。寒风没有了踪迹,红日当窗,白雪春梅,但觉融融可爱,再也找不着昨夜那样冷酷的私威。室内坐满着人,有如大都会里的候车室。潘公安全到达山下的好消息传来后,欢笑的声音更是横溢满堂,昨夜死寂的院子现在已成闹市。窗外人声即使不如沸鼎似的热闹,也够使我回想到早年城隍庙里看草台戏的情景。睡前那种静默的死气和我身体的疲乏一同被这短短的一忽消化无余了。我搓了搓眼睛,黄粱一觉,世界变得真快。

一点童年的梦还支配着我,急促的披衣起来,一直向大殿上去赶热闹。香烟回袅,早雾般笼罩着熙熙攘攘一院的香客。站定一看真有如进了化装的舞场:绿衫红裤,衣襟袖口镶着宽阔彩绣的乡姑;头上戴着在日光下灿烂发光,缨络丁当,银冠珠饰的少女;脚踏巨靴,宽襟大袖,油脸乱发的番妇;腰悬利刃,粗眉大眼,旁若无人的夷汉;长衫革履,入室不脱礼帽的时髦乡绅;以及袈裟扫地,闭目合掌的僧侣,只缺钢盔的全副武装的士兵……这形形色色的一群,会在这时辰,齐集到这超过了二千五百公尺的高峰上,决不是一件平凡的事!也许是我睡意尚存,新奇中总免不了有一些迷惑。

什么造下了这个因缘会合?

带着这些迷惑的心境,我挤出山门。山门外有一个平台,下临千尺,山阴雾底,隐藏着另一个森严的世界。这里乱草蔓延,杂树竞长;斧斤不至,野花自妍。我正在沉思,背后却来了一个老妪,一手靠在一个用着惊奇的眼光注视我的少女的背上。这一双老眼显然没有发觉有人在看她,因为她虔诚的望着深壑,口中呐呐不知在向哪个神明面陈什么心愿。抖颤的一双手握着一叠黄纸，迎风抛去，点点蝴蝶一时飞满了天空。散完了这叠纸，老脸上浮起了一层轻松的怅惘，回头推着那个心不知在何处的少女，沿着山路转过了墙角。空中的黄纸，有些已沉入了雾海，有些还在飘，不知会飘出哪座山外。

　　一人呆着怪冷清的，于是又回到庙里。既到了金顶为什么不上那座宝塔去望望呢？这座塔有多少层，我并没有数，有梯可登的却只有一层。因为这还是民国以后的建筑，所以楼梯很新式，是一级一级螺旋形转上去的，每级靠中心的地方很狭。上下的人多，并不分左右，因之更显得拥挤。四壁没有窗子，光线是从底层那一扇小门中射入，很弱。人一挤，更觉得黑。我摸着墙壁跟着人群上去，但觉一阵阵腥气扑鼻，十分难受。登楼一看原来四周都是穿着藏服的男女。他们一登楼就跪下叩头，又绕着塔周阳台打转，一下就跪地，一下就叩头，口里散乱念着藏语，头发上的尘沙还很清楚地记录着他们长途跋涉的旅程。我在端详他们时，他们也正在向我端详，他们眼光中充满了问号：哪里来这一个在神前不低头的野汉？既不拜佛又何必登塔？我想大概他们在这样想，至少他们的虔诚的确引起了我这种内心的自疚。我凭什么可以在这个圣地这样的骄傲？我有什么权利在这宝塔里占一个地位挡着这些信士们的礼拜？于是我偷偷的离了他们走下楼来，塔前的大香炉里正冒着浓烟。

　　我回到宿舍，心里很不自在，感受着一种空虚，被打击了的虚骄之后留下的空虚。急急忙忙的想离开这佛教圣地的最高峰，催着同人赶紧上路，忘记了大家还没有吃早点。

鸡足朝山记

四、灵鹫花底

　　以前我常常笑那些手执"指南",雇用"向导"的旅行者,游玩也得讲内行,讲道地,实在太煞风景。艺术得创造,良辰美景须得之偶然。我这次上鸡足山之前仍抱着原来的作风,并没有特别去打听过为什么这座山不叫鸭脚、鹅掌,而叫鸡足。我虽听说这是个佛教圣地,可是也不愿去追究什么和尚开山起庙,什么宗派去那里筑台讲经。

　　事情却有不太能如愿的时候。那晚到了金顶没有被褥,烤火待旦,觉得太无聊了,桌上有一本《鸡山志》,为了要消磨些时间,结果却在无意中违反了平素随兴玩景的主张,在第二天开始游山之前,看了这一部类似指南的书。这部志书编得极坏,至于什么人编的和什么时候出版的我全没有注意,更不值得记着。零零散散;无头无绪的一篇乱账,可是却有一点好处,因为编者并不自充科学家,所以很多常识所不能相信的神话,他也认真的记了下来,这很可满足我消夜之用。

　　依这本志书说:鸡足山之成为佛教圣地由来已久。释迦的大弟子伽叶在山上守佛衣俟弥勒,后来就在山上修成正果。在时间上说相当于中土的周代,这山还属于当时所谓的西域。这个历史,信不信由你。可是一座名山没有一段动人的传说,自然有如一个显官没有圣人做祖宗一般,未免自觉难以坐得稳。说实话,鸡足山并没有特别宏伟的奇景。正如地理学家张公当我决定要加入这次旅行时所说,你可别抱着太大的希望,鸡山所有的绝壁悬崖,如果搬到了江南,自可称霸一方,压倒虎丘;但是在这个山国里实在算不得什么，何况洱西苍山，这样的逼得近，玉龙雪山又遥遥在望，曾经沧海难为水，鸡山在风景上哪处不是日光中的爝火。可是正因为它没有自然的特长，所以不能不借助于不太有稽的神话以自高于群山了，而且居然因为有这个神话能盛极一时，招致许多西番信徒，与峨嵋并峙于西南。

我本性是不近于考据的，而且为了成全鸡山，还是不必费事去罗列一些太平常的历史知识。一个人不论他自己怎样下流，不去认贼作父，而还愿意做圣贤的子孙，至少也表示他还有为善之心；否则为什么他一定要和一个大家崇拜的人过不去，用自己的恶行来亵渎自己拉上的祖宗，被人骂一声不肖之外也得不到什么光荣呢？对于这类的事，我总希望考据学家留一点情。

我们就慕鸡山的佛名，不远千里，前来朝山。说起我和佛教的因缘却结得很早，还在我的童年。我祖母死后曾经有一个和尚天天在灵帐前护灯，打木鱼，念经。我对他印象很好，也很深。因为当我一个人在灵堂里时，他常常停了木鱼哄着我玩，日子久了，很亲热。这时我还不过十岁。在我看来他很像是一个普通人，一样的爱孩子，也一样贪吃，所以我也把他当作普通可以亲近的人。除了他那身衣服有些不讨我的欢喜外，我不觉得他有什么别致之处。我的头当时不也是剃得和他一样光而发亮的么？也许正因为这个和尚太近人，给我的印象太平凡，以致佛教也就引不起我的好奇心。至今我对于这门宗教和哲学还是一无所知。伽叶，阿难，弥勒等名字对我也十分生疏。

我所知道的佛教故事不多，可是有一段却常常记得，这就是灵山会上，拈花一笑的事。我所以记得这段故事的原因是我的口才太差，很有些时候，自己有着满怀衷情，呐呐不能出口，即使出口了，自己也觉得所说的决非原意，人家误解了我，更是面红口拙。为了我自己口才的差劲，于是怀疑了语言本身的能力，心传之说当然正中下怀了。我又是一个做事求急功，没有耐性的人。要我日积月累的下水磨工夫，实在不敢尝试，有此顿悟之说，我才敢放心做学问。当人家骂我不努力，又不会说话时，我就用这拈花故事自解自嘲。可是这故事主角的名字我却一向没有深究，直到读了《鸡山志》才知道就是传说在鸡山成佛的伽叶。我既爱这段故事，于是对于鸡山也因此多了一分情意。

那晚坐到更深人静的时候，也许是因为人太累，倦眼惺忪，神魂恍惚，四围皆寂，有无合一；似乎看见一动难静的自己，向一个无底的极限疾逝。多傻？我忽然笑了。谁在笑？动的还在动，这样的认真，有的是汗和泪，哪里来了这个笑？笑的是我，则我不在动，又何处有可笑的呢？——窗外风声把我吹醒，打了一个寒噤。朋友们躺着的在打呼，烤火的在打盹。我轻轻的推门出去，一个枪上插着刺刀的兵，直直的站在星光下，旁边是那矗立的方塔。哪个高，哪个低？哪个久，哪个暂？……我大约还没有完全醒。一天的辛劳已弄糊涂了这个自以为很可靠的脑子。

做和尚吧！突然来了这个怪想。我虽则很想念祖母灵前那个护灯的和尚，可我又不愿做他。他爱孩子，而自己不能有孩子。那多苦？真的高僧不会是这样的吧？他应该是轻得如一阵清烟，遨游天地，无往有阻。这套世俗的情欲，一丝都系不住他。无忧亦无愁，更无所缺，一切皆足。我要做和尚就得这样。鸡山圣地，灵鹫花底，大概一定有这种我所想做的和尚吧。我这样想，也这样希望。

金顶的老和尚那天晚上我们已经会过，真是个可怜老菩萨，愁眉苦脸，既怕打又怕吊，见了我们恨不得跪下来。他还得要我们援救，怎能望他超度我们？

第二天，我们从金顶下山，不久就到了一个寺，寺名我已忘记，寺前有一个柏枝扎成的佛棚，供着一座瓷佛，一个和尚在那里打木鱼，一个和尚在那里招揽过路的香客，使我想起了天桥的耍杂的，和北平街上用着军乐队前导穿着黑制服的女救世军。这寺里会有高僧么？我不敢进去了，怕里面还有更能吸引香客的玩意。我既没有带着充足的香火钱，还是免得使人失望为是。于是我借故在路旁一棵大树旁坐了下去，等朋友们在这寺里游了一阵出来才一同再向前。他们没有提起这庙里的情形，我也没有问他们。

我记不清走了多少寺，才到了山脚。这里有个大庙。我想在这个宏丽壮大建筑里大概会有一望就能使人放下屠刀的高僧了。一到寺门前但见红绿标语贴满了一墙，标语上写着最时髦的句子，是用来欢迎我们这旅队中武的那一半人物的。我忽然想起别人曾说过慧远和尚做过一篇《沙门不敬王者论》。现在这世界显然不同了，这点苦衷我自然能领会。

一路的标语，迎我们到当晚要留宿的一座庙里。当我们还没有到山门时，半路上就有一个小和尚双手持着一张名片在等我们，引导我们绕过黄墙。一大队穿黄的和穿黑的和尚站着一上一下的打恭，动作敏捷，态度诚恳，加上打鼓鸣钟，热烘烘的，我疑心自己误入了修罗道场。误会的自然是我自己，这副来路能希望得到些其他的什么呢？

和老和尚坐定，攀谈起来，知道是我江苏同乡。他的谈吐确是文雅，不失一山的领袖。他转转弯弯的有能力使听者知道他的伯父是清末某一位有名大臣的幕僚，家里还有很大的地产，子女俱全，但是这些并不和他的出门相左，说来全无矛盾。他还盼望在未死之前可以和他多年未见面的姐姐见一面,言下颇使我们这一辈飘泊的游子们归思难收。我相当喜欢他,因为他和我幼年所遇到的那位护灯和尚,在某一方面似乎很相像。可是我却不很明白,他既然惦记家乡和家人,为什么不回家去种种田呢?后来才知道这庙里不但有田,而且还有一个铜矿。他说很想把那个铜矿经营一下,可以增加物资,以利抗战。想不到鸡山的和尚领首还是一个富于爱国心的企业家。这个庙的确办得很整齐,小和尚们也干净体面,而且还有一个藏经楼,楼上有一部《龙藏》,保存得好好的,可是不知道是否和我们大学里的图书馆一般,为了安全装箱疏散,藏书的目的是在保存古物。

佛教圣地的鸡山有的是和尚,可是会过了肯和我们会面的之后,我却很安心地做个凡夫俗子了。人总是人,不论他穿着什么式样的衣服,头发是曲的,还是直的,甚至剃光的。世界也总是这样的世界,不论在几千尺高山上,在多少寺院名胜所拥托的深处,或是在霓虹灯照耀的市街。我可以回家了,幻想只是幻想。

过了一夜,又跨上了那匹古棕马走出鸡山:若有所失,又若有所得。路上成七绝一首:

"入山觅渡了无垠,名寺空存十丈身,灵鹫花底众僧在,帐前我忆护灯人。"

五、舍身前的一餐

我总怀疑自己血液里太缺乏对历史的虔诚,因为我太贪听神话。美和真似乎不是孪生的,现实多少带着一些丑相,于是人创造了神话。神话是美的传说,并不一定是真的历史。我追慕希腊,因为它是个充满着神话的民族，我虽则也喜欢英国，但总嫌它过分着实了一些。我们中国呢，也许是太老大了，对于幻想，对于神话，大概是已经遗忘了。何况近百年来考据之学披靡一时，连仅存的一些孟姜女寻夫，大禹治水等不太荒诞的故事也都历史化了。礼失求之野，除了边地，我们哪里还有动人的神话？

我爱好神话也许有一部分原因是出于我本性的懒散。因为转述神话时可以不必过分认真，正不妨顺着自己的好恶，加以填补和剪裁。本来不在求实，依误传误，亦不致引人指责。神话之所以比历史更传播得广，也就靠这缺点。

鸡足虽是名山圣地，幸亏地处偏僻，还能幸免于文人学士的作践，山石上既少题字，人民口头也还保留着一些素朴而不经的传说。这使鸡足山特别亲切近人，多少还带着边地少女所不缺的天真和妩媚。

从金顶下走，过山腰，就到了华首门和舍身岩。一面是旁靠百尺的绝壁，一面又下临百尺的深渊。这块绝壁正中很像一扇巨大的石门，紧紧的封闭着，就叫华首门。到这里谁也会猛然发问：门内有什么这样珍贵的宝物，老天值得造下这个任何人力所推不开的石壁，把重门深锁。于是神话在这里蔓生了。

不知哪年哪月，也不知从什么地方来了两个和尚。他们抛弃了故乡的温存，亲人的顾惜，远远的来到这荒山僻地。没有人去盘问他们为什么投奔这个去处，可是从他们仰望着穹苍的两双眼里，却透露着无限的企待。好像有一颗迷人的星在吸引他们，使他们忘记了雪的冷，黑暗中野兽的恐怖。这颗迷人的星就是当时的一个盛行的传说。

释迦有一件袈裟，藏在鸡足山，派着他的大弟子伽叶在山守护。当释迦圆寂的时候，叮嘱伽叶说："我要你守护这袈裟。从这袈裟上，你要引渡人间的信徒到西天佛国。可是，你得牢牢记着，惟有值得引渡的才配从这件袈裟上升天。"伽叶一直在鸡足山守着。人间很多想上西天的善男信女不断的上山来，可是并没有知道有多少人遇着了伽叶，登上袈裟，也不知道多少失望的人在深山里喂了豺狼。我刚才提起的和尚不过是这许多人中的两个而已。

鸡足是一片荒山，顽石上长不出禾麦。入山的得自己背负着食粮维持生活。可是谁也背不了多少米，太多了又爬不高，所以很少人能进入深山。大家却又相信伽叶尊者一定是住在山的最深之处，因之一般都觉得限制他们路程的就是这容易告罄，而且又不能装得太满的粮袋。只有那最会计算，最能载得重，吃得少的，用现代的话来说，最经济的，才能上西天。

这两个和尚走了好久，还是见不到伽叶的影子。打开粮袋一看，却已消耗了一半，这时需要他们下个很大的决心了。若是再前走，当然还有一半路程可以维持，但是若到那时候还碰不着伽叶，上不了西天，就没有别的路可走，除了饿死。要想不做饿死鬼，这时就该回头了。

他们坐下来静默了一会儿。"不能上天，就死。"这样坚决的互相起了誓，提起已经空了一半的粮袋很勇敢的向前走去。一天又一天，毫不关心似的过去了。早上看太阳从东边升起，晚上看它又从西边落下。粮袋的重量一天轻似一天，追求者的心却一天重似一天。粮食只剩着最后两份的时候，他们刚走到这石门口。他们灵机一动，忽然这样想：上西天当然不是容易的，一个人下不了决心也就永远不会有希望得到极乐的享受，现在我们已经到了最后一天，苦已尝尽，吃过了这最后的一餐，饿死还是永生也就得决定了。因之,他们反而觉得安心不少,用了轻快的心情倾出最后一粒米,在土罐里煮上了。静静的向着石门注视。他们想:门背后一定就是那件袈裟,西天也近在咫尺了。

最后一顿饭的香味从土罐里送出来时,远远地有一个老和尚一步一跌地爬上山来,用着最可怜的声音,向他们呼喊。但是声音是这样的微弱,风又这样大,一点都听不清楚。这两个已经多日不见同类的和尚,本能地跑了过去,扶持着这垂死的老人来到他们原来的坐处。这老和尚显然也是入山觅渡的人。可是因年老力衰,背不起多少食粮,前几天就吃完了。他挨着饿,再向上爬,这时已只剩了最后一口气了。他闻着饭香,突然睁大了已经紧闭了的双眼:

"慈悲!给我一些吃,我快死了。我不能死,我还要上西天!"

这两个和尚互相望着,不作声。这是他们最后的一餐。这一餐还要维持他们几天生命,还要多给他们一些上天的机会。他们若把这一餐给了这垂死的老人,他们自己也就会早一些像这老人一般受饥饿的磨难,早一刻饿死,谁也说不定也许就差这一刻时间错失了上天的机会。这一路的辛苦,这一生,不就是这样白费了么?不能,不能。他们披星戴月,受尽人世间一切的苦难,冒尽天下一切的危险,为的是什么?上西天!怎能为维持这老人一刻的生命,而牺牲他们最后的一餐呢?于是他们相对的摇了摇头,比雪还冷,比冰还坚的心肠,使他们能坚定的守着经济打算中最合理的结论。

除了乞怜外别无他法的老和尚,在失望中断了气,死了。两个和尚在这死人的身畔,默默的吃完了他们最后的一餐。当他们收拾起已经没有用处的土罐,这已死的老和尚忽然站了起来,丝毫没有饥饿的样子,但充满着惋惜的神气向他们合掌顶礼,一直向后慢慢的退去。当他的身子靠上石门时,一声响,双门洞开,门内百花遍地，寂无一人。这老和尚向这两个惊住了的和尚点了点头，退入石门，门又闭上，和先前一般。

门外追求者已看明了一切，他们知道这最后的一餐已决定了他们只有饿死的一个归宿了。家乡和西天一样的辽远，粮袋已经不剩一粒米。深渊里的流水声外，只有远地的狼嚎，绝望的人才明白时间是个累赘。他们纵身一跳，百尺深渊，无情的把他们吞灭了。

神话本是荒诞无稽的。你想这回事即使真是有的，也谁会看见？老和尚是伽叶化身，进了石门，两个和尚，魂消骨碎，怎能回来把这个悲剧流传人间？可是神话的荒诞却并不失其取信于人的能力。所以一直到现在，当你在华首门前，舍身岩上，徘徊四览的时候，耳边还是少不了有为这两个和尚而发的叹息。人们的愚蠢没有了结，这个传说也永远会挂在人们的口上。

我站在石门前忽然想问一下躲在里面的伽叶："你老师给你的袈裟用过没有？"若是永远闲着，我就不能不怀疑这件袈裟除了为深渊里的豺狼吸引食料之外，还有什么其他的用处。我很得意的自作聪明的笑了。

我在笑，伽叶也在笑，山底里两个和尚也在笑，身上突然一阵冷，有一个力量似乎要叫我向深渊里跳，我急忙镇静下来。自己对自己说："我没有想上西天吧？"

六、长命鸡

我们从短墙的缺口，绕进了山脚的一个寺院，后殿的工程还没有完毕，规模相当大，向导和我们说："这是鸡山最大的寺院，名称石钟寺。"我从山巅一直下来，对这佛教圣地多少已有一点失望,大概尘缘未绝,入度无因了。我抱着最后的一点奢望,进入石钟寺。一转身,到了正殿:两厢深绿的油漆,那样秀丽惹眼,尽管小门额上写着"色即是空",也禁不住有一些不该在这地方发生的身入绣阁之感。正殿旁放着一张半桌,桌上是一本功德簿。前殿供着一行长生禄位,正中是我们劳苦功高的委员长,下面有不少名将的勋爵。山门上还悬着于老先生手题的木刻对联,和两块在衙门前常见的蓝底白字的招牌,有一块好像是写着什么佛学研究会筹备处一类的字样。我咽了一口气,离开了这鸡足山最大的名刹。

离寺不远,有一个老妪靠着竹编的鸡笼在休息。在山上吃了一天斋,笼中肥大的雄鸡,特别引起了我的注意。岂是这绿绮园里研究佛学的善男信女们还有此珍品可享?我用着一点好奇的语调问道:"这是送给老和尚的么?"虔诚的老妪却很严肃的回答我说:"这是长命鸡。"自愧和自疚使我很窘,我过分亵渎了圣地。

"这是乡下人许下的愿,他们将要把这只雄鸡在山巅上放生,所以叫做长命鸡。"这是向导给我补充的解释。

长命鸡!它正是对我误解佛教的讽刺。

多年前,我念过 Jack London 写的《野性的呼唤》。在这本小说中,作者描写一只都会里被人喂养来陪伴散步的家犬,怎样被窃,送到阿拉斯加去拖雪橇;后来又怎样在荒僻的雪地深林中听到了狼嚎,唤醒了它的野性;怎样在它内心发生着对于主人感情上的爱恋和对于狼群血统上的系联二者之间的矛盾;最后怎样回复了野性,在这北方的荒原传下了新的狼种。

这时我正寄居于泰晤士河畔的下栖区,每当黄昏时节,常常一个人在河边漫步。远远地,隔着沉沉暮霭,望见那车马如流的伦敦桥。苍老的棱角疲乏的射入异乡作客的心上,引起了我一阵阵的惶惑。都会的沉重压着每个慌乱紧张的市民，热闹中的寂寞，人群中的孤独。人好像被水冲断了根，浮萍似的飘着，一个是一个，中间缺了链。今天那样的挤得紧，明天在天南地北，连名字也不肯低低的唤一声。没有了恩怨，还有什么道义，文化积成了累。看看自己正在向无底的深渊中没头没脑死劲的下沉，怎能不心慌？我盼望着野性的呼唤。

若是我敢于分析自己对于鸡山所生的那种不满之感，不难找到在心底原是存着那一点对现代文化的畏惧，多少在想逃避。拖了这几年的雪橇，自以为已尝过了工作的鞭子，苛刻的报酬；深夜里，双耳在转动，哪里有我的野性在呼唤？也许，我这样自己和自己很秘密的说，在深山名寺里，人间的烦恼会失去它的威力。淡朴到没有了名利，自可不必在人前装点姿态，反正已不在台前，何须再顾及观众的喝彩。不去文化，人性难绝。拈花微笑，岂不就在此谛？

我这一点愚妄被这老妪的长命鸡一声啼醒。

在山巅上，开了笼门，让高冠华羽的金鸡，返还自然，当是一片婆心。从此不仰人鼻息，待人割宰了。可是我从山上跑了这两天，并没有看见有着长命鸡在野草里傲然独步。我也没有听人说起这山之所以名鸡是因为有特产鸡种。金顶坐夜之际，远处传来的只是狼嗥。在这自然秩序里似乎很难为那既不能高飞，又不能远走的家鸡找个生存的机会。笼内的家鸡即使听了野性的呼声，这呼声，其实也不过是毁灭的引诱，它若祖若宗的顺命寄生已注定了不喂人即喂狼的运命，其间即可选择，这选择对于鸡并不致有太大的差别。

长命鸡长命鸡！人家尽管给你这样的美名，你自己该明白，名目改变不了你残酷的定命，我很想可怜你，你付了这样大的代价来维持你被宰割前的一段生命，可是我转念，我该可怜的岂只是你呢？

想做 Jack London 家犬的妄念，我顿时消灭了，因为我在长命鸡前发现了自己。我很惭愧的想起从金顶下山一路的骄傲，我无凭无据蔑视了所遇的佛徒，除非我们能证明喂狼的价值大于喂人，我们从什么立场能说绿漆的围廊，功德的账簿，英雄的崇拜，不该成为名寺的特征呢？从此我就很安心的能欣赏金刚栅上红绿的标语了。第二天我还在石钟寺吃了一顿斋，不但细细的尝着每一碟可口的素菜，而且那肥胖矮小的主持对我们殷勤的招待，也特别亲切有味。

既做了鸡，即使有慈悲想送你回原野，也不会长命的罢？

七、桃源小劫

一天半由大理到金顶，在鸡足山睡了两晚，入山第三天的下午，取道宾川，开始我们的回程。这几天游兴太高，忘了疲乏；我虽则在这几天中已赢得了"先天下之睡而睡，后众人之起而起"的雅誉，可是依我自己说，除了在祝圣寺的一晚，实已尽力改善了我贪睡的素习。在归途上，从筋骨里透出兴奋过后倍觉困人的疏懒，为求一点小小的刺激，我纵马跑一阵，跑过了更是没劲。沿路没有雪，没有花，也没有松林。几家野舍赶走了荒凉和寂寥，满冈废地却又带着疏落和贫瘠。平凡的小径载着几十个倦游归来的人马，傍晚我们才进入宾川坝子的边缘。除了远处那一条金蛇似的山火，蜿蜒绕折，肆意蔓烧的壮观外，一切的印象都那样浮浅。现在连那天晚宿的地名，都记不起来了。

我们在那带有三分热带气息的坝子里，沿着平坦的公路，又走了一天。旅队隔成了好几段，各自在路上寻求他们枝枝节节的横趣。上山时那种紧张，似乎已留在山里，没有带出来，怎能紧张得起来呢？前面吸引我们的不是只有平淡的休息么？若是这路是指向蕴藏着儿女热情的家，归途上的心情，也许会不同一些，而我们的家却还在别条归途的尽头。要打发开路端缺乏吸力的行程，很自然的只能在路旁拾些小玩意来逃避寂寞了。我一度纵马跑到前队跟着宋公去打斑鸠，又一度特地扣住了马辔，靠着潘公、罗公说闲话，又一度约同了一两匹马横冲一阵。琐碎杂乱，使我想起了这一两年来后方生活的格调多腻人，多麻木的归途的心情！这种心情若发生在一条并不是归途上时，又多会误人！我想到这里，心里一阵凉。

　　我们的归途若老是像前两天一般的平坦，这次旅行也一定会在平凡中结束了。幸亏从宾居到凤仪的一段山路，虽则没有金顶的高寒，却还峻险。盘马上坡，小心翼翼，松弛的笑语也愈走愈少。走了大概有三四个钟点，山路才渐平坦。这一片山巅上有个小小的高原，划出一个很别致的世界。山坡上一路都是盘根倔强的古松，到这里却都改了风格，清秀健挺，一棵棵松松散散的点缀在浅草如茵的平地上，地面有一些起伏，不是高低小丘，只是两三条弧线的交叉，"平冈细草鸣黄犊"大概就是描写这一类的景地。清旷的气息，使我记起英伦的原野和北欧的乡色，惟一使我觉得有一点不安的，只是那过于赭红的土色。

　　这高原的尽头有一个小村子，马快先到的就在这村子里等我们这些落后者。当我们走进那间临时的憩息所时，里面黑压压的已坐满了一屋人。有一位副官反复地正在和本村的父老们说明在军队里师长之上还有更高级的军官。可是善于应承的乡人口里尽管称是，脸上却总是浮起一层姑妄听之的神气。内中有一位向着他身旁老人用着一点不大自信的语气道:"没有了皇帝,师长不是最高的么?"副官的话愈说愈使野老们觉得荒诞了。他讲起了有一种叫日本人的打到了我们中国来了。可是我们的总司令却住在他们认为世界上最远的边境大理府。

"大理府?我们有人去过。知道,知道。"可是那种叫日本人的没有到这地方,那自然还在天边,所以那位副官的宣传也失去了他的效力。

他们送上了一盘烤茶,比我在洱海船底里尝到的更浓。一会儿又泡了一盘米花汤,甜得不太过分。我正在羡慕这个现代的桃花源,话却转过了一个方向。里面有一位问起我们是否认识那位"森林委员"。

"我们杀了一只鸡请他,给了他两百块钱。谁知道他临走还拿走了一床毯子。森林委员是来劝我们种树的。种树倒不必劝,要是凤仪那边人不来砍我们的树,也就得了。"——原来这是桃源里小小的一劫。

他们里面有个当保长的,在外面张罗了半天,到头来要留我们吃饭。桃源里有多少鸡,能当得起我们这批游山委员的浩劫?我小声地向身旁的一位朋友说:我看他们准在打算卖去半个山头才能打发开我们这批比师长还大的人物了。天下哪里还有桃源!

宋公递了一叠钞票给保长,"这是给森林委员赔偿那条毯子的。"他们显然有一些迷惑,很可能有几个老年人在发抖,不知是出了什么乱子。委员老爷连茶都要给钱,一定有什么比拿毯子更难对付的事会发生了。

我们上了马出村时,那几个有些迷惑的老人,又觉得自己做了什么不应当的事一般，急忙的赶出来，一直在我们后面送我们出村。我一路在猜想他们在这黑屋子里，对着那些狼藉的杯盘在说什么话。直到山口又逢着那面县政府收"买路钱"的旗子时，才收住了自己的幻想。

出山口，路很陡的直向下斜去。我们不能不下了马，走了好半天。半骑半走的又有三四个钟点才到凤仪的坝子里。在凤仪的公路上我们坐了一节马车，一节汽车，又顺便到温泉洗了一个澡，在下关大吃了一顿，星光闪烁中回到大理的寓所。

晚上我沉沉的熟睡了。整个的旅行似乎已完全消失在这疲乏后的一觉中。醒来已是红日满庭，忽然我又想起那些桃源里的人昨晚是否也会和我一般睡得这样熟，这叫我去问谁呢？

1943 年 3 月于呈贡古城

为西湖不平

作为一个苏州长大的人,要到头发花白才去访游西湖,只这件事已够说明我是个凡俗入骨的人了。也真巧,轮到我去访游的时候,那是今年年初,又正是西湖下装的时节,露出了半个湖底。我即使要附风雅也没有客观条件。我的游法更不对头,借了辆汽车,请了位指引人,匆匆地有些像赶任务。这种杀风景的搞法,追记起来自然不免是些杀风景的话了。这样说来,还要追什么记呢?那是因为尽管西湖不大欢迎我,而我却替西湖要抱不平。不平则鸣。"百家争鸣"想来能包容我这些话,说说也好。

杀风景的话起于杀风景的事。当然,还得先打招呼,杀风景的事可能由于杀风景的人看出来的。一牵涉到美不美,大概离不了主观,也就容易有主观主义。如果有人扣我这个帽子,毫无怨言。

为了赶访游任务,指引人替我选择一条最经济的路线,从"平湖秋月"下车,绕孤山后面,到西泠桥。桥头盘桓一下,坐车去岳王庙,回旅馆。最经济的意思是从最短时期看到最多古迹为标准。古迹可真看到不少:不妨屈指数一数,差不多有一打的坟。我回到旅馆,坐定了,似乎有所发明地向指引人发表了我的结论,西湖原来是个公墓,而且这个公墓还有一个规格,一律是土馒头,洋灰水泥或是三合土。

这个杀风景的结论引得我的指引人不胜惊讶,我知道他想说,你真是个凡夫俗子,水平低。可是他的修养好,态度好,不扣帽子,耐心地要帮助我。于是他委宛地讲给我听一番道理。道理是这样：西湖的美，美在它包容了历史上积累的美人美事。人民爱好白居易和苏东坡的诗，这点感情化成了白堤和苏堤，人民爱林和靖的不甘心服务于封建王朝，化成了孤山上的梅妻鹤子。甚至为了纪念反封建的英雄把武松都拉来西湖。还有，伟大的女性，从为恋爱而牺牲的苏小小，到为革命而牺牲的秋瑾也永远留在西湖上。西湖是一首史诗，包括爱国主义的岳飞在内。他说到这里，停了一下，话没有出口，可是我听出了他吃住的声音，"你怎么只看见些土馒头呢？"

原来如此，真是顿开茅塞。可是这番话却使我为西湖抱不平了。这样一个内容丰富的西湖，为什么采取了这个公墓形式来表现呢？我不能不说了，我小时候很喜欢读曼殊的诗，但这次一见到他这个土馒头加上一个华表，把我原有关于他很洒脱的形象，打了一个很大的折扣。且不提武松，说苏小小吧，那个红漆的亭子里，半个地球模型，还有一个应该是罩兔子用的铁丝网，在哪一点上表示出了她是个一往情深，坚贞不拔的女性典型？更使人忘不了的是那个十足官僚菩萨型的岳王塑像，和那一排有如惠泉山玩具铺里的岳王字画，哪个慧眼能看出一丝爱国主义英雄气魄来？

我这一说，指引人的修养受到了考验。他勃然而起："这是古迹，这是民族形式。你想把它们毁了？"我不摸内情，原来其中确有文章。我无意中触到了他的心事。"这是个斗争，你也同意那些要毁坏古迹的人么？"

决无此意。我固然是个凡夫俗子，但是经过那位对西湖有真感情、真体会的指引人一番指点，顽石也点了头。把西湖只看成一个自然的风景是贬低了西湖的价值。谁也不能不同意他，西湖是历代人民用活生生的故事所创造出来的一个综合形象。我们很难想像出一个没有林和靖、苏小小,甚至武松、岳王的西湖。这些是它的血肉。但是,恕我还是不能不用这二字转一下文气,除了埋葬了尸体之外,就没有其他形象来表示我们这些美人美事了么?难道我们人民的智慧里创造不出了其他和美人美事更联系得密切的生动形象来表达我们对他们的感情了么?这是我的不平处。

我话说开了,原来缺乏修养,到这里更是禁不住,也站了起来。谁把岳飞塑成那样庸俗的低级官僚,是犯罪,是对我们民族英雄的侮辱!我一定要四处叫喊,叫喊到把这个泥菩萨拆掉为止。

访游西湖,游得面红耳赤是够得上说是杀风景了。对于那些主张必须把西湖古迹原封不动,甚至拆了还要原样翻修的人,这些话也是杀风景的。

但是谁杀了风景?是我还是别人?在这个问题上争争鸣,我想也不能说是无聊的。

我们话不投机,转身向窗外,月色朦胧,西湖很沉着,它是有决心进入社会主义的,西湖一定会更美。

1956 年 7 月 26 日

为西湖一文补笔

朋友们，西湖实在太美，太动人了。我虽和它只有一面之缘，一见之后，也就难于忘怀。我有个坏脾气，不肯满足于感性的欣赏，而总要想找个说明。西湖究竟怎样会这样动人，这样美的？

前几天我在昆明游大观楼，去温泉时又路过西山看到"四围香稻，万里晴沙"的滇池，实在不失为人间胜境。但是在我看来总觉得它还是逊西湖一筹。滇池有的是山是水，平天苇地，空阔浩荡，气魄在西湖之上；但是西湖却不但有山有水，山水之中还有人有事，这些人、这些事又都是我从小所喜闻和爱好的。滇池固然得自然之胜，但是对于我说似乎还缺少一个亲切相关的灵魂。滇池在我眼底还没有活起来。西湖是活的，活在从历代美人美事中摄来的一派风韵里。妙在这里：我们听了西施的故事或是读了苏东坡的"大江东去"的词，常常会想闭上眼睛去意味那种动人的境界。为什么要闭上眼睛呢？那就是说，眼前的一切和这种境界不合，用眼皮隔开了反而亲切。在西湖里，你就不用闭目，把眼睛张得大大的，那种境界就在眼前。荷花深处，小舟荡漾，远远望去，正好使你看到采莲人双桨飞来的当时风度。这是说，西湖是一首活的诗。

让我试试是不是能再说得明白一些：西湖上的雷峰塔早就倒了。但是你能说西湖上已没有了雷峰塔么？为什么所有到西湖上游赏的人，必然会遥指东边山头，怀念着雷峰塔呢？一个砖砌的塔如果只是突出的建筑，又怎样不跟着倒塌而消亡呢？雷峰塔实质已超过一堆砖，它在人们心目中是一个缠绵悱恻，压不倒的真情的象征。白蛇的故事使雷峰塔活了起来。塔倒了，而这象征并没有死。西湖的生命就是这许多许多人们喜爱的美人美事所织成的。而且这个活的西湖不断地生长，在历史过程中越长越丰富，越长越多情。

当然，这个特点并不是西湖所独有。滇池上西山的龙门石刻就有关于刻石艺术家的传说。大理洱海点苍山就有望夫云的传说。大凡一个胜境，人们总是要就这个胜境的特点附着一些美人美事，使它不成为一片单纯的山水，而赋予生动的人性。西湖在这方面比较突出些，不但是丰富些，而且大多采用了历史上多数人熟悉的人物故事，使从这些人与事中所提炼出的境界更富于感染性。因此当我们置身在西湖的山水里，不知不觉地会被这许多情境所蕴诱，起着悠然神往的遐想。从每一个人心头所唤起的感情既然是活生生的，西湖也就有了它的生命。

再进一步来看，西湖所积累的美人美事并不是杂乱无章的，如果我们分析起来，可以找到一个主题，这个主题也就反映了这地区历代人民所喜爱的风格。那是因为创造这西湖生命的就是历代用劳动来培养它的人民。这地区的人民也通过这西湖去发展他们所特有的风格。西湖原是一个完整的艺术品。在我们祖国文化里有它突出的地位。7月26日，我在《人民日报》写的《为西湖不平》那篇短文中借了指引人的口曾提示了西湖所积累的美人美事是富有人民性的，体现了历代人民所怀念的反封建压迫的感情。可惜我不是一个艺术家，我在这个方面没有能力说得更具体更清楚了。

我想说明的主要是这样：西湖山水并不只是一些自然的丘壑，而是人们按着他们所特具的爱好，把这片自然山水点缀得使它的情调符合于这地方人民的风格。因此要在游人的感情上唤起那种西湖所特有的意境，不能单凭这一片山水，而必须依靠种种具体的形象把美人美事提到游人的眼前。这是西湖上发生了如许的古迹的根源。

如果读者同意我这一番说法，那就可以明了我在那篇《为西湖不平》的短文中的主题所在了。我所不平的就是历代人民所赋予西湖的那样美丽的灵魂(如果有人不喜欢这个词，可以用风韵二字代替它)，和那些用来表现美人美事的形象实在不调和了。我感到现有许多古迹所采取的形象并没有把西湖的艺术风格恰当的表现出来，一个优美的灵魂缺少了恰如其美的体形。

我这种想法当然是从我个人艺术见地出发的。我只是道出了我主观的反应，看见了这些土馒头，心里就不舒服。我不知道别人是不是都和我一样有这种感觉。这是各人主观的事。如果有人觉得这些坟墓设计得实在太美了，美得使他们流连忘返，他们尽有权利可以在这些土馒头旁徘徊不去。这些人当然不会同意我为西湖不平了。他们可以觉得我无聊，但也要知道我会觉得他们是可怪的。

因此我提出了这个问题：我们是不是必须采取坟墓方式来表现美人美事？如果必要，是不是必须要保存这些土馒头？西湖本身就答复了第一个问题。西湖上的苏堤和白堤都起了纪念诗人的作用，并没有因为堤前缺少了两个土馒头而使人觉得遗憾。很清楚的，并不一定要把尸体埋葬在地下，才能使山水生色的。如果某一个历史人物的遗体的确埋葬在这个地方，那我们自没有理由不加以保护，我们敬爱这个人物当然会宝贵他的遗体。问题是西湖上却有不少所谓坟墓，地下并没有埋着遗体。这种坟墓实质上是一种纪念碑的形式，于是我们可以问一下，这种坟墓是不是必要的？如果大家认为并不是必要的，我们是否可以另外想出些更美的形象来纪念他们呢？

同样性质的问题是岳飞的塑像。现在岳王庙里的塑像我实在看不出一丝一毫民族英雄的气息。我们是不是可以另外创造一个确能表现岳飞这个历史人物的塑像来代替这个官僚型的泥菩萨呢？

这些意见一提出来却碰到了"保护文物"这个问题，引起了不少人的怀疑和反对，其实，如果平心静气地听听我所提出的意见，不难明白，我并不是一个主张破坏历史文物的人。相反的，我到各地去旅行一直愿意做一个历史文物的保护者。但是我尽力要保护的是确有历史价值的文物，并不是主张无条件地一概动不得过去的人所留下的东西。就是以我所提出的西湖上的那些坟墓来说吧，有多少是真的古墓？那些古墓又有多少还保持着原来面貌？我在这方面固然没有进行调查研究，但是我想很多是在几十年里才改修成现在这副样子的。这些东西是否当得起有历史价值的文物这个称号？再说，我们并没有否定西湖上的古迹中有些是有历史价值的。而这些古迹的历史价值实在并不是在表现这些历史人物的现有形象上。以岳飞来说，我们当然要保护他在西湖古迹中的地位，但是这和岳王庙里那个泥菩萨有多大关系呢？试问这个塑像有什么历史价值？如果以保护文物为名，而把不久以前的人所翻改的形象完全冻结了，一直要保持下去，那是我一定要坚决反对的。因为这样是不公平的。为什么前人有改造西湖古迹的自由，而我们却丧失了创造更艺术的形象来美化西湖的权利呢？何厚古而薄今至此！如果有人主张要贯彻保护西湖古迹的历史文物，我完全赞同，但是我要求对西湖古迹做一些实事求是的历史研究工作，尽可能来恢复它们原来的面貌，我反对将错就错地把后人篡改的面貌作为有历史价值的文物保护起来。

当然，如果我们真的贯彻历史主义，到头来还会发现有许多人民喜爱的美人美事，原来并非考据学家所认为的史实。那又怎么办呢？用历史价值评定西湖上的许多古迹也许是走上了一条迂阔的道路了。这些美人美事的价值原来并不是属于历史范畴，而属于艺术范畴。白娘娘压在雷峰塔下，曾引起过多少人的同情，但就是进不了历史家的考据札记里。我们能因为历史上并无其事而取消这个古迹么？艺术价值就得以艺术标准来衡量。我们不必去考据究竟有没有苏小小这人，我们要考虑的是现在这个土馒头加上红漆京派亭子是否能表现出传说中苏小小的性格来？我们能不能创造出更符合于她性格的形象来提高这个古迹的艺术性？

说到这里，话还得说清楚，我不是反对"保护文物"，如果有人能说服我和许多和我有同样意见的人，苏小小的墓，岳王庙里的许多泥菩萨等等是有历史和艺术价值的，我当然愿意对它们加以保护。同时还要说清楚我并不主张采取粗暴的手段来对付现在这些东西，而是主张只有在有了更好的形象可以代替它们时，才加以改变。

在成都杜甫草堂里，前后两堂陈列着两个杜甫的塑像，一个是旧的，一个是新的，这正是一个过渡时代的办法，新旧不妨同时存在一个时期，让大家选择一下，看过新塑像的人一定会感觉到那旧的实在是要不得了。经过一定时期，我想很自然的，这个要不得的塑像会失去它存在的价值。到那个时候，也不会再有人认为这个旧的泥菩萨还有作为"文物"加以保护起来的意义了，我想这是一个很公平的办法。新旧争一下鸣也是好事。

最后我想应当说一说，当前西湖的主要问题也许不是在提高古迹，而是在防止许多破坏西湖风格的新建筑出现。我们千万不可造下许多后代会感觉到为西湖不平的建筑。改修几个土馒头毕竟是容易的,要改修一些钢骨水泥的大建筑那是困难多了。

如果要追问我那篇短文的目的性,我想就是在提出一个对西湖的看法,对它看成一个几千年来,历代人民创造出来具有一定风格的伟大艺术品。现在西湖已经属于人民,我们一定要更好地把它发展起来。不但我们要批判已有的一切人工加上去的东西,包括坟墓和岳王庙的古迹在内,好的保存起来,不好的加以淘汰,我们更要关心新的建筑,要求我们新时代的艺术家们负起这个责任来。如果几十年后《人民日报》上再出现为西湖不平的小品文,那应当作为这一代艺术家的羞耻;更不能希望后代主张保护文物的人来保护我们自己造下破坏西湖风格的"历史文物"。

关于西湖的争鸣是不是可以从坟墓问题扩大到更加重要的怎样建设西湖这些方面去?这样,争鸣的效果也可以更切实些。这算是我补充说明之后的一点希望。

1956 年 10 月

赴美访学观感点滴

今年四五月间，我随中国社会科学院代表团赴美访学一月，历经十城。飞机旅行似蜻蜓点水，短期中接触面颇广，拉手道乏，举杯祝酒的人数，每城以百计，数量冲淡了质量，思想交流少于礼仪交欢。即在专业座谈会上，话题方启，思路方通，散场之刻已到，如谓访学则难入堂奥，因此，这次访问实际上只起了个重建联系的作用。

我个人的特殊条件更使上述情况较为突出。一是社会学和人类学在美国是两门学科，一般是各自设系，井水河水各有其道。我却是个两栖类，两门学者都以同行相视，不宜轩轾，因而须兼顾双方，任务加倍，未免顾此失彼。二是少壮好写作，狂言拙作流传海外已有四十年，同行后起者大多读过这些书，加上二十年来有关我个人的谣传颇多，此次出访，多少有一点新闻人物的味道，要求一见之人为数较众，难免应接不暇。三是我三十多年来和国外学术界实已隔绝，最近几年虽然接触一些外文书刊，也没有时间精心阅读。接到访美任务后，佛脚都抱不及，仓促启行，心中无数。新名词、新概念时时令人抓瞎。四是旧时相识，多入鬼录；幸存者众多退休。现在这两门学科的主力几乎全是我同辈的学生。后辈之歌，曲调舛异，领会费神。五是两种文化、两种社会，在讲文化、讲社会的学科里要找一套能相互达意的语词原已匪易，而我又得借用本来没有学好，又是荒疏已久的英语作为交流工具，当然难上加难。

以上是这次赴美访问个人所处的不利条件。为了克服这些困难,我想惟有找个我认为可靠的引路人当向导。他是我在燕京大学读书时(1930—1933)的同班同室的老同学杨庆堃。他是美籍华人,从40年代起即在美国各大学里任社会学教授,现在匹兹堡大学任教,是该校六个荣誉教授之一,在美国社会学界有一定地位,认识的人多,堪当识途老马。由于美国大学教授退休年龄延到七十以后,所以和我年岁相若的这位朋友还能在这门学科中活动(退休后就不同)。我在出发前就把我要了解美国社会近年来的变化及当前美国社会学的基本情况的问题提纲寄给了他。他为我向我所要访问的各大学里的同行熟人进行了联系(为此他打了一百多次长途电话),使一些学界同行能事先安排和我会晤的日程和根据我的要求进行准备。

我在结束华府访问的序幕后,即同薛葆鼎同志同去匹兹堡(他是匹兹堡大学毕业生),各就老关系,摸索门道。我找到杨庆堃,在三天中,除受到该大学隆重款待外,向该校社会学系诸教授深入长谈。杨又怕我年老记忆力衰退,约请相熟的教授三人分别为我编写备忘录,其中有关美国社会变化部分长达一百六十多页。这样热心相待,在美国是少见的。这三天的集中学习为我这次访学打下了有益的底子。

同时也得到一条经验,在调查研究的工作中,必须找到熟悉调研对象的向导,依靠他去建立群众关系,发动他们的积极性提供资料。学术访问也应采取这个方法。

重点访问

通过老杨的事先联系,我抓了三个重点(匹兹堡除外)进行比较深入的了解。每个重点都抓住一个人，他们是：纽约，哥伦比亚大学的弗里德教授（Merton H. Fried）；波士顿，MIT（麻省理工学院）的皮蒂教授（Lisa Redfield Peattie）；芝加哥大学的特克斯教授（Sol Tax）。

弗里德解放前曾在中国研究中国社会，能讲中国话，懂汉文。他现在任哥伦比亚大学人类学系主任，他的著作以概论著名。关于中国社会的研究有一本 Fabric of Chinese Society（1953年初版，1970年再印）。我是两三年前在一次招待某一美国学术代表团的宴会上初次和他相见的。他当时就送了几本著作给我，这次我到纽约，适逢他去加拿大出席一个学术会议。为了要和我见面和组织一次讨论会，特地请假返回纽约。我跟他在一起有一个上午和半个下午。我在他主持的一个较大型的座谈会上发了一次言，主要是根据我去年在京都（日本）的发言稿朗诵的，接着答复听众提问。会后反映答复问题印象比发言为深，但感到时间不够（实际上答复问题时间长于发言）。以后，我吸取这个经验，发言以少而明确为上，多留讨论时间，可加强针对性，效果好。弗里德总结时说这是三十多年来中国社会学者向美国学术界第一次的学术演讲，说明了中国社会科学是有成绩的，值得学习的。《华侨日报》对这次座谈会有连载两天的报导。会后，弗里德约了几个教授请我吃中国馆子，在亲切的气氛中交换意见，并于饭后驱车巡视有名的纽约黑人聚居区哈兰姆，为我讲述黑人问题，坦率诚恳，得益匪浅。

皮蒂教授是前芝加哥大学社会科学院院长，美国社会科学研究理事会主席雷德斐尔德（Robert Redfield）的女儿。雷氏是美国人类学界从40年代到60年代初期的挂帅人物。在学术上倡导对农村的乡土社区进行实地调查研究，卓有成绩。他的调查基地是拉美的农村。不幸早死。我和皮蒂可说是有三代的交谊，皮蒂的外祖父派克（Robert Park）是建立芝加哥社会学派的主帅，1933年到燕京大学讲学，我听了他的课，受他的影响，开始提出实地调查中国社区的主张，和杨庆堃等同学一起编印《派克社会学论文集》。1943—1944年我初访美国，在芝加哥见到派克的女儿，即雷德斐尔德的夫人，皮蒂的母亲。雷夫人自告奋勇，帮我编写 Earthbound China 一书，当时我根据中文底稿逐句口译，她边记边问，然后写成英文，半年脱稿。我又在雷氏的乡间旧居写该书最后一章，日夕相处，情谊颇笃。当时皮蒂还是个中学里的小姑娘。1949年雷德斐尔德应约到清华讲学，携眷及幼儿詹姆斯住在燕京大学招待所。我又和他夫人口述我当时在各刊物发表的文章。她回国后，汇编一书即 China's Gentry（《中国的士绅》）。当时詹姆斯还在小学。解放后，我和他们断绝来往，其间雷氏夫妇相继逝世。雷夫人经常向其子女及友人表示对我的怀念，并于死前遗嘱将我在芝加哥大学出版社出版的两书版税保存，中美复交后归还我。其女皮蒂继承父学，是MIT第一个女教授，曾在拉丁美洲调查研究，著作受到人类学界的重视，主要是研究第三世界工业化所引起的社会问题。现在MIT人类学系研究波士顿的公助住宅问题。她把人类学研究开展到现代城市规划中的人事工程的领域，是一棵人类学里的新苗。其弟詹姆斯已在芝加哥大学任古典文学教授，有著作，用人类学观点研究古代希腊文学，别树一帜。

我到达波士顿，皮蒂即来寓所相访，驱车到她所研究的地区巡视，一路介绍研究经过和她的见解。我向她说：我在30年代没有认识她的父亲，天各一方，但是到40年代一见面，却发现我们平行地在研究同一个领域，得到很相近的体会。现在又见到她，三十年的分隔，又走到一处去了。但是，现在是她已走在我的前面，对第三世界现代化过程中社会问题研究已经做了有十多年了，目前又开始研究美国都市问题。我还说，她的治学像她的爸爸，她的文采像她的妈妈，写一手简洁流利的好文章，在幽默处胜爹娘一手。她又带我去拜访退休中的美国社会学老辈，我初访美国时的名教授，休斯（Everett Hughes），派克的接班人。他送了我一本他写序、跋的《派克传》。皮蒂的谈话使我对美国社会多了一些较深的认识。

特克斯教授早年是雷德斐尔德的助手，继承后者的学业，60年代是美国人类学界的挂帅人物，历任美国及国际人类学会的主席和国际性权威刊物《当代人类学》的主编，现年七十三岁，已退休。我过去没有见过他的面，1943—1944年我在芝加哥时，他正在拉丁美洲调查。但由于我和雷氏一家的关系，他对我是十分熟悉的。这次见面分外热情。我和他在芝大召开的人类学座谈会上相见，当即约我于下一天到家相叙。翌日，一早，他偕夫人及女儿女婿四人亲自来迎接我到他女儿家做客。他的女婿弗里曼（S. Freeman）是芝大人类学系教授，年轻健谈，议论新颖，常不苟同其翁之论。其女苏姗是另一个大学的人类学教授，当天收到一本她新出版的著作，就送给我，作为纪念。我坐定后，陆续有他相约的知交来到，包括和特克斯齐名的同事伊根（F. Eggan）。这次家叙，谈得透彻。弗里曼夫妇分析尖锐，如指出"行为科学"这名词的产生是由于美国社会科学者想拿福特基金的钱，而这个基金的董事们却认为"社会科学"这个名词和"社会主义"太接近，这些人因而制造了这一新名词。他也同意我的看法，社会科学中许多新名词是旧货上贴上的新牌子。他很痛快地点出：美国人类学的理论是通过英国输入的大陆货，特别是法国产品。这些都是一针见血的提法，给人启发。

特克斯是年老持重的人，他的一生以提倡行动人类学（Action Anthropology）出名。其实这并不是一种新的理论，而要求人类学必须为其研究对象即文化较落后的民族，起建设性的作用。他反对把这些民族作为"掠夺"学术资料的对象。因此，他听我介绍我国的民族研究时，十分兴奋。我讲完了，他接着就向我提到一件事，就是美国的一些人类学者已商量要在明年3月份召开的应用人类学会议上给我"马林诺斯基纪念奖"。马氏就是我在英国读书时的老师，我表示这是过奖，我这些年来实在没有什么学术成就可言，而且要在会上发表一篇论文，我也准备不好。他立刻说，"你今天讲的就很好，再讲一遍就行。"

这次家叙还有一个意外的收获值得一提。我的一位燕京时代的老同学卢懿庄（女），现在芝大任社会学系副教授，也被邀参加这次家叙。她一进门，苏姗抱住她，高兴地向她说，"费教授已经来了，他一个人独自来的。"原来在美国的国民党报纸放出谣言说我在美访问是受人监督的。苏姗发现这是谣言，所以高兴得在卢懿庄面前跳了起来。有特克斯这位有名望的教授做证，此事传出，是对国民党最有力的一个驳斥。

几点体会

从访问的面来说，历经十个城市，大学有匹兹堡、哥伦比亚、耶鲁、哈佛、MIT、密执安、芝加哥、加州、斯坦福、夏威夷等。每到一校，除全校性负责人接待外，分别就专业组织座谈会，以我为主宾的社会学与人类学各一次，每次一般是半天，亦有加班达一天的。大学之外还有以研究机构为主人约请座谈的，计有社会科学研究理事会、全国科学院、美国学术团体理事会、威尔逊研究中心、布鲁金斯研究所、国会图书馆、兰德公司等。研究机构的座谈会以听取主方报告为主，各大学的座谈会一般是宾主对话；而在社会学及人类学座谈会上却常是主问宾答的局面，因此宣传较多而了解较少。从点滴的观感中得到一些不全面的体会，略述如下：

理论烦琐，各家分立。这种基本情况可以从老杨替我翻译问题提纲时提出的一个意见说起，我在问题提纲里用了"学派"一词，老杨来信中说美国已无"学派"，只有不同"理论"，所以建议不用 school 而用 theory 来翻译。这触起我的注意。原来"学派"被用来指我所熟悉的 30 年代以来英国人类学的传统，指的是一个师徒相承的门户，有祖师立说，掌握学坛，在理论上有一套，在学术界有一派势力，代有主帅。一个学派是一个职业性的垄断集团，可说是学阀，如功能学派就是以马林诺斯基及拉德克利夫－布朗前后为主，把持英国各大学的讲座达三十年之久，几乎是独霸天下。直到 60 年代才发生世代交替，马、布及门弟子（第二代）于 70 年代几乎全部退休，告一段落。在美国并无此种情况，40 年代我初访美国，各校分别有名教授，各树一帜；如哥伦比亚的林顿（Linton）、哈佛的克拉克洪（Kluckhohn）、芝加哥的雷德斐尔德、加州的克罗伯（Kroeber），还有两位能干的女将：本尼迪克特（Benedict）和米德（Mead），这些人都已去世。七十岁以上的人物尚为学界所尊重的，惟特克斯和伊根等少数宿儒而已。现在各大学任教的像上述哥伦比亚弗里德一样的人已经不多，大多是第二次大战中复员军人。战后美国实行的办法是复员军人按入伍年数公费入学，为学术界培养了一批新生力量，构成当前社会科学界的主力，现在是五十岁上下。这一代似乎和上一代不同，理论修养底子浅些，学究气少，善于标新立异，各言其是。特克斯说，现在美国开人类学会有点像置身于联合国会议的气氛。百家争鸣，群龙无首。这是老杨之所以不愿用 school 而想用 theory 来译"学派"一词的客观背景，也提示了美国社会科学的一项基本情况。

所谓工业化之后的时期，其特征之一就是知识的应用。在工业里，科技知识成了生产中决定性的要素。影响所及，社会科学里也出现"知识生产"（knowledge production）的概念，和"知识企业"（knowledge business）的组织，兰德公司就是典型例子。这就是把知识作为商品，公开接受定货，进行生产的公司组织。这种新型的服务行业的出现，为社会科学工作者开辟了一条就业的渠道，也就影响了学科的本身。过去大学里的社会学课程是作为公民必修的常识而得到普及的。1978 年美国设立社会系的大学有 215 个，教授、副教授共 4582 人。这是各大学研究院销售博士级毕业生的主要市场，在上述新型服务行业出现之前，大学教师是这些社会学博士的主要出路。为了培养这些每周要登台讲上三小时以上的教师，必须具备一套言之成理的学说，也就是所谓"理论"。设立研究院的大型大学或称高级学府，为了维持其自身的存在和发展，也有必要占领一批大学，容纳它们的毕业生。有点像不同工厂生产的货物各有其垄断的市场，其产品也须标上不同牌号，同是饮料，可口可乐之外还有 7-up 等等。这是各大学的社会科学要制定一些特别的配方，即所谓"理论"的原因所在。在商品经济的社会里，竞争是推动力，标新立异，贬人誉己也就相率成风。自从"知识企业"发展以来，显然又产生了一种变化，那就是崇尚"应用"。大量学者，如匹兹堡大学里给我上课的几位教授，都在致力于所谓效果测定学（各种 assessment）。在兰德公司我曾听一个专业小组讲他们怎样测定对贫民公费医助的效果(这是向政府承包的一项定货)。围绕这些研究工作,大量利用电子计算机,发挥所谓"模式论"。

所谓模式论(model)是指规定一些作为前提的事实条件,然后演算其对社会发生作用的程序和规律。这套作为前提的条件并不完全是主观假设,但也不是客观上已出现的现实,而是各种可能出现的事实,演算是根据被证实的事物间存在的关系,如果这种关系尚未证实,就得按各种可能性来推测。演算的程序和可变因素的处理十分繁重和复杂,电子计算机的运用使这些演算成为可能。就其演算表演来说,确会使人有神妙之感,但看完之后,对其结论来说,却又会使人有故弄玄虚之讥,因为不经过这一番电子世界里的折腾,似乎单凭人体思维,甚至已有常识,也可以得出同样结论。对此,我是门外汉,乡巴佬,不敢多赘一词。

这种模式论在我看来可以认为是实用主义的产物,和通过实践,总结经验,提高理性认识的唯物辩证法是不同的。还应当指出的是由于转移了相当大的一部分力量到了这种应用社会学,已经相当贫乏的理论园地,更显得萧条萎靡了。特克斯为我组织的"家叙"中,有一位女人类学教授为我解释当前流行的所谓"象征理论"(symbolic theory),我听完后,发生了一个问题:这理论在哪些方面突破了马林诺斯基在 *Coral Gardens and Their Magic* 一书里关于语言的作用论呢?在我听来,在这一套新的名词的装潢下,还存在着似曾相识的燕影。

事物必须一分为二,美国社会学和人类学还是有值得我们学习的地方。其实它的弱点里也包含着它的长处。它的弱点是见木不见林,抓战术而忽略战略,但从见木和战术上讲确是认真,锲而不舍,颇有成就的。知识之有别于空想是在其反映客观事实,在学术工作上，就是理论必须从实际出发，具体说来必须充分掌握资料(data)或"情报"(information)，这里包括资料的搜集、核实、整理、归类、储存、应用。我们旧时的考据之学也就是当前广义资料学中的一部分。美国社会科学在资料工作上有很大的发展。其所以能大发展者一是由于现代科技的飞跃，二是由于尊重直接观察得来可以考核的事实的精神。他们能不惜工本地大量搜集实物、文字、口头记录等等第一手资料，反复核对考证，系统分类，归档储存，随时可以提供查阅应用。近年来电子计算机的发展更使这方面的工作得到惊人的飞跃。我参观了许多图书馆、博物馆，印象极深。不说别的，只就我们一般研究工作而言，大量时间耗费在查找资料，为了一段话要找个出处，就可以费上一天，甚至几个月都借不到所要的那本书。而在美国现代化的研究机关里，凡是已经储存在情报系统里的资料，在几秒或几分钟之内，就可以显示在案头的荧光屏上。

从资料到结论的分析综合过程又是美国社会科学者着意重视的焦点之一。不妨举几个我这次访问中听到的实例来说。4月24日在华府参加社会科学研究理事会的座谈会上听到一篇关于中国人口问题的研究报告，这篇报告的主题是怎样利用已有的不太准确的资料来取得接近于实际的结论。研究者细致地分析这些资料可能发生错误的因素并提出误差程度，然后逐一校正这些资料。其洞察入微、思考周详处令人折服。这种治学精神和所循的方法值得我学习，我过去同样接触过这些资料，每每因其不太准确而丢弃不理。物尽其用，在于用之者的水平，我愧不如。

在密执安大学社会研究所座谈会上基希(Kish)教授讲统计中的选样法的运用和效果。统计中的选样法是要解决以点概面的问题，要了解全国的情况，不可能一一调查，只有选择少数重点作为样本，根据这些样本的情况，用统计方法来取得反映全面的结论。如民意测验，他们只在两亿人口中选取几千个样本，测验结果往往是很符合全面情况。怎样选择是大有讲究的，对此基希教授颇有研究，而又津津乐道。一再表示愿意接受中国学生，推广这种方法于社会研究工作。我也表示在幅员广阔、人口众多的中国，社会调查中点面问题是必须重视的，选样法值得我们学习。

在旧金山加州大学遇到人类学系的施坚雅（G. W. Skinner）教授，他是以研究中国传统市集组织著名，进一步根据中文历史资料研究历代城市的发展过程。乡村市集组织最早是杨庆堃在1933年调查山东农村时的研究对象，后来我在江苏和云南农村调查也接触到这个题目，但都未能继续，也没有用这些直接观察到的资料联系到历史资料来分析，探求它对中国社会经济发展所起的作用。施坚雅花了十多年的时间和精力钻研这个问题，成就也就超过了我们。值得提到的是他向我提出一张开列有十多种我国的地方志，每本书后注明现在中国何地和哪个图书馆。他说这几本书，中国之外是没有的，希望我能帮他看到这几本书，允许他照相，作为研究资料。我答应他向有关方面反映他的要求，同时，使我佩服的是他那种探索资料锲而不舍的精神；显然，他对中国地方志的目录是谙熟的，不但知道书名，而且知道在哪里。不下工夫哪里能做到这一点。他能超过我们就是在于这种精神。由于他在搜集资料上花尽力量，得之不易，也自然会珍惜资料，想尽办法，加以利用。这也就促进了研究方法的发展。

接着可以讲几句关于对中国的研究。美国学术界对中国的研究是多方面的。最早所谓"汉学"着重的是语言、文学和古代历史和哲学。对当代中国社会的调查研究不是重点。最早在中国教会大学教书的学者们做过一些这类工作,如北京市调查的甘布尔(Camble)、南京金陵大学巴克(Buck)的农业调查等。中国学者早年也有用英文发表有关当代中国社会调查的著作,我那本1939年出版的 Peasant Life in China 就是其中之一。《中国农民的生活》(《江村经济》)这本书被美国各大学的人类学系定为入门必读参考书之一,因而这一代的人类学者都知道我的名字。这本书受到重视的原因,在我自己看来并不是在理论上有什么创新(这是我的博士论文,处处跟着老师的方向走),而是为人类学研究开辟了一个新的园地。30年代及其之前的人类学都是以殖民地的土著民族为研究对象的(在美国早期主要是研究北美的印第安人,30年代后期扩展到拉丁美洲;英国早期是研究印度洋及南太平洋各岛屿的土著,30年代起主要研究非洲民族,50年代扩及南亚但重点还是在非洲)。第二次世界大战后原来的殖民地人民纷纷独立,民族主义高涨,西方人类学者可以进行实地调查的地区日益缩小。他们迫于形势不得不走上研究经济比较发展的社区,也不得不把眼光投向自己的社会。当前美国人类学里就有所谓都市人类学、医疗人类学,以及上面提到过的参预城市规划的人事工程研究等等。而我早年的著作都是以中国人类学者的身分研究中国农村社区的,所以也就被认为起了先驱的作用。另一方面,又因为我国人民得到解放后,国际地位蒸蒸日上,在国际形势中举足轻重,加上我们社会主义的革命和建设引起了全世界的重视,不论出于什么目的,都想要了解中国的社会情况。记载着解放前中国农民生活的那些书,也就成了有助于了解当前社会的历史背景的重要参考资料了。这种书在西方中为数不多,有关的著作也就容易受到注目了。

中美关系中断时期那些想研究当前中国社会的人只有到台湾和

香港去进行调查。在过去十年里出版过不少这类的调查报告，在方法上大多以我那本书为样本，但立论上却有不少是以批评我的姿态出现的，有一部分是要驳倒我"中国农村的经济衰落是出于帝国主义经济势力的入侵"的论点。比如不久将来我国作为交流的研究人员的波特(Potter)就是如此，他强调西方工业的影响对中国农村带来了繁荣和发展。不论他的立论怎样，他见到我时曾说，他过去就是用我这本书作为模本，并唱反调的。这些在台湾学中文和汉语，和在台湾或香港进行过研究的人，确是不免受台湾的影响，加上当时美国反对我国，这新的一代对我国的感情和上一代是有所不同的。我们除了要注意这种情况外，我认为，有必要主动培养立场公正的学者来研究中国社会。这是一个值得切实研究的课题。关键应当是在加强我们自己的调查研究，才能吸收别人正确的观点和资料，反驳别人错误的观点和资料。学术战线上只有以学术来取胜，别无他途。

我还感觉到美国的社会学者和人类学者向我提出的希望和要求有所不同。社会学者不少是希望在中国找到服务的机会，如表示在人口调查、社会效果测定等等方面他们能出力，提供新技术。也许可以说是想开辟一个应用社会学的新市场。有不少大学和研究机构提出为我们训练使用计算机的技术及研究人员，这是开辟新市场的第一步。我认为这也符合我们的需要，可以考虑的。很少社会学者向我提出要求研究中国社会。提出这类要求大多是人类学者。而人类学者提出的要求又很少属于研究少数民族的问题，绝大多数是要研究汉族的农村、家庭、人口以及老年人问题等社会学方面的问题。

1979 年 5 月 29 日

海 南 曲

　　天涯仅咫尺　　海角非极边
　　沙细白且洁　　水遥深自碧
　　自古多骚客　　直言南天贬
　　椰林掩墓门　　巨岩留文笔
　　荒凉成故事　　繁花写今篇
　　海阔又天空　　老骥频自鞭

　　这是1985年11月24日我在三亚市天涯海角试写的海南小曲。天涯海角是个地名，坐落在海南岛的南端，一片形象奇特的岩石群，浸立在汹涛澎湃的海湾里，面对蔚蓝的大海，越远水色越深，澄碧一线，直贴天际。车停在公路旁，跨越铁路，拾级下坡，步入沙滩。岩石群即在滩外。沙细洁白，踏上去柔软细腻，步武着印。环视诸巨大岩石，前人刻铸手迹，均加红漆，遥远可辨：有"天涯"、"海角"、"南天一柱"、"海阔天空"等。还有郭老所写诗篇，迫近才能摩认。

　　"天涯海角"言其遥远偏僻。这已成了过去的历史事实。现在从首都到三亚，如果安排得紧凑些，确已可早发夕至。说是近在咫尺也不过分。同样的距离，在一千二百年前的唐代曾被写成"鸟飞犹用半年程"；用现有的喷气铁鸟来载送，直飞的话，年字应改作日字了。这个海角在今天我国的版图上与南部国境线上的南沙群岛还远隔着一个广阔的南海，不再带有极边之意了。

　　人们对海南岛的空间概念看来还不容易迅速地赶上事实的变

化。像我一样的人，提起海南岛，还是会引起苏东坡诗里所传达的"杳杳天低鹘没处，青山一发是中原"的意境，是一片离开中原多么遥远的荒凉之地！文艺的魅力竟使我们忘了这是近九百年前诗人的感受。我站立在白沙滩上，不免望洋兴叹：历史的痕迹为什么那么亲切，而历史的运转又为什么那么逼人！

　　时间和空间本来是那么浑然一体难解难分的，人们最习惯的是用人和事来划分它、记认它。因而海南岛总是和苏轼、海瑞等名字紧紧地织合在一起，而这些人特别容易引起人们同情的是他们的"硬骨头"。硬骨头也者，就是不考虑个人得失而不肯做违心之论的人，直言之士是也。为什么这些人又很多和这片土地结下因缘呢？这是出于海南是个岛屿，容易画地为牢，也就是说在交通不发达的时代，是个天然的监狱。这岛屿又处于亚热带，所谓瘴疠之区，用现代语言来说，地方性传染病特多，缺乏抵抗力的外来人不易生存。历代封建帝王就看中这块可以借天杀人之地，作为对付反对他的直言之士的"牛棚"。远在唐宋，海南岛就成了贬谪放逐之所。得罪了皇帝或掌权的大臣的官员们被派遣到这个天然监狱里来当"官"。能生存到"平反""改正"回归大陆的人不多，苏东坡固然是其中之一，但是在赦归途中，到了常州也就与世长辞了。

　　对像苏东坡那样在仕途上一生坎坷的人来说，贬谪的过程固然值得后世的同情和为他的遭遇不平，但是也应当看到东坡的成就未始不是得之于这种遭遇。正如陈老总过海口时写的"满江红"词里所说的"逆境应知非不幸，南迁每助生花笔"。我爱苏文诗词，在其神韵境界。他这支笔能像"行云流水"，"泉源涌地"，"行于所当行，止于所不可不止"那样地自由豪放，只靠他的天赋是做不到的。神韵境界来自经历。三十六岁起就开始贬谪生活的人才会把酒问青天，不知天上宫阙今夕是何年。他热爱这个纯朴的孤岛，所以说他年谁作舆地志，海南万古真吾乡。

暴君恶毒的手段固然应当受到万世的谴责，但从海南岛上的人民来说却真是坏事变成了好事。戍谪的陋规正是中原文化向边区传播的渠道。今天在海口市纪念东坡的苏公祠的正堂供着三个牌位，除了苏轼及其子苏过外还有一个是追随苏氏的学生姜唐佐，从姓名上就可以看出是个当地的少数民族。海南的文化就是靠不断送上门来的文人学士所培育起来的，到了明代才有可能出现海瑞这样称得上"南天一柱"的人杰。

海南人民饮水不忘掘井人。他们很早就采用建庙筑祠的方式来纪念这些开发海南文化的人物。现在的苏公祠，在南宋时就以"东坡读书处"的名义作为重点文物保存了下来。元代就在此处开设"东坡书院"，到明代建成苏公祠。东坡在海南岛的三个年头（1097—1100）主要住在现在的儋县，我们这次访问没有到这个地方。苏公祠是在海口市，当年东坡渡海后，在此憩息，北归时又在此暂住，一共约二十余天，而海口人民却念念不忘这位文化传播者。人民的向往是有选择的。

与苏公祠相连的是五公祠。五公是唐朝的李德裕，宋朝的李纲、赵鼎、李光和胡铨。楼上大厅圆柱有一副楹联，上联总结了五公的共同特点："只知有国，不知有身，任凭千般折磨，益坚其志。"人民建祠纪念他们的就是他们一生所表现的这点"正气"。

我从五公祠出来，就去拜谒海瑞墓。海瑞是海南岛琼山县人，别号刚峰。他反贪污，平冤狱，在民间有"包公再世"之誉，由于他刚直不阿，上疏敢谏，被罢官入狱，后平反复职，归葬海口。他的一生构成封建时代树立清官的模式。事情已过了四百多年，他的墓地早已列入供人凭吊的故迹。过去谁会预料到海瑞在 20 世纪 60 年代竟会成为家喻户晓的人物？历史上这样的事似不常有，说是离奇的偶然性却也不易服人。无论怎样，事实确是发生了。吴晗的《海瑞罢官》一剧不仅引起了三家村的冤狱，甚至成了神州一度失常的引子。我到达海瑞墓前，感到抑郁的倒不是四百年前的故迹，却是十年前的回忆。

海瑞墓是最近重修的。《海瑞罢官》一剧所引起的罡风，把安息了四个世纪的海瑞遗体从地下刨出，戴上高帽，陈尸街头。这种暴行的结果却反而证实了海瑞廉洁的品德，因为从他棺木里找得到的殉葬品只有几个明代的铜币。清官毕竟是清官，历史还是歪曲不了的。

谒墓回来，在车内我又写了一首诗：

南海多忠骨　令名身后昭
五公谪贬日　早在唐宋朝
粤岭梅花白　琼岛野卉娆
地灵育刚峰　清风万民招
孰料百年后　神州出人妖
海瑞罢官剧　天震地动摇
冤起三家村　挚友烈火蹈
氛尽谒祠墓　呜咽听晚涛
蛮荒成天府　视今怨应消

1986 年 1 月 27 日

1985年海南行途中访问村落农户

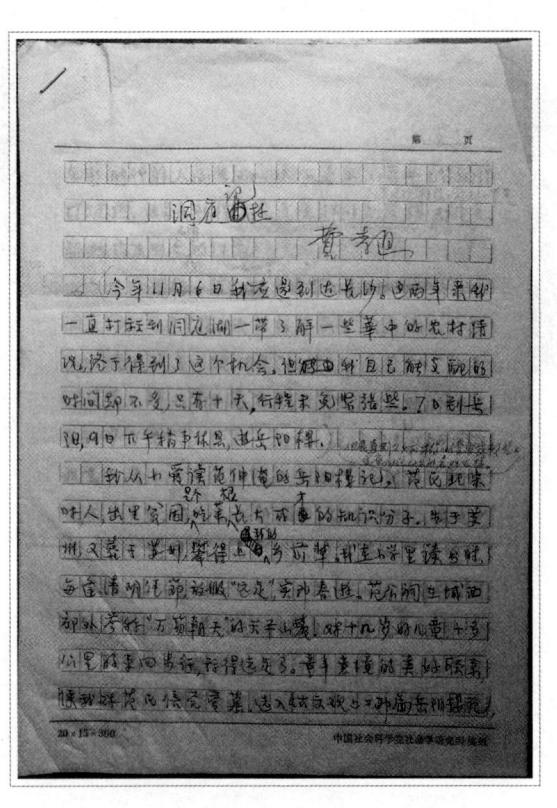

《洞庭记游》手稿

洞庭记游

近两年我一直打算到洞庭湖一带了解一些华中的农村情况,去秋终于有了这个好机会。

我从小爱读范仲淹(989—1052)的《岳阳楼记》,但是直到不久前才得以偿我宿愿,登上了这座向往已久的名胜古楼。范氏,北宋时人,出身贫困,是个吃菜根长大成才的知识分子。生于苏州,又葬于苏州,是我的乡前辈。范公祠在城西郊外誉称"万笏朝天"的天平山麓。我在小学里读书时,每逢清明佳节,放假"远足",常游天平。对十几岁的少年,十多公里的来回步行,算得远足了。童年意境的美好联系,使我对范氏倍觉爱慕。选入《古文观止》的那篇《岳阳楼记》,在我能理解人间悲欢、天下忧乐之前早已背诵得烂熟。但是岳阳楼究竟是怎样的一座楼,在这次湘游之前却一直是虚无飘渺,形象不清的幻景。

这次登楼一望,一千四百年前范公笔下的"巴陵胜状在洞庭一湖"还是实描。岳阳楼建筑在洞庭湖边的岳阳城墙上。居高远眺,确是"朝晖夕阴,气象万千"。但是"浩浩汤汤,横无际涯"的旷达宽舒之景则已经在过去的岁月里大大地打了折扣。据说原来的八百里洞庭现在只留下了在岳阳楼上所能望得到的一角湖光,不上百里。自从长江越湖下流,泥沙淤积,滩地日广,有些已围垦成高产的良田,有些则芦苇蔓生,似陆非陆。从飞机上下望是一片大小沼泽串联成的水网。沧海桑田,是祸是福,见仁见智,尚属难判。

楼高三层,近经修葺,彩色一新,有点像复古式的新建筑,尚未失典雅之貌。进门正壁木刻范记全文。书法出名家，先拘后敞，游笔出景，神符境合，洵为佳品，非此不足以点缀此楼。屏后循梯上二层，出于我意外的，正壁不避重复，还是和底层相同的范文木刻。导游为我解释说：这里有个故事。范记木刻曾被某高官盗为私有，船出湖口，大风作，船覆人亡，木刻沉湖底，市人补刻范记填缺壁。后来有人从湖底捞出原刻，就置于二楼，所以一文重复见于两层。这样的布饰，世所罕见。传说不必深究。以我私见，这里可能隐藏着设计者的一片匠心。试问底层已有范记作屏，其上层有何可以相匹？不如转重叠之嫌，为加权重申之义。事若无可奈何，实则脱俗制胜，妙哉。更上一层，正壁用毛主席诗词为饰，还算压得住。导游在旁加了一句，这里原是吕洞宾像，现已移到靠近的一个小阁中去了。

我随即去瞻览那供吕仙的小阁，与高楼相配，颇协调。小阁正堂悬一醉翁画像，壶倾酒尽，犹举杯自赏，含义亦深。最近因听说电视观众喜看《八仙过海》和《济公传》，我才领悟到素乏法治的社会，不得不寄情于仗义的侠客和具有特异功能的神仙，实是深刻的讽刺和抗议。

将辞，强我留言。我趁感写下："天下忧乐出民间，肝胆肺腑见先贤。登临墨客诗千斗，世人偏爱醉后仙。"

从岳阳，经沅江，到常德，12日将返长沙，绕道桃源，游桃花源。陶渊明(365或372或376—427)的《桃花源记》也是由于被选入了《古文观止》，在我这一代的知识分子中还有它的影响。这是篇记事文还是篇寓言文，聚讼莫断。诗人托实寓境，境主实宾。但世人却倾向于务实，不把意境化成实景总觉得不大甘心。于是桃花源究竟在什么地方，成了个问题。答案在陶文中已有指南："远近"总在武陵一带,小渔船可以通达之处。晋代的武陵即今常德。但由于陶文中描写得太细致,要找到一个地方完全符合文中所记却不容易。先要经过一条小河,两岸都是桃花,桃林尽头有个山,山脚有个洞,穿过有几十步长的洞,才见到一片平原,村舍落落,鸡犬相闻,这才是"桃花源"。看来按此蓝图,历代有不少人已经走遍了常德附近,结果似乎并不理想。当然沧海桑田,一千六百多年中怎能没有变化?河流可以改道,桃林可以兴废,山洞可以堵塞,留下只有一个"山"不容易变。这样想通了,桃花源也容易找到了。常德境内靠西和湘西山区相接处,要找个有洞的山是不难的。找到了这样一个地方,安上个地名,就成了现在选定的"桃花源"。为了更加突出,该洞所在的县名也改称桃源。这件事发生在什么朝代,我还没有查到。

我是能体会得到这地方的老前辈这番心意的。他们并不生长在"旅游"时代,说他们为了"向钱看",弄虚作假,托古发财,那是冤枉了他们。至多能说他们认寓作实,未脱凡骨。但是如果不经过他们这番附会和苦心,我这次访湘行程中也不会有此一段插曲了。

田园诗人的意境恐怕市场已不大了。我们这一代的"书香子弟"还会向往桃源,低吟《归去来辞》,对我的孙子辈来说,该指为闭塞典型,悬以为戒了。在此青黄交替之际,一游桃花源也另有一番滋味。

我这次旅游没有去找渔翁引路问津,一直沿公路,让汽车送我到嵌着"桃花源"三字的牌坊前。过坊果有一山,可无洞,循石板砌的山路上登,微雨方止,路滑。我在扶持下,拾级前行,战战兢兢,目不斜视,惟恐失足。两旁景色都未入目,约行百余级,有平台,原有庙宇已改造一新,可稍憩。同行者见我上气不接下气,力劝我适可而止。我回顾四周，青松翠竹，鸟语花香。乘兴攀登，又百余级，才见屋宇联楹，黄菊成行。这是新建的招待所。主人告我，从登山起已走了二百八十级，我点头会意，应当满足于这个纪录了。据说再上几百级才有一洞，但洞已堵塞。即使到了洞口，洞后的超然世界也还只能想像。我想还是留此余地，不去追究为好。

午饭后，主人循当地风俗，以擂茶待客。先摆上各色小碟"压桌"，有花生、炒米、绿豆、藕片等，其中以油炸锅巴最为可口。然后用盖碗盛茶，色淡黄，味咸稍带辛辣，极爽口。问其制法，说是用茶、米、生姜、芝麻、黄豆在石臼里擂成泥浆，然后冲水加盐。传说汉代马援率兵南征过此，士卒不服水土，病瘫难动，当时有一老妪献此土方得治，俗称擂茶。千年传袭，至今擂茶待客仍是此地民间的特有风俗。

席散，主人又强我留言。我勉强写下了下面一首五言。

> 幼读陶令诗，今入桃花源。
> 拾级二百八，攀登君莫劝。
> 何怪不自量，安识老人愿？
> 雨止松涛静，客来鸟语喧。
> 翠竹情滴滴，黄菊意拳拳。
> 秦汉固已杳，魏晋亦渺远。
> 此世无可避，龙鱼跃深渊。
> 擂茶勤享客，丰收心自安。
> 不劳渔翁觅，遍地建乐园。

1986年11月

游青海湖

今年 8 月 10 日，即农历闰六月十六日。按预定计划访问海晏牧区，并顺道游青海湖。海晏是青海湖西北角的一个以牧业为主的近四万人的小县。行政上属青海省海北地区。

从西宁出发时，微雨。向西北行，雨中夹雪花，气温迅降。幸亏导游已为我们准备了从部队里借来的棉大衣。我不断擦去车窗上挡人视线的薄霜，凝视塞外风光。通过云雾，隐约可以看到四周山峰已经罩上了一层白雪。看来雪下得不小。导游看出我惊异的神色，提醒我说，在这里"六月雪，不稀奇。一天三个季节。我们到青海湖时是雪、是雨、是晴还难说"。

青海的公路路面平整，虽则不能说很宽阔。由于来往的车辆少，行驶稳速，不发生煞车、超车、挤车那些提心吊胆的场合。不仅公路上车少，公路两旁人烟也很稀少。离开西宁的郊区之后，就进入海北的草原。这里的草原并不像我在内蒙古呼伦贝尔所见到的广延无垠的平地，而很多是坡度不太陡的起伏丘陵。越向西行，海拔越来越高，我们是在祁连山的南麓不住向高处攀登。从海拔 2300 多米的西宁出发，越过金银滩，就是 50 年代名噪一时的同名电影的背景。车行不到两小时，驶近青海湖里时，已爬高了 1000 多米。突然导游叫停车。车停在一个标高牌前，牌上写着克土垭口海拔 3299 米。我高兴得叫了起来，我突破了前年的甘南记录了。

我对"高山反应"怀着反感。这里有个历史原因。那还是 50 年代的事，当陈老总率领中央访问团去西藏时，我原来已列入团员名单。出发前，医生以我患哮喘病为理由，把我扣留下来。那时我还只有四十多岁，应说是中年，竟错失了这个机会。于今老矣，看来此生上西藏的机会是十分渺茫的了。但这个标高牌却给我带来了希望。拉萨的海拔是3800多米，比树立这标高牌的地方只高500米。我一路并没有吸氧，这不是表明我的体质还承担得住这样的高度么？我倡议在牌前留影，实在的目的是想取得证件，以便今后向医生力争上西藏的签证。下车时，雨雪已止，寒气袭人。

青海湖离这个标高牌还有六七公里，没有公路直通湖边。在我的坚持下，舍公路，上土道，颠簸了有半小时，才到达青海湖畔。朋友们扶着我下车，在碎石滩上向湖边走去。不知怎的，两条腿有点不那么听从使唤，尝到了"步武维艰"的味道。我勉力踏上了堤岸，在一块大石上靠住。用力地呼吸还是觉得气量不足，频率也就随着提高。心跳似乎并不加速，只是有点微弱。我想这就算是"高山反应"吧。如果只是这些，我是顶得住的。

说起青海湖，它的面积有4583平方公里，是国内位列第一的咸水湖，我是在江苏太湖边上长大的。一直以3.6万顷（2425平方公里）的湖面自豪。到了这里真是小巫遇见了大巫。可是据说青海湖这个内陆湖泊，是地壳上升时保留在低处的海水积成。它的容积不是靠汇集下流的河水来决定，而是在不断蒸发下，日益递减的，每年湖面要小一些。看来无源之水，依赖老本，即使像青海湖之大，它的首席地位，也是难于永久保持得住的。当然这是千万年后的事了。

雨停后，气温还是很低，披上军大衣，还要打颤。导游说："在晴天湖里的水深青夺目，才能见到名副其实的青海。"我举目西望，只有淡淡的一些阳光，乌云未散。如果我先去牧场，再来游湖,就不致失去这一胜景了。到了青海湖,未见湖色青。

当我踏上湖岸时,有位穿着喇嘛袍服的藏族的同胞急忙伸手挽我。他身强力壮,袒着半肩,没有半点寒意。相对之下,我简直像个半残疾人。这两个月来我一直在内蒙古、甘肃、青海的少数民族地区走动。我越来越觉得一个民族在历史上能生存下来,不可能没有其特具的素质。穿着这样单薄的袈裟,孑立在青海湖畔,在雪后冷温的侵袭下,还能那样灵活的行动,健步如飞。这是藏族从千百年世世代代锻炼出来的真本领,在这方面比任何民族都强。可以肯定地说,今后青藏高原现代化的主力军必然是历史传给我们民族大家庭里的这些少数民族同胞。

从青海湖我们转去牧场,相距不过几十公里,但是到达时已一片灿烂的阳光洒满草原。我们受到藏族牧民的热情款待。日暮归来,在旅行车上,顺着车身的震动,吟成一首游青海湖的纪事诗:

水浮三千米,六月白雪飞。
艰步湖畔行,喘息倚石矶。
呼吸渐形促,心跳自觉微。
一日三季度,雨止迎夕晖。
烟波十万顷,屈指世有几?
草茂牧场广,秋来牛羊肥。
富源犹藏地,野旷人迹稀。
豪情忘寒栗,御风仗戎衣。
壮志驰千里,日暮毋嘘欷。
藏胞紧相扶,临别仍依依。

1987年8月20日补记于兰州宁卧庄宾馆

清水人形

　　从东京乘高速火车到京都已经过午。连日晴朗，这天却变了，多云转阴，阴又转雨。旅馆里出来走向故宫，已须撑伞。我来游京都，因为它不像东京那样西化，多少还保留着一些东方气息，这次雨中观赏，多了一层淡描韵色，更见得古雅宜人。但路滑扶行，步武艰缓，耽搁了不少时间，从故宫出来已近黄昏。

　　按原定计划还要去清水寺，以便居高临下，览赏京都暮色晚景。日本大城市里的寺庙，有些像上海的城隍庙，周围多市集，沿街小商店密如梳栉，行人相挤，热闹非凡。车子只能停在街巷外的场上。雨却越下越大。主人看看天色，改变了主意，不主张我仰行上坡，建议就近去拜访一家名叫清水人形的艺术品商店。清水是寺名，也是地名，又成了店名。人形是各色人像物像的小型陶器，原是玩具，后来成了艺术品，以供室内摆饰，有点像江苏无锡的泥娃娃，是具有地方特点的传统手工艺。这家商店兼作坊，门面虽已西化，格局还存古色。店面大玻璃窗里很讲艺术地摆着出售的样品，招徕顾客。进门一侧靠壁排着一列精致的玻璃柜，俨然是个陈列馆。柜里安放着该店历代的代表作，非卖品，仅供鉴赏，以表本坊水平。店后通小作坊，艺人们正在现场操作，来客可进入参观，评论手艺。这是塑型作坊，烧陶则在另处。

　　这家商店兼作坊的主人名叫高桥千鹤子，四十上下的妇女，丰腴热情，开朗好客。见我们入店，立刻招呼我们到店后坊前那方待客场所。这里匀称地排着一行矮座。我们方坐定，她即按日本礼节跪着向我们献茶。陪同我们往访的鹤见和子教授向我们介绍这位店主人，说是她多年来的好友。回头向她介绍我时说我是从中国来访的社会学教授。我注意她的神态，听到我是社会学家，立刻热情洋溢地向我频频点头微笑。

我写到这里，还得补一笔说一说那位邀请我访日的鹤见教授。她出生于东京的书香门第。有人告诉我，她的父亲是"日本的胡适"，意思是最早把西方文化输入日本的桥梁。和子是长女，现已年逾花甲，未嫁，大学时代就在美国学习，后任普林斯顿大学教授，讲国际关系，回国后在上智大学任教。上智大学类似我国过去的燕京大学，亦称英语大学。这样说来，她必须是个西化的学者了，其实不尽然。自从我和她相识以来，没有见她穿过西装，一身称身的和服，出入于各种学术会议，引人注目。她能写一手秀丽的汉字，著有好几本有关日本民俗的书。更出于我意外的，去年她来江村访问，宴会上表演了日本艺伎的舞蹈，原来她曾师从过著名的艺人，在日本尊称"国宝"。和她对照，我自己就显得干瘪单调了。我们一向知道，日本的现代知识覆盖面较广，但对他们知识界文化的深度还缺乏认识。一个在讲堂上讲国际关系，在学术会议上讲文化内力论，写日本民俗的著作的女教授，还能深入民间艺人，结交清水人形的女店主，这样广阔的接触面，值得我们用来做反省的镜子。

经过介绍、用茶道，鹤见对店主人用日语讲了一段音调很激动的话。她又突然想到把我丢在一边似乎失礼，所以回头用英语向我解释：有个好消息要告诉店主人，美国普林斯顿大学的社会学教授李维来信说，不久就要来京都，要我告诉店主人。我又注意到那位店主人听了这消息，正在抑制她兴奋的反应。其中究竟是怎么一回事呢？下面是鹤见向我叙述的一段二十多年来的故事。

1960年鹤见接待她的美国同事李维教授来访清水寺，偶然的机会，闯进了这家清水人形的小店。他一下被陈列柜里的一件小小的作品迷住了，这个作品是一个用象征手法塑出的日本少女的人形，即陶像，作者为它命名为"阳炎"（kagero），意思是初升的太阳。这位教授站着久久不忍离去。他把身旁站着的一位姑娘当作了店员，问道："这个作品要多少钱？"这位姑娘就是高桥千鹤子，当时还只是十七八岁，是这家作坊主人的长女。她摇了摇头，很有礼貌地说，"这是非卖品。"原来这是她的处女作。她从这位教授的表情和行动中领会到他真的赏识了她的作品了。她心里多么欣慰，但是怎能出卖呢？

这位教授实在舍不得和这个不知怎样会打动了他的心的艺术品分手，留恋不走。依依之情反过头来打动了初出茅庐的少女之心。天涯有知己，这对艺术工作者是多么值得宝贵的机遇。她转身向站在旁边的鹤见说："请他带着走吧，这是我送给他的礼物。"鹤见感动得用手帕擦着眼睛，把这句话翻译给了李维教授。"阳炎"去了美国。

日子若无其事地过了二十二年。1982年，李维又到东京来找鹤见，约她同去京都。他们一下车就直奔清水寺，找到清水人形小店。当年的小姑娘已入中年，成了商店和作坊的主人。李维见到她，把手提包里带着的一件礼物，递到店主人的手上。打开一看，一点不错，是"阳炎"，"阳炎"又回来了。她怔住了，不知怎样才好。李维紧紧地握住女主人的手，郑重地说："归根到底，这个娃娃是属于你的。"他这次是专程送阳炎回家的。不知道在他作出这个决定之前，翻腾了多少夜晚。鹤见在旁边，一言不发，看着店主人把阳炎放入陈列柜里。再后，着重地告诉店主人，李维真是位社会学家，意思是他是懂得人的学者。

我听完了这段故事，心里才恍然，为什么店主人听说我是社会学教授时，表现出那种喜悦亲切的表情。我们临别时，她又紧紧偎着我，同我一起照了一个相，留作纪念，并送了我一个阳炎的复制品。在她心里，社会学是门懂得人的学问。我沾了光，但愿她的信念是真的事实。不，至少我应当说，我们应当做到像她心目中的社会学者。

在大雨中，我们离开了清水人形这个值得我永远纪念的小店。

1988 年 1 月 14 日于香山饭店

红场小记

　　年来一连串突发的变动，对年迈的人来说，真有点应接不暇，如入雾中。有的来得惊人，有的来得喜人，大多是始料所不及的。今年8月初应苏联科学院之约，轻装简从来到莫斯科小住一周，亦是得之偶然。

　　二十年前，这对我还属于该批斗的非分之想。记得那时在干校劳动，休息时躺在棉田埂上，仰望飘着白云的蓝天，神游意放，不知怎的漏嘴，说出了要走遍天下，漫步红场的宿愿。

　　"这样的人现在还做这样的梦，想放毒天下，该批！该批！"于是便引起了"茶杯"里的一场小小的风暴。事犹如昨，没想到而今竟然坐在了红场边的石礅上，我不得不产生了"庄生梦蝶"孰真孰幻的心境。

　　这是我抵达莫斯科第二天的事。

　　其实头天晚上从机场入市经过林阴道时，我已从树隙中窥见了远处一个个金顶圆塔。座旁的主人指点说：这就是克里姆林宫。久仰的"圣地"果真出现在眼前。摆弄了我一生的风暴，不就是从这里起源的吗？把它称之为"圣地"，谁曰不宜？

　　相隔一晚，时差还没有完全调过来，我却已踏进了克里姆林宫的宫门。这里曾经一度是统治俄罗斯帝国的中心，和北京的故宫一样，如今已成为人民的博物馆。游人接踵，从甬道仰望过去，确似潮涌。所谓甬道其实是夹在用红砖砌成堞形的短墙内、缓缓向上的、用石块铺就的道路，有几百米之长，通向宫门。但是，到达门口,我的两腿却向我发出了"暂停"的信号。所以我便建议入门后取道偏左的斜径前行,那条道显然平坦些。可惜快走到一尊称为"炮王"的巨型铁炮前,我实在难以支持,央求留下,目送同伴们前去登堂入室,参观遗址故物。

同伴们走后,我独自挑了一方深浓的树阴坐定,等待他们兴尽归来。我则乘此畅览游人。广场楼高,游人渐行渐远渐小,有如蚁聚,往来蠕动。其中有男有女,有老有少,肤色不同,服装各异,不失为展览对象。当然,经过"炮王"驻步者亦不少。他们把"王"团团围住,听导游高声解说。我在旁听其声闻其音而不明其意,但就其抑扬顿挫的音调,亦能体会其激昂自豪的情绪。由此推想,这尊特大的铁炮大概是当年在冰天雪地里击败拿破仑时大显神威的功臣。我本拟等同伴回来予以征询,但是见到他们之后,又因更急切地想知道怎样去红场,此事就被挤掉了。所以伴我半小时之久的炮王到底有什么辉煌经历,对我来说至今仍是个谜。

我一到莫斯科就不辨方向了。在我的感觉里,这尊炮王的炮口似乎应当是指向西方的。由此推想,几个世纪前是否已是东风西风谁压倒谁的时代了呢?(有位朋友看了我这篇短文后,笑着向我说,这门炮太大了,根本没有使用过,只是个"好大喜功"的象征罢了。这话不知是否可靠,不妨附注于此)

我停下稍息,是因为当时已感体力不济,但心里还是惦记着红场,自思应当节点余力,免于力竭而使此行的主题失之交臂。我原来想像的红场,有如天安门,游完故宫,出门便可登场。我不敢说我想像的格局错了,但是对游客们来说,宫、场之间并无公开的通道,必须返回宫门,绕宫而行,转向侧道上坡才能入场。同伴说此道不算远,但对我来说确实不算近。幸亏沿路有长椅可以靠背而坐，且行且歇，且游且赏，就像逛公园似的。

事实上克里姆林宫的外围就是不需要买门票的公园。游人多在此处憩息。路旁长椅，虽然不至于坐满，但也并不是虚设的。坐着的虽有青年男女，但大多是带着孩子全家出游的小家庭。有些还把婴儿车搁在座边，这使我感到这里大有周末气氛。但是屈指一算，这天还是星期五，而这些游客看来亦非全是"外宾"，怎么不是假日而这里会有这么多闲散的人群？我有点纳闷。同伴带点幽默的音调对我说：我们的周末是从星期五下午就开始了。如果再提早一点也可以。

各国作息制度不尽相同，各有特色。接待我们的一位主人是苏联科学院的研究员，他说他就不需要坐班，每年按计划写成一本书就行了。平时去院里走走，主要是为了和同事们见见面，聊聊天罢了。后来，我去参观了好几个研究机关，除了负责人的办公室有些很有气派之外，研究员的办公室即使是专用的房间，屋内的陈设都相当简陋，甚至零乱、邋遢，特别引人注意的是书籍不多。可见他们的工作场所不在院内办公室，而是在其他地方，不是图书馆，就是家里。研究员的作息当然可以不同一般。那么，一般工作人员的作息又如何呢？在招待所，我们在与服务员的交谈中了解到，我们住的一层楼是由三名服务员承包的，日夜有人值班，平均分摊，一人做一天工，休息两天，周而复始。谈起工作效率，我们的主人总是笑着摇摇头，用流利的汉语说："不行，不行，简直不行。"沿着宫门侧道走了近五六百米，我们来到有警察站岗的铁门前，也许这是环宫公园的出入口。离铁门不远处，我看见许多人围聚在一个红色的石台四周。石台内燃着一盆火，火焰远远就可以看到。这就是莫斯科阵亡战士纪念台。没有华表，没有石碑，只有燃着火焰的平台和台上军帽和步枪的雕塑。

使我感到惊讶的是，平台周围的人群里有若干披着白纱的新娘（披纱还长长地拖在地上），由穿着黑色礼服的新郎牵挽，旁边还有一对对戴着红色披肩的傧相。我们走近一看，有些新夫妇正在台前献花。看来，这里正在举行婚礼。陪同我们的主人解释道：莫斯科的婚礼也是多元的。这几年去礼拜堂举行婚礼的又多了起来，但仍有不少人到阵亡战士台前来行礼。当然，还有一些人是什么仪式都不举行，登记一下就够了。看来，复旧的、革新的，什么都有。这就是当前的苏联。我想不必去斤斤计较在上帝面前起誓与在阵亡战士台前献花哪种先进，更不必去讨论举行仪式和不举行仪式哪样算革新。然而，有一点是清楚的：苏联正在变化之中。

出了铁门，右转即是走上红场的坡道，对我来说是相当陡的，因此也相当费力，两只脚越来越沉重，呼吸越来越急促，竟至气喘如牛，勉力前进，最后总算踏进了红场，望见了列宁的陵墓。然而，我至此已不能不停下了脚步……若是早来几年，一定还能更走近几步，去向一代英豪致敬的。而今老矣，见到陵墓，心愿已偿，聊可自慰了。

喘定下坡，驱车返回，一路思绪如潮。花开花落，逝者如斯，但恨年迈我来迟。

1990 年 8 月 16 日于莫斯科十月广场科学院招待所

游滕王阁小记

　　1997年秋，有事于江西，道出南昌。事毕，主人邀作滕王阁之游。王勃序文传世，已历一千四百多年。在我这一代的老知识分子中，大概很少不在早年就熟悉王序这篇骈文的。我在童年就受父命背诵此文，文中许多字还念不准，更谈不到理解文中的典故了。但是可能就因为这篇序文，使以这个名义建立的高阁，几经兴废，现在还屹立在赣江边上。阁以文存，不能不承认文学魅力的强劲了。

　　现在这座以钢骨水泥建成的滕王阁，是在民国末年军阀混乱时留下的该阁废墟上重建的。1989年10月8日落成，距今已近十年。但我还是第一次登临。新阁已有电梯，可直达顶层，但还必须拾级登台，始能享受现代设备之便。台高八十九级，我靠人搀扶，勉力随众攀登。到了八十八级，停了一下，因为我突然想到离京时刚过今年的生日，从那天起，我已进入八十八岁。这个年龄，日本人称作米寿，大概认为米字可以分解为"八十八"三个字而成。我希望一个人活到这个时间界限，可以不再论年计岁，统称老年了，以减轻寿命对老人的心理压力。当此之际，我突然想起童年时除夕晚餐，即俗称吃年夜饭，老祖母在端上最后一道菜时，总是喜欢指点着盘中的鱼，当着大家说一声"岁岁有鱼"。我是在座中年龄最小的一个，对这四个字一直莫明其意。有一年，我鼓足勇气要老祖母说出个道理来。我现在还记得她又加上四个我还是莫测高深的字，"留有余地"。她怕我还不清楚，更进一步说明"做人做事不要做尽了"。想到这段突如其来的回忆，我在跨八十九级台阶时，大腿似觉沉重难举。当然最后我还是勉力踏上最后一级。

走完台阶，举足入阁。猛抬头，看到门额上有草书的"瑰伟绝特"四字巨匾。这四字取自韩愈公元895年重修时所写的《新修滕王阁记》中对该阁的神韵作出的概括评语，看来至今还可适用。王序之后加上韩记使该阁更为生色。

进得阁来，在基层正堂后厅，壁上砌有苏东坡所写的王序全文石刻。说着流利普通话的导游，指点碑文，为我介绍了一段段掌故，从"马当神风"说到序文的末句"诗空一字"。我原本是个苏迷，其文其字都是我仰慕的神笔。王序苏帖，更是珠联璧合，我有点陶然忘机了。接着随着导游指引，进电梯，升至顶层，观赏了一场唐代的音乐舞蹈表演之后，绕栏环视四周赣江和西山云水景色，沉醉于王序这篇千古奇文所启迪的意境之中，一生难得，实在不忍下楼。下得楼来，又被引入一间接待来宾的憩息室。室内已布置下一书桌，桌面上堆着一张宣纸，导游央我为滕王阁题字。这真是难为了我。我是何许人物，怎敢在这个场合留下墨痕？半晌我还是急中生智，一想，过去来过的人不少，有些聪明的过客，在这种窘境，找到一条出路，就是从序文中摘一些能借来发挥当时情景的句子，聊以塞责。这样一想，我心头就冒出了"老当益壮"四字。但我老矣，下半句却在记忆中跟不上来了。导游看我停笔苦思，就见机翻出手头苏帖的印行本，查出了这一联，递给我扶我过关。我一看，苏帖上接下去是"宁知白首之心"。我急急按帖写完这一联，向导游道谢辞行。

下得楼来，回到宾馆，晚餐后，忽然想到下午之游，翻出导游送我的不具出版者出处的旅游赠品《晚香堂苏帖》拓印本，内有苏氏手书王序全本，附有用铅字排印的王序全文及注释，署名徐进。我想夜来无事，正好重读一遍童时就顺口背诵的王序全文，这时才看到苏帖后有康熙五十一年（1712）梅溪姚氏的跋中有"东坡先生初学颜鲁公，故多刚劲而有韵，自儋州回，挟九海风涛之气，作字如古槎恢石，如怒龙喷浪"（因我不大懂草书，"恢石"二字系根据字形句意猜得。若误，请方家指正）。这个小跋说明两点，姚氏是从书法上看出这是苏氏真迹，是他凭主观的认定，这本石刻拓本是苏氏真迹，而且又推定是苏氏平反后从海南岛回乡时所写的，推算起来应是东坡回常州时路过南昌所留下的字迹，是他去世前不久，已经是白发苍苍的年岁。

我接着再读铅字排印的序文，到"老当益壮"时我怔住了，因为接下去不是"宁知"而是"宁移白首之心"。我怔住的原因是我记得我是从导游手中接过苏氏拓本，没有思索，跟着写下来的，写的是"宁知"，而不是"宁移"。我自己是决不敢改动王序本文的。"知"和"移"，是两个字，我写"知"时，完全是跟着苏帖拓本。但怎么出了个"移"字呢？我发现二字之别，是在我上床之前。因此我折腾了一夜，最初我打算起床后应当就去滕王阁，索回题字。加上一行"从苏帖"小注，以免留下我狂妄篡改王序之讥。起床后，想起昨日游阁时购得江西人民出版社出版的《滕王阁志》一书，翻到该书所收的王序，第144页上，"宁移"下面括弧加上"一作知"三字。意思应是原文是"移"，"知"是后人的改作。但表明不作断语，且用"一作"含糊其词，以免表态。这是类似我在起床前所拟采取的态度。

但是问题也就越想越多，根本问题是王勃当年究竟用"移"还是"知"。大概这问题是很难正面答复的。因为我想，王勃当时的原文如果已经写出，当在都督阎公之手，轻易不会给人。人已去，文章则已成了口传之品，要追根已不可能找到原本了。第二个问题是谁开始用"知"字而不用"移"字。现在可以推知而且有凭据的是苏帖，而苏帖是不是真迹还是疑案。如我在上引姚跋中所记，他并没有苏帖是真迹的确证，所谓"如怒龙喷浪"，严格说只是后人从书法中得来的印象，不能认为是苏氏所独有。

我捉摸这个"移"改为"知"的问题，第一是否出于苏东坡之手。我跟着这个线索延伸，觉得有此可能。第二是如果苏轼到了南昌，有兴手写王序，他不大会要个本本来抄写。过去受过传统锻炼的文人一般都是凭早日诵读时留下的记忆背诵的，背诵的过程中就不免会把自己的体会窜入进去，发生篡改原作的结果。我反复细嚼"宁移"这一句，似乎感觉到有点别扭。首先是王勃写这句话时年纪还轻，他并无"白首之心"的经历，因之也不可能有此心的体会，所以很可能是以青年之身观察老年表达的行为去猜测"白首之心"。他在下一句"穷且弥坚，不坠青云之志"中下半句是有切身体会的。上半句也不可能是亲身经历，因为他究竟是世家子弟，是吃皇粮长大的，哪里会有穷人的直接体会？如果他原文是用"移"字，似乎更近乎情理。他是个年少志高的人，具有青云之志是写实，从这个基础去推测老年还要继续上进，才得出老当益壮的想法。

我这样想下去就要怀疑到苏老是"知"字的创改者了。首先是他已经饱经风霜，有资格可以"知白首之心"，何况他这时刚过了"万重山"，快回到常州时，渴望有知己的人了解他的心境，背诵王序时，很自然地流露出了这种心境。不去用"移"字而改成了"知"字。我从这一种境界去猜测，这是苏体而不是王体。

再进一步，我想如果用对仗来表达一个作者的意境，用"知"字似乎比"移"字超出了一着。"移"字还停止在"青云之志"的层面上，要求老人不要改变青年时候的心志。实事求是说，人老了，体质和心境自不能停止在青年的境界上。要老和壮相统一固然不能在物的层面上，提出白首之心是到了点子上，但是如果用"移"字，那就成了要从不可能转化为可能，这是不切实的。如果用个"知"字，就跳出了当事者的本身，超越了第一身的地位，也就得了统一的可能。因知的内容是不必作出肯定的，可以这样或是那样，但总是不从第一身来表达了，进入了另一境界。我从苏拓本，不愿回到"移"字，当然我也不再站在"不表态"的地位了，想到这里，我就放弃了回滕王阁索回题字加注的打算。这件事也就告一段落。

在饭桌上我又向同行的几位朋友说了我这一夜和一晨思想上的折腾。不料一位年轻人认真地打电话回家找他的父亲，告诉他我在"移"字和"知"字上的反复思考。他的父亲原是我的学生，在电话上补充了一些资料，说据他记忆所及，明代人所编《王子安集》中是用"移"字，这个信息可以支持我"知"字出于苏氏之猜度。但电话里又说他查了中华书局 1950 年的新版，却已改为"知"字，但不知谁出的主张。

以上这篇小记是我 1997 年 11 月 18 日在无锡市太湖边上的一家宾馆里，抽了一个上午写下的，文气似乎没有写完。但是我又投入了其他任务，无心再写了。当时正有一位朋友从北京来加入我这个研究队伍。他就是写有关我一生主要经历的《乡土足音》一书的作者，是从大学中文系毕业的。我在这篇小记里提出的"移还是知"的问题，原是个中国传统文学上的问题，我这个外行不应置喙。所想到的也只是从"心态"研究角度的思考。这位朋友既然到了身边，我觉得这是他的本行业务，不妨由他接下去写完这篇小记，也不妨作为我近年来一向提倡用对话来提高学术的主张的实践，而且也可看做我遵守"留有余地"的遗训的一个实例。

1997 年 11 月 18 日

访天一阁

天一阁，是一个创建于明朝嘉靖四十年至四十五年间的著名藏书楼，在我国古代民族文化遗产保存史上占有重要地位。说来惭愧，虽然我早已知道天一阁这个地方，却一直没能走到它跟前，实地看看它的模样，领略一番它的书卷气息。作为一个读书人，这总是件憾事。

今年5月下旬，我访问宁波的时候，有机会得访天一阁，实现了多年来的一个愿望。

藏书楼坐落在宁波市区月湖西面。阁为明兵部侍郎范钦所建。范钦号东明，字尧卿，是浙江鄞县人。他入朝做官颇有硬骨，敢抗权臣，敢制服严嵩之子，有海瑞之风。此外他又有雅好，酷爱书籍，每到一地，无不留心搜求。也许是命运厚爱，范钦曾在湖北、江西、广西、福建、云南、陕西、河南等省做过二十多年地方官，足迹几乎遍及当时半个中国，这使他有机缘广收书籍。据说，范钦的藏书最多时曾达五万余卷，这么多书，自然需要妥为存放。这也许就是范钦建阁的初衷罢。

当然，范钦的过人之处，不是建阁藏书，而是创制了一套严密的建筑格局与严格的家法，使天一阁经历数百年沧桑而保存至今。

在宁波月湖一带，曾有过许多藏书楼。如宋代有楼钥的东楼，史守之的碧沚，史书有"藏书之富，南楼北史"之说。还有元代袁桷的清容居，明代丰坊的万卷楼等，都曾盛极一时，如今却都灰飞烟灭。

考其缘故，火灾是藏书楼遭毁的首祸。从史书可知，宋代叶梦得、朱常山的藏书均在三万卷以上，可惜两家藏书俱毁于火。绛云一炬，可怜焦灰！清代学者黄宗羲由此感叹道："尝叹读书难，藏书尤难，藏之久而不散，则难之难矣！"

为使自己的藏书能长久保存，范钦动了不少脑筋。他用心最多的就是书楼防火问题。为藏书楼取名时，他根据古书上"天一生水"的说法，取以水制火之意，移"天一"二字为阁名，暗含祥水。建楼时，楼的正前方即造一个大水池，蓄水备用。我就是坐在这口池塘边上听工作人员讲述天一阁历史掌故的。相传这个水池与月湖暗通，源头是活的，可用之不竭。

阁名有水，阁前有水，真是明也有水，暗也有水。但范钦觉得这还不够，在建筑形制上，他也赋予水的含义，为此不惜打破历来建筑忌用偶数的规矩。他根据"地六成水"的意思，把书楼分建六间，而不用三、五、七、九之数，他又在东西两侧筑起封火墙，楼下中厅上面的阁栅上还绘有许多水纹作装饰图案。这些做法，都表示了阁主希望书楼免去火患的愿望，可谓用心良苦。

建筑设计上的用心，加上"火不入阁"的家规，确实保证了天一阁自建成到今天的几百年间未罹火患。家规亦是阁规，对家人如是，对外人亦如是。据说光绪年间宁波太守到天一阁看书，也不能逾越"火不入阁"之规。向我介绍天一阁历史的工作人员说，这个规矩一直到现在还保持着，为此书楼内至今不入电线，不装电灯，以防万一。为保护古代文化遗产，不得不拒绝现代文明成果。这倒是一个挺有意思的现象。

防住了火，能不能防住失散，这又是个问题。范钦为确保藏书能传到爱书的后人手上，拿出万金让其次子受金而去，使长子范大冲得有全部藏书。范大冲从此立下"代不分书，书不出阁"的严规。子孙各房分掌锁钥，互相制约，非各房集齐，锁便无法全开。这既防止了个人占有，也避免了藏书星散。我们今天还能得访天一阁宝藏，一份功劳要归范钦长子范大冲及所定家规。

巨量藏书之事，费神之处甚多。除去火患和散失，还有一害要防，就是书虫。想到这里，我联想起六十多年前我进瑶山做调查的时候，听说过金秀瑶山里有一种香草，放在书橱里边能防书虫侵害。天一阁用什么防虫？用不用香草？若用，是不是广西金秀产的？可惜我想起这问题时已是告别天一阁主人之后，没能及时问一声。嘱助手落实此事，得知天一阁果然使用金秀山中的香草。但我没得到当面印证。且待有机会再访天一阁时向主人当面请教罢。

1997 年 12 月 10 日

游什刹海

今年 4 月，应中共北京市西城区委的邀请，我游览了离我家不远的什刹海景区，这是我自 30 年代来到北京后，第一次到北京城区内的景区游玩。看到城内有这样一大片历尽沧桑保存下来的水面，真使我精神为之一振，心里感到十分高兴。这次西城区邀请我去什刹海，主要是想听听我对北京市在旧城改造工作中，如何解决好什刹海历史文化区的保护、开发和利用的意见。

解放初期，我曾是梁思成教授领导的第一届首都城市规划委员会的成员，是最早想把北京的现代建设，同它古老的文化传统和谐地结合起来的人中的一个。可惜，自 1957 年以后，连续不断的政治运动使人们无暇顾及到这个问题，而且留下了许多遗憾。

党的十一届三中全会的召开，使我获得了第二次学术生命。这以后，我把大部分精力用来探索怎样使我国农村尽快摆脱贫困，使占人口百分之八十的农民能早点过上富裕的日子；接着，我又提出了小城镇建设的问题；近几年，随着研究的深入，我又开始关注大中城市的建设与农村经济发展的关系。这二十多年里，我到过全国不少村镇和城市，和一些同志讨论过关于在城市的现代化建设中，如何保护、开发和利用好历史文化遗产的问题。什刹海一游，使我领略了北京这座古都的旖旎风光，也了解到了这座城市还有那么多历史文化遗产等待我们去保护、开发和利用。

这次游览的第一站是恭王府。恭王府还是我从电视剧《刘罗锅》的荧幕上，第一次认识它的。从出发地到恭王府，路不远，主人安排我坐上了"胡同游"的三轮车，坐在车上慢悠悠、晃悠悠，全身放松，使我感到似乎坐上了半个多世纪前骆驼祥子们拉的黄包车，真有点老北京的味道。

恭王府花园是乾隆年间大贪官和珅府邸的后花园，园中假山池塘，花草树木，亭台楼阁，回廊石舫应有尽有，设计别致、独具匠心。恭王府开放以来，管理部门尽力把它恢复成当年模样。比如走进大戏楼，只见厅堂内整齐地摆放着红木八仙桌、大方凳，桌上摆着小食品、盖碗茶，整个大厅布置得就像清代的茶馆。但是，厅里的梁柱上，却画满了藤萝，坐在里面清凉宜人，真有点在露天的藤萝架下乘凉的感觉。讲解员告诉我，那时只有皇帝才能在室内看戏，和珅为了能在室内看戏，想出了这么一个遮人耳目、欺骗皇帝的办法。但是和珅最终没有逃脱对他的惩罚，这个大戏楼还是成了他"欺君"大罪之一。讲解员还告诉我，这个戏楼的戏台底下，埋有九口大缸，这九口大缸就像现在的"麦克风"那样，起着扩音的作用，使整个戏楼里的观众都能听清楚演员演唱的戏文。

园内的假山奇石比比皆是，形态各异，其中尤以"望月台"前的假山设计得别出心裁。这座假山一眼望去像是"二龙戏珠"，细细琢磨又像"十二生肖"；山下的石洞里还藏有康熙为母亲祝寿所题的"福"字。据说，园内所有的太湖石，都是通过大运河从江南运到通州，等到冬天，再用"冰床"经通惠河运到什刹海。可见当时和珅的奢侈。同时也证明历史上"和珅跌倒，嘉庆吃饱"的传闻不无道理。

听导游说，恭王府花园自1995年开放以来游人络绎不绝，尤其是《刘罗锅》这部电视剧放映以后，参观者与日俱增，现在，他们不但已经收回修缮用的投资，还挣了好大一笔钱。这里《刘罗锅》功不可没,这种情况让我们看到了利用现代化手段进行宣传的重要性。

可惜的是,这次来恭王府,只游了花园却未能进入府邸。这是因为"文革"时,恭王府被文化部文学艺术研究院和中国音乐学院占用了,所以不能对外开放。所幸文学艺术研究院与音乐学院的新楼业已建成,它们占用恭王府的房屋正在腾退中。看来花园和府邸同时对外开放的日子为时不远了。如果策划得当,又将是西城区一笔不小的旅游收入。听主人介绍,还有一个醇亲王府也是这样的情况,如果下点功夫把它开发出来,再拍个什么片子宣传一下,想必会同恭王府那样吸引游客,产生可观的经济效果。

第二站去了什刹海边上现存的惟一庙宇,距今已有七百多年历史的广化寺。据说,古时候什刹海周围有十座古刹,所以得名"什刹海"。今天广化寺虽有僧人主持佛事,但是有相当大的地方成了北京市佛教协会的办公区。也正是因为这个缘故,广化寺在"文革"期间才得以比较完整地保存下来,但至今仍可看到许多"文革"时期遭到破坏留下的痕迹。庙宇的东侧,一座某研究所的五层办公楼,紧贴庙墙而建;放生池前,矗立起一座三层楼的招待所,这些现代建筑与庙宇显得极不协调,并且由于大楼的遮挡,使这座原本面临什刹海的寺庙藏在了阴山背后,叫人不识庐山真面目。

我们来到广化寺时,寺庙主持怡学法师已在山门前迎候,并陪同我参观,一起合影留念。在参观时我留意到,这座保持得如此完好的寺庙,香火却不如杭州的灵隐寺和苏州的寒山寺来得旺。经询问才知道,原来广化寺只接待佛教信徒来烧香拜佛,并未对社会开放。依我看,随着时代的发展,国内外许多有名的寺庙都把接待普通游客作为创收的重要手段之一，这样做既增加了收入又宣传了自己，使旅游、佛事相得益彰，何乐而不为？

在去广化寺的途中，我们乘车沿什刹海岸边缓缓而行，边看"海"边风景，边听导游同志介绍。望着如此宽阔的一片碧水，看着这整旧如新的堤岸护栏，岸边的桃花翠柳以及花柳丛中依稀可见的王府古刹、错落民居，不由得使我想起江南水乡正在蓬勃兴起的"小城镇民俗文化旅游"。其实，那里的旅游资源不见得比什刹海丰富，但是，由于当地领导重视，组织宣传得好，又想出许多有特色的"花样经"，就像什刹海的"坐三轮游胡同"那样，吸引了许多游客，已经挣到了许多钱。如果这里的领导加一把劲，再依靠大家多想些办法把这里开发利用好，创造出更多的、有特色的旅游项目，我想是一定能获得丰厚的回报，富裕一方百姓，造福北京人民。当然，这需要市区政府给予必要的政策，重点扶持一下。

"银锭桥"是什刹海上一座有名的白石桥，因为形似一尊倒放的银锭而得名。据说，天气晴朗，夕阳西下的时候，人们站在桥上，透过宽阔的什刹海水面，可以清晰地看到那远处被彩霞映红的西山。远远的青山，高高的蓝天，近处的绿柳，波光潋滟的湖水，构成一幅绝妙的水墨风景画。所以这里就成了著名的燕京八景之一——银锭观山。但是，这次我来到银锭桥上向西望去，却是灰茫茫一片，看不到远远的青山和高高的蓝天，见到的只有桥下刚刚清淤后的碧水。原来这是因为大气严重污染，很长时间以来，只有下过大雨，空气被冲刷干净后的暂短时间里，才能看到远处的青山。近年来，北京市政府决心下大力气治理环境污染，希望不久的将来，我再来什刹海，能够在银锭桥上观赏燕京美景。

说到"桥"，主人向我介绍了一座什刹海地区最具代表性的桥——后门桥。这座桥是元代初建北京时，用它来当做确立北京城中轴线的基点，可以说没有后门桥，就没有北京的中轴线，就没有当时的北京皇城，也就没有今天的北京。它是北京历史的见证。据说北京城的"北京"二字最先就出现在后门桥的桥墩上。据历史记载，北京初建时什刹海只是一个积水潭，郭守敬引白浮泉水进京后，水量大增，又与南北运河沟通，形成了元代漕运的终点。当时，南来北往的货船，都是通过后门桥进入什刹海。积水潭中舳舻蔽水，沿岸酒楼歌台林立；石桥两旁集市热闹非凡，是名副其实的"北京的古海港"。然而，随着时光的流逝，后门桥逐渐被人遗忘。如今，它的周围已经被各种各样的违章建筑和广告牌所包围，遗留下来的两排汉白玉桥栏，已风化得面目全非，完全失去了昔日风采。

　　令人欣慰的是，北京市政府正在策划一套以修复后门桥为重点的，保护和开发什刹海景区的总体方案，归纳起来是："以水起步、以路拓展、以房带绿、有机更新"，做到"修复后门桥亮出什刹海"，让过路的人站在后门桥上一眼就能看到什刹海的水面，看到对岸的金丝套居民区和荷花市场。如果这一方案得以规划实施，我想，什刹海的面貌必将会有一个显著的变化。

　　大约在五六十年代的时候，人们乘车经过北海后门就能看见紧挨着什刹海修建的一座游泳池，许多比我年轻三四十岁的北京人都在这里游过泳，在京城"什刹海游泳池"是很有名气的。后来这里又扩大成了一座体校，盖了房子，什刹海被隐在它的背后，不那么显眼了。只有到了冬天，喜欢溜冰的人才偶然想到去什刹海溜溜冰。

　　说到这里，我想起了什刹海南岸正在大兴土木的平安大道，这条大道与历史上的荷花市场擦肩而过。这次拓宽道路是一个很好的机遇，如果什刹海前面的违章建筑能够一并拆除，人们路过北海后门时，就能一眼看到什刹海的宽阔水面了。听说什刹海管理处与体委的同志还有更美好的设想，就是再拆除一部分旧房，招揽八方客商，恢复荷花市场，使这个冷清多年的什刹海重新热闹起来。我看，各方面的积极性这样高，是个大好事，北京市的规划部门应该尽快帮助他们把这个设想变成现实。

什刹海最不同于其他旅游景区的特点，就是它的人民性。它不但像杭州的西湖，沿湖建造了许多王府、寺庙、祠堂等名胜古迹，而且还有依水而建的、弯弯曲曲的胡同。胡同里错落有序、格局不同、档次各异的民居、四合院，充分展示了老北京的风韵。由于我年纪大了，体力不济，这次游览没能亲身去体验那里的市井民俗，作为一个社会学工作者失去这样一次机会，感到十分可惜。然而，什刹海"坐三轮游胡同"这一民俗游览项目的火爆，说明老北京民俗文化对世界各国旅游者有多么强烈的吸引力！所以，要保护好像什刹海这样历史文化底蕴深厚的地区，经过精心策划，突出特点，再用各种现代化的手段加以宣传，然后拿到世人面前"亮相"，是一定能够吸引游客的。听西城的同志说，他们正在这一地区做深入的调查研究，要把这里开发成为独具特色的"金丝套老北京胡同民居游览区"。这是一件大好事，我祝愿他们成功。

为了让我体验一下什刹海畔的老北京饮食文化，主人特地安排我到银锭桥边的一家老字号——"烤肉季"去吃烤肉。解放前，这家"老字号"只是个坐北朝南，简陋得像个工棚的烤肉摊，大圆桌中间放着炭火，火上架一个铁支子，周围摆上几条长板凳，吃烤肉时大家围坐在一起"自烤"自食，有点像现在的自助餐。解放后，烤肉季的业务越来越好，修了门脸，盖起了楼，又增添了许多伊斯兰的特色菜，名气也越来越大。听经理说，改革开放以来，来什刹海游览的游客越来越多，慕名来烤肉季吃饭的人简直应接不暇。他们想在门前设一座码头，安排一两只游船，客人可以坐在船上欣赏什刹海风光，边听音乐，边吃烤肉。这位经理真是要把自己的生意进一步做活、做大。

什刹海岸边的老字号可不只烤肉季一家，有名的还有"爆肚张"、"小楼杨"、"会贤堂"等，听说会贤堂还是梁启超、胡适、梅兰芳等名流经常光顾的饭庄。如果这些饭馆、小吃都恢复起来，精心经营，一定会给什刹海增添一道更为亮丽的风景线。

这次什刹海之游虽然时间很短，却感想颇多，受益匪浅。我看到了什刹海风景区蕴藏着的宝贵而丰富的历史文化旅游资源，看到了北京市和西城区各个方面的负责同志对保护、开发、利用什刹海的决心。同时，我还了解到，民盟北京市委和民盟西城区工委的许多盟员同志在这方面也做了不少工作。他们专门成立了一个由专家学者组成的调研小组，经过几年的努力，把自己对如何保护、开发和利用好什刹海这一旅游资源的意见，通过政协提案和专题研讨等各种渠道提出来，供给有关的决策部门参考。我认为这就是民盟参政议政的一条很好的路子。希望他们今后能动员、组织更多的力量，出主意、想办法，帮助中共北京市委、市政府把北京市旧城改造的这篇大文章做好。

我相信，在中共北京市委、市政府的领导下，在各民主党派和广大群众的共同努力下，不久的将来，古老的北京城和什刹海一定会放射出更加绚丽的光彩。

1999年8月2日

第三辑

龙胜猕猴桃

今年 8 月我去广西龙胜庆祝这个民族自治县成立三十周年，在一次宴会上尝到了酸甜的猕猴桃酒，至今犹觉余味在口。我原是不喝酒的。过去支气管炎严重，俗名气喘，不得不忌酒，没有养成喝酒的嗜好。所以，在席上当主人劝酒时，我还是掩杯婉谢。好客的主人却为我解释说："这不是酒，酒精成分很低，应当说是一种饮料，一种有益的饮料，特别对老年人有益，经常喝它可以长寿。"我对这种说项反应还不够积极，对我这个人说来长寿的吸引力不大。主人看我没有行动，接着又说："我们还在想法推广这种酒，它可以使我们山区的少数民族富裕起来。你尝尝，为我们出把力。"这一说，我不能再消极了。一上嘴，也就抗拒不了。酒下咽喉，话多了。

话是从孙猴子偷王母娘娘的寿桃说起的。自从幼年时节听到了这段故事之后，在我的意识里，猴子、桃子和长寿也就联上了。这个故事原是神话，那种联系也只能供研究儿童心理学的朋友们作研究题材罢了。后来我读了一些人类学和民俗学的书，理解到有些民间传说保留着不少宝贵的民族经验。有一次想到孙猴子偷桃子的故事时，突然发生了一个问题：为什么桃子和人的寿命会联系起来的呢？早年我们乡下，亲戚们做寿，要送面条和寿桃，寿桃是做成桃形的包子，上面还染上一点淡红颜色。面条可以说象征长度，桃子为什么可以表示人的寿命呢？桃子和人寿的联系是先于《西游记》，还是《西游记》的作者采用了民间传说呢？于是我又进一步问：桃子和人寿会不会有科学的联系呢？当然，这个问题不是我的学术水平所能解决的，因之也只能作为一个有趣的问题搁在心头。真想不到这杯猕猴桃酒竟然浇入了我的心头，又惹起了这个问题，使我醉蒙蒙地产生了种种联想，似乎见到了桃子和人寿之间的科学联系。我这样说，是想表明这些话并不能排斥这是我醉后之言，失实的可能是大大存在的。

要说明我怎么会有这样的想法，那就得先讲明白猕猴桃究竟是个什么东西。我并没有看到过猕猴桃，更没有吃到过猕猴桃，我只喝了用猕猴桃酿成的酒，吃了用猕猴桃制成的果酱。看到的只是在装猕猴桃酱的瓶袋上画着的猕猴桃，看来有点像个小桃子或小梨子。加上那天席上的主人们给我的介绍，我多少能想像出，在没有酿成酒和制成果酱之前的猕猴桃是个什么样子。让我接着按我所知道的说下去，如果说得不如实或说得还不够，那就请予纠正和补充。

猕猴桃是我们中国的土产，原是野生的果实，一般大多称它作"桃"，所以科学名称是"中华猕猴桃"。俗名也有称作阳桃、平桃、鬼桃等，但也有称它作"梨"的，如藤梨、毛梨。近年来已经有些园艺场在做人工栽培的实验，而在新西兰，从我国引种之后，已经大规模推广，成为一种重要的具有经济价值的园艺作物。

把猕猴桃归入桃类，除了传统名称之外，我不知道有什么科学根据。形状上像桃是事实，但是一般说桃子是长在树上的，而猕猴桃却是藤本植物。它攀附在其他树木上蔓生，高的可以达十多米。结的果实产量很高，一株老藤可以达二三百斤。一般长在海拔八百米以上的山坡上；也有较低的，听说现在北京都有了。由于它要依靠别的树才能生长，所以都蔓生在林区，也因此和山区的少数民族结下了不解之缘，成为山区各族人民喜爱的野果。

野果尽管好，尝到的人究竟不会多，猕猴桃在深山里和猴子们打交道者大约已有几千年，甚至几万年了。被称作猕猴桃很可能是因为人们是向猕猴那里学会采集这野果来吃的，至少也表明在人们采集这野果之前，它早已成了猴子们的珍品。猴子和这桃子都生长在山区森林里，它们也就这样联系在一起。

我不知道什么人在什么时候发现了这种果实具有高度的营养价值和医疗性能。我没有查阅本草是否已有记载，至于用科学方法检定它的化学成分必然是近年来的事，所以这从科学资料里应当可以查得出来。我认为这应当作为一个重要的科学发现来对待，发现的人应当留下姓名，受到荣誉。为什么这样说呢？那是因为猕猴桃营养价值之高是突出的。只以所含维生素 C 一项来说，它远远超过其他的果品、蔬菜。每 100 克猕猴桃含有 100 到 420 毫克维生素 C，同样重量的橘子只有 30 毫克，广柑 49 毫克。目前大家抢着要买来吃的山楂也只有 89 毫克，只抵猕猴桃的 1/5。如果用猕猴桃制成浓缩果汁，100 克果汁中可以含有 900 毫克维生素 C。我喝到的猕猴桃酒每 100 克含维生素 C 206 毫克以上。

我举维生素 C 的含量来表明猕猴桃所具有的高度营养价值，因为维生素 C 的营养价值及医疗性能是我们多少知道一些的。猕猴桃所含有营养的化学成分当然不限于维生素 C，我不在这里多说了。由于它具有这样富含营养的化学成分，它也就具备了相应的医疗性能。龙胜酒厂给我的《中华猕猴桃简介》上说："在医疗卫生方面的应用极为广阔，对高血压、心血管、肝炎等症均有疗效，尤其是有防癌作用，特别是对消化食道癌、直肠癌疗效更佳。"当然，我不能为这个简介作证，但是我相信这样说是有一定科学根据的。没有这样突出的营养和医疗价值，最近新西兰和日本也就不会这样把它视如至宝地加以培植和推广了。据我在桂林遇见的一位朋友说，他访问新西兰时，想去参观他们培植猕猴桃的地方，却遭到了婉言拒绝。不要忘记，新西兰的猕猴桃是近年来从我国引去的。

我这次去龙胜原是为这个自治县祝寿的。按传统的规矩，祝寿得带点寿礼。秀才人情，我有什么送给龙胜的各族人民呢？他们在广西各少数民族中是最早实现民族区域自治的。这三十年里，他们在党的领导下，获得了民族平等。各族人民共同当家做主，根本上改变了过去那种"化外之区"的面貌。在少数民族干部的培养和使用上，在贯彻计划生育等等方面，成绩是突出的，多次受到表扬。但是还有一项，需要努力才能改变过来：龙胜靠河谷的壮族和侗族居民，这几年来，特别是今年，虽不能说已经繁荣富足，但仓廪充实已是普遍现象；而住在高寒山区的一些苗族和瑶族，至今生活还是很穷困，靠救济粮过日子，因此高山地区和河谷地区的差距也就特别突出了。如果我有能力向龙胜送个寿礼，不是锦上添花，而是雪中送炭的话，那就得出点主意使高寒山区也富足起来。向我劝酒的主人所补充的那句话为我开了个窍门。如果靠我这支笔能促进猕猴桃的栽培，不是可以大大增加高山上的居民的收入么？

怎样改善高寒山地少数民族的生活一直是我关心的问题。三十年前我去西南访问少数民族地区时，看到住在高山上的人，背土上山在石头缝里种玉米，费那么多劳动而收获得那么少，使我发生一种想法，这些贫困的少数民族还是搬下山来的好。他们过去怕民族压迫和歧视，躲到山坳里去，实在太苦了。现在民族平等了，应当可以下山了。当时同我一样想法的人也不少，而且有些地方还真的让出平地欢迎山上的少数民族兄弟们下山来。但是后来又听说，有些搬下山的少数民族又回到山上去了。什么原因我没有去调查,这种传闻使我重新考虑这个问题。高寒山区是否也有它特殊的优势可以发扬出来,把"穷根"变成金饭碗呢?在大瑶山里和瑶族同胞接触中,我得到了启发。

大瑶山里有一部分瑶族叫茶山瑶,他们的妇女盛装时头上戴有两块银板,有一斤多重。我初见时,心里想,这未免太重了,真难为这些姑娘们,顶着沉甸甸的东西还能跳舞。再一想,他们怎么会有这么多银子的呢?我寻根问底才知道,在大瑶山里有一种很值钱的香草,在茶山瑶占有的老林里产量很高。解放前有客商进山来用银子换香草,茶山瑶把这些银子积蓄起来,打成装在妇女头上的饰物。这件事说明高山老林里不缺乏值钱的土产,可以大大发展经济作物。如果把那些多少世代已经习惯于山居的人搬下山来,这些财富不也就白白丢掉么?我早年那种"下山"的主张,既不切实,又不经济,"靠山吃山"也许是山居民族更广阔的出路。"靠山吃山"就是要发展山区特有的经济作物。

猕猴桃是一种可以大大发展的山区经济作物。如果真的大大发展了,不仅可以给广大市场供应这种营养价值特高的果实及其加工品,而且可以使高山上居住的少数民族大大地提高他们的收入,改善他们的生活,为物质和文化建设提供经济基础。

猕猴桃能培养成高产和高值的经济作物,龙胜的领导同志几年前已经知道,而且为此已经采取了一系列措施。龙胜的科技委员会已把调查及开发利用这项资源列入研究计划。70年代后期建立了酒厂收购猕猴桃酿酒,那就是我在宴会上喝到的美酒。后来又增加了果酱和饮料冲剂,但是离发展成一个食品工业还有些距离。首先是猕猴桃至今还是野果,在自然条件下自生自长。人们不过在这些果实成熟时去采集罢了——还处在采集经济的阶段。怎样使之成为人工栽培的经济作物，还得经过一番调查研究，实验推广的过程。现在全国各地固然已经有些科研机关在进行这项工作，但是还只能说是个开始。怎样加速这些研究和实验工作，尚有待高一级领导的重视。上面提到新西兰的情况是值得我们反省的。他们是近年来从我国引进这种藤苗的，在不长的时间里已经建立起人工栽培的猕猴桃园，规模多大，我不知道。他们能做到的，我们为什么不能做到呢？

采集经济有它的落后性。深山野林里，这些果藤自生自长，良莠不齐，无人管理。自从龙胜酒厂收购这种果实以后，任何人都可以去采集。有些人懒得攀登树木，索性把树木砍倒，把藤上的果实拾尽而去，完全是杀鸡取蛋。猕猴桃藤龄极长，至少有三十多年寿命，个别可达百年。七八年的藤株年产桃 30 斤到 200 斤。现在采取了收购的办法，鼓励采集，结果就发生乱砍乱伐。龙胜酒厂在 1977 年收购达 40 万斤，到 1979 年下降到 8 万斤，去年只有 2 万斤。这种资源不仅在数量上正在迅速下降，质量也在下降。产量多的品种被砍的机会多，等到我们的科技人员入山访寻良种时，良种已所余不多了，所以要保护资源必须赶快进行人工栽培。

猕猴桃可以说是自然的浓缩营养品，把它看做美味鲜果是不够的，这贬低了它的价值。正确地、如实地核实它的营养和医疗价值是一项科研的课题。现在不是正在搞学位制么？在这个课题上有人能提出一篇高水平的论文，就是个名副其实的博士。我们的博士必须是用科学知识为人民造福的学者。我们要自己创立"国际水平"，这个水平我认为应该着重以结合我国人民的需要为标准。

猕猴桃要能成为我国食品工业和药品工业的一个重要原料还得

大大开辟制成品的种类。以食品一方面说，龙胜酒厂除一般用来酿酒以外，还制成了果汁作饮料，并且浓缩成颗粒，随时可以加水冲饮，称猕猴桃晶。在我看来，这是一条可以大大发展的路子。最近我看到美商在我国千方百计设法推销"可口可乐"，心里着实不那么舒服。"可口可乐"是一种会上瘾的饮料，并无营养价值，我们如果上了这种瘾，决不是件好事。我看我们应该把"可口可乐"作为促进我们发展饮料的挑战。我们有饮茶的习惯，对茶的科学研究已经发现了它有许多对健康的益处。但是单单用茶来对抗"可口可乐"恐怕还不够，我们还得多试验一些有营养价值的饮料出来，用以抵住这些对健康没有多少好处的舶来品。茶是一种，猕猴桃汁也可以成为爱国饮料之一。

从这远景来看龙胜的酒厂，确实只是一棵刚出土的嫩芽。它所出的猕猴桃酒到了桂林就不容易买到。我曾问过宴会的主人，为什么不扩大这种酒的产量呢？答复是：投资少，原料有限。针对这种情况，那就得赶快在山区建立人工栽培的猕猴桃园，变乱采集为有计划的种植。根据产量的逐年提高，扩大加工厂，踏踏实实地在少数民族地区创建一个大有前途的以猕猴桃为原料的食品及药材工业。

我从广西回来，《八小时以外》的编辑同志向我征稿。我也就利用这个机会为龙胜各族人民补送一个寿礼。希望我这篇漫谈能引起有关领导部门的注意，更希望许多关心长寿的老同志们和关心少数民族人民生活的朋友们一起出力，从各方面来推广这种"寿桃"，造福于人民。

1981 年 9 月于北京

家乡的凤尾菇

这几年我每年都要回家乡去做农村调查。我家乡是在江苏太湖东岸的吴江县。每次离乡时，乡亲们总要我替他们办点事。比如，前年一位公社主任要我替他们想办法搞个车皮从山西运车煤来；去年一位社办纺织厂的厂长要我替他们想办法把积压的化纤织物推销到新疆或延边去。这些事我实在爱莫能助，但是我却总是喜欢他们向我提要求，能帮助他们办到的总得去办，即使办不到的，也可从这些要求里看出一些当时农村社会经济发展的苗头。治病要看脉。这些从实际工作里提出来的要求，可以说就是社会经济的一种脉搏。

去年冬天我离乡时，吴江松陵镇的镇长临别时拉住我，要我路过上海时想办法找个罐头食品公司和松陵镇挂钩，在镇上办一个凤尾菇罐头车间。我正按他的要求在替他想办法，同时却想到这个要求确表明了农村经济又跨进了新里程，值得说一说。

话得从1981年我去澳大利亚讲学时讲起。在访问悉尼大学时，我受到当地华人教授的热情接待。一次，在一家中国菜馆里同他们一起吃饭，有一道菜是炒鲜菇，味道特别美。在座一位教授听到我连声称好，就很高兴地告诉我：这是他试验培育成功的一种高产平菇。原种出自我国喜马拉雅山南麓，后来传到澳大利亚，经他在试验室培育，产量比普通平菇提高十倍。这个品种不仅高产，而且味美。我连忙接口说：这既然是我们中国的种，就应该让它回乡去。当我离澳前，这位教授果真送来了几支原种和有关试验经过的论文，作为他献给祖国的礼物。

我接受了这个委托，一到北京就把这几支原种送到北京大学生物学系去，他们把原种保存了下来，但是没有推广到农村去的条件。为此，我就取出一部分托人带到家乡的公社里。从原种到可以播种生产的菌种中间，还有一个育种过程，家乡的农民不懂得怎么搞。他们把这支原种送到县里，在农业局里找到了一位干部，何元亨同志。他早年在农业大学毕业，现在已六十来岁了。经过他的一番努力，终于把菌种培育成功，而且因陋就简地在他的几间"实验室"里办起了个菌种场，供应附近农民，推广平菇生产。前年我去家乡访问时，已经在好几个公社推广开了，深受农民的欢迎。

我亲自到附近农民家里去看过：有一家在住屋檐前不到半米阔、三米长的一块地上搭了个棚，长着一片平菇，个个大如小白菜，一个挤一个，又肥又嫩。这家农民告诉我，按照何老师的配方，用棉花梗切成碎片，铺在地上或板上，一寸来厚，加上所需的肥料，在春秋两季，一月就可以长一茬。一年可以长六七茬。一斤平菇成本不到一角，市面的价格要七八角。所以那家在檐下搞的那一块菌床，一年可以收到三百多元。家里有个老人照顾一下就行，不需要占用多少劳动力。农民对这种平菇很感兴趣，为它取了个好名称叫"凤尾菇"，说它长得像凤尾。看来只要为农民解决原料和菌种来源，这项农村副业是大有前途的。

我问过他们，这个品种的产量怎样，据说比过去我国所产的平菇高一倍。我回想起在澳大利亚时，那位教授给我看的相片上，并不是平面的菌床，而是柱形的菌株，平菇在柱上四面生长出来像个小塔，所以也叫塔菌。立体培育空间利用率比较高。我也记得他告诉我，这个品种的长处是能适应各种不同的培养料，棉花梗，或是豆类的梗，甚至稻草，都能用作原料。气温的生长适度也大，如果加一些控制温度的设备，一年四季都能生长。这些在我家乡都还没有做到，如果加强科学实验，产量还可大大提高。

我把在我家乡农村推广凤尾菇的始末说了这么多，不仅是为了交代去年冬天松陵镇镇长向我提出帮他们搞食品工业的背景，而且是想接着借这个具体事例来说明当前苏南农村经济向前发展进程中的一些值得注意的苗头。

自从1980年起我每年要回家乡农村里去调查，那是因为这几年农村的面貌真是一年一个样，形势发展之快，我们的思想认识实在不容易跟上。只以一些统计数字来说，江苏全省农民1978年人均收入是155元，1982年已达到309元，四年就翻了一番。这是全省平均数。以我自己每年去调查的那个在苏州市里还是中间偏下的农村来说，人均收入这四年里几乎增长近四倍，从1979年的100多元，到1983年的360元。最近我接到江苏朋友寄来的喜讯：1983年的统计数字已经算出来了，总起来说是"六、七、八"三个字。"六"是指粮食总产量610亿斤，"七"是财政收入72亿元，"八"是工农业总产值824亿元。我记得1982年提的是两个突破500亿，那是指粮食总产量和工业总产值而言的。1983年这一年又长了一大截。这些数目后面存在着许多令人鼓舞的具体细节。我在上面提到的凤尾菇不过是无数细节里的一项，而这无数细节综合起来才有前年的"两个500亿"和去年的"六、七、八"。

无数令人鼓舞的细节的出现是有个前提的。同样这块地方，同样这些人，为什么五年前我回家乡带出来的都是一些无法转上去的"状子"，而这几年来却是要燃料、要市场、要工厂车间的申请呢？说得简单一些，就是党的三中全会扭转了局势。上面所说的变化就是"扭转"两字的具体注解。从那时候起,农村经济搞活了。农民的心和力,全部扑在生产上了。八亿农民这个巨大力量势不可挡地造出了不去亲眼看看不大会相信的称得上"奇迹"的变化。

要理解这些数字,要体会这股发展的势头,我们还得从一件件具体的细节里去观察分析。凤尾菇进入我们家乡的经过里,就存在着许多宝贵的经验。一起始如果没有华人教授关心祖国繁荣昌盛的深厚感情,也就决不会发生把他多年研究的成果无偿地送到我手上的可能。这位教授和我原是素不相识的,只因为我说了一句"这既然是中国的种,就应该让它回乡去",打动了他的心。这是在地球上任何地方生活的中华儿女所共有的一片心愿,要祖国繁荣强大的心愿。我们首先要做到的是不要伤他们的心,事事要争气,同他们一样处处要想到没有一个强大的祖国,我们总是会被人欺侮的。海外的同胞对此感觉特别深刻,所以他们这个心愿也特别强烈。

其次,我们必须善于使他们这片心愿成为促进祖国现代化的力量,化精神力量为物质力量。凤尾菇的原种到了祖国,使它成为造福人民的物质力量,是经过一番曲折的。北京大学的朋友拿到了我送去的原种,听我讲了这原种的来历,确是很受感动的。可是我们的大学是搞"学问"的,不像悉尼大学那样,能将教授研究出来的成果,立刻应用到群众的生产中去。他们的大学有联系生产的渠道,而我们的大学至今还很少具备这类渠道,以致北京大学的朋友把这原种搁在实验室里不知道怎么办。这是一关。

第二关是我把这原种送到了公社里,可是那里的朋友一筹莫展,不知道怎样能使这支原种变成千家万户的生产力。如果不是送到县里,碰巧遇到个有心人,这支原种也就在这关口上夭折了,我也没有再见那位华人教授的勇气了。要能引进新的生产项目,自己需要有一定的科学技术基础，这在这件事上表现得很清楚。我每次见到何元亨同志，总要表示我对他的感激和尊敬。他原是学植物保护的，对培养菌类也不是专家，但是他有勇气在极简陋的条件下进行试验而取得成功，表明了"有志者事竟成"并非虚言。我们知识分子里并不缺少像何元亨同志一样埋头苦干，不求名利的人才。我在《四上瑶山》里就介绍过广西农学院老师何有乾同志。他为瑶族同胞创造了多少财富，而自己满足于中年知识分子的俭朴生活。他们都是值得我们尊敬的人。知识分子觉得最可贵的也就是赢得这样的尊敬。我衷心希望领导知识分子工作的人能理解知识分子的这个心理状态。真正理解了，知识分子政策也就容易得到落实了。

必须要说，当前我们农民的文化水平和干部的科技知识，在进一步向现代化生产迈进时，是和客观要求不相适应的。在澳大利亚，同样的菌种产量远远高出于我们现有的成果。去年我看到何元亨同志又在试验柱形培养，但是似乎产量的提高还不显著。这个品种对不同原料的培养物质适应较大的优点也没有发挥出来，还不能充分利用当地生长的作物梗壳来做原料，仍拘泥于已试验成功而当地不大量生产的棉花梗做原料。我在这方面是外行，不应当多做主张。我只希望在这方面有专长的学者能关心农民的生产，把这些农民已经自己在搞的，眼看能增加农村生产的项目和科学研究结合起来，切切实实发挥科学技术是生产力的威力。这里我应当提到，苏州大学化学系的朋友们为鉴定凤尾菇的营养成分做出了贡献。而我们要赶上澳大利亚学者在这方面的成就，还需要付出更大的努力。

最后，松陵镇提出在五万斤产量的基础上建立罐头食品车间的设想是值得支持的一项进一步推进农村经济的建议。把培养凤尾菇推广成为一种农村副业，可以有不同的规模和模式。最初级的模式是各家各户自己培养一些凤尾菇作为自给的营养价值较高的副食品。这对提高农民营养是有效益的。如果进一步从自给自有提高到商品生产，那就牵涉到商品流通渠道的问题。过去农村副业的产品全得通过供销社收购，不收购的东西就发展不起来。三中全会后，放宽了流通渠道，先是允许集市贸易，农民可以把自己多余的产品肩挑车运到集市上去出售。后来又允许贩卖，甚至长途贩运。于是一方面出现了以贩运为业的商人，一方面也出现了大批生产某一产品的专业户，或是二者结合成立生产、运输、销售的集体联营组织。这是目前正在开始发展的较高级模式。

如果要更上一层楼，那就是发展农村副业产品的加工工业。凤尾菇罐头车间的设想就是要实现这种模式。这种设想是从实际生产中产生的。去年一年里吴江有若干公社推广了凤尾菇，总产量逐渐增加，销售的渠道跟不上。从菌床里摘下来，要作为新鲜凤尾菇出售，不能超过一个星期，而且吴江各公社目前还没有烘菌设备，鲜菇不销出去，不能烘成干菇保存。在这种情况下出现了一些骑自行车到各村收购，然后当天运往苏州销售的贩运商人。松陵镇的镇长曾经写信给我，要我设法替他们买一辆运货卡车，组织凤尾菇运销合作机构。买卡车我没有本领，但是对他们组织集体运销机构是双手赞同的。这次听他们要办罐头食品工业，可说是又迈出了一步。这个车间如果如愿办成，凤尾菇的市场就可以大大扩大，直到国外。市场扩大和稳定之后，农村里的这项副业就可以大大发展了，还会带动农村经济更上一层楼。

吴江农村里凤尾菇的培育，个别地看去，是一件很小的事情。但是从它的发展经过来看，它很可能反映出正在各地农村里发生的为数很多的新生事物。由于我亲身参预了这件事,所以把我的体会写出来,以供关心农村经济发展的朋友们参考。

1984 年 1 月 14 日

盐城藕粉丸子

中国烹饪富于地方特色，言之者众矣，无需我多说。今天我想给《中国烹饪》写个简报，讲的是我这次苏北访问中品尝到的一种可称之为"此处独有"的珍品。"此处独有"也等于是说"别地皆无"。它不同于地方特色。因为凡是一种具有地方特色的佳肴，在原地以外的其他地方同样可以吃得到的，虽不失其地方特色，但算不得"此处独有"。"宫保鸡丁"就是一个例子。它原是一家官厨的新创，并辣辣地具有地方特色，但是现在国内各地，甚至美国纽约、法国巴黎的中国菜馆里都可以点此上桌，于是也就失掉了它的"此处独有"地位。

我前年访问苏北的盐城时，吃到一种初次尝到的甜食。我就想写文为记，事忙未能如愿。这次重访盐城，旧味重尝，更觉情深，所以作此简报。这种盐城独有珍品形如弹丸，淡紫色，直径大约两厘米，浸在清澈的清汤里，娇嫩肥泽，粗看去俨然是一颗颗没有去壳的新鲜荔枝。用双筷揿夹时，微觉弹性，柔软丰满。入口着舌，甜而不腻，厚而不实；不脆不酥，非浆非固。嚼及其核，桂香满口。我体超重，医生反复叮嘱，疏甘甜、少淀粉。逢此珍品，这些诚言，全失效用。一而再，再而三，直到我的"保健监督"劝阻才停箸，赞声仍未绝口。

主人告诉我：这是"藕粉丸子"。起初我还不相信自己的耳朵。藕粉原是以藕做原料加工而成的粉末。平常总是用开水冲调成一种胶状的糊或浆；既不是液体，也不是固体，食时不能用筷，只能用匙。藕粉能团成丸子，而且丸子里还能有个桂糖核心，这在我确是件不易想像的事。

其实一讲也就容易明白的：先用桂花和糖捏成一小粒作核心。其成分当然不一定是桂花，玫瑰、茉莉都行，取其香而已。江苏，不论南北，桂花是传统和普通的调味香料。常吃的桂花圆子，其实只在煮米粉做成的丸子时，在汤里加一些晒干的桂花就得。可是藕粉丸子所用的桂花却是和在核心里的，要口嚼时才闻其香。这种感觉不从鼻孔外入，而由喉入鼻，变成了味的构成部分。

糖有黏性，可以同桂花和成小粒。这是丸子的核心。把它在藕粉的散末里滚动，利用这核心的黏性使薄薄的一层粉末附着在核上。然后放入沸水里，这层粉末立刻化成胶体。于是重把它在水中捞起，再在藕粉里滚动，又附着一层干末后下锅复煮。如是者要反复七八次，外层次次增厚，达到有如鸽蛋那么大，即成藕粉丸子。四五颗一起盛在洁白的瓷碗里供客品尝，色、香、味俱全。

我把藕粉丸子列为"此处独有"的珍品，因为我只在盐城才吃到过这样的美味。这当然可能是出于我坐井观天，所到之处不多，品尝范围有限的武断。但是以我个人而说，不论在国内国外，除了盐城外确实没有见过它。我也想到：它的烹调方法并不是那么难于学习，为什么在这样长的历史年代里它却还是"养在深闺中"没有流传出去？对此我也无以自解了。我写此简报在《中国烹饪》上一发表，也可能从此它就不能再为盐城人士所独享了。"此处独有"的地位，随之也会消失。如果它果真出闺问世，我希望还能保持其地方特色，留个盐城的标识，使后世不忘其源，不妨名之为"盐城藕粉丸"。

1986年10月10日

秦淮风味小吃

这次到南京，朋友们都坚持我去夫子庙看看。夫子庙是秦淮河的一景，还是名号之别，我弄不清楚，反正二者既有区别又是牵连在一起的。我是否应约起初有点犹豫。这里有个原因。

我早年还在中学里读书时，已读到了朱自清先生的《桨声灯影里的秦淮河》。秦淮河从此给我留下个不寻常的"晃荡着蔷薇色"的形象，至今还那么引人幻思。其实什么是蔷薇色也说不清楚，又怎么晃荡着更是迷糊。正因为如此，朦朦胧胧地把青春期所梦想的美都附托了上去。年轻人习惯于以不知为知，不求甚解，把一切倾慕的思绪都像蜘蛛般在空中结起网来。这里有的是诗人的低吟，有的是卖唱的暗泣，载满了海阔天空的遐想，纸醉金迷的幻境。当情绪低抑时就把这桨声灯影的意境来舒怀自遣。这些是独上层楼强说愁时代的残影。何况，稍后我又读了明末戏曲《桃花扇》，那蔷薇色上又沾染了一层凄壮悲绝的情调，正是20年代青年们心情的反映。秦淮河尽管在我心底里有这样一番眷恋，直到老年才有缘相见。

初访秦淮河说来已是五年前的事了。说得更正确一点，相逢的是80年代初期的夫子庙。夫子庙和秦淮河在当时还是分开来说的好。从历史说来，二者结合得相当早。孔庙在南京这样的地方，必然是由来已久。但具有现在的规模，大概自明初建都金陵时始。二者开始混成一体可能也是明代之事，不然也就不会有李香君这样的人物了。当我沉醉于蔷薇色的秦淮河时，并不意识到它是夫子庙的附属品，我初访时才发现这种关系，我心里很别扭。

夫子庙当初至少在明、清两代是江南的最高学府，正如现在夫子庙前的大牌楼上所自夸的"天下文枢"，不是紫红色也该是朱赭色的，甚至是墨黑色的，怎么能和蔷薇色相匹配呢？试想程朱理学极盛时代，那种道貌岸然的儒巾怎能咫尺之间就毫不踌躇跨入金粉天地？人间的真实可能就是相背统一起来的，但是在我的心灵上却难于忍受，不免发生了逆拒的情绪。夫子庙是夫子庙，秦淮河是秦淮河，不愿相混。

五年前夫子庙之游，挑起了我不少迷惑的课题，也捅开了我不少在思想感情上自制的障蔽陈见。当时我见到的夫子庙，已经是既不见夫子，又不见庙了，竟是一个熙熙攘攘的市场。看来我们的祖祖辈辈就是有这样的本领，把天上变成人间。南京的夫子庙、上海的城隍庙、苏州的玄妙观，儒释道三宗，都逃不脱化圣入俗。食色人之大欲存也。究竟是我们祖先错了呢，还是原本不存在三教九流？我不清楚。眼前的事实是热热闹闹的男女饮食之场，尽管同时可以香火鼎盛，炉烟滚滚，夫子庙正殿里暗暗地、不为人注目地还供奉着至圣先师的牌位。

对这一点我并没有多大伤感。我原没有意思自立于儒生之列，一生也没有皈依过任何宗教，更不希望死后如果有灵魂的话，还要承受无穷的折腾。用先师的名义也好，用菩萨的名义也好，能聚集下众多生灵，尽情地吃喝玩乐一阵原不失为快事。人聚得多了，自有商贩麇集。可怜的是，传统中国里受排挤的商品经济，只有受庇于庙会寺观才能形成交易中心。夫子庙、城隍庙、玄妙观之弃圣入俗，其可奈何？

那次夫子庙之游令人抑郁难已的，倒是看到了秦淮河破落萧条的情景，既无桨声，又无灯影，凄凉暗淡有点像深秋池塘里的残荷。夫子庙的尘嚣市声更衬托出秦淮河的蔷薇花落后的枯枝黄叶。夫子庙变了，秦淮河死了。

五年过去了，又有朋友邀我去夫子庙，我实在没有勇气去凭吊逝去的繁华了。我当然明白我心底里秦淮河的印象，并非实相，而是我年轻时千种万态的自我矛盾所织成的意境。人老了，对这些虚妄的意境却分外珍惜。我又何必要再戳穿这些自营的空中楼阁呢？约我去游夫子庙的朋友似乎对我的心情有所领会，正想修补一下上回的余伤，所以说旧景已经复修，不妨去一睹明清风格的建筑，而且还着重地加上了一句：你没有忘记那年的秦淮小吃吧？

说起秦淮小吃，我必须补上一笔。那年在夫子庙，我们挤入人群，节节拥塞，四周行人像是被什么魔力吸住似的，推都推不开。原来大街两旁连三接四地沿路摆着各色各样的小吃摊子：豆腐花、索粉、烤肉串……我一见生情，顿时引起了幼年在吴江城隍庙里看草台戏时，尽情享受各种小吃的回味。我几次想沿街坐下来饱尝一番。但是我朋友却催着我向前挤，说是前边的茶楼里已为我订了座。

这一顿小吃，顿觉心神开朗，扫除了一下方才对夫子庙、秦淮河的无聊的怀旧。这固然是茶楼主人烹饪有道，更重要的是把我从夫子庙拉回到了秦淮河，领略到了一点蔷薇色的神韵。秦淮河的小吃是小家碧玉。它们原是出身于乌衣巷口寻常百姓家里。王谢堂前山珍海味的盛宴里没有它们的份。秦淮小吃恰是蔷薇，而不是牡丹。蔷薇不择地而长，墙角井旁，随遇而安。它们秀发挺立不需花坛玉盆。花开花落只要适时，不择春夏。谢了再开，开了再谢，不到严冬霜冻，不告休止。秦淮小吃不正是街头屋角随处可买，沿河就座，一盘棋，一杯酒，均可助兴。想当年，桨声灯影中，玲珑的小船，叫卖于画舫之间，确有一番普罗风味。这一点秦淮河剩余的本色，五年前居然还能寄托夫子庙的荫庇而幸存下来。

朋友之邀，犹豫之后还是被秦淮河的小吃打动了，于是再访夫子庙。

我们在夫子庙前"天下文枢"的牌楼前下车。抬头望，周围建筑焕然一新，这是近两年来修缮之功，单是这个牌楼也够气派了。口气似乎大了一点，但如果置身千年前，文采风流的六朝盛世，彼时彼地大可睥睨世界，谁也不能说是妄自尊大。事实上确是天下无可攀比的文明高峰。时过境迁，最高学府成了百货商场。言义不言利的儒家传统，在这里受到了历史的嘲笑。

焕然一新的感觉来自夫子庙周围的商店都新换了门面，是"革新"还是"复旧"很难说。对五年前凌乱嘈杂的夫子庙来说是个"革新"。现在是一律红窗白壁，明清风格。连挂在店面前的幌子，都飘荡着古风。我对考古学没有研究，但是直觉得仿佛又置身于我幼年熟悉的小镇街头。当然，我记忆中的水乡街道没有眼前所见的那样辉煌挺秀，整齐划一，但那种气氛使我"复旧"了。这样说，也许未免有一点言过其实。我固然和清代沾着一年的边，但和明清的接触究竟已是它的末世，以此来评说目前夫子庙和它周围的气氛就不免太自负了一些，这里用"复旧"这个词只指我主观心情而言，不带贬责之意，对客观存在的景色来说，用"仿古"二字较妥。仿古是现代人对古代传统的精华加以模仿复制之意。明清建筑自有其优美的风格，用现代的建筑原料，予以仿制，并不是保守，更不是走回头路。试问在重修夫子庙和秦淮河这个传统名胜，如果不走这条路还有什么更好的路可走呢？

"复旧"其实也并不一定是坏事，过去一些历史情节一去不复返了，我们一般只能靠文字记载来揣摩。这不如经过一番考订，尽可能地如实地把旧情旧事复制成可以供人观看的实物形象。我们在现在夫子庙左首的"江南贡院"展览馆里看到的明、清两代知识分子应试的蜡像和遗物，不就给我们对科举制度较逼真的体会了么？比读一本《儒林外史》更多了一层现实感。这里仁者见仁，智者见智，可以各有感叹。我倒很愿意当前的知识分子有机会的都去看一看，这个曾一度封锁我们民族的知识牢狱。在这里也不妨反思一下，自己的喜怒哀乐，有多少已越出范进这个模型的窠臼？

最后我们还是进了茶楼。茶楼本身是秦淮河建筑群的一部分。它坐落在夫子庙大牌楼的左首。三层高阁，飞檐画栋。面临秦淮河码头。登楼下望，大小画舫，往来穿梭。夫子庙广场上人头济济，杂以车辆。向前望去，河面上横着一条石桥，名大德桥。桥外就是因诗成名的乌衣巷。

讲秦淮小吃而先讲茶楼坐落，原因是在菜肴小吃其味脱离不了品尝时的四周气氛。猜拳豪饮，低斟浅唱，气氛不同而其风味各异。秦淮小吃之异于众者在其秦淮风韵。看来论烹饪之道不宜泥着于甜酸苦辣。这些只是舌尖的感觉。真正尝到滋味的却是在心头，心头的滋味乃是整体神态的领受。小吃处处有，而秦淮小吃之耐人寻味者，其在于桨声灯影之间乎？

小吃毕，茶楼主人出留言簿索书。却之不恭，写下了"大德桥畔，乌衣巷口，又是一番滋味"。为了说明这个"又"字，作此记。

附：任凭挑选的秦淮风味小吃菜单。

冰糖球

茶叶蛋，五香豆+雨花茶

什锦素菜包+如意回卤干

蟹壳黄烧饼+开洋百叶丝

牛肉锅贴+牛肉汤

豆腐脑+鸡丁涌粽

桂花糖粥+香糯藕片

蒸土瓶+炸鸡串

红豆小脚粽+白果绿豆汤

拌凉粉+鸭血汤

驴打滚+桂花小元宵

什锦蛋炒饭+菊花叶汤

鲜肉包饺+牛肉馄饨

说明：菜单里"+"号意思是两种小吃可以配对的，一起吃另有风味。

1989 年 10 月

20世纪80年代,费孝通与民盟中央智力支边小组的同志在内蒙古草原调研(左一为时任自治区政协副主席、民盟内蒙古区委主委李树元教授,左二为自治区人大副主任、民盟内蒙古区委副主委胡钟达教授

20 世纪 90 年代，费孝通在基层调研

肺腑之味

——苏州木渎鲃肺汤品尝记

荷风方息，桂香初飘，正是这中秋时节，我有事于苏州。苏州是我20年代就学之乡。事毕，有半日暇，主人建议作天平山之游。天平山是吴中胜景。山不高也不奇，以范公祠而得名。范公祠是为纪念北宋乡贤范仲淹而建立的。我在小学时，每逢春秋"远足"常到此地。

苏州滨太湖，多沼泽平地，惟靠湖边有一溜小山，系天目余脉。水乡人士视如奇景，七紫、灵岩、天平、虎丘皆属也。天平在诸山中以岩石竖立，颇多暴露地面，嶙峋有致，为其特色。有传说：当范公晚年营谋墓地时，一反常人以风水求福的观念，特指定这一片被认为最不吉利的荒山为其永息之所。范公死后，子孙遵嘱在此辟圹埋葬。当晚，突然地震天摇，山翻石裂。次日早晨一看，整个山坡面貌大变，一块块岩石迎天竖立，形似"万笏朝天"。大地震的故事不见经传。这传说却表达了历代群众对这位念念不忘人民，无半点私心的先贤的崇敬。这种世代相传的崇敬心情也很早沁入我幼小的心灵。后来我读到出于这位贤人之手的《岳阳楼记》，豁然醒悟：没有那种无私境界，哪里会有这种动人肺腑的文章。范仲淹、天平山、《岳阳楼记》三者浑然地刻入了我的心中。去年（1989）正是范仲淹诞生的一千年。苏州乡人举行了一次隆重的纪念会，我因事没有去成，心有遗憾。这次回乡，一听上天平之议当即欣然从命。补此一课，得之偶然。

巧事总是无独有偶的。天平之游出于意外，此行能品尝到木渎鲃肺汤更是非我所料。木渎是从苏州去天平或灵岩的必经之镇。我幼时远足时往返途中总在此休息，木渎是早就熟悉的。到过木渎的人，也不会不听到当地人说，"不吃碗鲃肺汤算不得到过木渎。"鲃肺汤是木渎著名的地方特菜。那时我还是个小学生，哪里谈得上到馆子里去点菜吃。但是听到了这句话，馋劲一生难消。怎会料想到，年过八十，这次游天平山的返程上在木渎竟能还清这个多年的宿愿？

为什么这样不容易喝上口鲃肺汤呢？说来话长。

鲃鱼原是一种普通的小鱼，身长不过三寸，体形扁圆，背黑肚白，但在乡人口上却说得够神的。其来也无由，其去也无迹，成群结队出现在桂花开时的太湖里，桂花一谢就没有影踪了。有人说这种鱼去了长江，到翌年清明节前后再出现时，被人称作河豚。乡间传说，不足为证。但是也反映了几点事实：一是鲃鱼形似河豚，只是大小不同，前者小，后者大。二是都是产区很狭小而名声很广，鲃鱼在太湖边木渎一带，河豚在长江的扬中段两岸。太湖和长江相通，小可长大，鲃鱼和河豚也就混为一谈。相混的实质却在这两种鱼都是我们三吴的美味。其所以出名大概也和它们的季节性有关。物以稀为贵。清明和中秋都是重要节令。但时间短促，前后不过二十多天，对于像我这种行动上身不由己的人，不可能特为尝新而千里奔波，难于在这特定的时空交叉点上相逢。只有巧遇才能享受得到此种口福。

鲃鱼究竟是什么鱼，上面这些话并没有说清楚。我为此特地向饭店主人请教。他为我说了一段故事。他说，鲃鱼不是这种鱼的土名，土名叫斑鱼，原因是这种鱼背上有斑纹。斑讹作鲃有个来历。

饭店主人姓石，乾隆年间已经开业，名叙顺楼。斑鱼是当地的土产。太湖东岸的乡人多捕斑鱼作为菜肴，是很普通的家常菜。这家饭馆在经验中发现斑鱼的鲜味集中在它的肝脏。斑鱼的肝脏在中秋前后长得特别肥嫩，大的有如鹌鹑蛋。他们就在这时期把斑肝取出，集中煮汤，称斑肝汤。一碗汤要几十条鱼的肝，所费不赀。这可能是这家饭馆的首创。当时木渎还是个湖滨小镇，饭馆的顾客主要是春秋两季从苏州来天平和灵岩的游客。这个名菜和旅游结合而传到了苏州，看来已有相当长的一段历史了。

1929年秋，有一位当年的社会名流于右任先生来苏州放舟游太湖赏桂花。傍晚停泊在木渎镇。顺便到叙顺楼用餐。吃到了斑肝汤，赞不绝口。想来当时已酒过三巡，颇有醉意，追问汤名，堂倌用吴语相应。于老是陕西籍，不加细辨，仿佛记得字书中有鲃字，今得尝新，颇为得意，乘兴提笔写了一首诗："老桂花开天下香，看花走遍太湖旁。归舟木渎犹堪记，多谢石家鲃肺汤。"石家是饭馆主人之姓，鲃系口音之差而肺则是肝之误，但"石家鲃肺"一旦误入名家诗句，传诵一时，也就以误传误，成了通名。

过了两年，另一名流，当时退居姑苏的李根源先生来到店里，也喝上了这种汤，连连称绝。店主人出示于老之诗。他叹服于老知味，随即提笔挥毫写了"鲃肺汤馆"四字。又觉得顺叙楼太俗，不如径取诗中石家之名，因题"石家饭店"四字为该店招牌。于、李两老先后唱题，雅人雅事，不胫而走，一时传遍三吴。乡间土肴，一跃而为名声鹊起的名菜。以误夺真，斑讹为鲃，肝成了肺，连顺叙楼旧名也从此湮没无闻，石家饭店成了旅游一帜。应了早年土谚，不喝此汤不算到过湖边名镇木渎了。这十年木渎也成了吴县乡镇企业的标兵。电视广告中常见的骆驼牌电扇厂址即在此镇。

上述故事并非民间传说而是有书法作证的史实。但是如果认为鲃肺汤的盛名来自名流吹捧，却非尽然。于、李两老不能视为美味的创造者，但不失为知味的好事者。他们不愿独尝此味，而愿助以东风，使乡间美肴为广大游客所普享。创味者实是饭店主人石家几代烹饪能手。

我已说过斑鱼原是太湖东岸乡间的家常下饭的土肴，各家有各家的烹饪手法，高下不一。大多也知道这鱼的鲜味出于肝脏，但一般总是把整个鱼身一起烹煮。顺叙楼的主人却去杂取精，单取鱼肝和鳍下无骨的肉块，集中清煮成汤，因而鱼腥全失，鲜味加浓。汤白纯清澈，另加少许火腿和青菜，红绿相映，更显得素朴洒脱，有如略施粉黛的乡间少女。上口时，肝酥肉软，接舌而化，毋庸细嚼。送以清汤，淳厚而滑，满嘴生香，不忍下咽。这种烹调自有奥妙，由于专利向不外传，我亦不便追问。

斑肝汤到了石家饭店主人的手里，实际上已起了质变，如果沿用旧名也就抹煞了烹饪上的创造性了。更名才能起到艺术上的肯定作用。这样看来，于右任之诗，李根源之题固然都受到了美味的启发，即兴之作，但一经名家品题，顿然推俗为雅，化技入艺了。我们不能不说斑讹为鲃，肝误为肺正是点化之妙，真是："顺叙反朴石家店，多谢于李笔生花。"

写到这里我本打算交卷了。可巧来了一位朋友，看到我说"斑讹为鲃"，笑我汉字都识得不多，误信了店主人的介绍，委屈了于、李两老。这种鱼在俗称斑，在文称鲃，不是出于地方口音之讹。为了这场文字官司，我们当场翻出书架上的字典来作证。

先看最早的《康熙字典》，翻遍鱼部并无鲃字，音近的有个鲅字，释文里有"似鲤而赤"，颜色不合。再查新近再版的《辞海》，找到了鲃字,但释文里有"常栖息水流湍急的涧溪中……常具口须,背鳍有时具硬刺,臀鳍具五分枝鳍条……主要分布于我国华南和西南"。这些都不合。

这时我的外孙在旁,翻出了他在学校里常用的《新华字典》。鲃和鲌两字用括弧附在鲅字之后,释文中有"背部黑蓝色,腹部两侧银灰色",体色很合,但是却有"生活在海洋中",不合。又查鲌字,"身体侧扁,嘴向上翘",而且说"生活在淡水中"却又相合。又查《现代汉语词典》,鲃字释文是"体侧扁或呈圆筒形,生活在淡水中",但鲅字的括弧中有鲌字,释文却有"生活在海洋中"。

综看所查各本字典中只有《现代汉语词典》支持了于、李两老。体形既合,又生于淡水。其他字典多数不合,不是体形有别,就是生在海洋。这场官司让文字学家去宣判吧,我不再啰唆了。但是以肺代肝在动物学上是很难说得过去的。鱼不是用肺而是由鳃呼吸的。诗人不求逼真务实,那是可以体谅的。而且在艺术上常常妙在失实处。烹饪是艺术,不应以科学相求。

不论是斑肝还是鲃肺,其味早已从物质基础上升华了。我尝到的是十足的"石家饭店鲃肺汤",不是乡间斑肝汤了。当我离店时,店主人强我也要题个字。我想还是将错就错为好,写下了"肺腑之味"了事。其意不过想与范仲淹的肺腑之文相呼应而已。

1990年10月3日补记

榕城佛跳墙

"佛跳墙"是福州传统名菜。榕城是福州别号。我这次去福州，住西湖宾馆，初次品尝到这道名不虚传的佳肴。席间上菜时，服务员在我座前轻轻安放了一个形色古雅、精致，仿造酒坛的瓷樽。出于好奇，不等主人劝酒，我已动手把这小酒坛的盖子掀开，里面还封上一层荷叶。随手启封时，一阵淡淡的略带一点家乡绍兴酒香的不寻常的美味扑鼻而来。略舀半匙，一看是一块一块认不清是什么的细片，连汤入口，鲜美别致，另有风味，不忍含糊下咽。

这道名菜，据说是福州百年老店"聚春园"的领牌首席菜肴，久已驰名闽中。近因五年前美国里根总统在北京钓鱼台国宾馆宴席上赞赏了特地从福州请去的特级厨师调制的这道菜，而名声大振。这道菜其实是集山珍海味于一坛的大杂拌，要用鱼翅、海参、鸡、鸭、干贝、香菇、鲍鱼、笋尖、鸽蛋等三十多种原料和配料，经过精选剖切，更番蒸发加工，分层纳入坛内，加上恰到好处的绍兴酒，层层密封后，用文火煨制而成。经过这道工序，此菜品尝起来，醇香浓郁，烂而不腐；色调瑰丽，清而不腻；唇齿留芳，余味无穷。

尝到这样的超级名肴，自然要问它的名称是什么。拿起菜单一看，带头就是"佛跳墙"三字。这个名称取得不俗，也未免有点奇特。于是引起了席间的议论和评说，幽默热烈，增加了品尝的气氛。

议论起初集中于这道菜的起源。以此菜出名的聚春园，当然要争这个创制权,即使并不能专利,但首创的名声也不能让人。所以在聚春园的简介中有姓有名地说是百年前的创办人郑春发的杰作。聚春园把这道菜作为保留节目,而且适应时势,不断改进。那是因为原材料随时可以增减、更易,甚至全部翻新。听说赵朴老来福州,就吃到了十足是素食的佛跳墙。佛跳墙也就化成了荟集众鲜的一种烹饪程式了。

民间对于这个发明权归于某一个人或某一家菜馆似乎不太服气,于是出现了种种传说。最简捷了当的传说是把这个名肴的发明权归于吃不饱饭的乞丐。他们到了晚上把从在各家饭馆里要来的残羹剩菜,统统倒在一个破瓦罐里,在街巷角落里煮热了下肚。一天饭店老板夜出,偶然闻到这街头异味,看到这群乞丐正在大吃大嚼。他过去一问究竟,发现这股香味原来是由于饭店里的堂倌在这次收拾台面时,把客人留在杯子里的余酒一并倒进了剩菜里,经过这一番折腾,发出了不同凡众的香味。饭店老板是识货的老手,立刻抓住这个烹饪妙法,回店来如法炮制,送上了菜馆的桌面。

这个传说在源头上补充了聚香园的掌故,但把创作权移交给了一般认为邋遢,污秽,不登大雅之堂的乞丐手里。不论他们的发明怎样高明,似乎总有点出身微贱,攀登不上盛宴华席。于是又有人编出了个传说。把这道菜联上了福州的婚俗。福州传统的婚礼中有个规矩叫"试厨"。按这个规矩,新娶来的媳妇上门第二天回门,第三天得到夫家下厨,表演一下烹饪本领,在诸亲众朋会宴的席面上露一手。这是一个妇女一生中的重大考试,分数高低有关她一生在夫家的地位。

传说是有个从小娇生惯养的姑娘,在家一切依赖父母,食来到口,从不下厨。但她长大了免不了也要出嫁。出嫁就得经过这个考试。可是她根本没有这项训练，怎么办呢？这时她的妈妈才明白自己宠坏了女儿，考不及格，会害了女儿一生。试厨的日期到了，这真急煞了她的妈妈，她想只有"捉刀"一法了。她连夜把家里所藏的山珍海味都翻腾出来，一一清理剖切成小块，用荷叶分别包好，装了一大包偷偷地塞在女儿的手袋里。女儿上轿回夫家时还要再三叮嘱，这道菜怎样下锅，那道菜怎样加料。这位新娘却一句也没有听懂。

这位新娘回到夫家，到了临晚才到厨房里，把妈妈给她准备好的山珍海味，一包包解开，堆满了一桌子。两眼乱转，从何下手呢？正在无计可想时，听得厨房外似乎有人要进来。她发急了，刚好桌边有个酒坛子。坛子里的剩酒都来不及倾倒出来，就一口气把桌上一堆堆的东西，一裹儿向坛子里塞。塞完了，顺手用包菜的荷叶把坛口封住，盖上盖。再向灶里一看，余火未灭。她就把那个酒坛塞了进去。转念一想，这可坏了，下一天的酒席上怎样蒙混得过呢？敷衍过婆婆，自己又悄悄地溜回娘家去了。

过了一晚，正是试厨的日子，宾客一早都到齐了，久久却不见媳妇下厨。婆婆发急了，到厨下一看，桌上空空，只在灶里发现了一个酒坛。她刚把坛盖掀开，透过荷叶腾出一阵香味。这香味很快送满全堂。堂上的宾客齐声叫好——传说到此为止。宾客怎样急着品尝，婆婆怎样转怒为喜，新媳妇怎样从娘家当作烹饪能手接回来，都没有交代，我也不便捏造了。

这个传说颇有喜剧意味，不失民间风格。而且把这道菜的准备过程留给媳妇的妈妈去做，加上为了让女儿过关心切，把家藏的山珍海味全盘抛出，也点明了这道菜的材料样多质高的来由。不经这位下厨老手的炮制，这道菜的前部工序就不会完成得妥帖，成果自然不能完善。这个传说妙是妙在把用酒坛装菜的原因也编了进去。乞丐传说里就缺了这个说明。用酒坛装菜是这道菜的特点，至今还要用仿制小酒坛上桌。而且也突出了在菜里用适度的绍兴酒做配料引起异香扑鼻的特技。这个传说把这道菜的创制说成是事出偶然，是新媳妇慌乱中失措的结果。利用传统习俗做基础，故事发展似乎很近人情，而且带一点幽默。拙妇出巧工，更含有深刻的哲理。传说毕竟是传说，反映了群众的情意，大可不必深究。但是也得指出上述这些传说有个缺点就是都没有和"佛跳墙"这个菜名挂上钩。乞丐也好，拙妇也好，和佛何干？

菜肴不能无名，尤其是在菜馆里，总得要客人点菜，没有个菜名，如何点法呢？菜名又必须和这道菜的特点有关。这道用二十多种材料混合烩成的大杂拌总得有个好名称。我想这一定伤过菜馆老板的脑筋。据说此菜在聚春园一家就有过三个名称，其一就是现在通行的"佛跳墙"，其二是"福寿全"，其三是"坛烧八宝"。这几个菜名的演变又引起了席上的不同看法。在我看来，这三个名称的次序应当颠倒过来。

"坛烧八宝"似乎应当是菜馆初用的名称，因为它是朴实地平铺直叙，说明这是一道由多种原材料煮成装在坛里上桌的菜。坛烧不一定是在酒坛里煨制的，"八"也只是指多的意思。这也符合普通的菜肴提名法，有如"白菜炒肉丝"、"辣子鸡丁"等等。可是一个出名的菜馆却不能没有几道看家名菜压场扬名，这些名菜就得取些好听的名称。"福寿全"这个名字大概就是这道菜被达官贵人赏识之后，作为菜馆首席菜肴的时候提出来的。

从"坛烧八宝"转到"福寿全"也许和有关这菜的一段"野史"有关。野史的根据我没有去查，只听说在光绪末年，福建官钱局的一次宴会上有一道主菜就是集多种珍品烩制成的一个大品锅。当时福州按司周莲食后叹为平生未曾尝过如此的佳肴美味。他打听到这道菜是出于官钱局的某一位执事的内眷之手。于是就找个机会委托官钱局主持一次宴会，并派了厨师郑春发前往协助。郑春发就乘机窃取了此菜的技艺。他后来成了聚春园的老板。

这段野史，有名有姓，周莲确有其人，当时以能诗善饮出名。但有关此道菜的发明权却归于某执事的内眷，和"新媳妇试厨"的传说相通，都是民间起源论。郑春发后来确是聚春园的老板，所以当聚春园用这道菜挂头牌时，势必为它取个像样的菜名，要在官场里叫得响，"福寿全"三个字很合适。

一道源出于民间的名菜，一旦进入官府，披上了堂皇体面、道貌岸然的菜名，群众是不会心服的。可巧"福寿全"三字用福州口音发音时却和"佛跳墙"很接近。于是有些秀才先生就用此来耍聪明了。据说有一帮秀才来到聚春园点名要吃"福寿全"。酒过一巡，有人提议赋诗助兴。其中有一人即席口吟："坛启荤香飘四邻，佛闻弃禅跳墙来。"意思是这道菜香味太引人，连佛门弟子都动了凡心，实即是"菜香非凡"而已。而佛跳墙一词又正符合民间的想像力。这和群众喜爱鲁智深和济公又出于同一种心情。少林寺电影中还有"酒肉穿肠过"无损于佛门修道的镜头。群众心目中可爱之人正是这种心胸旷达，肠腑热烈，不装模作样、口是心非，说真话、办好事的和尚。"佛跳墙"一名带来的意境正是这种味道，于是不胫而走。不但聚春园为了吸引食客，此菜还得弃雅从俗，定下了"佛跳墙"之名，其他菜馆也紧跟不舍。

必须声明：我这里所叙述有关这菜名的演变过程，并没有可靠的事实证据，只是凭想像得来，不足为证。至于有人说，这名是否对佛门不敬，我想只要有一点道行的僧徒决不会介意。门既是空，何来墙跳？而且即使跳了墙，也没有说他犯了吃荤的戒律，何况现在已有全素的"佛跳墙"了呢？善哉，善哉。

1990 年 12 月 6 日补记

无棣金丝枣

今年五一节我应邀去山东惠民地区访问。回途在该地区的无棣县停留了一天,有机会坐车在县境里绕了一圈,该县西部公路两旁在麦田里间种的枣林,引起了我的兴趣。

时值立夏前夕,枣林尚未发叶,远远望去只是一棵棵倔强挺拔、铸铁般的枝干,一行行、一丛丛地树立在一片片绿油油的麦田和薄膜覆盖下的棉田里。我立即联想起1987年在河南民权县看到的泡桐。桐麦间种是焦裕禄改造黄河故道贫穷面貌的杰出创造。我回头向座旁的主人说,我曾在四年前给《瞭望》写过一篇《泡桐花开》,这次回去一定要写一篇《无棣金丝枣》,介绍这扶贫措施。在这里,一个农民在屋角墙边加上麦棉田里种上三四十棵枣树,五年之后每棵枣树即可收十元,每年就有三四百元的收入了,这和现在农民从种麦植棉的所得相近。看来这是这地区脱贫最简捷稳妥之路。

黄河三角洲一带,如河北的沧州、山东的无棣,原本是有名的枣乡,金丝枣是这地区的特产。金丝枣得名是因为这种小枣用手一掰,能拉出寸把长的金色细丝。拉得长丝是由于它含蜜的成分高,特别香甜,不仅可口,成为人们喜爱的干果,而且营养成分高,含有多种有医疗作用的矿物质和维生素,具有舒筋活血、养胃健脾、降低胆固醇等效用,是民间常用的益智、健脑、安神的滋补佳品。这里的老乡对金丝枣更是珍视。他们告诉我,这地方靠海近,容易受灾。荒年时节,老百姓用金丝枣拌糠吃,就饿不死了。原来它也是这地区的天然救灾物资，救苦救难的保护者。

这地区产枣已有很长历史。据地方志记载，二千多年前这里已栽培枣树，称"乐陵枣"。无棣这地方东汉至隋朝隶属乐陵郡，乐陵枣是这地方给帝王的贡品。为了证明这地方特产的源远流长，主人特地带我去信阳乡李楼村看一棵"唐枣"。据说这是一棵唐代出土长到如今还每年产果的稀世古树。这棵古树老本有三米上下，"结九瘿、穿七孔"，像一块苍老斑驳的假山石。从老本上发出的新枝正在吐芽，到秋天还是能结实生子。据说年产鲜果可达五十斤。树前有一块碑是1990年10月立的。上面写道："唐元和八年，海啸潮溢，棣域百里，顿成泽国。田园禾稼皆毁，村屯树木尽杀。惟此树大难不没，独与唐贞观时所建大觉寺塔比邻而立，昭示唐风，称奇于世。"唐元和八年是公元813年，距今已一千一百多年。主人一再对我说，所述年历是经过考证的。至于怎样考证核实的，我没有追问。我关心的是当地世世代代的居民怎样通过神话传说来保护这种天然救灾物资的。树碑立传流露着千家万户对枣树的感恩之情，谁曰不宜。

一提到红枣我眼前立刻浮现一种意象：一个光着膀子、浑身肌肉的山东大汉，推着个独轮车，吆喝着推销车上载满的红枣。琢磨一下，这幅意象是从我早年偷读《水浒传》时得来的。《吴用智取生辰纲》那回里提到了智多星的计谋。那些打劫生辰纲的梁山好汉不就是化装成贩枣客商的么？这个故事不就暗示了我们渤海湾沙地上所产的红枣，早在宋代已成了大河南北贩运的商品么？这种想法如果符合史实的话，宋代山东一带既然已有大量红枣做商品输出，那么唐代无棣居民已经植枣不能认为是无稽的神话了。

无棣盛产红枣，是有地理基础的。它地处渤海湾的沿岸，海滨沙地多盐碱化，其他树种不易生长，而枣树却能适应。五谷产量低，农民不能不找副业门路来维持生计。再说种枣不需要多大成本，培植四五年就能有收获。好还好在它不和其他作物争地，在麦田里也能间种。这地区的农民从实践中不难发现枣树救苦救难的经济价值。因此世代相传，成了地方特产。

尽管枣树在这地区种植历史很长，但是大规模集体育苗和大面积密植间作还是近年来的事。过去大多是各家各户在宅旁、院内、田头、道旁种一些枣树，所产枣子也是以自给为主。加之这地区其他树木长得比较少。枣树木质坚硬，常用做建筑和木制用具的材料，必要时，还用来做燃料，所以砍伐率较高，特别是日本侵占时期和60年代困难时期，破坏得十分严重。从主人给我的解放以来枣树资源统计表上看。1960年枣子产量达1800万斤，1961年只产200万斤，直到1982年才恢复到1650万斤。

发挥枣树的致富作用，政策配套是必要的。无棣县规定了对生产责任制前的枣树一律承包到户，按照规划在自己责任田里栽植的枣树，谁栽谁有，允许继承和作价转包。为了加速枣粮间作步伐，县与乡镇、乡镇与村、村与户每年采取签订绿化责任状的形式，落实任务。1990年县人民代表大会通过决议，把枣树定为无棣县的"县树"。每年秋分定为"小枣采收节"。这样一来千家万户栽植枣树的积极性很快调动了起来，从而使全县枣粮间作面积每年以10万亩的速度发展，到目前枣粮间作面积已达73.5万亩，拥有枣树1200万株，已有180万株结实，产干枣达2000余万斤。全县人均增收50元，得到了"中华金丝小枣第一县"的光荣称号。新栽的幼树逐年成长，干枣产量也会随着增长，前景可喜。

我这几年在内地和边区经济不发达的农村观察，逐渐形成一种看法，就是这些地区要较快地发展起来，看来还需要先让各家各户在农、林、牧、副、渔多种经营上用功夫。有些地方想一蹴而富，创办工业，结果常常欲速不达，企业搞不来，赔本负债，背了包袱。"无工不富"是对的，但办工业却需要条件。多种经营搞活了，农副产品丰富了，农民就会主动地提出加工的要求，那时候搞乡镇工业就水到渠成了。

我这种思路，相当符合无棣的情况。无棣的金丝枣产量在这几年里大增，各家都有枣子出售。无棣县的酿酒厂和罐头食品厂也就应运而得到了发展。这两个生产金丝小枣系列产品的工厂是 50 年代就开始办的，近几年才脱颖而出，成了该县的重点乡镇企业。

金丝枣的市场是广阔的，远及香港与海外的侨胞和华人都渴望能吃到这种传统的补品。如果能在改良品种、提高质量、精心加工等方面多做些文章和大力推销，无棣金丝枣这个名牌特产是大有前途的。它将是这地区广大农民的致富宝树。

1991 年 6 月 10 日

府书记的十大营养蔬菜

为探望我姊姊的病，我匆匆地回到苏州，中午用餐时遇到阔别多年的府书记。我们还是1984年在访问常熟时相识的。这段时间里他去过西藏，又回南京工作，最近才回家乡任职。我就坐在他的右边。一开始他就劝我多吃蔬菜。我当即想到，大概是他最初对我的那种体短身重的印象至今未变。尽管我自以为最近一年已有所减肥，看来原形依然，主观上的变化，只是聊以自慰罢了。

座旁的朋友插嘴说，府书记是位学农出身的蔬菜专家，关心别人的健康，总是要推销他的蔬菜健身之道。另一位接口加了一句，这是他的祖传专长，识得多种野菜，而且颇有研究。这一说，却引起了我对他的姓氏的注意。我在一生接触的人中，姓府的，他是第一个。当然，我读书不多，但所读过的书里也记不起有姓府的人。我顺口就请教他这个姓的来历。

据府书记说有个传说：他的祖上原是姓张，是元末占据苏州一带起义的张士诚之后。朱元璋得了南京，攻破苏州，凡是姓张的格杀不论。府书记的祖上只留下两个孩子，由一位忠实的老家人带领他们半夜出逃，但是所携的灯笼上有个"张府"的记号，生怕惹祸，不得不把张字抹去，只留下"府"字。他们从苏州城直奔太湖，躲在农民家里。别人问他们姓什么，就指着这个灯笼为证，说是姓府。这两个孩子传下来的后代也就一直沿用此姓。府书记的原籍是苏州光福镇，确是在太湖边上。

当初这个老家人带着这两个孩子，东躲西避，无处容身，只能在太湖边上荒地里落脚。他们的生活当然十分艰苦，平时只能靠野菜糊口。这就是那位朋友说府书记的蔬菜知识乃系家传的由来。这个传说信不信由你，但是太湖一带的居民，直到我的幼年还是喜欢吃野菜，而且利用野菜做成各色点心，有些我至今不忘。比如有一种馅饼，是用乡名叫"卷头"的具有特种纤维的毛茸茸的野菜，和上出了芽的麦子磨成的粉做成的，乡名是"麦芽塌饼"。这是我念念不忘的珍品。近年来每逢春天"卷头"出苗时，老乡还特地做了这种馅饼请便人带来北京，慰我乡情。

府书记也许受到家传或乡情的影响，在他进大学时就选了农科，而且对蔬菜也特有兴趣。何以知之呢？我是从他说到至今还没有忘记在学校听老师讲过十种营养蔬菜的名目和次序时得出的推测。我就利用同桌用餐的机会，动员府书记把他从老师那里传授来的十大营养蔬菜公开宣传，不仅有助我的减肥意愿，甚至还可能延长一些寿命，多写些文章，而且也是一桩推动膳食改革的好事，提倡多吃蔬菜、多吃野菜的风气。

府书记同意我一番大道理，一菜不漏的列举了十项菜名，我承担笔记和发表的责任。府书记还加了一句：如果需要，他愿意把每一种营养蔬菜所含有的营养元素，如维生素等等，补送给我。我对营养元素的知识极薄，而且每菜加注，写来也觉单调。在这里只需要说明一点，如果有人看了这篇杂文，愿意进一步做科学研究，当然是值得支持的，不妨直接向府书记请教。在这里再附加说一句：下面所列举的十大营养蔬菜，并不全是"野菜"，许多是我们早已人工培植成的日常副食品，但推其来源，除了从外国传入之外，也莫不是从"野菜"家化的。

十大营养蔬菜名列首位的是荠菜。应当说明，下列次序按府书记说，是以营养成分高低排列的，首位就是营养价值最高的意思。荠菜在我家乡直称"野菜"，可能是表示最普及的野菜，有时口音稍变而称"谢菜"。我从小就认得它。十岁前我住在吴江城里，现称松陵镇。住家后门出去就是"小校场"，一片荒地，犯人行刑的地点，由于废弃不用，野菜特多。我和几个哥哥，放学回来或是假日，常常在小校场上踢球游戏，顺便就采集野菜回家。当时我所熟悉的野菜，就是荠菜和"马兰头"。

荠菜在春天草地返青时就开始生长，既嫩又鲜，到春天开小花，开了花就没人去采集了。采集的方法很简单，用手可以连根拔起；如果上学回来，带有削铅笔的小刀，或是做手工课时用的小剪刀，那就更方便了。掘野菜需要能识别，因为有一种草长得和荠菜极相像，那是属于另一种类，不好吃。如果识别不准，拿回家，大人还得鉴别一次，那就费事了。

1970年我下放干校，干校在湖北潜江县原劳改农场旧址。这一带干校颇多，一般称作沙洋地区。汉水流域盛产棉花，我们干校也是以种棉为主，棉田周围野菜蔓生。我在棉田里劳动毕就在周围堤岸上休息，一眼就发现我早年眼熟的荠菜。最初是偷偷地拔一些带回来做汤吃，很快我就成了识别野菜专家，不少同事跟我一起来采集，回来由我鉴别，大把大把地作为补充副食。干校不乏体力劳动机会，但精神生活比较枯燥，因之这种采集活动加上在自制的泥炉上煮荠菜汤，有时还加上一些肉块，不失是一种消磨时间的娱乐。一碗滚热的荠菜汤下饭，鲜味可口，成了干校生活中难忘的插曲。

府书记的菜单上名列第二的是芫荽。这个菜名我并未见过。幸亏当时桌上有现存的标本，一看才知道原来就是俗名"香菜"者。

由于我幼时没有吃过这种菜,到了北方才初次接触。吃时确有一个特殊的味道,别人认为是"香",我却觉得有点近似"瘪蚤"(即臭虫)的味儿,不喜欢。北方的朋友能大把大把地生吃,我初见时还会引起自己的恶心。府书记把它列名在荠菜之后,我只有服输了。

第三名是金针菜,亦称黄花菜。过去我只在饭桌上见过它,一般是干菜泡软后加上肉丝用油炒来吃,或是在汤里做加料之用。后来我在邻舍的小园里见到一种枝头开黄花的草本植物,经别人介绍才知道就是金针菜。这种黄花在含苞未放时摘下晒干处理后,做食用。它和我在沂蒙山区所见到的金银花是两回事。金银花是灌木,用来泡了当茶喝,是一种解热的饮料。金针菜是上桌的蔬菜,但一般只做辅料用。

第四名是普通都习惯用做辅食的萝卜,也可生吃。它的营养价值是家喻户晓的。我们家乡有句谚语:"冬吃萝卜夏吃姜,郎中医生可回乡。"意思是常吃萝卜,百病全消,医生(乡称"郎中")都会失业回乡。萝卜种类很多,在太湖流域主要有白黄两种。我幼年即有喘疾,萝卜汤是家用常药。萝卜结的种子也被认为家用药,煮了汤逼着孩子喝。效果如何我不敢说,至少没有把我的喘病治好。但是我很爱吃这味药,特别是因为要加上冰糖调煮才见效。也许就是这味营养蔬菜,养成了我贪吃甜食的毛病。

黄色的萝卜,我们称胡萝卜,胡是洋的古语。胡萝卜可译成洋萝卜,是外来之意。我记不起什么时候开始吃到胡萝卜的,至少可以说我幼年时代不是常见的东西。初次和它相识确是在国外。关于胡萝卜的营养价值,回国后听得很多,我不喜欢跟洋人学样,所以至今对胡萝卜并无好感。当然,话还得说回来,有些洋菜我不但喜欢吃而且还念念不忘，比如英国的苹果排和从东北传入的罗宋汤（即赫鲁晓夫用来做共产主义标准的牛肉炖土豆外加西红柿和洋白菜的汤），我至今是心向往之的。在罗宋汤里胡萝卜也常常有份。这确是一道营养丰富的家常菜。

第五名是蓬蒿。在我的印象中，这也并不是我早年就熟悉的蔬菜，但是近年来却常常在桌面上遇见它。由于对食物的喜恶是早年养成的习惯，所以我对蓬蒿即便不说厌恶，也该说兴趣不大，但是看来它的药物作用可能是不虚的。据说乡间凡逢有些头痛脑胀，只要痛饮几碗蓬蒿汤，出身汗就能解除。还有中医说它能去伤去湿，可是我自己没有试过。我有一次在访问鄂东武陵山区时，参观过一个专门提取青蒿素的药厂，并据说这是一种高值的药物。把它列入营养蔬菜中看来还贬低了它的真值。

第六名是现在日常吃的洋白菜，或称卷心菜。这种菜近年来分布较广，我国南北都有，但似乎北方较多又长的好，也许是由于它能耐寒，加之北方长日照的缘故。我多次去过内蒙古东北部的呼伦贝尔，在火车里就注意到一路上凡是靠近车站附近都有引人注目的菜园，长着一望便知的滚圆的洋白菜，特别丰满。这些显然是铁路职工所培植的主要副食品。由于它是上面提到过的罗宋汤的重要配料，所以我曾疑心这个菜名中的洋字可能就表明它是从西方俄罗斯经当初的中东铁路传入的。这纯系我的猜测，姑妄言之。但既称为洋，想非土种。

第七名也是日常吃的莴苣，我家乡的土名是莴笋。称它为笋是因为我们过去的习惯是把它的叶子削掉，只吃它的根茎，形似竹笋。我年幼时还常用削下的叶子喂兔子，兔子十分喜欢吃这种饲料。其实从营养成分来说，根茎并不如叶子。弃叶子吃根的老法是舍精取粗，不合算的。也许是受到西方的影响，可能首先在广东开始改革，我吃到过用莴苣嫩叶来包肉末这一道菜。莴苣叶现在也上了桌面，有些菜馆里还把莴苣叶切成细丝，拌上作料，列为正菜前的小吃。这种吃法也许是从色拉里的生菜学来的。西菜东化这是一个例子。

第八名是紫落角。这是一种过去桌面上不常见的蔬菜，至少我过去是没有尝到过的。还是近几年我走的地方多了，才吃到这种蔬菜，带着一些肥嫩嫩的味感，有如吃肥肉。此菜叶色带紫，叶面较阔，叶身略厚，颇有异味，有点像北京人所称的木耳菜。木耳菜是不是就是紫落角，我不敢肯定。

第九名是芦笋。这在我家乡很多，是芦苇初生时的嫩芽。我家乡离太湖很近，所以在春天芦笋上市很多。但时节一过就长成不能吃的芦苇，所以一般是及时摘取芦笋，晒干加盐，成为芦笋干，那是一种煮汤时常做调味的配料。较嫩的也可以泡软了和鸡或肉一起炖了吃，味道极鲜美，是我们乡间的名菜。

第十名，府书记推荐的十大营养蔬菜的殿军，是紫扁豆。扁豆很容易长，我初到中央民族学院时，住所门前有块空地，种过这种扁豆。只需搭个篱笆，豆藤攀附而上，入秋长势很旺，豆荚累累。在豆荚肥嫩时摘下来做蔬菜吃，这时豆还没长大，主要是吃其荚。豆荚有绿色的，也有紫色的。我当时并不知道紫色的豆荚营养素特别高，只因绿色的长得肥，所以多种绿扁豆。自从我家搬入楼房居住，没有空地可种，也好久没有吃到这种营养蔬菜了。

府书记讲完十大营养蔬菜，在座的朋友们竞相补充。有人说东北的蕨菜，日本人至今大量收购，视为珍品。又有人说西红柿，又称番茄，是当前最盛销的营养蔬菜，应当列入这个行列。同桌的朋友们各有各自喜欢吃的蔬菜,可是如果从营养观点来评说,却没有一个比得上府书记那样具有家传和专门的知识,所以我主张还是以尊重专家为原则,只把以上十大营养蔬菜记下来,并加上"府书记的"四字,表示这也可以说是一家之见,不排斥别家另提名单。我想府书记不厌其详地列举这十大营养蔬菜,目的还是在推广"多吃蔬菜,足以养身"的主张。这个主张在座的人全部都同意的。其中如果要找个只在原则上没有异议,而行动起来还是先荤后素的人,那我是必须首先自动举手报名,正因如此,我在府书记眼中还没有改变十年前留在他心中的印象。

我得再一次表示感谢府书记关心我的健康和体形,即使我不能完全做到"多吃蔬菜"的规劝,我也由衷地愿意把这番好意推己及人,写此短文,广为宣传。

1992 年 11 月 24 日

话说乡味

口味和口音一样是从小养成的。"乡音未改鬓毛衰",我已深有体会。口音难改,口味亦然。我在国外居留时,曾说"家乡美味入梦多"不是虚言。近年来我常回家乡,借以解馋的机会不少。但时移境迁,要在客店里重尝故味,实属不易。倒不是厨师的技艺不到家,要追求其原因,说来相当复杂。

让我举个例子来说说。我一向喜欢吃油煎臭豆腐。看来这是很普遍的大众爱好的食品。"文化大革命"时"革命派"要把知识分子搞臭,既批又斗,抹黑示众,称之为"臭老九"。但是群众中却流行说这些臭老九是臭豆腐,闻闻臭,吃吃香。这个幽默的譬喻说明了臭豆腐的大众性,大家一听就明白其中之意。臭豆腐人们爱吃,就在它用鼻子闻时似乎有点臭,但入口即香,而且越嚼味道越浓,舍不得狼吞虎咽。

它这个特色从哪里来的呢?当我在小学里念书时,家住吴江县松陵镇,爱吃的臭豆腐是我家里自家"臭"的,就是说从市面上买了压得半干的豆腐回来泡在自家的腌菜缸的卤里,经过一定时间取出来,在油里炸得外皮发黄,咬开来的豆腐发青,真可口。其味之鲜美程度,取决于卤的浓度和泡制时间的适度。

我在吴江期间,县城里和农村一般,家家有自备的腌菜缸,腌制各种蔬菜。我家主要是腌油菜薹(按《现代汉语词典》,薹字并不同于简笔字苔)。每到清明前油菜尚未开花时,菜心长出细长的茎,趁其嫩时摘下来,通常即称作油菜心,市上有充分供应,可以用来当蔬菜吃，货多价廉时大批买来泡在盐水里腌制成常备的家常咸菜。腌菜缸里的盐水，大概在腌制过程中有一种霉菌的孢子入侵，起了发酵作用。油菜心在缸里变得又脆又软，发出一种气味。香臭因人而异，习惯喜吃这种咸菜的说是香，越浓越香，不习惯的就说臭，有人闻到了要打恶心。把豆腐泡在这种卤里几天就"臭"成了臭豆腐。由于菜卤的味儿渗入其中，泡得越久颜色越青，味道也越浓、越香、越美。我是属于从小就习惯于这种味道的人，所以不臭透就不过瘾。

自从1920年我家从吴江搬到苏州之后，在我的记忆中，我们家里就没有腌油菜心的专用缸了。要吃臭豆腐得到店里去买，有时也有人挑了担子沿街走动，边炸边叫卖，吸引买客。但是不懂为什么质量变了，总是比不上早年家里的味道，在我总觉得是件憾事。当时我还不明白有越臭越美之味感的人，必须是从小在有腌菜缸的人家里长大的。在苏州城里居住的人，大概像我这种从小镇上搬来的并不太多，他们的口味也就不同了，挑担叫卖的人当然不能不照顾大多数买客所乐于接受的标准来决定该臭到什么程度。在我认为降低了质量，而在大多数人可能觉得臭得恰到好处。

乡味还是使人依恋。这几年我回家乡，主人问我喜欢吃什么？还常常以臭豆腐作答。每次吃到没有臭透的豆腐，总是感到一点今不如昔的怀古之情。有一次我说了实话，并讲了从小用腌菜心的卤来泡制的经验。主人告诉我，现在农民种油菜已经不摘菜薹了，哪里去找那种卤呢？至于为什么油菜培植上发生了这个变化，我至今还不清楚。卤已不存，味从何来？我真懊悔当时没有追问现在的臭豆腐的制作过程。其实知道了也没用，幼年的口味终难再满足的了。

臭豆腐这家乡小吃引起了我不少遐想。口味当然是个人的感觉，主要是舌的感觉。人的舌在生理上应当是相同的，但是个人对味觉的好恶却不同，相异的原因不在生理而在各人的经历，即所处社会和时代的不同。从小养成我喜吃臭透的豆腐有我童年的社会环境。如果我在满十岁之前，我家已移居苏州城里，没有了个腌油菜心的缸，我也无缘养成这种特殊口味的爱好了。家里要有个腌菜缸却需具备一定的社会经济条件，家庭的自给经济是其中之一，而这种自给经济正在我一生中，走上了消亡的道路。

六七十年以前，看来太湖流域已发生了城乡区别。当时我住在吴江的县城里，从经济地位说，那是个小镇；以日常伙食说，家庭还是一个自给程度相当高的社会单位。粮食固然已经依靠市场供应，进入了商品经济，但是购入的只是脱了壳的米粒，要用米粉做糕点或团子，还得自家把米磨成粉。我家里有石磨，磨粉时我是个得力的童工。我记得那时，我妈妈不知从哪里得到了先进的知识，说是豆浆比牛奶营养价值还要高。于是我们每天要泡黄豆，在石臼里捣成泥，冲成豆汁，煮了大家吃。后来我念到人类历史里有个石器时期，感到很亲切，因为我早年就和石磨、石臼打过交道。几万年前的技术发明一直到我这一代还在受用。

太湖流域是鱼米之乡。粮食以大米为主。据考古学的考证，水稻是几万年前起源于这块土地上的，所以我从小以饭和粥为主食。早晚都吃粥。吃粥时即以腌菜为副食。菜这个字用来统指所有的副食品，鱼肉蔬菜经过烹调，都称"小菜"，也许保存着古老的传统。我在"文革"期间曾下放到湖北省潜江县的一个农村里去同吃同住同劳动，发现这地方的农民并不知道可以用盐腌制咸菜，我记得吃了一个月白粥。这些地方的农村经济水平比起我家乡的农村似乎差了一个档次。

我小时候更多的副食品是取自酱缸。酱缸里不但供应我们饭桌上常有炖酱、炒酱——那是以酱为主，加上豆腐干和剁碎的小肉块，在饭锅上炖熟，或是用油炒成，冷热都可下饭下粥，味极鲜美。酱是家制的，制酱是我早期家里的一项定期的家务。每年清明后雨季开始的黄梅天，阴湿闷热，正是适于各种霉菌孢子生长的气候。这时就要抓紧用去壳的蚕豆煮熟，和了定量的面粉，做成一块块小型的薄饼，分散在养蚕用的匾里，盖着一层湿布。不需多少天，这些豆饼全发霉了，长出一层白色的绒毛，逐渐变成青色和黄色。这时安放这豆饼的房里就传出一阵阵发霉的气息。不习惯的人，不太容易适应。霉透之后，把一片片长着毛的豆饼，放在太阳里晒，晒干后，用盐水泡在缸里，豆饼溶解成一堆烂酱。这时已进入夏天，太阳直射缸里的酱。酱的颜色由淡黄晒成紫红色。三伏天是酿酱的关键时刻。太阳光越强，晒得越透，酱的味道就越美。

逢着阴雨天，酱缸要都盖住，防止雨水落在缸里。夏天多阵雨，守护的人动作要勤快。这件工作是由我们弟兄几人负责的。暑假里本来闲着在家，一见天气变了，太阳被乌云挡住，我们就要准备盖酱缸了。最难对付的是苍蝇，太阳直射时，它们不来打扰，太阳一去就乘机来下卵。不注意防止，酱缸里就要出蛆，看了恶心。我们兄弟几个觉得苍蝇防不胜防，于是想了个办法，用纱布盖在缸面上，说是替酱缸张顶帐子。但是酱缸里的酱需要晒太阳，纱布只能在阴天使用，太阳出来了就要揭开，这显然增加了我们的劳动。我们这项"技改"受到了老保姆的反对。其实她是有道理的，因为这些蛆既不带有细菌也无毒素，蛆多了，捞走一下就是了。

这酱缸是我家的味源。首先是供应烹饪所需的基本调料——酱油。在虾怀卵季节,把虾子用水洗出来,加在酱油里煮,成为虾子酱油。这也是乡食美品。我记得我去瑶山时,从家里带了几瓶这种酱油,在山区没有下饭的菜时,就用它和着白饭吃,十分可口。

这酱缸还供应我们各种酱菜,最令人难忘的酱茄子和酱黄瓜。我们家乡特产一种小茄子和小黄瓜,普通炖来吃或炒来吃,都显不出它们鲜嫩的特点,放在酱里泡几天,滋味就脱颖而出,不同凡众。

我二十岁离开老家后,足足已六十五年了,这样长的岁月里就和上面所说的那种多少还保持一些自给经济的家庭脱离了。在学校里有食堂可以包伙。自己独立成家后,尽管在抗战期间也在乡间自理伙食,但租屋而居,谈不上经营那些坛坛罐罐。我们的菜篮子也就几乎全部市场化了。只有抗战胜利后,在清华园住的几年,分到一所住宅。宅边四围留着不少空地,我和老伴就开垦种菜。有一度所长的茄子和西红柿自家都吃不完,以分送邻居为乐。我们还养鸡取蛋,完全可以自给。可惜这种生活并不长,几年后离开清华园了,菜篮子又完全靠市场经济供应了。

以上所说,是想讲明我这一代人,在食的文化上可说是处于过渡时代。我一生至少有四分之一的岁月,是生活在家庭食品半自给时代,所以还记得一些上面所讲的事实。我孙字辈的这一代人可能已不会知道了。在那个时代,除了达官贵人大户人家雇用专职厨师外,普通家庭的炊事都是由家庭成员自己操作的。主持炊事之权一般掌握在主妇手里。家里的男子汉下厨的是绝无仅有的,通行的俗话里有"巧妇难为无米之炊",说明炊事属于妇女的专利,可是专业的厨师却以男子为多。以我的童年说,厨房是我祖母主管的天下。她有一套从她娘家传下的许多烹饪手艺,后来传给我的姑母。

祖母去世后，我一有机会就溜到姑母家去，总觉得姑母家的伙食合胃口，念了社会人类学才知道这就是文化单系继承的例子。中国的许多绝技是传子不传女，而烹饪之道却是传女不传媳。我在讲到"佛跳墙"时不是提到过福建有新媳妇要"试厨"的风俗，"试厨"不就是烹饪技术的公开考试么？

在我家里新风气来得早，那是从我外婆家吹来的。外婆家原本也住在吴江同里镇。我的祖父和外祖父是好朋友，因为我祖父死得早，外祖父讲交情，把女儿许配我家。但是变法维新那一阵子，我外婆家迁居苏州，我外祖父到上海商务印书馆去当《辞源》的编辑。我妈妈和我的几个姨母都上了日本学校，去当了洋学生。我出生后八个月照的相片，我妈妈还梳着日本发式，当时是洋款标志，至少相当于现在的烫发。我出生时，她正在办蒙养院，我一直未加考证地说这是中国第一家幼儿园。无论如何，她是改良派。这一改良，就把原来媳妇下厨的传统给打断了，所以祖母在我家日常伙食的主管权始终没有交替。也是由于这个历史背景，我那种至今还改不掉的口味习惯就是这样养成的。谁会意识到生活习惯上的细节都会这样深深地打上时代的烙印，和国事密切相联的呢？

一代有一代的口味，我想我应当勉力跟上"历史的车轮"，从那个轨道转入这个轨道。现代的臭豆腐固然在我口里已没有早年的香了，但还是从众为是，即使乡味难改，也得勉强自己安于不太合于胃口的味道了。说来也惭愧，我下这个决心，早已越过了古稀的年限了。

1994 年 12 月 17 日于北京北太平庄

说"茶"

俗话说：开门七件事，柴米油盐酱醋茶。这句话表示了这七件事于我们日常生活的关系之密切，然而排在最后一位的茶，却同中华民族几千年的文化攀上了关系。"茶文化"也是古往今来人们爱谈的话题。

中国是世界上最早发现茶树，最早懂得种茶、制茶、饮茶的国家。据《茶经》记载，"茶之为饮，发乎神农氏，闻于鲁周公"，这样算来距今已经有四五千年的历史了。提到《茶经》，我们不能不想到它的作者——陆羽。

陆羽，复州竟陵郡人（今湖北天门市），生于唐玄宗开元年间，从小被抛弃，笼盖寺和尚积公大师收养了他。积公是个饱学之士，且好茶。陆羽受此熏陶，少时便得艺茶之道。十一二岁后离开寺院，流落江湖。后定居浙江湖州，潜心研究茶学，历经十余载，于大历九年（774）完成了我国第一部茶学专著——《茶经》。

《茶经》记载了我国种茶的历史、源流；茶叶的品质、生产技术；煮茶用水和火候；茶品鉴赏等综合知识。是对唐代以前茶学的总结，对后来茶叶的生产和饮茶习惯，产生了巨大的影响。由于他的贡献，人们尊他为"茶圣"。

据专家考证，南北朝时期，中国商人在蒙古边境与土耳其人以茶易货，把茶带到了西方。以后又传到朝鲜、日本；传到印尼、印度，遍及世界。现在，茶已经成为全世界风行的饮品了。

30年代我在英国留学的时候，曾亲身体会过英国人喝午茶的习惯——每天下午4到5点钟，教师和学生都放下手头的工作，到茶室去喝茶、聊天。其实喝茶是引子，大家借此机会交换意见、互相通气、增进感情，成了一种社交活动。看来，茶已经超出了单纯作为饮料的作用了。

我从英国留学回来以后，经常下农村和小城镇做社会调查工作，有时会到当地的茶馆坐坐，我发现茶馆实际上就是附近农村交流社会信息的中心，四面八方来的茶客把信息带到茶馆，再从这里散播到附近的农村里去；有的茶馆里还有群众喜闻乐见的文艺表演，比如有说评书的、唱京戏的、评弹的等。所以说，茶馆又是群众休息、娱乐和社交的中心。

我国茶的原产地据说是在云贵高原少数民族地区。几十年来，由于工作关系，除了西藏和台湾外，我几乎跑遍了祖国各地，有幸领略过我国少数民族烹茶的高超技艺。在甘肃撒拉族同胞的餐桌上，我品尝过甜香的"三泡台"；在夏河的拉卜楞寺，我初尝藏族纯美的酥油茶；在广西侗族的竹楼里，我吃过鲜美的"打油茶"（油茶是用茶叶、糯米、玉米等原料加油制成，饮茶时茶叶和配料一同吃下）；在内蒙古草原我享受了牧民浓郁的"奶茶"……看来，"茶"早已深深地进入我国各族人民的生活中，发挥着多种多样的功能了。

茶不仅仅是老百姓生活中的主要饮料，而且他们从实践中很早就懂得了茶的医药价值。《茶经》中说："茶之为用，味至寒，为饮最宜"；《神农本草经》认为"茶味苦，饮之使人益思、少卧、轻身、明目"。历代医书多有记载饮茶的医疗保健功能。但是，长期以来，我们很少对茶叶进行深入的科学研究，对茶的医疗保健功能开发得很少。去年我在江西南昌，看到南昌绿色工业公司请来专家、教授，为他们提供研究条件，用现代科技手段，从绿茶中提取出一种叫茶色素的生物活性物质。这种物质对治疗和防治危害人类健康的心脑血管病、肿瘤、糖尿病很有作用。我们的科技人员应用科技知识，终于从传统的东西里推陈出新，创造出新东西，从而使茶叶身价倍增。

  日前，我在报上看到，地处大别山南麓的湖北英山县依靠茶叶摆脱贫困的消息。英山是国务院确定的重点扶贫县，多年来老百姓过着"吃粮靠救济，用钱靠贷款"的穷日子。县领导经过长期摸索和研究，终于选准了以茶叶生产为突破口，依靠科技，走农业产业化和种、养、加综合开发的路子。经过几任领导和群众的努力，如今英山县309个村，"村村有茶场，山山出佳茗"。县领导不仅组织群众种茶叶，而且鼓励乡、村、组、户多层次发展茶叶企业。每年由县委、县政府牵头举办一次茶叶节，政府"搭台"，企业"唱戏"，把英山茶叶推向国内外市场。在今年的第七届茶叶节上，他们与20多家经销客商签订了购销合同，成交茶叶300万公斤，成交额达4200多万元。如今全县茶园面积发展到10万亩，人均茶叶收入占农民人均纯收入的15%，茶叶税收占全县财政收入的10%。到1997年底，英山的贫困人口已由1990年的11万人减少到不足6万人，其中约有50%的贫困户是靠种茶脱了贫。小小茶叶已成了英山富县富民的大产业。

  开门七件事的最后一件——"茶"，在人们的生活中所起的作用越来越大了。

1998年6月

烹饪上"华味"能否胜过"洋味"

改革开放以来,国家的经济有了快速发展,"大河水涨小河满",老百姓口袋也鼓起来了。长期关闭的国门一打开,人们与国外的交往日益频繁。我们过去没有接触过的许多外国的新东西涌了进来。在这种情形下,人们的"衣食住行"不知不觉起了变化。依我看,衣装是其中变化得最快也是最容易让人注意到的。不是吗,如今人们的衣装一扫过去呆板、单调的样式,西服、领带已成了人们喜爱穿着的服饰;曾经被视为"洪水猛兽"的牛仔服、喇叭裤、紧身衣,如今已穿在普通老百姓的身上。姑娘们的时装更是千姿百态、争奇斗艳,令人赏心悦目。不过,现在流行的服装式样,绝大多数是"进口"的,我们中国传统服装样式已经很少见了。所以我说在服装上,"西式"压倒了"中式"。

另一个让人感觉变化大的,就是人们的饮食。说起吃,中国素有"烹饪王国"的美称,烹饪技艺是中华民族宝贵的文化遗产。我国地域辽阔,物产丰富,在几千年的历史长河中,形成了有各地独特口味的菜肴,如大家熟悉的粤菜、鲁菜、潮州菜、淮扬菜等。

十多年前,偶然见到一位在《中国烹饪》杂志工作的老同学,为了拉我写稿,他向我大大地宣传一番:烹饪之道是中华文化的精髓,现已征服世界,五大洲的主要都会,中国菜馆都已成为美味中心,无口不尝,无人不誉。我受他怂恿,这些年来,真的围绕在"食"上写了十几篇短文,后来集成一册,起名《言以助味》。改革开放以来,出国的人增多,不少人在国外开了餐馆。听说现在在国外一些中小城市里，要吃顿地道的中餐，已是很方便的事了。中国烹饪是不是像那位同学说的"现已征服世界"，我不敢断言，但是，凡有机会吃中国菜的老外"无口不尝，无人不誉"确是事实，而且也可以说"中餐"大有压倒"西餐"之势。

不过，当中国菜漂洋过海的时候，外国的肯德基、麦当劳、比萨饼、汉堡包……也相继登上了中国大陆，进入大城市。这些洋快餐以它们科学的管理、优良的服务，以及卫生方便和独特的"洋味"，吸引了中国广大食客，特别是打动了娃娃们的心。

"快餐"这个名词最近几年才在国内流行起来，但是在欧美国家已经风行了半个多世纪。《美国年鉴》说，世界上第一家快餐店是1885年在纽约出现的。我手边恰好有一本《家庭快餐》，书里说：早在商周时代，中国的烹饪就已达到相当高的水平，已经看得到快餐的雏形。到了宋代，在一些城市出现了"逐时旅行素唤"，"嗟咄可办"的方便快餐。"兼卖酒"之类的快餐店，以"旋切莴苣""旋炒银杏""三鲜面""炒鳝面"等菜肴招揽食客。有的店家索性把某些快餐菜肴命名为"嗟咄烩"。嗟咄者，叱咤呼唤也，一声招呼立刻就能端上菜来，自然算得上快。这样说来，中国的确也称得上是快餐的故乡了。

但是中国的快餐并没有发展起来，而是经过了漫长的岁月，直到我们把工作重点转移到经济建设以后，极大地发挥了人们的劳动积极性，生活节奏明显加快，人们富裕了，在这种新的形势下，人们需要快餐，然而我国的餐饮业没有跟上这个变化，以致洋快餐大举占领了中国市场。这时候，中国餐饮界的有识之士，不甘落后，积极探索自己的发展进路，要跟洋快餐一比高低。中国"荣华鸡"在跟美国"肯德基""唱对台戏"；"红高粱"的羊肉面着实红红火火。

我是南方人，在北方生活了几十年，也喜欢上了面食，但是一家人做面食的本领却没有长进，包顿饺子，手忙脚乱，要费好大的劲儿。如今街对面的副食店里速冻饺子就有五六种，还有包子、馄饨，连新蒸出来的馒头、花卷都可以随时买到。近几年速冻方便食品的品种越来越多，大大节省了人们围着锅台转的时间。我希望中国的快餐业能够跟上时代步伐，结合我们民族传统，越办越好，在饮食业这个大市场里，走出一条有中国特色的路子。更要从这里出发，使中国烹饪真的"征服世界"。

我常讲，当今的世界由于通信和交通的发达，变得越来越小了，生活在这个"地球村"里的人们，再也不能闭关自守。经济上，全世界已进入一个分工合作的体系；生活上，已经是你中有我，我中有你，谁也离不开谁了。同时我们也要清醒地看到，在今后的世界里，竞争将更加激烈。这个竞争不仅仅是经济实力的竞争，说到底是东西方两种文化在生活上的竞争。

从我们大家须臾不可离的吃饭、穿衣中，不是已经可以感受到这个静悄悄的，然而却是非常激烈的竞争了么！我想提出一个问题：烹饪上"华味"能不能胜过"洋味"？

1998 年 11 月 25 日

第 四 辑

杂草七则

一、给×

×：

想不到，我又来和你同学，更巧的，我不能不和你同户，虽则我明知我们同户了，一天总免不了打两次架，但是，我有什么办法，不同你一起住呢？你想，除了你，我在清华有谁可以恣情狂笑，倾怀相见？更有谁可以打时打一场，闹时闹一顿，回过头来，还可以敲竹杠，请吃咖啡？

我考入清华，不想你会也缩了转来，据说你雄心万里，要踏破天下，但是，在309的东南角里，就会住上三年，一动不动，还不住厌。比了我南北的飘荡似乎幸福得多。我不想跑，但被风吹着；你要走，但什么东西拖着你，使你好像生了根在泥里。天下事实在太难预计了，×，不是么？

我们的同住更不知会到几时，到那时南北离散之后，想起了这场不预计的偶合，更想起了对床抽烟的余味，一定袅袅难绝了。

现在，我们同住也快一年了。一年中，可记的事也不少。譬如：半夜里，被你的狂笑惊破了我的好梦，我什样的又气又好笑，我肚里打转，总想你心头有什么那末开心的事，在梦里都关不住。又譬如讲起了××，连我也心活腻地睡不着。×，你说不是么？我们沙漠似的生活中，也会蜃楼不绝的不是？

你看,老×来做寓公时,整天地天南地北的吹过去,好像天下在我们的掌上。我说,要是我们的梦有万分之一能实现,也够我们狂欢了。梦呀!梦呀!什么时候,你才会在地上呈形呢?

可惜现在墙上的字迹给刷白了。不然,我随意地抄一句,就可以把我们的心事和盘托出。好像:我床脚边的"That which would fly, flies indeed."——那是尼采的话,"要飞的,终于飞了。"×,我们呢?

二、在实验室

手里烧着烟,有一点醉意。倚着窗,是一个晴朗,淡薄,微寒,早春的清晨。麻雀在疏散的小松树畔争逐。忽而消失在青翠的叶丛里,忽而在枯黄而带着生气的草坪上散着疾逝的影线。麻雀们也曾留恋过这世界,什么到处少不了它们?

零乱的白骨堆满了一台。据说那些骨骼是从英伦运来,而且据说是英伦女郎的遗体。齐整的牙齿,不记着她明眸皓齿的青春。若是在生前她预知会有今日,她自夸的聪明,美貌会当规尺的绳量,会被人不给半点尊惜的玩弄。算命的还是编故事罢,谁受得住真实之暴露?

她也许在埋怨,不当在这世界上还留着这一屑。要毁灭时就完全毁灭了,要成全时就完全成全了。这岂是造物的主意,毁灭和成全是一样的不易?

三、我在看芍药

我在看芍药,但看见的何尝是芍药,还不是你?

我是活在你的吩咐里。要永不凋谢的百合?要通神的金斧?你尽吩咐,我踏遍天边地角,任何血债,都甘心偿付。就是死,也要是你的吩咐。

但是我怕,我怕有一天你会轻轻地吩咐我说:"朋友,你去罢,这还不够?"你说,我有哪儿可去,不全给了你?这世界,这人间,哪里是没有你的去处?

芍药是到处开着,那真使人心醉,真使人心醉,哪里你不在?

我在看芍药,但看见的何尝是芍药,还不是你?

四、把我忘了罢,我的心

"把我忘了罢,我的心。"

昨晚你说时,不还望着那划过天空的流星?你不更推着我说,"你怎么这般执迷不醒?"

这真是句笑话,好像一阵风吹过耳边。心,我忘了的不是你,只是你这句笑话。你说,你眼睛不早泄露了你的心?你在忧心,你怕我们这一刹真会和这流星般一晃就什么都完事,不是?

"这自然是你的多心,你不看见河滩上的黄花,今年不是和去年一样的新?就是水边的野草,日夜不还是一样的青?你何必这末多心?"

我这样一遍一遍地说,你仍望着无语的星星,好像什么都没有听清，还是向着我吞吐地说，"不，把我忘了罢，心！"我望着你的眼睛。谁才是执迷不醒？

五、在池边闲坐

什么时候得了这样深的懒病，做不到两小时的工，总想到门外去闲散闲散。最初还只是在小河边柳阴下席地坐坐，看看满地小黄花。那里曾使我感触到，"你不看见河滩上的黄花，今年不是和去年一样的新。"有一次，我想到工字厅后湖去看看，也许更有一些值得留恋的境界。是的，在春天没有来时，我曾有一次午饭后，不知和谁斗了口，不愿挨人家说笑，一个人曾在那池边的石上坐过两遍钟声。那时，使我最忘不了的是那浅滩上澄清的一层薄水，薄到小鱼们和它们的影子紧紧地捉着对儿往回，亲密得连我自己都怪不自在起来。现在水没有那时涨了，当日的浅滩已成了沿水的小径。××最喜欢这小径，说在那上面走，好像在森林里，不知他哪里得来这个联想，我是没有。

上次我偷闲在池边散坐时，是在靠西边的石上。坐在石上，非但可以看到对面的古亭和所谓希腊罗马合并式礼堂的红绿倒影。而且可以从北面小丘的缺口里，遥望往来的行人。看着他们忙忙碌碌，自己不免更觉散澹有闲。但想不到后面正背着出山的西道。这辈忙忙碌碌的人们，也会在这里抄蹊径，走过我的身后。不认识的，看到了我这样无语自得的神气，不免用"不料此地有人"的眼光看几下；熟悉的人撞见，当然会成了寻开心的口实。所以我后来不能不改在北岸松阴下去。有一次还曾写了四句："寻境来此地，闲看燕雀飞，云浮池塘绿，野蝶何依依。"用以记实。飞用吴音作 fe。

六、写在派克社会学论文集之前

我珍重着这本书,虽则它内容是这样的简陋,但是它蕴藏着我同伴一颗关不住的心。我们要在不自私的工作,不自满的求知中,创造我们生活的格局。我们永远记着派克先生给我们的话:"中国的将来是将慢慢地在梦想中,在渴望中,在切实的成就中,及在青年们逐渐产生的习俗中,获得它的体形。"我们希望这薄薄的小册,不但成为我们几个人的新生命的界石,并且,我们要为此努力,使它亦成为中国再生的一个明白的站标。

七、我什么会又见你

我什么会又见你,不料的那真太离奇。我早预备走,但心里梗梗地好像总有什么放不了的。这世界还有放不了的?自己也难信。今天才恍然,原来是你。但是放不了的不还是要放了?

我记得有一次梦回,也有过这么一种怅惘的情绪,明明已执着了你的手,只一刹,却单剩了我那移了又移高低都不是的枕头。放不了的不还是无语的放了,嘴上空留苦笑。

我早已打定了主意,就是这样轻轻地走了,就是为你做过千百回梦,也不必让你知道!静悄悄,好像一个燕子掠过树梢。可是,我什么会又见着你,临走你还要在我心上打下那么一个难解的死结。永远忘不了的绯红的双颊!钟又急,哪里还容喘歇。但是心头真虚怯,连这一点都不能了结。

1934 年

"知我，罪我"

孔子草就了他的春秋，不觉微笑了。他觉得自己已很满意的了却了一桩心事，好像还了一注血债那样轻松。他抬头仰视着苍天，看飞鹰在晴空中打转，远处的青山沉沉的好似睡着，日高云静。他刚才兴奋的情绪突地收住，悠然在那儿出神：他好像站在辽阔的黄河边，看着长逝，不息的流水，寒暑迁易，永远地静默无言。他又觉得又有些不自在起来，回头翻没了草稿，倚着窗，澹然地自语："知我者其惟春秋乎，罪我者其惟春秋乎！"

在一个社会中，人们要能如意地生活，需要两个条件：一是我们要有把握地预测他人会发生的行为。二是我们要能体察人家所期望于自己的动作。骤然看来，这似乎是极不容易的事。未来终究是一个谜，谁敢说准没有发生的事呢？但是若果真这是一件不容易的事，需要刻刻思虑，斤斤打算，这世界决不会那样熙熙攘攘了。生活所以能不必知之，可以由之，而所合于符节的，自有它的原因，决不是偶然的事。

我们且设想，若要获得上述的两个条件，我们得什么样？很显然的我们的行为得有一个标准形式。易言之，我们得预先说定了在那种情境之下，那一种人，一定得那样行为。大家都能依着标准，则自期期人自然都有了把握。这种行为形式就是社会名分。父，子，兄，弟，师，生，朋友，仇敌等等都是名分，都是社会行为的标准形式。也许我们自己不觉得这些名词，实地里是指着各种行为形式，但是我们这样一想，那一些名词不是包括着许多所谓责任和权利的关系。责任和权利的关系，所表现的还不就是一定的，须遵守的行为交互方式么？

这些形式并不是我们向某某个人个别签订的契约，而是我们从社会中学来的。我们要谋生存从小就不能不和人接触，人家对我却都有一定的规矩分寸，邻舍的女人，就不和母亲一般待我们。在生活中我们识别了各种名分，而用着名分来分别人，认识人。所以名分是在无意中学来，不必耐性定心，读死书地强记。我们知道什么人，在什么地方，什么时候，会有什么行为；自己亦到处知道在什么人面前，该有何种举动。在同一社会中生长的人，就学得了同一套名分，大家这样自期期人，于是社会行为获得了符节。世界才有条有理。

名分，因之，显然是超于个人的东西。名分的内容虽则只记住在个人的脑中，但是并不是各个人自动的制作。制定名分是社会共有的历史，是一群人共同遗传的经验。这种从祖上遗传下来的名分的定义，规律着各个人的行为，调剂着社会活动的机构。有人就称之为民风，民俗。是一种不成问题，无须思考的当然事实。人造下了名分，名分又造下了人。

这样，各人都按着社会名分而活动。社会不是成了一座大剧场了么？各人粉墨登场，生旦净丑，各有各规定的角色，有一定的曲子要唱，有一定的功夫要做。也许有人会觉得这话也未免过分。当然，我们说社会是一座大剧场是从看戏人的地位来说的，若从扮演者自己的立场来看，情形自然更复杂了。

刚才我们早说过名分是人造的，人因为要维持着共生共活，需要交互行为有条有理才造下这一套玩意儿。但是这玩意儿一造下来，大家便把它自律律人，大有反客为主的情形。好像生活是在演戏，一生都可以老是为人作嫁，没有自由自在的一日。原因其实也很简单，我们生活不能没有办法，这办法却不能各自打算，一定要和人相通。所以你个人就是觉得生活不如意，无奈自己片刻都不能脱离社会，就是有了新办法，这新办法不为他人共同接受时，还是无法实施。个人在社会中是那么渺小，社会着眼的是大众生活的维持，不是任何个人的如意不如意。即使你觉得那一套扮演的玩意儿太不合脾胃，拘束乏味得可怜，但除了你能在孤岛上独生，或是爽快地自甘毁灭，寻死外，你还得耐一耐性子，当一回猴子。

其实，觉得在社会中不舒服，不如意的人，并不是他骨性不凡，有什么异人之处，只是社会劫运到来，在个人心理上必然造下的现象。这话是这样说的：我们人本身是一个动物，动物从天授命要求生活，谋生就须对付处境，于是要有办法。所谓文化，所谓社会，归根何尝不就是求生办法的一个方式。要是办法不行，生活就发生问题，个人意识上遭受痛苦，烦闷；生理上发生疾病。

若是人类所对付的处境是一成不变，则有了一个办法，就可永享福分。不幸这处境却是永流不息，无止无住，生生易易。要在其中谋生，不能不时刻改变他的办法。而人类自从有了共生共活，办法须得大家通行，变易顿觉不易，不免时常发生处境已非，而办法依旧。在这个时节，人们要在痛苦流离中，逼出一个转变来。人们靠共同生活才有今日的享乐，但亦因为这共同生活才有今日的痛苦。一得一失，以牙还牙，在这转变期中，人们要用血和恨来偿付以前太平安乐的享受。但谁派定了要生在今日？是天命，是劫运。又何怨何尤？

当一个处境变易的时节，各个人的生活，开始发生动摇。这个动摇是发生在个人的机体中，显然是一种生物的现象，是一个求生的动物没法对付处境的动摇。这动摇在个人的意识上开始掀起了感情的巨浪。感情本是机体内部生理的失节，是无所对的。但是无对的感情蕴积着更是难受，一定要寻一个对象，才能发泄。对象寻得之后就有爱恨怨慰的情绪。爱恨怨慰的情绪使人忘了生活，忘了机体常态的营养，更顾不得别人的利害。浪漫，无所顾忌，不图来日地恣情，任性。这时，人类动物的本性才没有掩饰，没有做作地暴露了。社会上只有个人，没有名分。好像到了剧场的后台，穿着女衫的放着粗暴的嗓子在说笑，拖着半截花白胡须的在那里哼英文小曲。无奇不有，零乱杂陈，是这样的一个局面。

若是人类果真能在这种状态之下维持生活，倒亦是一件快事，真所谓何必斯文装点，返于自然就是了。可惜我们人类的祖宗已造下了这怨孽。大家那样不顾人不顾己的行为，结果还是自苦苦人。试问人类苟其真的回复了动物生涯，谁能与禽兽争一日之长，不还是同归于尽？回头即是绝路，向前却惟有共生共活。共生共活，在各人的行为上就不能不有所规律，要有规律，还得有一个共守的标准。不管你愿意不愿意，就是当猴子，也得劳你屈就。所以在那旧办法失了规范人们行为的能力时，还得有人在创立新办法上用力，还得沉入感情深处，不单为个人一时痛快，顾全着社会大众，民族国家的生存，来重立社会生活的基础。社会生活的基础，第一还是人与人的关系，还是名分，还是要请大家就范。

新办法若是能对付得住新处境，社会自然会平静起来，叫是人，谁不愿意无言无语的乐生，但是名分规定了，处境却又在日迁不息。显然的，不久，还是要有那么一天，所规定的名分势将不再成为安定社会的基础，反成了一个人生的大累，又要一辈人用血用泪来洗刷了。

"逝者如斯夫，不舍昼夜！天何言哉？天何言哉？"

1934 年 6 月 6 日

清明怀故乡

　　桃花谢落得这样早，杨柳还是迟迟不肯绿的昆明匆匆又过了一个清明时节。在高丘上引颈东望，万山外我们祖宗的坟头，烟雨昏霏，有谁扫奠？纸灰零落里，多少孤魂当已等久。日月易逝，游子们还是这样没有归来的消息。敌骑在浅草上驰骋，那般骄纵，江南春晚，寂寞的黄昏。

　　隔离着的岂止是我们已埋骨的祖宗？年衰的父老在昏黄的灯下，用战抖着的手，偷偷地写着平安二字。心里想远地的儿女是否还会相信那已经撒了这多少谎的老笔。床头的米快完了罢，不是荒年，饥饿是人造的。老母翻开补了又得再补的春衫，针上穿了线，又停住，春风吹来怎么还是这样冷？儿女们带去的棉衣，已经五年了，破得不知成什么样，线没有这样长，有谁在替他们缝补？敌人的号角正吹得响，明天又不知会出什么事？天虽没有暖，春意还远，可是西南角的纸窗半开着，也许，在风里会带来那已等待了这样久的消息。

　　高丘下，公路上，一辆辆汽车像风一般驶过，轻快，煊赫！汽油的气味里夹着粉香。一点不生疏，行人们早已闻惯。头上沉重的机声送来了壮健的铁鹰，里面不会有狗，翼下不是带着友邦的徽帜？人都是有自己的祖宗的罢，我问着自己。

　　没有雨的清明倍觉困人，冬天依旧有花，春风也似乎只是雨季的前奏。我盼望着有一点雷响，可是隔着山，即便在响，即使是在咫尺之间，怎能惊得起蛰伏在歌声里的骄儿？惊蛰已过去有多少天了，我也有些模糊。

南国的清明又匆匆过了。梨花满壑，雪一般白，可是一些不冷。我遥望着荒芜了的故园，野祭无人的乡坟蜷伏在耻辱里。使人魂断的该不只是路上的泥泞罢！

1943 年 4 月 10 日

邦各有其道

威尔基周游全球回去写了一本《天下一家》。地球这样小！那是每个空中旅行过的人的同感。地球上任何一点到任何别一点，以现在的飞机速度论，不能超过六十小时。在这门户洞开瞬息可至的小天地里，人们的生活自然会密切得像在一个家里一般：痛痒相关，休戚相系。像密支那，片马，那些蛮荒之区，不久就会成为世界最热闹的空运站，两三年前谁敢作此预言？这些地方的人仰头看见那和蜻蜓一般多的飞机会作何感想！这个世界实在变得太快了！

纽约百乐大道的咖啡馆里面有一群客人正在谈论轰炸柏林。大家嘻嘻哈哈好像说山海经，远得在另外半个地球上的事。说到一半，旁边桌上两个英国空军移座过来，"柏林的火焰真高，气流急得像大风暴，飞机逃得不快，会吸进去似的。""二位参加过么？"——"昨天晚上那次最凶。"——大家瞠目结舌，不相信他们是活人。他们忘记纽约离开伦敦不过十几小时。

世界缩小了是事实，可是因为缩得太快，我们心里还没有准备。不要说那些比较偏僻的地区，或是被军事和政治封锁了相当久的地区，即是像美国那种交通便利，新闻自由的国家，离开海岸一两天的内地，同样还有"独立主义"的遗老。他们一生没见过冲绳人，没有听见过塞班岛，而他的孩子却在这些名字都说不准的地方冲锋陷阵。试问怎能盼望他们怎能不主张"莫管闲事"？我们自己也不是这样？有多少人对于我们的盟友，对于我们的敌人，有直接的认识？我们应当可以想像得到现在世界上许多问题的总结了：

那就是缺乏互相了解的人民被派定了要经营密切的生活。天下一家是个外形，内里住着的还是小门墙隔开了的多房媳妇。我们传统的大家庭很有点像是这时代世界的缩形。在一个没有家长的大家庭里，妯娌间的意见、误会，甚至口角、骂街都是免不了的日常事。

假定缺乏相互了解的人民间自己承认对别国人民不大了解，情形也就好得多。"不知为不知"是了解的开始。因为对方有一种行动或是一种意见，看来或听来，不太合自己的脾胃时，若先假定自己可能误会别人，正可慢一慢激动自己意气，平心静气地想一想，很多无谓的争执也就可以免除。"三思而后行"是处世的要诀。可是这是修养的结果，普通人并不是这样的。我们只要看孩子们的行为就清楚了，他们总是把别人看成和自己一模一样的；不但是人，连东西都是看成和他们一样的。若是他被石头绊了一交，他一定要用拳头打这石头，他觉得这样才能使石头下次不再绊他。这在心理学上称作"自我中心观"。

在一种传统里长大的人，总是不容易承认世界上还有其他可能的活法。我们比较老成的中国人看见了那些连祖先都不准纪念的基督教的牧师们总觉得有一点可怜他们的狭小和迂阔。可是有时候我们也会在无意中走进那种狭小和迂阔的态度中去了。

说出来是很简单的，可是世界上的人偏偏最易把简单的事忘却的。我们对于美国时常会忘记它是个民主国家。我们一旦忘记了这简单的事实，无意中就会把它看成和我们一般是个党治的国家。我并不是想批评哪一种政体比较好，那是另一个问题。我在这里要说的只是他们是和我们事实上确有不同的地方。我们千万不应当因为我们口口声声说自己是民主，或是想达到民主，而认为世界上所有民主国家都和我们一般的。这样就不但骗了别人，而且骗了自己。

最后吃亏的不是别人，而只是自己。这是万万不值得的。

譬如说：美国有人在报上发表了一篇文章说英国的社会是不公平的社会，因为他们的高等教育是被一部分所独占的。说这话的人只要自己相信这句话是对的，就可以自由地说，任何人不能去干涉他私人的意见。英国人听了这种话，若是不同意的，可以另外写一篇引证更多、理由更强的文章来反驳他，绝不会有人去向英国政府进言，向美国政府提出抗议，或是要政府发言人去纠正这种对英国社会的误解。他们不会这样做，因为，在一个民主国家里言论是自由的，私人有他言论的资格，因之，国内的言论并不一定代表政府。除非政府里的人用他代表政府的资格来发言时，这言论才是官方的，别国政府可以用官方的地位去抗议或赞同。在民主国家里的言论因之有"官方"和"私人"的分别。

这个分别在一个言论统制的国家里是不存在的。理由很简单，在这种国家里和官方意见不合的意见不会发表，凡是发表出来的一定是官方所默许、所批正，甚至是授意的。以苏联为例，据说他们的《工人阶级与战争报》是不代表官方的，但是别国人不十分相信这报是否有发表私人意见的自由。有一次这报上发表了拥护德国人民委员会的主张。一时美国群情骚然认为这是苏德政府测验别国态度的氢气球。苏联政府又不能正式发表意见来证实或否认，结果弄得很窘。另一方面，在美国像赫斯特系统的报，不断地责备苏联，甚至有时旁人看见了都觉得太过分，可是这些言论并不影响美苏邦交，因为大家知道美国政府很可能采取和这种言论相反的立场，苏联从来没有派大使去责问美国政府为什么在美国有这种不利于苏联的言论发生。他们若这样做，一定会自讨没趣。因为赫斯特可以一笑置之，至多回答一句："先生这是民主国家。"苏联政府明白这种抗议既没有用，又会贻人笑柄，所以从前没有做过这种事情。不但如此，他们也明白统制言论的结果会使自己的外交立在很不容易活动的地位。他们若真的要试探别人意见时，就没有像美国政府那样方便。外交上周旋的新闻出不了官方，运用时不自然。因之，他们极力让那张《工人阶级与战争报》的言论跳出官方立场，并且扶植它，使它获得国际地位。这是苏联政府聪明的地方。

我不愿在这里发挥言论自由在外交技术上的助益，在这里我只想说明美国人民是可以自由发表他们对于别国政治社会的意见的。所发表的意见，因为是私人的，所以并不代表美国人民的全体，更不代表美国政府。而且，政府并不能用权力去干涉任何私人的意见，没有一个美国政府敢这样做，因为这样一做，他的政权就不稳了，这是美国宪法里规定的人权。这一点正和我们的情形相反，直到目前我们言论还是须经过政府检查的。

正因为美国是言论自由的国家，大家有发表言论的权利，言论技术也十分高明。大家想说服别人，可是大家不能靠权力，于是发展言论的技术。在美国（这一点我们也时常忽略的）要树立一个意见一定得有事实根据。若没有事实做根据，也就没有人相信，说了也等于白说。因为这个原因，美国人民也就最重视采访事实的自由。现在民主党副总统候选人杜鲁门是国会里战时工业调查委员会主席，他之所以能被选为副总统候选人，就因为他调查战时工业时公正无私，检举审核完全根据事实，深得民心。美国重视事实的结果，使他们养成了一种"成见"，认为凡是不能公开的里面一定有毛病。最近杜威攻击罗斯福就用这个人民普遍的成见，他说罗斯福的外交是私人外交，不合美国传统。

这重视事实的成见和我们"家丑不可外扬"的传统刚刚相反。

我并不想说那一种成见是好，只是说中美之间有此不同的成见存在。这是事实。我们为了要保全面子，很有些时候不愿把事实宣布。我自己也有此传统，所以也最明白成见的作用。记得我小时候，祖母时常会叫佣人背了孙子从后门出去当了钱回来，大鱼大肉的款待从前门进来的贵客。我自问也很喜欢这种精神，因为这是很富有艺术的意味。我在以前好几篇文章中曾说起，现实总是丑陋的，一切美的都是从现实里改造出来的。人和人的往来，若是为了友谊和爱，最好不要太露骨。大家尽量贡献美的那一部分出来，藏起一些丑态，也是一个维持人情的道理。所以讲面子本身并不是件坏事情。可是若在一个不领会面子的人前去讲面子那就不合了。我们把一件破烂的小棉袄穿在一件纺绸夹衫里面，本来没有什么，可是那位不明白"面子艺术"的人一旦发现了我们那件破棉袄，就可以连那件绸衫的光泽和风度都不看，咬定我们在欺骗他。这局面之下，我们面子也保不住了。美国人重事实到不明白"面子"，这是我们不应该忘记的。

"你若到英美去，千万不要一味恭维人。"这是我每次叮嘱出国朋友的话。你一味恭维人，可以完全是出于诚意的，可是人家会觉得你不够坦白，不够坦白也就是不够朋友，于是谈不到交情。没有人不喜欢别人恭维，那是对的。可是我们喜欢的不是别人的假恭维，而是真的恭维。怎能辨别别人恭维的真假呢？最简单的测验就是人家是不是有时不恭维你的，若是样样都恭维那就一定是假的了。因为天下没有样样值得恭维的人。在英美要人看得起就得学会批评的能力，批评恰到好处，人家觉得你是个有独立思想和见解的人，人家也就愿意和你往来，因为他们相信这种朋友可以使自己进步。进步，比现在好，更完全是英美人民的基本成见。因为在他们的社会里不对人说老实话得不到真的朋友，所以他们对朋友也一定要说老实话。你不能盼望他们老是恭维你。假定他们老是恭维你，那一定是另有作用无疑。

他们对于我们也是根据了这种交谊的标准。可是我们的民情却并不如此，虽则我们的圣贤古训也是主张闻过则喜，朋友的功用在规过。可是到了这时候，恭维似乎已成了交友的必需品了，不互相恭维就说不上交情似的。可是有人说了几句老实话，这些老实话又是正中要害时，就会觉得对方和自己"当面过不去"，反唇相讥也不惜。在我们社会中"批评"和"辱骂"已经不能分辨，规劝云云早已成了失传古德了。

我们这种世风遇了美国那样的民情，结果自然会格格不入了。我并不敢奢望因为我们在这次战事中拉进了世界的社会秩序中去，有许多衰颓的风气可以借此机会改革一下。社会风气的改革不但不是一朝一夕的事，而且需要在上者能努力做出榜样来，我们人微言轻，不配说挽回颓风的大话，我所想提出的希望是很小，就是且不必说谁是谁非，至少得承认别国的民主，别国的人情，并不是都以我们为标准的。他们可以和我们有很大不相同的地方，千万不可因为自己只有官论，没有民论，而推测别国报纸上的言论也都是政府授意，因之自相惊扰；千万不可因为自己不分批评和辱骂，而认为暴露事实一定是心怀叵测。

在这个世界里做人着实不容易，我常说：若是我们能够返到一百年前和那些西洋人没有往来的日子，我们的生活上问题简单得多。可是历史是永不倒流的，在这个世界里已是无法孤立的了。我们必须学习如何和民情不同的人处在一家过着密切相关的生活，在大家庭里当媳妇不是件易事。在还没互相了解有别人前，牢记一个忍字,忍可以给我们一些时间用理智想想,若是动辄动肝火,发脾气,我怕会作茧自缚,烦恼不绝的。在社会上做人有做人的要诀。在世界上立国也有不应忘记的原则。知人是交友之始,知国也该是邦交之始。让我们虚心一下,对别国多一些了解,知己知彼的是不会吃亏的。

1944 年 11 月 11 日

雾里英伦

偶尔也常常想起伦敦：不是花草，是雾。多年没有浸染着伦敦的雾，生疏了的老友，想起了怎能不觉得若有所失？

雾到处都有。每天早上，推门出呈贡山头的默庐，东边一抹淡峰，沉拥在白濛濛的雾海里；望着，不免自喜：娇懒的山冈，比我还贪睡。独醒之感，有时也使人难受。伦敦的雾不是这样。去年在北美诗家谷过冬，不敢早起，早起了出门，四围在朝阳里发黄的尘雾兜着我，扼着脖子，不咳出口，会窒息；想咒诅，出不出声。若逢有事，等不得雾散了才上街，手帕按住嘴，急急忙忙，两步并作一步走，沿途有什么也不会勾留住我。不熟悉我的，不知道我鼻子有毛病的，定会笑我：岂习俗之移人哉，半年不到已涂上花旗色彩！伦敦的雾不是这样。

想起：初到伦敦，已属深秋。黄昏时节，晚雾方聚。车过海德公园，平冈野树，棱角隐约，游人憧憧往来其间，黯淡难辨。到客寓里坐定，侍女容笑相问："伦敦怎样？"我茫然不知所答，"我见了伦敦么？"——是的，人岂能貌取，外表上修饰的不是暴发，也是轻薄。摩天的高楼，突兀的华表，给人的是威势，引起的是渺小的自卑。谁甘心当蚂蚁？尊严屈辱了，跟着的是虚妄的自大。雾里伦敦掩没着她的雄伟，是母亲的抱怀，不是情人眼角的流盼。

深藏若虚，靠了雾。不明白英国人的，也许会觉得英国人城府太深，太喜藏；一见之下，似乎有着相当距离，捉摸不定他的真相，真如我初次在雾里过海德公园一般，茫然不知怎样去描述我的印象。记着：雾并不能隔绝你和平冈野树相接触，和往来人士相交谈。等你走近时，不但隐约模糊之感顿然消失。而且，我总是这样觉得，在雾里看花，才能对每一朵花细辨它的姿态和色泽，雾把四周分散我们视线的形形色色淡淡的抹上了一层薄幕，我们对于某一事物的注意也会因之集中，假若你在雾里还是睁着眼，你有机会时不妨试试，你决不会感觉到疏远，隔膜，空虚；在你身边的会分外对你亲切。雾把我们视境分出了亲疏，把特殊的个性衬托得更是明显。你可以在清晨立在山头望着眼前起伏的山丘，靠了朝雾，不但峰峦层叠，描出了远和近，即是山上的一树一木，万里一碧的晴天所不易瞩目的，也会在雾层上端孑然入眼。黑夜所搓混的距离，雾把它分出层次岗位，强烈的阳光所拉平了的个性，雾把它筛滤出棱角姿态——会交朋友的喜欢英国人。

英国人重个性，讲作风。一个作家的文章要写到不用具名一望而知是出自谁人的手笔。一个人远远走来，不必擦眼镜，端详眉目，只要窥着一眼，步伐后影里就注定了必是某人，不可能是别人。张伯伦的洋伞绝不能提在别人手上，丘吉尔的雪茄谁衔了也没有他那股神气。英国卡通的发达，岂是偶然？Low 只能生长在英国，也只有在英国能编得出 Punch 杂志。英国人是在雾里长大的，雾里才能欣赏个性，雾里每个人才必须讲究作风，喜好雾的人才能明白英国人。

雾叫人着重眼前，这是不错的，很少英国人高谈多年计划，隔着一层雾，你有什么兴致去辩论十尺以外的天地？有雾的天气，地面也不会干燥，滑溜溜的，看得太远；忘了鞋底，一脚高，一脚低，不翻身就得说是侥幸。眼前的现实是每一个雾里走动的人所不能不关心的。英国人是短见的么？不然。在黑夜里摸路的人，失足跌入深沟里，会爬不起来，我们怪不得他，他看不见深沟，跌下去不是他错；雾不是黑夜，每进一步，眼前展开了一层新的现实世界，每步都踏得实，当他举步前进，过去的渺茫已经化为具体，这是一个推陈出新的世界，如果出事，怪不得别人。走惯了雾路的人，对于前途有的是警觉和小心，决不能是虚妄。拿破仑，希特勒不会是英国人。大英帝国是几百年雾里积成的版图，若是要瓦解，也不会在丘吉尔一人手上。英国的民主可以保留皇帝，英国人民可以跟着主教在十字架前祈祷前线胜利。说是保守罢，当然。他们的回答是：没有必要，何必更张？大学生上课还要披道袍，多麻烦？可是披着的道袍并不挡着显微镜，并不遮住耳目，听不清教师的宏论，何必一定要连袖子都卷起，烧了道袍才甘心呢？雾里长大的人，不怕改变，可是明白改变也有多余乏味的时候，保守不一定是顽固，死硬；进步也不一定是时髦年轻。

雾里行路的人才明白可靠的只有自己，你踯躅在艰难的道上，举目是白漫漫的一片，也许朋友并不远，可是你不能拿稳了说在你困难和危急的时候，一定有人能看见你的失足，听见你的呼援；更说不定，咫尺之间就有等待着你的敌人。英国的国运的确不是个骄子。小小的孤岛，四面是恶浪汹涌的海洋，和大陆相隔不过十四英里，可是这遥遥可望的海峡，却是天下稀有的险道。岛上的生存倚于海外的供给，他们的安全也就寄托在这多事的水面。若是英伦已经很久没有被侵，那不全是靠了盟友的代守代攻。每次有战争总有一个援军不及，自力撑住的危期。靠自己，靠自己；处危能安，履险为夷，从容沉着的劲，我不知道多少是在雾里养成的。

笼罩在雾里的英伦，雾不消，英国人的性格大概也不会变。你要认识他们，你得在雾里走走。

我曾问过昆明的英国朋友:"你觉得昆明的天气怎样?"

"真不错。"

"还想回老家?那多雾的英伦?"

"可惜昆明没有伦敦这样的雾。"

我记起在下栖的泰晤士畔,雾里望伦敦桥;我又记得在巴力门广场上,雾里听巨塔的钟声;纷扰中有恬静,忙乱中有闲情。没有了雾的伦敦,我不能想像,我也不愿再去。

我怀念英伦:没有纽约的显赫,没有巴黎的明媚,没有柏林的宏壮,没有罗马的古典;她有的是雾,雾使我忘记不了英伦。到处都有雾,可是到处都没有伦敦的雾一样的使人忘不了。

1945 年 1 月 28 日于昆明

土地里长出来的文化

要明白中国的传统文化，就得到乡下去看看那些大地的儿女们是怎样生活的。文化本来就是人群的生活方式，在什么环境里得到的生活，就会形成什么方式，决定了这人群文化的性质。中国人的生活是靠土地，传统的中国文化是土地里长出来的。

知足常乐与贪得无厌

"知足常乐"是中国传统文化的基本精神。这和现代资本主义文化里的精神——"贪得无厌"刚刚相反。知足常乐是在克制一己的欲望来迁就外在的有限资源；贪得无厌是在不断利用自然的过程中获得满足。这两种精神，两种人与物的关系，发生在两个不同的环境里。从土地里生长出来的是知足常乐。

种田的人明白土地能供给人的出产是有限度的。一块土地上，尽管你加多少肥料，用多少人工，到了一个程度，出产是不会继续增加的（即经济学上的土地报酬递减率）。向土地求生活的人，假若他要不断地提高收入，增加享受，他只有一个法子，那就是不断地增加耕地面积。有荒地时，固然可以开垦，但是荒地是要开尽的，而且有很多的地太贫瘠，不值得开垦。人口一代一代的增加，土地还是这一点。如果大家还是打算增加享受，贪得无厌，他们还是想扩充耕地，那只有兼并了。把旁人赶走，夺取他们的土地；但争夺之上建筑不起安定的社会秩序。如人们还得和平地活下去，在这土地生产力的封锁线下,只有在欲望方面下克己功夫了。知足常乐不但成了个道德标准,也是个处世要诀。因为在人口拥挤的土地上谋生活,若不知足,立刻会侵犯别人的生存,引起反抗,受到打击,不但烦恼多事,甚而会连生命都保不住。

科学冲破了土地的经济封锁

西洋在农业的中古时代何尝不如此?《圣经》上的教训是要人"积财宝在天上","富人进天堂比骆驼穿过针眼还困难"。勤俭是这时代普遍的美德,是生存的保障。但是科学冲破了土地的经济封锁,情形完全改变了。蒸汽力、电力、内燃力,一直到原子力,一一地发明了利用的方法,使人实在看不到了在经济上人类还会有不可发展的限界。这是人类的大解放。机会,机会,到处有机会,只要人肯去开发。在这机会丰富的世界里,妒忌成为不必需了。种田的怕别人发迹,因为别人发了迹会来兼并他的土地。在现代工业里,各门各业是互相提携,互相促成的。铁矿开得好,铁器制造业跟着有办法;铁制的机器发达,其他制造业也得到繁荣。这时代,自然已不像土地一般吝啬,它把人的欲望解放了。享受、舒适,甚至浪费、挥霍,都不成为贬责的对象;相反的,生产力的提高必须和消费量的提高相配合。二者之间有一点龃龉,整个经济机构会脱节麻痹。于是以前所看不见的"广告"也成了经济活动的重要部门。广告是在刺激欲望,联结生产和消费,甚至是提倡挥霍,赞美享受。回想起在乡下被人贱视的"卖膏药"的走江湖,真不免为他们抱屈了。同是广告,而在人们眼中的价值竟相差得这样远。时代的距离!

中世纪：从权力去得到财富

知足安分是传统的美德，但是即在农业社会里也并不能完全应付人类的经济问题。知足有个生理上的限度。饥饿袭来时，很少人能用克己功夫来解决的。有限的土地上，人口不断地增加，每个人分得到的土地面积，一代小一代，总有一天他们会碰着这被生理决定的饥饿线。土地既已尽了它的力，挤也挤不出更多的粮食来。喂不饱的人，不能不自私一点，为自己的胃打算要紧。贫乏的物资下，为了生存，掠夺和抢劫，成了惟一的出路。掠夺和抢劫要力量，这力量却因为无法用来向土地去争物资，只有用来去剥削别人了。这是人类的悲剧，在这悲剧里不事生产的力量发生了生存和享受的决定作用。有了匪徒，保镖也来了，这样把剥削的特性注入了权力。窃钩者诛，窃国者侯。合法非法，原是一套。暴力也好，权力也好，都成了非生产力量获取别人生产结果的凭借。"从权力到财富"——那是桑巴特给中世纪经济的公式。

现代：从财富去争取权力

贪污是这时代的经常官务。被剥削的人民恨官吏，但是他们并不恨贪污，恨的是为什么别人有此机会而自己没有。他们所企求的是有一天可以"取而代之"。在这种文化里谁诅咒过贪污本身？草台戏开场是"跳加官"，接着是"抬元宝"，连城隍爷都喜欢这种连结。权力和财富是不能分的，这是土地封锁线内的逻辑。

官吏变成公仆，衙门变成政府，是中古变成现代，农业变成工业的契机。西洋的历史写得很明白，工业开了一条从生产事业积累财富的大道，形成了一个拥有财力的资产阶级。这个阶级是现代化的前锋，他们拿钱出来逐步赎回握在权力阶级手里的特权。他们的口号："没有投票，不付租税。"这样财富控制了权力，产生了现代政治。

自土中拔出　建立新的文化

中国一身还是埋在土地里，只透出了一双眼睛和一张嘴。你看国家的收入还不是靠田赋？民间的收入还不是靠农产？即使有人不直接拖泥带水的下田劳作，但有多少人不直接或间接靠土地生活？我们还在土地的封锁线内徘徊。

眼睛是透出了地面，看见了人生是可以享受的；眼红了。他觉得知足常乐是多可笑和土气？他露在地面上的嘴学会了现代社会的口味和名词。口味是摩登的，名词是时髦的。可是从肩到脚却还埋在土里！

若是我说："把头也埋下去罢"，这是不可能的。可是生活和文化是一套一套的，生活在土里，文化就该土气。土气的文化确是令人不顺眼，但是你得全身从土里拔出来啊。现在这种半身入土的情形是会拖死人的。享受、浪费、挥霍视为应当了，而自己并不能生产给自己享受、浪费、挥霍的物资。于是"从权力去得到财富"的需要更加重了。传统文化中对贪污既没有道德的制裁，于是在享受的引诱下，升官发财怎会不变本加厉？从这官僚机构集中得来的财富，无底地向物资的来源运送。这个贫血的国家哪里还有资本去打破土地的封锁线，建立现代工业呢？齐肩的躯体深深地陷在土里，拔出来的希望也愈来愈少。

　　自拔，新文化的建立，似乎是件困难的事；但是除了自拔，只有死亡。我们现在正在向死亡的路上跑，那是事实。

1946 年 6 月 20 日于昆明

《爱的教育》之重沐

——振华女校四十周年纪念献给校长王季玉先生

> 一种春声忘不得,长安放学夜归时。
> ——龚自珍

每逢有朋友问起我最喜欢的书时,我总是毫不犹豫地回答是《爱的教育》。有时我也自觉可怪,为什么这本书对我会这样的亲切?当我经了多年远别,重返苏州,踏进母校的校门时,这问题的答案蓦然来到心头:这书里所流露的人性,原来本是我早年身受的日常经验。何怪我一翻开这书,一字一行,语语乡音,这样熟悉。我又怎能不偏爱这本读物?

二十五年前,我和几个小朋友在操场角里,浪木旁的空场上闲谈。那时的振华还在严衙前。住宅式的校舍里,孩子们下了课,只有一角空地可供他们奔跑或闲坐。这些孩子们中间有人这样说:"我将来总要做一番惊天动地的事业。我不喜欢张良,项羽才是英雄。"

"我不希罕这些,我要发明个飞机,一直飞到月亮上去探险。"

另外一个孩子却说:"我是想做三先生(我们那时称王季玉先生作三先生,因为她在家里是老三)。"

很快的有人笑了:"教书?教孩子们书?我不干!有什么意思?"

"可是三先生为什么不去发明和探险,不去做项羽和张良,而在教我们书呢?"

我就说："她该去做大事业，留了学回来。在这小学校里看着孩子们拼生字，真是——"

"你真的愿意她离开我们么？"有位小朋友急了。

没有人再说话了。孩子们被问住了。没有人能想像三先生会离开我们这些孩子的。如果她真的要去做项羽、张良，到月亮上去探险，孩子们也不会放她。孩子们话是不说了，但是谁都感觉到一种悟彻：看孩子们拼拼法似乎比到月亮上去探险更值得我们的爱好。谁也说不出这是什么原因，可是这悟彻却使他们靠近了人性。在这把人性愈抛愈远的世界里，大家想在做项羽、张良，或是上月亮去探险时，我回忆起了二十五年前操场角落里所领悟的一种模糊的感觉，虽则我还是不知道应当怎样去衡量人间的价值，我总好像又重温了一课《爱的教育》。

苏州的冬天是冷冽的，在艰苦中撑住的学校，当然更不会有室温的设备。孩子们穿得像泥菩萨般供在课桌旁，有太阳的晒太阳，没有太阳的烘手炉。"拜拜天，今天不要上黑板罢。"孩子们在私语。果然，三先生没有叫我们上黑板，她自己在台上抄字给我们读。这天的字可写得特别大，而且没有往日那样整齐了。再看时，三先生的手肿得像只新鲜的佛手。

"三姨每天朝上自己洗衣服，弄得这一手冻疮。"坐在我旁边的她的侄女偷偷地和我这样说。话里似乎责备这位老人家不知自惜。我听着也觉得这是大可不必的。第一是大清早不必老在冷水里洗衣服，第二是既洗了衣服，生了冻疮，又大可不必在黑板上写字。学生们袖着手，老师却忙着抄黑板，这又何苦呢？

那天放学，她的侄女和我一路回家，又告诉我说："人家请三姨到上海去做事，她不肯去。"

"上海去了,不是可以不必自己洗衣服了么?"我还没忘记那只冻疮的手。

"可是三姨不肯去。"她侄女又加重地说了一句。

三先生在孩子们心目中总是个不大容易了解的老师。我们那时不知怎么的想起了要出张壁报,怕学校不允许我们张贴。我们去告诉三先生,三先生没有说什么话,点点头,在书架里拿出了一叠纸给我们。这真是使我们有一点喜出望外,因为三先生自己是从来没有浪费过一张纸的,这次却这样慷慨;原来她不肯放松足以教育孩子们的每一个机会。

我们那时的壁报贴在小学部进门处的走廊里,走廊相当狭。我们那时通行着一种"捉逃犯"的游戏,一个人逃,一个人追。我有次正当着"逃犯",一直从操场那边冲进走廊,想绕进小学部回"窠"。这一冲却正撞在站在走廊里转角处看我们壁报的三先生的怀里。我站住了,知道闯了祸。可是抬眼一看在我面前的却并不是一个责备我的脸,而是一堆笑容:"孝通,你也能做诗,很好。"她拍着我的小肩膀,"留心些,不要冲在墙上跌痛了。"我笑了一笑就跑了。直到这次回到母校,看见季玉先生的笑容时,才重又想起了这一段事。二十五年了,时间似乎这样短,还是这个老师,还是这个孩子。

振华是四十年了,我离开振华也已经二十多年了,其间又经过了抗战的八年。原已经长成的振华,经此打击、破坏,也似乎停顿了一期。但是,我再来时,季玉先生却还是二十多年前的三先生,一个看孩子们拼拼法,清早洗衣服,被孩子们撞着会笑的老师。她伸着手拉住我说:"孝通,你还是这样。"我也说:"季玉先生,你也还是这样。"她笑了,笑里流露了她的愉快,笑里也告诉了我二十五年前所不能了解的一切。我明白了为什么我爱读《爱的教育》了。

1946 年 11 月 1 日

残疾人需要学习和就业

对待残疾人的态度是测定一个社会文明程度的标志。歧视甚至虐待残疾人是不文明的行为。社会越发展，残疾人受到社会的待遇越公正和优厚。我们是个古老文明的国家，自古以来，养生送死都包括残疾人在内的。十一届三中全会以后，政府和有关部门，对残疾人的就业、生活、升学等问题在政策上采取了种种措施，民政和劳动人事部联合发出了安排残疾人就业的通知。这些不仅使残疾人的生活福利有所保障，也表明了我们社会主义的精神文明已在日益提高。但是不文明的行为在我们国家还不断发生，残疾人的学习难和就业难的问题还值得我们重视。

首先我们必须认识到，给予残疾人公正和优厚的待遇不仅是对残疾人本人的同情和扶持，而且是个有关社会共同的福利问题。一个残疾人由于受到歧视而得不到学习和就业的机会，他们就成了需要社会来养活的人，不论这个责任是落在什么人身上，总是社会的负担。在当前我们的社会里，养活残疾人的责任一般是由家庭负担的。一个残疾人经常会使一家人受到物质上和精神上的压力。这种压力可以影响一家人正常的、愉快的生活，又转而影响这家人所担负的社会工作。这笔社会的损失事实上是很大的。如果残疾人都能自食其力，并对社会做出贡献，对社会来说，也就是转亏为赢。这不是件大好事么？

残疾人能不能自食其力，并为社会做出贡献呢？除了少数人残疾程度严重之外，都可以做到的，但要一个条件，就是社会上给他们适当的学习和就业机会。所谓残疾人绝大多数只是体质上有部分的缺陷。由于体质上的部分缺陷，对某一些工作缺乏必要的能力，比如由小儿麻痹症引起的腿部和脚部的变形，不便于正常的走动，又比如由于各种原因而丧失了目力成为盲人，看不见形象。残疾人确是不能像正常的人一样做各式各样的工作。但是跛瘸的人和盲人并不是什么事都不能做。只要能扬长避短，他们能做的事是极多的，而且常常因为身体上有缺陷而锻炼出坚强的意志，在社会上做出杰出的贡献。

在我熟悉的人中就不乏这一类的事例。我的老师潘光旦先生在中学时代因病动手术，割除了一条腿。当时他在今清华大学前身，清华学堂里肄业。学校当局并没有因为他缺了一条腿，让他退学，剥夺他留学进修的机会。他撑了两根拐杖继续学习，取得了优异的成绩，成为一代有名的学者。我有两位朋友都是因患小儿麻痹症而跛瘸的，两位都是当前知名的学者，一是华罗庚同志，一是翁独健同志。华罗庚同志一生的事迹，很多人都已知道。翁独健同志从他的名字上就可以知道，他从小就是两腿不平衡的，他对蒙古史的研究做出了贡献。国外的事例更多，伟大的音乐家贝多芬老来的许多名曲是在他丧失了听觉之后创作的。美国有名的总统罗斯福是个患小儿麻痹症的残疾人。

为什么这些残疾人能对人类、对国家、对社会做出贡献呢？那是他们没有因为残疾而被剥夺学习和就业的机会。残疾人一旦获得了适当的学习和就业机会，常常因为他们由身体的残缺而锻炼出来的坚强意志，取得比一般身体正常的人更好的成绩。他们所取得的成绩，受益的不仅是他们自己，而且是社会上其他的人。如果歧视残疾人，不给他们充分的学习和就业机会，也就会大量埋没和浪费一个社会的劳力和智力资源。

当然要发挥残疾人的聪明才智,把他们和一般人一样对待是不行的。盲、聋、哑人的学习需要特殊的感觉符号来代替语言。要使他们成材还得充分利用残疾人的特长,比如历代都利用盲人听觉的发达而授予他们有关音乐的训练等等。总之,对残疾人要有一套特别的学习内容和学习方法,并且要发展特别能利用残疾人特长的职业。所以在解决了歧视残疾人的思想问题后,还要跟上对残疾人采取特殊措施,使得残疾人能和非残疾人一样对社会做出贡献和享受社会的福利。这些在社会主义社会里应当能够做得到的。现在我国对残疾人的学习和就业问题已经开始受到重视。我们每一个人都有责任宣传这种精神文明,帮助那些觉悟不够的人早日改变他们的歧视残疾人的落后思想,使那些阻碍残疾人享受到一般公民的权利的现象早日结束。

1985 年 4 月

孔林片思[1]

今天是北京大学社会学系建立的十周年，我本想借此机会总结一下我对社会学这门学科的看法，但没有时间准备，所以只能即席讲一讲我目前在思考的问题，谈谈自己的活思想。

十天前我刚从山东考察回来。在山东考察了沂蒙山区，了解山区发展的情况是我此行的目的。另外附带还参观了曲阜的孔庙、孔府和孔林，又到泰安登泰山，靠缆车上了南天门，遥望十八盘，自叹年高难攀，衰老由不得人。我想了很多，从登山我想到了建设中国现代化的艰巨性，也想到了建设一门学科的艰巨性，哪里谈得到从心所欲。

十年前重建中国社会学的时候，我就给自己规定了个任务，就是跟上中国农村变革和中国社会发展的步子，认识它，认识这种变革和发展，并将它们记录下来。应该说，这十年是我一生中最好的十年。我利用一切给我的机会，每年都出去跑，出去看。现在除了西藏和台湾没有去外，其他省、区几乎都跑遍了。西藏是医生不让去，怕我身体吃不消，台湾是时机还不成熟。十年来，我马不停蹄地跑，越跑越觉得自己跟不上时代变革的步伐。

1989年我在《四年思路回顾》中对珠江三角洲城乡发展模式曾做了初步分析，现在看来已经很不够，太简单了。于是今年3月初，我又抽出十天时间，到这地区的顺德县做重点访问。返程中顺

---

[1] 本文是作者在"北京大学社会学十年"纪念会上的讲话。

便还在东莞和番禺停留了一下。对珠江模式有了一些新的认识，并写了《珠江模式的再认识》。

4月下旬，我又到了浦东。龙是中国的象征。"龙的传人"已经进入歌曲。中国怎样才能真正变成一条龙？我看只有把经济全面发展起来，才能成为个名符其实的大国。这需要一个总体战略设想。这条经济上和文化上的大龙得有个龙头、龙身和龙尾。我看形势，或者可以说龙头就是上海。长江是一条可以带动整个内地发展的脊梁骨。龙尾有两端，长得很。一端在西南，以攀枝花和西昌为中心的南方丝绸之路；一端在西北，以兰州为中心，西出阳关的亚欧大陆桥。这是一个中华大龙的总格局。只能有了一个总格局，才能讲各地区的发展怎样配合，才能讲一个个中国人应当怎么办，才能讲每个人自己的位置和出路在哪里。

前两年许多外国朋友为了庆祝我八十岁生日，在东京举行了一次研讨会，讨论我对中国社会的研究。我在会上宣读了一篇文章叫《人的研究在中国》，主要讲我一生研究中国农村中应用的比较方法，发表在《读书》杂志1990年第八期上。至于人的研究，内容很广，可以从人们的身体到人与人之间的关系，我所接触到的只是其中极小的一部分，说不到有多大分量。

这次到了孔庙我才更深刻地认识到中国文化中对人的研究早已有很悠久的历史。孔子讲"仁"就是讲处理人与人之间的关系，讲人与人之间如何相处。孔子的家族现在已经到了七十六代了，这说明中国文化具有多么长的持续性！"文化大革命"中有人要破坏孔庙，群众不让，被保护了下来。为什么老百姓要保护它？说明它代表着一个东西，代表着中国人最宝贵的东西，这就是中国人关心人与人如何共处的问题。

海湾战争之后人们已注意到战争造成了环境污染，认识到了人与地球的关系。这是生态问题。地球上是否还能养活这么多人，现在已经成了大家不能不关心的问题了。这是人与地的生态关系，但最终还是要牵连到人与人的关系上来，反映在人与人之间怎样相处，国与国之间怎样相处的问题。这才是第一位的问题。这个问题现在还没有很好地提出来研究，看来人类在这个问题上还没有足够的觉醒。

到泰安之前，我去了邹平县。邹平是梁漱溟先生当年搞乡村建设的基地。我去给梁先生的墓上坟，明年是梁先生一百岁纪念。梁先生的墓建在半山上，视旷眺远，朴实如其人。这说明邹平的老百姓尊敬他。他为人民做了好事，人民会永远纪念他。梁先生在邹平七年，从事乡村建设实践，大力开展乡村教育、推广科学技术，改良农村经济，取得了一定成效。梁先生的主要观点之一是强调中国文化有它自己的特点，他把世界文化分成三种模式，西方文化、中国文化和印度文化。这三种文化造就了三种人生态度：西方人注重物质外界，力图改变环境，满足生活的物质需要；中国人不尚争斗，力谋人与人之间友爱共处，遂生乐业；印度人则纠缠在物质生活与精神生活之间永远调协不了的矛盾里。西方人讲了科学，促进了生产，发展了生产力。这是好的，但还有一面就是这种态度既可活人又可杀人。他们忽略了人与人之间应当怎样相处。

我们中国人讲人与人的相处讲了三千年了，忽略了人和物的关系，经济落后了，但是从全世界看人与人相处的问题却越来越重要了。人类应当及早有所自觉，既要充分认识人与环境的关系，更要明白人与人之间怎样相处才能共同生存下去，现在南北关系是很不合理的。第三世界中的中国，人口就占全世界人口的 1/5。而发达国家在世界上同样占 1/5 的人口却占用了 4/5 的资源。这样的世界上人与人怎么能和平相处下去呢？21 世纪是一个危险的世纪！这一点应当引起重视，如何进一步研究它，也值得考虑。

我从 30 年代开始研究的是如何充分利用农村的劳动力来解决中国的贫困问题。物质资源的利用和分配还属于人同地的关系，我称之为生态的层次。劳动力对于财富的占有就是人与人之间的关系了。我个人的研究到今天为止，还没有跨出这个层次。现在走到小康的路是已经清楚了，但是我已认识到必须及时多想想小康之后我们的路子应当怎样走下去。小康之后人与自然的关系的变化不可避免地要引起人与人的关系的变化，进到人与人之间怎样相处的问题。这个层次应当是高于生态关系。在这里我想提出一个新的名词，称之为人的心态关系。心态研究必然会跟着生态研究提到我们的日程上来了。

生态和心态有什么区别呢？我们常说共存共荣，共存是生态，共荣是心态。共存不一定共荣，因为共存固然是共荣的条件，但不等于共荣。

人们心态正在发生着变化，心态的关系及其变化由谁来研究？目前，文艺界正在接触这个问题，作家们用小说的体裁来表现人们的心态，但还没有上升到科学化的程度。怎样上升到科学化？弗洛伊德作出了尝试，但他却从"病态"来研究人的心态，这是从反面来探索的路子。我们需要从正面来研究，谁来研究？过去是孔夫子，他从正面入手研究心态，落入了封建人伦关系而拔不出来，从实际出发而没有能超越现实。他的背景是春秋战国时代，那是中国古代的战国时代。现在世界正在进入一个全球性的战国时代，是一个更大规模的战国时代，这个时代在呼唤着新的孔子，一个比孔子心怀更开阔的大手笔。

我们这个时代，冲突倍出。海湾战争背后有宗教、民族的冲突；东欧和原苏联都在发生民族斗争，炮火不断。这是当前的历史事实，在我看来这不只是个生态失调，而已暴露出严重的心态矛盾。我在孔林里反复地思考，看来当前人类正需要一个新时代的孔子了。新的孔子必须是不仅懂得本民族的人，同时又懂得其他民族、宗教的人。他要从高一层的心态关系去理解民族与民族、宗教与宗教和国与国之间的关系。目前导致大混乱的民族和宗教冲突充分反映了一个心态失调的局面。我们需要一种新的自觉。考虑到世界上不同文化、不同历史、不同心态的人今后必须和平共处，在这个地球上，我们不能不为已不能再关门自扫门前雪的人们，找出一条共同生活下去的出路。这使我急切盼望新时代的孔子的早日出现。看来我自己是见不到这个新的孔子了。但是我希望在新的未来的一代人中能出生一个这样的孔子，他将通过科学，联系实际，为全人类共同生存下去寻找一个办法。

这个孔子需要培养，我们应当学会培养孔子。要创造一个环境、一种气氛。这个时代在思想上理论上必然会有很大的争论，在争论中才能筛选出人类能共同接受的认识。在这种共识的形成过程中中国人应当有一份。各国都应当有自己的思想家。中国人口这么多，应当在世界的思想之林有所表现。我在宜兴的新闻发布会上曾说过：中国是了不起的，中国的土地养育了五十个世纪的人，五十个世纪一共养活了多少人？现在活着的有十一亿，还要盼望它再养活五十个世纪的人。这不是值得研究的奇迹么？我们不要忘记了历史，这么长的时间里，我们中国人没有停止过创造和发展；有实践，有经验，我们应当好好地去总结，去认识几百代中国人的经历,为21世纪做出贡献。

这些都是我坐在车上穿行孔林时的飘忽的片片思绪。我想到我对人的研究花费一生的岁月,现在才认识到对人的研究看来已从生态的层次进入了心态的层次了。但在这方面,我还能做出什么成就呢?泰山十八盘,我只能望而兴叹了。

刚才社会学系的同志在发言中谈到社会学的发展要理论联系实际,教育与实际相结合。这都很对,但要落实,必须具体化,要善于研究发生在周围的变化。许多东西在我们的周围还在不停地发生着变化,我们却往往没有感觉到。只有紧紧抓住生活中发生的问题,多问几个为什么,然后抓住问题不放,追根究底,才能悟出一些道理来。

北大社会学经过十年的努力,我们大家在这个小小的园地中做了许多工作,我希望经过努力,在我们的新一代中出现几个懂得当"孔子"的人。

1992年6月21日

费孝通十六字箴言书法作品

晚年的费孝通

寻根絮语

絮语，脱了牙的老人啰唆之言，取其发音絮絮之状，既欠文饰，更不成章。厌烦者掩耳可也，闲着无事，姑妄听之。

那还是我十岁前上小学时的事。那时我老是病，常缺课，小朋友里给我提了个绰号"小废物"。在我们吴语的口音里废费同音。一天病在床上，妈妈在床头打毛线陪我。我拉住她的手，很认真地问她："为什么要我姓费？"妈妈大概认为我热度高了在说胡话，拍着我说："姓费有什么不好呢？"我说："那么为什么人家叫我小废物？"妈妈笑了，"姓费的都是废物，我也不会嫁给你爸爸了。你爸爸姓费，你也得姓费，这是规矩。"

我至今还记得这段话，可以说是我上社会人类学的第一课。我这一代早期的社会人类学里亲属制度是个热门。妈妈所说是"规矩"，用课本上的话说，就是社会制度。她用中国传统的父系制度说明了我姓费的原因。但是当时我还是不满意这个答复。我想父亲的父亲，一代代推上去总有一个老祖宗挑定这个倒霉的姓，为什么他愿意他的子孙当废物呢？我没有把这个疑问说出口，怕妈妈又要说我老是"打碎罐头问到底"——意思是问题里出问题没有个完。可是这个问题却一直留在脑子里，而且还常常会冒出来，成了伏在我心里的"寻根"的根源。

我又还记得在中学里上学时，有个死啃书本的同学为了显示他知识多，高人一等，硬是当众说我连自己的姓也念错了，不应念"未"而应念"比"。吴语中费未同音，现在保存在苏州大学图书馆 1929 年《大学年鉴》里我的英文名字还拼成 Vee。我那位同学从当时通用的字典《辞源》里查到了费姓音秘。他揭发我读错了自己的姓，不仅要挖苦我不学无术，而且在吴语里这个音是通俗粗话的构成部分。他既然有字典为证，我也只好认输了。后来我到北京上学，燕京大学的注册科把我填写的 Vee 改成了 Fei。我当时想 Vee 改成 Fei 是方言之别，所以推想 fei 和 bi 也可能是方言之别。

后来，我在朱熹注的《论语·雍也》章里见到在"季氏使闵子骞为费宰"句下注中有"费音秘，为去声……费，季氏邑"。因而想到读为 bi 的费在孔子时代也许是个地名，姓从封地是有例可据的。查了分省地图，现在以费为地名的还有一个费县，在山东临沂地区。现在的费县可能就是当时孔子自己也想去当官而没有去成的鲁国季氏封邑的故地。

去年 5 月我去访问沂蒙山区，便想顺便去费县看看。费县离临沂很近，又有公路相通。由于这次访问的日程安排得比较紧，费县之行只有一天，而主要参观对象是山区的扶贫成绩。我只在和当地主人闲谈时说起了寻根的意向。他们表示愿意替我查查地方志，找一找费县和费姓的来历，写份书面材料给我。在我离开临沂之前，果然收到了这份材料，给了我寻根的线索。

费县给我的关于费氏考证的材料引用了《续山东考古录》的话："《通鉴》注：费字有两姓，一字蜚，嬴姓，出于伯益之后；其一音秘，姬姓，出于鲁季友。按春秋之初，已有费伯，不必皆出于季友也。今山东称费县读作蜚音，非是。"这份材料的作者认为这是说费姓和鄪（即季友封邑）浑然一体，由于后人把鄪误读为费所以有了费 Fei 和鄪 Bi 两姓。或者作这种推断"鄪是祖先，他的后代一支姓了费，对此我们尚待认真探究"。所引《通鉴》的注说明当时费县已称 fei。

有位朋友听说我在寻根,摘录了胡尧著《中国姓氏寻根》有关费姓的部分寄给我。这个抄件中也说"费有两家,读音不同,来源也不同。一家读作 fei,源出于嬴姓。伯益辅佐大禹治水有功,被封在费(在山东鱼台县西南),所以又称大费,赐姓嬴……另一家费读作 bi,源出于姬姓……鲁僖公为了奖励季友的功劳,把费邑(音 bi)赏给他做封邑。季友的子孙有以邑名作为姓氏的,就是费氏"。

从以上摘引的两份材料看来,费姓 Fei 和 Bi 的不同读音由来已久。来自两源,一是嬴姓,一是姬姓。要搞清这两个源头,就牵涉到了黄河流域的整部上古史。对我来说正如投入了个迷人的天门阵里。自从在大学里对顾颉刚先生的《古史辨》着过迷以后,我对这段上古史一向有点望而生畏。怎样走出这个天门阵呢?我想这根降龙木只能在考古学的宝库里去寻找了。于是去请教了一位考古所的朋友。他送来了一篇邵望平同志写的有关《禹贡》"九州"的考古学研究的论文。从这篇文章里我对黄河下游上古时代民族和文化背景有了一个概括的认识。从这个背景里也就比较容易找到费姓这两处源头的所在了。

我不妨把这篇文章中有关部分摘录一段在下面:"公元前第两千年中叶,商王朝势力已东进到海岱区的湖东平原一带……到商代晚期商文化向东又挺进到胶莱平原西侧,最重要的发现有山东益都苏埠屯,滕县前掌大两处……商文化的影响尚未深入胶东半岛……商朝东土的主要方国有奄和蒲姑……奄的中心或许就在曲阜以南滕县一带……[益都]苏埠屯大墓……可能就是蒲姑君主的陵寝……正是蒲姑和奄这两个由海岱土著文化与商文化结合所产生的方国文化实体，成为周初齐鲁立国的基础。"

这里所说的海岱历史文化区是指"以泰山周围、渤海、黄海、淮河故道为自然界际"的地区。"该文化区的形成可早至大汶口文化中晚期之交，即公元前三千年前后，整个公元前第三千年间则是它的鼎盛时代"，这时代是在夏王朝建成前约八百年，当时"海岱地区社会发展及经济水平在黄河长江流域诸文化区系中是相当突出的……其社会发展程度决不比中原地区落后。……然而夏、商王朝以中央王国的优势凌驾于海岱及其他文化区系之上……当公元前2000年以后……昔日海岱文化的光彩在崛起的夏商文明前黯然失色了"。

这段话给了我对付古史天门阵的降龙木，找到了一个黄河下游古史的框架。在夏、商两代住在黄河下游泰山周围一直到海滨的居民，还保持了他们有别于中原的海岱文化。这些居民在古代文献中被称为东夷。在夏、商以前他们处于东亚大陆文化的制高点。在其后的一千年中对中原的夏、商文化做出了很大的贡献，但是自身却相对地失去了优势，特别是政治上逐步受到中原王朝的控制。到了公元前1122年姬姓和姜姓联盟的周王朝灭商之后，接着就向东扩张，控制了海岱地区，在原有东夷方国奄和蒲姑的基础上建立了鲁和齐两个侯国。此后到公元前256年周才亡于秦。从西周、东周、春秋、战国到秦一共大约又有一千年，在政治上是胶东半岛进入了统一的秦汉王朝，在文化上是海岱文化融合入中原文化，成了华夏文化核心的构成部分。我所想寻找的费姓的根源正处在这个历史的激流之中。

如果依费县给我的材料做线索，首先要弄清楚的是姬、嬴两姓的源头。姬姓来自周,我是早知道的,对我来说难点是在嬴姓。我查了《辞源》嬴字有"伯益为舜主畜,畜多息,赐始嬴"。而这个伯益又就是帮禹治水有功,禹要让位给他,而他不愿接受,逃入箕山之阳的这个孔子推崇的人物。我再查《辞源》箕山,有一条说是在山东费县东南,上文中引《中国姓氏寻根》一文的括弧中有伯益封地在山东鱼台县西南,和此说相同。但接着又有一条说伯益避禹的箕山是在河南登封县东南。这两说的出处都没有注明。我也无法追究了。可是在《辞源》伯益条下却引了《竹书纪年》"夏启二年费侯伯益出就国"。这一条大概就是上述材料里所提到的费伯的文献根据。如果属实,费姓的根源可以上溯到夏代了。

上引考古资料中指出鲁侯的封地是以夏、商时代的奄为基础的。因此我又找《辞源》查奄字,果然有一条"商之盟国嬴姓,今山东曲阜旧城东"。夏、商两代,东夷和中原王朝关系是和好的,而且往来也不会少。且不说传说中夏初禹和伯益的关系,很可能表示是部落联盟,夏末在朝廷里还有费仲和费昌握有大权。如果这些记载是可靠的话,表明中原的王朝和东夷方国不仅有较密切的文化交流而且存在着政治上的联盟。

从商代留下的甲骨文来看,商朝对东方的居民是平等相处的,把东方的方国称人方。人、仁和夷在甲骨文里是一个字形。这表明并没有歧视的意味。中原王朝和东夷也发生过战争,史书里有的说商纣王之所以招致亡国是因为他在与东方诸方国的战争中把国力消耗了。这些战争的具体对象和地域我不清楚。到周初存在的东方大国只有奄和蒲姑了。周初的东征在历史上是有记载的,而且战争一直延长到鲁、齐两个侯国的建成之后。《尚书》最后第二篇《费誓》是封在鲁国的周公旦的儿子伯禽发动的对鲁以南的淮夷徐戎的誓师宣言。这篇宣言称作《费誓》，因为是在"费地"发布的。这篇大约在公元前840年留下的文件对我的寻根很有启发。

如果把费姓的一个源流放在和禹结盟的伯益，又认为伯益的老家是在鲁南，这应当就是费誓里的"费地"。它处于鲁南和淮夷徐戎接界的地方。可以设想原来称费的地方住的东夷和夏、商接触已有一千年，他们正处在海岱文化和中原的夏、商文化交流的桥梁地带。伯禽占领了奄国故地（汶、泗、沂、沭四河流域），费地正是它的南疆。周王朝对这地方的居民已不称夷和戎了。这样看来费地当在微山湖两岸。这和费伯封于今鱼台县一带的说法是符合的。但是据所引考古资料来看，奄的中心似在今滕县。鱼台、滕县、费县是在一条纬度上，这里就发生了奄和费的关系问题。我在此只能存疑不论了。

接着的问题是这个以东夷为主体的费，究竟读 fei 还是 bi。我的看法和费县给我的材料不同。他们认为 bi 是古名，后人误读为 fei。我则相反，认为在东夷读 fei，乃是古音。bi 是从西方来的鲁国姬姓人的读音。被封到费地建立鄪国的季友是伯禽之后，是姬姓，鄪音 bi，不同于当地原有的 fei。

我的根据有几条：（一）bi 音起于季友的封邑，最初费字加上"阝"旁，写成鄪，用以分别于费。那是在公元前659年。范围只限于汶上和今费县地区。后来季氏强大了，在公元前427年，独立称费国，就不再用鄪了。这可能是从 bi 变成 fei 的表示。（二）朱熹注的《中庸》第十一章里"君子之道费而隐"一句的注是"费，符未反"即 fei。可见朱熹也知道费音 bi 只限于季友的封邑，否则他不必在这句下加上这个注了。（三）《辞海》在费字下还有"春秋鲁邑，旧址在今山东鱼台县西南费亭"。我查《春秋》的《左传》有：

"费,鲁大夫费庈父之食邑,读如字,与季氏费邑读曰秘者有别。"这是说在鱼台附近还有个音 fei 的封邑,不读 bi。如果和伯益的费伯封地相联系,可以说原来东夷所据的费地是音 fei 的。(四)上引《资治通鉴》胡三省注,说当时人已把费县读为 fei,胡系宋、元之际的学者,可见在宋末元初 bi 音已失传。

bi 是季氏封邑的专用音,什么时候这个地名改称为 fei,还是个疑点。现在费县上冶镇南部还有个古城,近年出土文物证明是个古代的政治中心,可能就是鄪国的都城。现在附近有个称西毕城的地名,城北乡有个称东毕城的地名。这个毕字引起了我的猜测:造出这个新字,是不是表明当地已把费字读作 fei 之后,读作 bi 的鄪邑不得不另造个音 bi 的毕字了?

从以上这些论据来说,bi 是一定时期一定地域费字的专用音。fei 是费字的经久通用的音。fei 念成 vee,那是吴语的土音。

总的看来,我的寻根寻入了黄河下游在先秦时代民族和文化交流的总格局,小小的费姓也只有在这个总格局里找得到它的起源。如果我以上的叙述有些符合历史事实之处,也可以用来充实我在前年所作《中华民族的多元一体格局》讲话的内容。现在自认为是汉族的费姓,很可能起源于山东早年的东夷。汉族原本是由多民族凝聚而形成的,费姓只是这个民族海洋中的一滴水罢了。这滴水也正反映出从多元到一体的过程。

写到这里我想应当收住了,不料我孙子辈的年轻人读到了我的底稿,说我并没有交代清楚,为什么我生在吴江。这一问提出了一个更复杂的民族融合中的人口流动问题。姓费的人现已散布全国,虽是个小姓,总人数也不会太少。我这一家怎么会定居在江苏吴江,也就是说姓费的人怎会从山东搬到各地去的呢?时间这样长,地域这样广,这笔账我是无从清算的。迁移和扩散经过,可能比根源更难寻找了。

孙子辈的一问使我想起了十岁前住在吴江县城里时的事。那时候,我们晚上出门,还没有手电筒,总得提个灯笼。灯笼两面贴着两行红字,一行是"江夏费"三个字,另一行是什么堂,堂名我已记不得。我也问过妈妈,江夏是什么意思。她回答我说,这是你这家费姓的郡名,就是你这家姓费的祖先曾是江夏的望族。我追问江夏在什么地方,远不远。妈妈也不清楚,没有答复我。

后来我看到了老家收藏的家谱,手抄本。这本家谱早已遗失,但是因为我那时正在看《三国演义》,所以家谱上费祎这个名字留下了深刻的印象,现在还记得。这是说我的祖先中有这个受诸葛亮表扬过的人物。其实哪一家的家谱都要找几个历史上的名人做祖宗装装门面,是否真有血统关系就难说了。这次要写这篇《寻根絮语》,我特地在《辞海》里查了费祎究竟是哪里人。结果发现这位历史人物果真是江夏鄳县(今河南信阳东北)人。当然这并不能证明费祎是我的祖先,很可能我的祖辈中有人为了要高攀这个名人,所以用江夏作为郡名。

我原有的《古今人名辞典》早已在"破四旧"中被抄走了,为了查明费祎的籍贯,所以还是只能请教《辞海》。查到了费祎,同时也查到不少其他费姓人名。这一系列人名中把外国人的译名抛开,我一数,共有十名是中国人。我想如果把他们的年代、籍贯排列一下,也许可以看到一些费姓迁移的路线。当然这是不够科学的,因为选样太少了,但也不妨试试。

这十个人名按时代安排如下:(一)费直,学者,东莱人(今山东掖县)。(二)、(三)费长房,a.东汉方士,汝南人(今河南上蔡西南);b.隋佛教学者,成都人。(四)费祎(？—253),三国江夏鄳口县人(今河南信阳东北)。(五)费昶(502—567),南朝梁江夏人(湖北武昌)。(六)费信(1388—？),明航海家,苏州昆山人。(七)费密(1623—1699),明清之际学者,新繁人(四川)。(八)费扬古(1645—1701),清将军,满洲正白旗人。(九)费丹旭(1801—1850),清画家,浙江乌程人(今湖州)。(十)费穆(1906—1951),电影导演,江苏苏州人。

也可以说是巧合,按这张名单所列这十名历史人物的出生地,除其中一个是满族,按年代安排恰是从山东到河南、湖北,一支去四川,一支去江浙。有两个是江夏人,可是按《辞海》说一是在今河南,一是在今湖北。如果允许我凭主观推想一下:原在山东南部"费地"的东夷人,从周初在奄地的基础上成立了鲁国,受到了姬姓的统治。而且鲁侯对异族的居民采取了强制移风易俗的政策,一些不愿顺从的土著居民向南迁移是可以理解的。从鲁到楚原有道路相通。战国初年的墨翟据说曾经用了"十天十夜"从鲁步行到楚,即从山东走到湖北。这条路必须穿过今河南省境。从山东南下的费姓中有些在河南南部和湖北中部的江夏地方停留下来,当属可能之事。如果上述的费姓迁移路线,结合了我家灯笼上的郡名,我做出这样的推想,至少不能说全属想入非非。

汉末诸葛亮就是从山东琅玡进入河南南部的南阳,高卧隆中的。他后来转战于湖北荆州才进入四川。他很可能就在南阳韬光守晦之时结识了当地的望族费祎,一同入川,建立蜀国。按《三国演义》说,诸葛亮有个胞兄诸葛瑾却沿长江东下出仕于吴国。入川和入吴,兄弟两人在江夏一带分手也属可以想像之事,这和费姓的东西两支各奔前程,不谋而合。

在这里总结一笔,从民族形成的过程来说,在公元 2000 多年前费姓的祖先可能曾和中原的姒姓结成部落联盟,夏、商两代的一千多年里,他们和中原王朝一直保持了联系,成为东夷和中原文化、政治交流的桥梁,使海岱文化西进,充实提高了中原的夏、商文化。到周初从《费誓》这个文件来看,费姓已不再称夷戎以别于徐淮的东夷了。至于什么时候摘掉这顶异族的帽子,还很难说。经过近四百年,"费地"的一部分被鲁侯封给了季氏成为鄪国,出现了姓 Bi 的费姓,至于什么时候统一于 Fei 已难查考。

春秋战国的五百年之间,现在回头来看,正是华北地区民族大混合的时期,最后凝聚成了汉族,给秦、汉的统一国家打下了基础。这时原在山东的东夷子孙大部分已成了汉族。其实,汉族不就是像滚雪球那样滚出来的么?在整个世界上,从古到今,能包容凝聚如此多的不同来源的人,使其认同于一个民族的,除了汉族之外找不到可以相比的例子了。而这个在多元基础上形成一体的过程在汉族形成之后也还在继续不断发展,从而形成了当前的中华民族。我想今后全人类认同于一个共同体,也许还得采用我们在东方大陆上经过五千年积累的这一点宝贵经验。这种设想已超出于我寻根的范围,不必在这里多谈了。

《寻根絮语》不是一篇学术论文,耄耋之年不可能有此壮志了。写此絮语只能说如下围棋、打桥牌一般的日常脑力操练,希望智力衰退得慢一点而已。当然,如果一定要提高一个层次来说,寻根就是不忘本,不忘本倒是件有关做人之道的大事。在此不多唠叨了。

1993 年 1 月 31 日

《史记》的书生私见

我一生读书、教书、译书、著书，识字以来，除不得已外，七十多年没有和书须臾分离过。自称书生，当不为过。但说来也难自信，尽管我这小小书斋满架、满橱、满桌、满壁、满地都是图书报刊，其实我常挂记在心头的书却没有几本。细细思来，太史公司马迁的《史记》是其中之一。《史记》是我这一代书生都熟悉的，本无可说，但说起来也有不少久藏在心里的话，不妨姑妄言之。

我和《史记》相识是出于父命。年未及冠，尚在中学里上学，有个暑假，我父亲不知为什么要我跟他一起去走访一位他的老朋友。进门坐定，我父亲叫我站起向这位老先生鞠躬行礼，口称老师。这种已经大为简化了的传统仪式，在 20 年代，也是少见的。礼毕，那位教师向我父亲带着一点商榷的口气说，"那么，就让他从《史记》圈起吧。"这是他定下的入门规矩，先得圈几部书。圈书就是现在所说的标点，但符号单纯，只用圈断句。接着又指点一句："可以先从'列传'圈起。"出门后，我猜测父亲大概对我当时在一些刊物上发表的作品不大满意，所以和他的老朋友做出这个安排，目的是学文，并不是学史。

在我这一代，父命师训固然还起一定的作用，但是我大热天能坚持埋头圈书，其实是出于《史记》本身的吸引力。回想此生，也只有这一回。假末，我向老师去告辞。他抽了一筒水烟，抬眼看了我一下，"你觉得这部书怎样？"对这突然袭击，我毫无准备，只能率直地说，"我很喜欢读。""为什么？""太史公文中有我，把古人写活了。"这位老师露出一丝微笑,并不像是满意的微笑。他接着说,"既然喜欢读,还不妨多读读。"

我不仅没有按着他的叮嘱去做,甚至自从这次告辞之后,我也没有再去拜见过他。但是后来我知道他听到我在广西瑶山出了事,特地找我父亲要知其详,还写了一篇纪事,收入他的《天放楼文集》中。可惜我在解放后重回故乡时,他已去世,连文集都没有看到。

事隔三十年,我列名老九,置身册外。当其时,亲友侧目,门庭罗雀,才想起这部"不妨多读读"的书来。读到司马迁《报任安书》中的"肠一日而九回,居则忽忽若有所亡,出则不知其所往"。我惘然如跌入了时间的空洞。历史应当是个逝者不能复返的过程,怎会在两千年前他已写出了我连言语都无法表达的自己当时活生生的心态?

我记得曾说过"文中有我",但当时指的"我"只是作者自己。读时无时不感到作者在写他自己的感受,把自己化入了多种多样的历史人物,把他们写活了。过了半个花甲再读《史记》,眼前不能不浮起那位老师不像是满意的微笑,似乎明白了他"不妨多读读"的意思,好像是说:"年轻人,慢慢体会吧。"这么多年的世道,把我的思路导入了对《史记》新的反应,"文中有我"的"我"字能不能作读者来体会呢?

这种体会却又引出了一个难解的困惑。两千年的时间丢到哪里去了呢?我当时说太史公把"古人写活了",那只是说"写"出了神,死了的古人,在读者眼前栩栩如生而已。这里还不能缺个"如"字。但是如果文中有了读者,这就不是"如"了,而是"真"的活了。如真成了真如,我似乎见到了一个时间的空洞。我在"喜读"这部书的感情里，插入了一种"惶悚"的心理。如果真的是岁寒而知松柏之后凋，举世混浊乃见清士——这不是一个令人心寒的世界么？我生来是个软心人，盼望着在时间的推移中世界是会越来越好的。如果时间真是有空洞，人类不能在时间过程中不断进步，人生还有什么意义呢？幸亏不久我那部《史记》作为"四旧"被抄走了。喜欢也罢，惶悚也罢，反正不再在我的手边了。

又过了三十年。我已入耄耋之龄。为了要写这篇"说史记"的短文，突然发现我连太史公的生卒年代都不知道，查了一些工具书，对太史公哪年去世都用"？"号，存疑不写。后来我在中华书局标点本《史记》第 3321 页注 16 下找到《集解》说："骃案：卫宏《汉书旧仪注》曰：'司马迁作景帝本纪，极言其短及武帝过，武帝怒而削去之。后坐举李陵，陵降匈奴，故下迁蚕室。有怨言，下狱死。'"关于太史公保李陵、下蚕室的事，在《报任安书》中言之甚详，也是后世所熟知的。裴骃引卫宏的注我是第一次读到。似乎是隐约地说，司马迁下蚕室的真实原因是笔下犯忌，得罪了皇上，保李陵何至于下蚕室？结果是死在狱中，年月不详。这个下场，历代史书一般是隐讳不提的。

太史公不是个贪生怕死的人，更不会不知道自己的落场。他忍辱偷生写完这部《史记》，最后在自序中还明白写出："藏之名山，副在京师。俟后世圣人君子。"在京师的那本是公开的，就难免削改。他似已防止这一手而把正本安放在下落不明之处。《索隐》作者司马贞还故作谜语，引《穆天子传》说名山是"在群玉之山，河平无险，四彻中绳"之处。又在"述赞"中告诉读者副本是受到篡改的，所以说"惜哉残缺，非才妄续"。但是正本究竟何在呢？

半夜不寐，似有所悟。我真是个太史公所说的浅见寡闻的俗人。怎么不领会有生无卒的妙笔？太史公的生命早已化入历史。历史本身谁知道它卒于何时？《史记》所述正是这生生不息、难言止境、永不落幕的人世。正是这台上的悲喜啼笑构成了不朽的人类心态。这就是它的正本，也是它的名山。让这台戏演下去吧，留个问号给它的结束不是更恰当么？更好些么？

"既然喜欢读，不妨多读读。"这是六十多年前老师临别时的话，不寐之夜又在耳边叮咛。时乎，时乎，怎样分辨今昔呢？小睡醒来匆匆写下这个感觉。明知是老来的胡思想，不值得深究，故以"书生私见"为题，以免扰人清思。

1993 年 2 月 16 日

参与超越　神游冥想[①]

再过几天就要过春节了，按照中国的老传统，全家人在一起吃顿年夜饭，过了春节，人就长了一岁。这样算来，过了节，我就九十岁了。老实说，我心里有点"害怕"。毕竟年纪大了，剩下的时间已经不多，但是想做的事情还不少，怕来不及啊。

记得70年代的时候，我曾经讲过我还剩"十块钱"的话，意思是说我希望还能再工作十年。现在一算已经过了二十年，而且从我身体状况来看，头脑还清楚，估计再干五年不大成问题。从1957年到1980年，由于政治上的原因，我没有机会做什么工作，白白损失了二十三年的时间。中共十一届三中全会以后，我恢复了工作。上帝还算公平，到今天，归还了我二十年。这二十年里我做了些事情，其中一件就是重建社会学。

我是从研究农民问题起步的，提出了工业下乡的问题；之后，又研究乡镇企业和与之相关的小城镇建设；现在则是在"穿糖葫芦"，就是沿京九铁路线上的一系列中等城市，了解它们对周边农村的辐射作用；近一年来，又想研究研究大城市的一些问题。在这些研究过程中，我的脑子里产生了许多想法，甚至想到太空里去取物资的问题。

去年底我在广州碰到了林兰英，我们是老朋友，但很长时间没有联系了。她早年在美国念书，是研究半导体的，搞的是通讯材

[①] 本文是作者与北京大学社会学人类学研究所研究人员的谈话。

料。她回国的时候从美国带回一些半导体材料,那时中国还没有半导体。后来她搞了些什么研究工作我就不知道了。这次见面闲谈的时候,我说起在21世纪里,人类大概可以实现到太空里去取回有用物资的可能。她接着我的话头很肯定地说,这个事情不用五十年,大约二十年就可以做到了。我同林兰英谈这个问题的时候,并不知道她已经利用人造卫星在太空里成功地制作了一种叫单晶硅的物质。这是中国人第一次在太空里完成这样的试验,证实了人类是能够做到从太空里拿回物资的。回北京以后,我看到了介绍林兰英的有关文章,才知道她在研究工作里已经取得了这么重大的成绩。那次谈话,我们是在互相并不了解对方研究工作的情况下进行的,我们想到了同样的问题,进行了对话。我觉得那次对话太妙了。

我怎么会想到有关太空的问题呢?这是因为最近为了写一篇关于"知识经济"的文章,看了不少参考书,其中有一本是我的一位印度朋友哈克萨(Haksar)在五六年前写的。书中谈了他对世界发展的一些看法,文章中有一段话,给我留下很深的印象。他说,哥白尼揭示了地球围绕太阳旋转这个事实,使人类对自己在空间的定位有了一个新的看法,从而引起人类思想上很大的改变,引发了欧洲的文艺复兴。他接着说,现在人类做到了可以在太空里行走,已经跳出了以太阳为中心的学说了,这就使人类认识的空间更加扩大了。他预言这又将引起一场大变化,但是这个变化是个什么样子,他看不出来。

我觉得哈克萨的话很有意思。就是说,你们这辈年轻人,今后还有几十年的时间,要做不少事情,肯定会遇到很多大问题。为了解决这些问题,我们首先要看到问题,看到其中的变化,脑筋要跟得上。比如刚才讲的关于人类在太空中的定位问题,就是一个值得思考的大变化。对于这个变化哈克萨看到了,林兰英看到了,我也看到了,而且林兰英比我还进一步,更具体化了,我还比较抽象,但是道理还是讲了出来。人们有了这样的想法,就会使人的观念有一个大的改变。想想看,在这里人口区限没有了,地球空间限度也没有了。这真是一个大问题,从社会学的角度看,这些变化肯定会影响到人同人之间的关系。

我讲这段话的意思,是想告诉你们这辈人,脑筋一定要灵活些,要能跟上这个时代的变化,这是一个变化很大、很快的时代。什么是脑筋灵活?什么是能跟得上时代的变化?以我自己的体会来说就是思想要"搭"得起来,思想要立体化,不能局限在一个平面上想问题,现在我们的脑子里要有四维、五维空间。一个思想"飞"不起来的人,他思考问题的关系都是平面的,立不起来。

讲个具体的例子。改革开放初期我去香港访问,看到香港这个地方很小,工厂也很小,挤在一座楼里,我叫它们做"蜂窝工厂"。这些小工厂前面开门脸做生意,后面是厂房生产产品,搞的是"前店后厂"。看到这些蜂窝工厂,我突然产生一个想法,希望能像孙悟空那样吹一口气,把这些工厂吹到大陆去……当时的那种心情我都写出来了。后来,内地发展起了许多"前店"在香港、"后厂"在大陆的乡镇企业。最近我在与一些企业家交谈中,对这种前店后厂的情况有了进一步的了解。金华的一位制造成套家用工具的老板告诉我,他的成套家用工具在美国能卖两百美元一件,但是美国的经销商每件只给他四十美元,其中的一百六十美元都给美国老板拿走了。这就是在美国开店,在中国办厂的结果。金华的这位老板说得好,很多外国人来中国专门调查哪家工厂办得好,他就与哪家工厂合作,产品由他拿到外国去卖。这样他不用管理工厂,不需要投资，最后却拿走了大头。我问金华的这位老板，你为什么不要多一点呢？他说他没办法同美国的消费者直接拉上关系，得不到有关成套家用工具销售的信息。换句话说就是美国老板垄断了市场，垄断了信息，所以美国老板能拿走一百六十美元。当然，现在科技又发展了，出现了电脑网络，信息的沟通更直接、更快捷了。情况发生了变化，不知道金华的这位老板，能不能利用这一现代技术，从那一百六十美元里多拿回一些。

我讲这个故事是想提醒你们，我们观察事物，一定要看到事物的"内里"或是"背后"，不能只看到表面的东西，把它记录下来就满足了。像那位金华老板同美国老板的关系，就不仅仅是谁多赚一点和少赚一点钱的问题，这里还反映出世界经济的复杂性等等问题。总之深入地观察是很有意思的。

那么，你要怎样才能抓住问题呢？你要怎样去动脑子呢？我用"神游冥想"四个字来表达。这是我读陈寅恪和冯友兰的书时体会到的。什么是神游冥想？神游冥想就是不同于一般的思考。以我的经验来说，想问题的时候要"东搭西搭"，搭出一个立体的思维，冲破大多数人的思路。如果冲不破一般的思想规律，那就像在平面上趴着的人，他看不到一个立体的空间。思想要从平面到立体，像鸟一样飞起来。现在三维的立体概念都不够用了，要求要有四维、五维空间的概念。我的这些体验似乎很难用语言来表达，因为人们应用的词语都是"旧"的，用语言来表达受到很大的限制，好像应了"只可意会，不可言传"的老话。

人类是通过五官来感受外界的刺激，接触外部世界，然后由大脑判断，才能作出反应。神游冥想应该是超出了五官的感觉。这种感觉是从哪里来的呢？我在早年大学毕业时写的一篇文章里，讲过派克同吉丁斯两人的区别。吉丁斯认为人的行为是靠条件反射决定的；派克则认为不仅仅靠条件反射，人不同于一只老鼠，人还有一个发达的大脑。因此人有感情，有爱、有恨、有忧、有愁，有希望、有理想。我们看一个人，不能只注意他的行为（behavior），而不看他的行为背后的态度（attitude）。派克不主张光看到人的行为，光注意条件反射是不够的。在行为的背后还有个东西，这个东西是文化养成的意识。

人类创造了文化，创造了社会（social），social 里人同人的接触还是一个"平面"上的，条件反射式的。还有一个东西就是所谓"心有灵犀一点通"。这个"灵犀"是什么东西呢？现在我讲话，是想影响你们，你们除了用眼、耳、鼻这样的感官来感觉这个影响之外，还要用超过感觉的东西来接受这个影响，那是抽象的、象征性（symbolic）的东西。问题是这些背后的东西为什么能够 symbolic，不抓住这个东西，你就提不高。现在你也许还抓不住它，还不能够体会这个抽象的东西。中国的禅宗里讲悟性，就看你有没有这个悟性了。

人类跟动物的区别不仅仅在感觉上，人和动物都有感觉，甚至动物的感觉比人类更灵敏。可是动物缺一个东西，缺一个大脑的思维，中国人叫做"灵"，也叫做"慧"，是智慧的慧。人类在这个世界上，不是凭着一些感觉在生活，我们还要靠 symbolic，社会生活是一种 symbolic interaction。Symbolic interaction 不单单是一种感觉性的东西，我们要学会到这个里面去找出自己需要的东西。前人是怎么做的呢？他们往往用文学的形式来表达这种感觉——用诗的感觉来表达。

今天我讲这些话，是想要启发你们、带领你们进入这个精神世界里去，使你们能看到这一层，应用到这一层的东西。你们的生活里面要是有了这一层的东西，就提高了一步。但是要达到这一步，需要多读书，看看陈寅恪，看看冯友兰，体会一下冯友兰讲的"境界"那样的精神世界。

社会学是研究人的，其实人是个最难研究的对象，因为他有"灵"、有"慧"。说到灵，一般人都觉得它虚无缥缈，不可琢磨，是个抽象的东西，然而我却有过一次对"灵"的很具体的感受。那是一次所谓的小中风。前年，我去嘉兴访问，在一次吃饭的时候，我正津津有味地吃着一只粽子，突然觉得夹筷子的手不听使唤了，脑子里想着要去夹粽子，但是手臂却抬不起来；接着又想告诉坐在身旁的女儿，我大概出了什么问题，但是口张不开。幸好我的不正常的表现很快被女儿发现，被及时送进医院。这次小中风给了我很大的启发，似乎懂得了什么叫做"灵"。我们平时的一举一动，思想同肉体总是分不开的，大脑可以指挥自己的行动。可是，在中风的那一刻，不是那样了，我要说话，但话说不出来；我要去拿筷子，手臂却不听指挥，抬不起来。那一刻，我的脑子是很清醒的，想要干这干那，但是身体的各部分都不听大脑的指挥了，好像"我"突然跳出了我自己的身体，"我"站在了一边，不能再指挥我了。这大概就是灵与肉分离的感觉吧。

我因为一次小中风得到了灵与肉分离的感觉，有了经验。一个人的确需要通过自己的经验去理解一些事情，这些经验是很宝贵的，千万不要抛弃掉，要抓住自己的经验，进一步深入体会，是能够悟出很多道理的。当然一个人的经历是远远不够的，所以还要学习别人的经验，与别人对话、交流。比如你曾经在内蒙古插过队，骑在马上赶过羊，你一定会有很多亲身的感受。有了这一段生活，你对放牧生活怎么过渡到农耕生活的这一变迁，就会有深刻的理解。关键在于你能不能使你的感受和你所观察到的事物联系起来，并且贯穿到你所要表达的文章中。这就需要经历一番刻苦学习，不断磨炼、提高的过程。

每个人都有自己的一段生活，一套切身的感受，这段生活就是你要取材的源泉，发掘这个源泉，单靠一般的感觉和行为是不够的，还要凭借一套属于人类特有的"通灵"。为什么有的读者不容易看懂你的文章，那是因为你没有同他相通。要人家懂，就要象征化（symbolize）、要"示"。不仅要讲明白，还要有个表示，人同人是要互示的。什么叫通呢？那就是你同读者之间发生一种互示中的共识关系，这种关系抓住了，你的文章就行了。

我要求你们在现有的水平上升高一层，不能长期陷在原有的东西里，要超越一点。希望你们在听了我的讲话以后能够悟到一点什么。前面讲的是我自己悟出来的一些道理，你们能不能听懂？听懂了能不能应用？那就看你们自己了。你们心里都有好东西，但是还没有发挥出来。怎么样才能帮你们发挥出来呢？我想可以用交谈的办法。人在社会里，要有一个"语境"（discourse），需要与别人交流，不能只靠自己，在人同人的接触里才能生出来新东西。正如派克所讲，城市里的人因为同别人接触的机会多，所以比较能够认识更深一层的东西；一个农村里的人就不大可能有这种能力。按照老办法办事，人云亦云，跟在人家后面走，一辈子也不会有创新。

你们已看到我同李亦园和方李莉的两篇对话，你们是不是也可以跟我来个对话？今天我已经尽力把我自己悟出来的一些道理讲出来了，还需要你们自己去体会。希望你们不要停留在我的讲话上面，要进一步去"神游冥想"，去实践。我期望不久能看到你们通过同我的接触后，做出的有分量的成绩。

1999 年 2 月 7 日

更高层次的文化走向[1]

今天借这个机会和大家见见面，谈谈天。我多年来一直在研究中国的农村，现在回过头看，一生做过的事，仅仅就是要为老百姓增加点财富。改革开放以来，通过到各地考察，我看到我国的东部地区经济比较发达，到中部出现了一个台阶，经济下来了。东部沿海地区的农民人均年收入是大约五千元，而在江西这样的中部地区，农民人均年收入只有两千元左右，两地相差一半。怎样能把中部地区发展起来呢？我认为京九铁路通车，为中部地区的发展提供了一个好机会。大家常说：要想富，先修路。但是有很多例子告诉我们，修了路不一定能富，就像电影《少林寺》里的和尚说的"酒肉穿肠过"那样。意思是说，京九路虽然通车了，如何能不仅仅是酒肉穿肠过，而把"营养"留下来？我想应该沿京九线加快发展起一批中等城市，由这些中等城市带动周边农村的发展。所以从去年开始，像穿糖葫芦那样，我访问了京九沿线的一串城市，有河北的衡水，山东的菏泽，江西的南昌、九江等。今年到了赣州，从赣州转到京广线上的株洲。二十年前，株洲还是个只有七千人口的地方，但现在已经发展成拥有一百万人口的中等城市了，发展得真快啊！在那里我想起了景德镇，因为株洲在湖南相当于景德镇在江西的地位。株洲的发展是得益于引进高科技。景德镇是一个历史悠久的文化名城，要发展也得靠走"传统+科技"的道路。

---

[1] 本文是作者在景德镇民窑艺术研修院召开的"'99传统手工艺百年回顾研讨会"上的讲话。

说到传统，大家就会想到景德镇这个有名的瓷都。过去我总认为中华文化的起源主要是在黄河以北，但是许多考古成果都证明，我国的南方也是一个古代文化发展的中心。最近我参观了长沙的马王堆，看到了大批出土的竹简，内容虽然还没有全部翻译出来，但是能看出当时的吴文化已经很发达了。吴文化在中国文化中的地位，我们一直没有讲透。黄河流域是中国文化的一个重要发源地，这不成问题，但是长江流域是中国文化的另一个重要发源地，却还没有得到更好的证明。我相信当这批竹简上的内容被研究清楚后，人们对中国历史的认识，会有一个新的发展。这些年来，从发掘出的七千年前的河姆渡文化遗址和太湖地区良渚文化遗址中，可以看出长江流域很早就已经发展起来了；甚至还有人说吴越的水稻文化，不仅影响了几千年中国文化历史的发展，而且通过海上的传播，促进了早期的日本文化的发展。

江西在历史上曾经是吴国统治的地盘，受吴文化的影响，这种文化渊源，可以延续到今天。比如江浙一带受吴文化的影响，形成了传统的丝绸文化，浙江还成为瓷器的故乡，越窑的瓷器在当时就很出名，后来衰落了，瓷器的中心转移到了江西。丝绸和瓷器都是中国最有名的手工艺产品，不仅在历史上，而且直到今天还在继续发展着，和当地的经济紧密相联。我认为中国的传统文化应该有两个来源，一个来自北方，一个来自南方，它们互相补充、互相影响。这也是我的中国文化发展多元一体理论的根据。

今天会议的主题是传统手工艺百年回顾。我对手工艺的发展历史没有专门研究过，所以只能讲讲手工艺的"今天"和"明天"。缩小一点，就只讲瓷都景德镇的今天和明天。

我对手工艺和瓷器一直有所偏爱。解放初期，我在清华大学当副教务长时，对北京的手工艺品很感兴趣，曾经想搞一个有关北京景泰蓝的研究课题。后来因为我调到民族事务委员会去搞少数民族工作，这个课题就搁下了。但是，在对少数民族地区做调查时，我们收集了一批少数民族文物，也就是少数民族的工艺品。今天景德镇的瓷器又把我吸引住了。

据我了解，现在景德镇的陶瓷，有一部分又由家庭，也就是由个体户生产了。对个体经济可不能小看它，因为从理论上讲，中国社会中最基本的组织、最活跃的细胞就是家庭，在我们东方文化里，"家"、"家族"是可以发挥很大作用的。其实手工艺品的生产就是家庭经济的一部分，家庭生产是很重要的方式。如果我们善于利用家庭这个因素，把它的积极性调动起来，那么我们的生产就可能会有一个大的发展。

我在山东认识了一位企业家朋友，他是由挑着货郎担，到农村挨家挨户卖碗卖杯起的家，后来生意越做越大，全村都做这个买卖，现在已经发展成了一个大企业，带动了当地经济的发展。当然他卖的是老百姓日常用的瓷器，这说明我们搞瓷器的人，不仅要搞艺术陶瓷，也要注意搞日用陶瓷，要生产农民需要的东西。因为农村是一个最大的市场，要看准这个市场，占领这个市场。虽然目前农民的收入还比较低，但是等他们的收入提高以后，也会需要艺术水平高的艺术陶瓷。

我们回顾近百年来的手工艺历史，要把眼光看得开一点、远一点，要超越百年以来的框框，才能有新的想法、新的认识，进入新的时代。回顾是为了超越、为了创新。但是创新不根据旧的东西是很难做到的，这就又回到刚才我讲的"传统+科技"的问题上，怎样在传统的基础上结合新的技术、新的科学思想，把手工艺提高一步。听说景德镇的陶瓷业，已经应用了不少新的科学技术，希望能再接再厉，更进一步。

最后讲讲我对中国手工艺未来的看法。苏州有个刺绣研究所，他们发明了一种新技术，叫"乱针绣"，是把一根丝线拆成更细的丝，用这种细丝来绣东西。绣出来的作品，有一种模模糊糊，像中国水墨画的效果。它不是线条，也不是色彩，而是一种感觉，这种感觉是很高的艺术感受。我认为，人类的文化不能仅仅囿于实用，人的需求是要超越它、要出点格。打个比方：人们吃饭，不能只讲求营养、讲求对身体有没有好处，还要追求味道，就是我们中国人说的"鲜不鲜"。这个味道是烹饪里高层次的追求，就像艺术是生活里更高层次的追求一样。

我们说吃饱穿暖，这是人们生活中最基本的要求。下一步就不仅要吃饱，而且要吃得有味道，菜肴要鲜。这个"味"、"鲜"不仅是舌头上的一个刺激，一个物质上的刺激，还是一种感觉，这种感觉有时是难以用语言表达出来的。也就是说吃饱不吃饱和鲜不鲜是两个层次的问题。高层次的文化要讲究味道，像人们欣赏一幅画，不光看它画得像不像，还要看它画得有没有神韵。这种感觉是在有无之间、虚实之间，在这种"有无"、"虚实"的感觉中，文化达到了一个新的高度，也就是艺术的一个高度。中国人讲艺，是孔子讲的六艺，不是技术，艺同技是不同的。游于艺是孔子追求的最高境界。

我对艺的理解，是从梁思成先生那里学来的。梁先生常讲，建筑师不仅仅是一个匠人，不能光讲技术，还要讲究美的感受，讲艺术。技指的是做得准确不准确、合适不合适；艺就不仅如此，还要讲神韵。神韵是一种风度、一种神气。这些都不是具体的、物质的东西。平时我们讲精神文明，精神文明里还可以分成两层：一层是人的基本感觉，比如痛、痒；再高一层是人的气质，这里浓缩了人的思想、感受。这种思想、感受在一个美的状态里释放出来。接受这种释放是不容易的，往往只有艺术家才能做到。如果我们每个人都朝着这个方向去努力，朝艺术的境界靠近，这个世界就不同了。也许若干年后，会迎来一个文艺复兴的高潮，到那个时候也许人们要提出文艺兴国了。

最近我提出这样一个问题：人们富裕了以后会怎样？人是不会仅仅满足于吃饱穿暖的，他还要求安居乐业。这个"安乐"就是一个更高层次的追求，这个追求是要有物质基础的，没有物质基础是接触不到这个层次的。最高层次的文化就是艺术家所要探索的艺术。艺术的需要有时是很难用普通的语言来表达，因为一般人还没有那个体会，只有艺术家能够体会并表达出来。如同从语言到诗歌再到歌唱，话谁都会说，但不是人人会写诗、唱歌。也像听音乐时，人们不只是接受一种声音的刺激，还应该有一种对声调的感受。我认为文化的高层次应该是艺术的层次，当然，这是美好的、是更高层次的追求，是超过了一般的物质要求，是人类今后前进的方向。这种追求我已经体会到也感觉到了，而且想把它抓住，尽力推动人类文化向更高的层次发展。

讲一个我亲身体验过的例子。解放前，有一次我到扬州。那时扬州是个经济、文化繁荣发达的地方。一天夜里，我们几个人在一条深巷里听艺人唱曲子。夜半月下，听着悠扬、婉转的笛声，我产生一种飘飘忽忽、朦朦胧胧的感觉，真是进入到一种用语言表达不出的艺术境界里。对于这种感觉，学艺术的人可能比我感觉更深刻，可以讲得更清楚。我想人类最终就是要追求进入这种艺术的、美好的精神世界,一种超脱人世的感受。这里包含着我们艺术家所承担的责任。

当前我们的文化面临着挑战,也就是两种不同性质的文化走向:一种是重视自然世界,追求物质性、准确性;另一种是重视人文世界,追求精神性,这似乎就是东西方文化的差异。今天我们讲文化的艺术导向,就是在追求人们的生活达到一个艺术的境界,这个工作就要艺术家来完成。艺术家的工作是不能用机器来完成的,不能讲规模生产、降低成本,相反,他要不断增加成本,要把人类精神文明的资源加过去。有的艺术家为了一个信仰、一种追求,把生命作为投资,耗尽一生精力,死而无憾。这是两种不同的世界观,不同的文化导向。有人认为,中国文化是最接近这种精神的文化。

在来参加这个会议的路上,我一直在想,应该有人出来把现在的文化导向改变一下,希望能有这么一天,人们把对物质高度发展的追求,改变成对艺术高度发展的追求。当然,我们不能把这两个方面对立起来,因为艺术的发展是要有雄厚的物质基础和科学技术做基础的,两者要结合好。如何结合就是我们要下功夫探讨的课题。我讲的话有的是超前了,出了格,但的确是我从实践中、从看到的事实里感受到的。讲出来,希望能对大家的讨论有所帮助。

我还想,景德镇曾经是世界闻名的瓷都,在我国经济和文化的发展上占有重要的地位。历史上中国最有名气的手工艺品就是瓷器和刺绣。希望景德镇的陶瓷研究所和苏州的刺绣研究所加强交流,不断创新,共同把中国的手工艺术推向一个新的高度,为人类追求艺术生活的导向出力。

1999 年 8 月

简述我一生的写作[①]

今天利用这个机会向大家汇报一下我一生的写作。我这一生一直在写文章。从十四岁上初中时开始，一直写到现在。最近，我的亲友花了很多精力，把这些文章收集起来，编成一套十四卷的文集。这套文集一共有五百五十余万字，集中体现了我一生所有的写作。这么多的文字读起来既麻烦，又费时间。我想把这么多年来我认为比较重要的文章，提纲挈领地抓出来讲一讲。

文集中第一篇比较重要的文章《花蓝瑶社会组织》，是我和我的第一位夫人王同惠到广西大瑶山做社会调查后写出的。王同惠在这次考察中发生事故牺牲了。现在回过头来看，我后来的很多思想，都可以从这篇文章里找到根源，可以说，我一生的学术活动是从这里开始的。在后来写的《江村经济》里，一开篇我就讲到中国社会的基本结构，现在看，这个想法在《花蓝瑶社会组织》里已经开始。我在瑶山看到了瑶族社会每个家庭，每个家庭里边的亲属、亲子关系后，逐渐认识到这种关系是构成中国社会的最基本的人与人的关系。这个问题始终萦绕在我的脑筋里，以致使我现在所写的文章，还要涉及到这个内容。亲属关系的确是我们中国社会中最基本的关系，如果抓住这一点，许多事情就好办了。比如，当我国农村人民公社制度改成家庭联产承包责任制后，就极大地发挥了农民的积极性，从而使农村生产力得到了大提高。我早年提倡的"乡

[①] 本文为作者在家乡江苏吴江市学术演讲会上的讲话。

土工业"和"工业下乡"也就是想把农村中一家一户的积极性调动起来,这个想法在后来苏南乡镇企业发展的实际情况中,可以看得很清楚。对家庭、亲属关系是中国社会里最基本的社会关系这一点,我在《花蓝瑶社会组织》的第一章里就讲到了。接着我提到瑶族社会里各个层次的民族结构问题,指出瑶族是由花瑶族、坳瑶、茶山瑶、板瑶和山子瑶等族团组成的。它是各种来源于不同族团的人,进入瑶山后,经过长期的共同生活才逐渐形成"多元一体"的瑶族。我到民族学院,更多地接触到少数民族工作,经过不断地学习、观察、研究,晚年时写出了《中华民族的多元一体格局》这篇还算满意的文章。

再一篇比较重要的是《江村经济》。我在瑶山里受伤后,回家乡吴江县开弦弓村休养,看到我姐姐费达生和农民一起搞的合作丝厂办得很有成绩。农民办的缫丝厂和村里农民的社会生活引起了我的兴趣,我就把看到的东西记录下来,整理成这篇文章。在这篇文章里,我又写了这个村以家庭为主的社会结构。后来又把这个观点逐步扩展、丰富,写出了《生育制度》、《乡土中国》和其他一些比较重要的文章。可以看出,我的这些思想在1935年瑶山搞调查时,就已经有了苗头。

我们知道,像江村这样一个苏南的农村,长期以来种桑养蚕一直是农民最重要的副业。前几年我参观河姆渡古代文化遗址时,看到七千年前我们的先民已经懂得养蚕和纺织,可见中国的丝绸文化有多么悠久的历史,直到今天,丝绸业还是苏南的支柱产业之一。但是长期以来,农村里养蚕缫丝靠的是手工操作,技术很落后。30年代初,我姐姐她们到农村帮助农民掌握当时种桑、育种、缫丝的先进科学技术。那个时候,正是中国农村从传统的手工业生产进入到机械生产的非常关键的转变时期。我恰好在这个时候到了开弦弓，把在村里直接看到和听到的农民生活记录了下来。

1936年，我带着在江村调查的材料到英国留学，接触并进入了西方的学术圈子。传统的西方人类学长期以来一直是从事对所谓"野蛮人"社会生活的研究。我的老师马林诺斯基想要钻出这个牛角尖，打破旧的禁锢。这个时候正是西方人类学界酝酿着将发生这个转变的前夕。碰巧的是，我带去的材料，刚好是一个中国人调查自己家乡一个有着悠久的历史文化的农村里农民的社会生活。两方面接上了头，于是人类学的这个转变逮住了我，当然我也逮住了这个机遇。

这本以开弦弓村调查材料写成的《江村经济》，被马老师称做是人类学研究对象转变的一个"里程碑"，同时也奠定了我一生的学术方向。其实这个"碑"不是我造出来的，而是学术界在起变化的时候，被我赶上了。当然机遇是客观存在的，还要看自己能不能抓得住。

写了这本书之后，我回到了当时抗日的大后方——昆明。那时，吴文藻先生已经在云南大学建立了社会学系，我在这个基础上集合了一批年轻人，搞了一个调查基地，到昆明附近的农村、工厂去做调查。

1980年，当我获得第二次学术生命后，又有了搞实地调查研究的机会，于是又到我熟悉的家乡——吴江调查，跑遍了那里的七大镇。在调查中，我逐渐萌发了发展小城镇的想法，并把这个想法写成了《小城镇　大问题》这篇文章。这个问题引起了人们的广泛注意。经过二十年巨变，当时的这个想法如今已经发展成"小城镇，大战略"、"小城镇，大前途"了。随着时间的推移，我的研究逐步从小城镇扩展到区域经济和大中城市经济发展的课题上。近两年来,我在京九铁路上"穿糖葫芦",访问了京九线上的一串中等城市,希望能加大这些城市的发展力度,振兴周边地区的经济,从而使整个中部地区腾飞起来。

其实关于发展小城镇的思考,我在《江村经济》、《云南三村》等一些文章里已经有所表达。我提出了工业下乡,农村工业化的主张,同时指出中国问题的关键是贫穷,为解决这个问题就必须发展生产力,要富民。中国人口中的百分之八十是农民,所以,如果农村生产力得到提高,农民生活得到改善,中国的事情就好办了。工业下乡、科技下乡是提高农村生产力,使农村富裕起来的一条有效路子。

这些年来,我在中国大地上"行行重行行",一直走到九十岁,目睹了中国怎样从手工业时代进入到机械化时代。今天,在这世纪之交的时候,我们又到了从机械时代进入电子时代、信息时代的关键时刻。70年代时我最初看到的计算机,还是有两间房子那么大的庞然大物。现在袖珍计算机已经可以放在衣袋里,电脑也已经走进家庭。短短的二十年里,计算机由占两间房子那么大的空间,缩小到可以放进衣袋里了,这个变化是多么巨大!电子技术的飞速发展使我们获得了快速、便捷的通讯手段。就拿我来说,近几年在全国各地跑,不论到什么地方,随时随地都可以用电话和家里保持联系,这在前几年是办不到的。

由于科学技术的迅猛发展,当今世界的变化越来越快、越来越大了,这个变化究竟会变得怎么样?我看得还不大清楚。但是,这个"还不能确定的因素"中的很多变化,已经影响了经济的发展、影响了人们的生活、影响了人与人之间的关系,这一点已经是大家的共识。在这个变化里，中国怎样才能从社会主义初级阶段继续发展下去？这条路怎样走？还靠老的、机械化时代的那套办法，肯定是不能够适应了，这就给我们社会科学和自然科学提出了新的任务。

我很幸运，能在有生之年看到一个正在发生着巨大变化的世界。但是，年纪已经不允许我再亲身进入这个精彩的世界里去做系统的实地调查了。我能做什么呢？我想能不能在我们的学科上。做一些破题开路的工作，指出一些今后努力的方向。这是我的责任。

我这一生，小的时候是靠父母、姐姐培养大的，进了清华以后就完全是由国家出钱供给了。从那时一直到现在，我都是靠国家的支持才能做一点事。是农民拿了钱来培养了我，这是不能忘记的，得之于农民，要还之于农民。希望我做的这一点事情，能帮助农民更加富裕起来；为我们的国家能够在世界上高高站起来，出一点力量。同时希望年轻的一代，赶紧成长起来，接好班，使我们这个有着几千年文明历史的国家，在下个世纪继续为世界文明做出新的贡献。

1999 年 11 月 2 日

"美美与共"和人类文明[①]

一、文明的话题

探讨全球化和不同文明之间的关系，不是一个新话题，也不是一个新现象。今天我们经常说的"全球化"，其渊源可以追溯到19世纪西方(主要是英国)主导的世界各地不同文化之间的广泛接触和交往。对这种广义的全球化趋势的关注与研究，也是从19世纪开始的，比如卡尔·马克思就关注过资本主义全球扩张和原始积累的过程。关于这方面问题的探索，一直是社会学、人类学、民族学等诸多社会科学研究的重要领域。

这种对于全球化、文明、文化的研究，不仅仅是一种纯知识性的探索，它已经成了解决人们面临的严峻问题的一门科学。当今世界上不同的国家、民族、宗教之间的各种交融和冲突屡见不鲜，全球化造成的矛盾和问题，对我们构成了多种多样的挑战，对此，国际学术界和思想界做出了种种反应。我本人近年来对"天人对立论""文明冲突论"等思潮的评论，就是对目前世界上发生的一些问题所发表的意见。

当今世界上，还没有一种思想或意识形态能够明确地、圆满地、有说服力地回答我们所面临的，关于不同文明之间该如何相处的问题。不管是社会经济高度"发达国家"，还是大多数"发展中

[①] 本文是作者在2004年8月"北京论坛"上所做的书面发言。

国家"，在这个问题上，都同样受到严峻的挑战。这不是哪个单一的国家、民族或文明遇到的问题，而是一个全人类都要共同解决的问题。全球化的特点之一，就是各种"问题"的全球化。

二、时代的呼唤

近二三百年来，西方思想在世界学术界起着主导作用，但在面对全球问题的时候，西方的一些基本思路，出现了很大的局限性，在解决某些问题的同时，又引发出一些新的矛盾。比如，近百年来，随着西方强势文化的扩张，"自我中心主义"在一些人的头脑里大大地膨胀起来，"西方至上主义"、"殖民主义"、"极端国家民族主义"和"种族主义"等等思潮，成了上世纪两次世界大战的催化剂，也是造成很多国际性问题的重要原因。时至今日，世界上极端主义和以暴制暴所造成的种种事端，依然摆脱不掉"以我为中心"的影子。

因此，我觉得要更好地理解今天世界上出现的问题，寻求解决全球化与不同文明之间的关系，就必须超越现有的一些思路，在一个更高的层次上重新构建自我文明和他人文明的认识，只有当不同族群、民族、国家以及各种不同文明，达到了某些新的共识，世界才可能出现一个相对安定祥和的局面，这是全球化进程中不可回避的一个挑战。

要认真深入地对这些问题进行研究，必然会碰到诸如文化、文明、人性、族群性等基本概念，会涉及到认识论和方法论这样更高层次的问题。比如在探讨文化交流时，常会牵扯到对文化的基本定义；在对各种文明基础和特质进行研究时，也要谈到关于"人"、

"人性"这些更基本的问题。事实上,很多人文学科的研究,比如人类学者对文化、传统的理解;社会学对社会群体结构的理论;民族学对族群性的解释等等,都可为我们提供很好的思路,对我们有很大启发。

我提及这方面的话题,并不是说我已经有了某种结论,而是希望我们在探讨、研究问题时,要把眼光放开、放远一些,思路变得灵活、广泛一些,不要总局限在一些常识性的、常规性的和偏狭的框框里。在探索关系人类文明这样一个宏大的、长远的课题时,我们的思想要有与之相适应的、博大的包容性和历史的纵深感,要充分利用全人类的智慧,发挥多学科、跨学科的优势来进行研究。

人类每逢重大的历史转折时期,就会出现各种各样的所谓"圣贤",其实,这些"圣贤"就是那个时代所需要的,具有博大、深邃、广阔的新思路和新人文理念的代表人物。我曾经把当今的世界局势比作一个新的战国时代,这个时代又在呼唤具有孔子那样思想境界的人物。我确实已经"听"到了这种时代的呼唤。当然,今天的"圣贤",不大可能是由某一种文明或某一个人物来担当。他应该,而且必然是各种文明交流融合的结晶,是全体人类"合力"的体现。

近年来,在讨论全球化这个话题的时候,我多次提到"和而不同"的概念。这个概念不是我发明的,它是中国传统文化中的一个重要核心。这种"和而不同"的状态,是一种非常高的境界,它是人们的理想。但是要让地球上的各种文明,各个民族、族群的亿万民众,都能认同和贯彻这个理想,决不是一件轻而易举的事。为此,我们还有很长的路要走,还要付出沉重的代价。

我还提出了"文化自觉"。什么是文化自觉?简单地说,就是每个文明中的人对自己的文明进行反省，做到有"自知之明"。这样，人们就会更理智一些，从而摆脱各种无意义的冲动和盲目的举动。

后来，我又进一步提出"各美其美，美人之美，美美与共，天下大同"的设想。这几句话表达了我对未来的理想，同时也说出了要实现这一理想的手段。我认为，如果人们真的做到"美美与共"，也就是在欣赏本民族文明的同时，也能欣赏、尊重其他民族的文明，那么，地球上不同文化、不同民族、不同国家之间就达到了一种和谐，就会出现持久而稳定的"和而不同"。

三、经验性研究

研究文化和文明问题，可以有多种不同的视角和方法，不同的视角和方法之间可以互相支持和取长补短。作为一名从事实地调查研究的社会工作者，我想借此机会，谈一谈我在对全球化和文化、文明的关系的研究中所采用的方法和体会。

我的学术生涯，大约是七十年前从广西大瑶山开始的，那次人类学和民族学的田野调查的研究方法（用今天的话说，就是"理论和实际相结合"的方法），对我一生学术研究产生了决定性的影响，成了我后来学术研究的基本手段。

我提出这个问题，是想提醒大家在关注探讨全球化和文明的问题时，如何拓展我们的研究方法。今天，世界上发生了许多新的问题和现象，这些问题和现象，都是由于不同文化的相互接触、碰撞、融合而产生的，没有现成的答案可以解决。也就是说，用原有的思维逻辑，原有的研究方法来解决现在的问题已经不行了。要想找到解决问题的方法,就要回到现实社会生活中去,扎扎实实地做实地调查。要超越旧的各种刻板的印象(stereotype)和判断,搞清楚各种文明中的人们的社会生活,并以此为基础(而不是以某种意识形态体系为基础)来构建人类跨文明的共同的理念。这种研究的难点,在于研究者必须摆脱各种成见,敞开胸怀,以开阔的视角,超越自己文化固有的思维模式,来深入观察和领悟其他族群的文化、文明。在跨文化的交流和沟通中,构建起新的更广博的知识体系。

为什么必须要到现实生活中去调查呢?因为人类社会是复杂的、多样性的,又是多变的、富于创造性的,它决不是只有单一文化背景和有限知识和经验的研究者能够想象和包容得了的。所以,研究者必须深入到你要了解的"他人"的生活中去观察、研究。从某种意义上说,这种实地调查的方法,也反映出研究者的一种心态,就是你是不是真正要去理解、接受"他人"的文化、文明,这种心态正是今天不同文明之间交流的一个关键。深入到"异文化"中去做调查,努力学习"他人"的语言、传统,入乡随俗,适应他们的生活方式,做到设身处地地用当地人的眼光来看待周围的事物……这本身就是对"异文化"的尊重和对"异文化"开放的心态。如果连这种最基本的平等态度都没有,还谈什么交流和沟通。

可以说,在我的学术生涯中,我一直试图坚持走实地调查这条路。当我七十岁获得"第二次学术生命"时,虽然已经不可能像年轻时那样,长期地、深入地去观察某一个具体的社区或社会现象,但是,我仍然不懈地"行行重行行",每年要安排三分之一以上的时间到各地做实地考察,这种实地考察使我受益匪浅。

四、心态和价值观

从学术史上说,这种实地考察的实证主义,是我在英国留学时的导师马林诺斯基在上个世纪初提出的。1914年—1918年间,马老师通过在西太平洋 Trobriand 岛上参与和观察当地土人的生活,从而总结出一套行之有效的研究方法,构建了人类学功能学派的理论基础。他的这一贡献与其说是学术上的,不如说是人文价值上的,因为长期以来,西方学术界流行的是以西方为中心的社会进化论思潮,把殖民地上的人民看成是和白人性质上不同、"未开化"的"野蛮人"。马老师却号召人类学者到那些一直被认为是非我族类、不够为"人"的原始社会里去参与、观察和体验那里人的生活。马老师使这些"化外之民"恢复了做人的地位和尊严。

在马老师强调和提倡田野工作之前,即使像佛雷泽这样的人类学大师在搞研究工作时,也主要是依靠查阅各种游记、笔记、文献资料。这种大量利用间接观察、间接记录、多手转达的方法,很容易因为观察者视角不一致、信息不连续和不完整,使研究者做出错误的解释和结论。实地调查能够促使研究者深入到"社会生活"中去"参与观察",使"人类学走出书斋",取得超越前人的成绩。

要进行跨文化的观察体验,还必须具有一种跨越文化偏见的心态。由某一种文化教化出来的人,因为对"他文化"不习惯,出现这样那样的误解、曲解,对"他文化"产生偏见,应该说是一种正常的现象。但作为一个研究者,则必须具备更高的见识、更强的领悟力,能够抛弃这种偏见。我特别提到一个"悟"字,这个字在跨文化的研究中显得特别重要,它不仅要求研究者全身心地投入到被研究者的生活当中，乃至他们的思想中，能设身处地地像他们一样思考；同时，又要求研究者能冷静、超然地去观察周围发生的一切。在一种"进得去，出得来"的心态下，去真正体验我们要了解的"跨文化"的感受。我认为，在讨论全球化和不同文明之间的关系时，具体的研究方法等技术因素，并不是最重要的，最要紧的还是研究者的心态。

其实，我们平时常说的"凡事不要光想着自己，要想到人家"这句话，就很通俗地说出了在研究跨文化时所要持有的心态。这句话是中国人一个传统的、十分重要的为人处世的原则，类似的"原则"在老百姓中间流传的还有很多。我想这些"原则"应该是我们中华民族在形成多元一体格局的历史进程中，融汇百川，不同文明兼收并蓄而积累下来的宝贵经验，这些经验或许能够对我们社会研究工作者提供有益的帮助。

培养这种良好的跨文化交流心态，是提高每个社会工作者人文修养的一门必修课，应该把这方面素质的提高，作为对社会学专业学生的基本要求。如果再扩大一些，我们能在一般民众中也推行这方面的宣传教育，其结果，必然能够增进不同文明中普通成员之间的良好沟通、交流和理解。如果这种沟通、交流和理解能够有广泛的群众基础，那么，今天世界上诸多民族和文明之间的矛盾、偏见、冲突以及冤冤相报、以暴制暴等等就有了化解和消除的希望。

五、交融中的文明

近几百年来，西方文化一直处于强势地位，造成了其社会中某些势力的自我膨胀，产生了殖民主义、种族主义、极端民族主义、文化沙文主义、单线进化论等形形色色的自我中心主义的思潮。但与此同时，在西方学术界，也出现了像马林诺斯基这样的，对西方文化中自我中心主义思潮进行反思和反制的学术流派。这种反思，可以说就是"文化自觉"的一个表现。然而直到今天，西方社会中各种势力和学术界各派别之间，仍然存在着巨大的分歧和激烈的较量。从另一方面看，非西方的各种文明，在经历了几百年的殖民主义、世界大战、冷战、民族解放运动等等磨炼后，其社会成员的思想和心理都起了十分复杂的变化，产生了多种多样的社会思潮，其中不乏与"西方至上主义"相对立甚至相对抗的思潮。这个状况，被一些人称作是"文明的冲突"，这种冲突已经影响到了今天的世界局势。目前所谓的"恐怖主义"和"反恐斗争"，就是这种"冲突"的表现之一。

几百年来，主导世界的西方文化大量地传播到其他文明中，随着时间推移，世界已经越来越紧密地联系在一起，这种传播也变得越来越快了。然而，文化交流是双向的，在西方文化快速传播的同时，西方社会也大量地汲取了其他文明的文化，而且这种文化上的交融，每时每刻都在发生着。这些被吸收的"异文化"，经过"消化"、"改造"之后，成了各自文明中新的、属于自己的内容，并从宗教、政治和意识形态等方面反映出来。可以说，今天世界上不同文明之间已经是"你中有我，我中有你"。今日之世界文明，已非昔日历史文献、经典书籍中所描绘的那种"纯粹"的传统文明了。因此，我们必须改变过去概念化的、抽象的、刻板的思维方式，以一种动态的、综合的、多层面的眼光，来看待当今世界上不同文化和文明之间的关系。

六、中华文明的启迪

作为非西方文明主要代表之一的中国，长期以来遭受殖民主义、帝国主义的欺压，为了民族生存，中国人民前仆后继、英勇斗争，终于捍卫了自己的主权和独立。长期的遭受屈辱，不断的奋起抗争，如今昂首屹立在世界上的经历，对中华民族面对全球化时的心态，必然会产生巨大的影响，尤其是当中国的综合实力和国际地位不断提高的时候，我们更应该加强"文化自觉"的反思，使我们能够清醒地认识到自己的状况，摆正在世界上的位置。

"文化自觉"的含义应该包括了对自身文明和他人文明的反思。对自身的反思往往有助于理解不同文明之间的关系。因为世界上不论哪种文明，无不由多个族群的不同文化融会而成。尽管我们在这些族群的远古神话里，可以看到他们不约而同地在强调自己文化的"纯正性"，但严肃的学术研究表明，各种文明几乎无一例外是以"多元一体"这样一个基本形态构建而成的。上个世纪80年代末，我总结了多年来研究的心得，提出了"中华民族多元一体格局"的观点，试图阐明中华民族这个由五十六个民族组成的实体形成的过程。

在我们探讨全球化和不同文明之间的关系的时候，中华民族的"多元一体格局"给了我们一些启示。我们知道，古代中国人的眼里，"中国"就是"天下"，也就是被看作是一个"世界"。所以中国人常说的"分久必合，合久必分"，并不是现代西方人所指的一个"民族国家"的"统一"或"分裂"（比如南北朝鲜、东西德国），而是一种"世界"的分崩离析和重归"大一统"。纵观中国几千年的历史，分分合合，纷争不断，但是从"多元"走向"一体"的大趋势是整个历史发展的主线，而且即使是在"统一"的时期，统治者在政治制度、宗教信仰、经济形态等方面，仍然允许在某些地区、某一阶层、某种行业中保持它的特殊性。古代中国这种分散的多中心的局面，究竟是因为怎样的内在机制、怎样的文化基础和思想基础才得以存在？这样"和而不同"的局面有什么优势和劣势？在中国传统文化中，哪些要素在这里边起了什么作用？古代的中国人究竟是怀有怎样的一种人文价值和心态，才能包容四海之内如此众多的族群和观念迥异的不同文化，建立起一个"多元一体格局"的中国！这些都是值得我们深刻思考和努力研究的问题。

中华民族在漫长的"分分合合"的历程中，终于由许许多多分散孤立存在的族群，形成了一个"你来我去、我来你去，我中有你、你中有我，而又各具个性的多元一体"。所以，在中华文明中我们可以处处体会到那种多样和统一的辩证关系。比如早在公元前，号称"诸子百家"的战国时期，出了那么多思想家，创立了那么多学说，后来为什么会"独尊儒术"，能够"统一"？儒家学说中又有什么东西使它成为一种联结各个不同族群、不同地域文化的纽带，从而维系和发展了中华民族的多元一体格局？还有，许许多多的族群在融入以"汉人"为主体的大家庭时，是以一个怎样的机制，使原本属于某一族群的文化，发展成由大家"共享"的文化？我们都知道，不同的宗教信仰之间怎样"友好共处"，是一个比较复杂、棘手的问题，但是在中国历史上也有成功解决的范例。比如古代犹太人在中国的经历，就是一个例子。人们通常认为犹太民族是一个宗教观念非常强烈的群体，但是在中国这样一个相对宽松的传统文化氛围里,在中国的犹太人,逐步融合到中国的社会中,没有发生像在西方社会,犹太人由于受到压制而不断强化民族宗教意识,甚至发生冲突的现象。还有在辽、金、元、清的时候,统治者在不同民族、不同族群的地区,实行不同的行政制度,因地制宜,顺应当地民众的传统文化、信仰和习俗来进行统治。但是,这种"顺应"又都统一在更高一层的"国"的框架之内。

这些例子,说明中华文明的结构和机制,在漫长的岁月中,经过一代代先人在实践中的不断探索、积累、完善,已经形成了一套相当成熟的协调模式。它充分体现了古人高度的政治智慧和中华民族深厚的文化底蕴。时至今日,在我们的生活实践中实施的"民族区域自治"、"一国两制"等政治制度,无不缘于厚重的中华传统文化。

中华文明有着悠久的历史和深厚的内涵,也有与"异文化"交流的丰富经验。我相信,在今后中国越来越广泛、深入地融入到世界的过程中,一定能为重构全球化和不同文明之间的关系做出应有的贡献。

七、跨文化研究的人文属性

人们常常把世界上不同文明之间如何相处的问题,看成是国与国、民族与民族之间政治、军事、综合国力等方面的比较,像是在做一种"力学"关系的分析。这样的分析不能说没有道理,但是不全面,因为文明、文化都是关于"人"的事情,所以要搞清楚还得从"人"入手。

文明、文化都是抽象的概念,它们之间的关系,不同于一般社会群体、社会组织这样的实体之间的关系。但是人们常常有一种倾向，遇到文明、文化之间的问题的时候，会不自觉地把它当做社会实体之间的问题来处理。要知道，文明和文化是具有浓厚情感、心理、习俗、信仰等非理性的特征，它们之间的关系也不是靠简单的逻辑论证、辩论、讲道理就能解决的。我们大约都有过在处理涉及感情、心理、习俗等等这些问题时，讲不清道理的经历。所以，在处理跨文明关系、跨文化交流这样更复杂、更微妙的人文活动时，就要求我们运用一套特殊的方法和原则，最大限度地注意到"人文关怀"和"主体感受"。这是一项涉及到历史、文化、传统、习俗、文学、艺术等诸多领域里的，以"人"为中心的系统工程。

在对跨文化的研究中，理解"人"，理解人的生物性、文化性、社会性，人的思想、意识、知识、体验以及个人和群体之间微妙、复杂的辩证关系等等都是至关重要的。因为，人的上述特性通过交流、传播和传承，可以成为群体共有的精神和心理财富，并在这一群体里"保存"下来，达到"不朽"，成为"文化"的一部分。同样的道理，不同文明、不同文化的人们之间，也存在着这种交流、传播和传承。

从总体上说，人类文明的多样性，是各个文明得以"不朽"的最可靠的保证。一种文明、文化，只有融入更为丰富、更为多样的世界文明中，才能保证自己的生存。人们常说，"只有民族的，才是世界的"，这是不错的；反过来说，只有世界的，才是民族的，才能使这个民族的文化长盛不衰，也很有道理。所以，文化上的唯我独尊、固步自封，对其他文明视而不见，都不是文明的生存之道。只有交流、理解、共享、融合，才是世界文明共存共荣的根本出路。不论是"强势文明"还是"弱势文明"，这是惟一的出路。

探讨文明和文化问题,不可避免地要涉及到价值观和信仰,而这些又极容易转变成感情和心理因素,然而在科学研究中,一旦掺杂了这些因素,就会产生巨大的阻力,这是我们从事族群、民族、宗教研究的社会科学工作者都遇到过的问题,因此,必须构建一种超越常规的理念。我们不提倡用某一种文明的意识形态、价值观念来解决不同文明之间的问题,因为用一种文明的"标准"去评判另一种文明,不管这种做法"对不对",实际上会让人感觉到这样做"好不好"。由于不同文明之间人们的认知体系有差别,所以不同文明的人,对同一个问题的看法,常常会变得不是"是"与"非",而成了"好"与"坏"了。我觉得,不管出于什么动机,强迫别人接受一种本来不属于他们的价值观,这种做法,本身就含有欺压和侮辱人的性质。

不同文明之间的交往,"内容"常常会退居到次要的地位,而"形式"会上升为主要的东西。我说的"形式",不是科学主义说的那种可以忽略的、外在的、表面化的形式,而是人类学中所指的"仪式"、"象征",也即是"意义"。它在一种文明、一种文化里起着很重要的作用,甚至是生死攸关的作用。不同文明之间的矛盾,是不能简单地按照经济或功利的原则来解释的。中国古代有"不食周粟"、"苏武牧羊"的故事,这些故事说明,文明、文化的交往决不是简单的商品交易,一个族群、一种文化,不是物质利益就能收买,也不是强力所能压服的。

当前世界上某些人,常常有意无意地把不同文明、文化之间的关系,直接与国家或民族利益挂钩,这是一种加大,甚至是激化不同文明之间误解和矛盾的做法。这些人在大谈"国家利益"的时候，手里不断挥舞着文明、文化的旗号，把赤裸裸的为"一国谋利益"的做法，装扮成捍卫"某某文明"的"义举"；把具体的国家利益之争，混淆成不同文明之间的争斗。当然，从广义上讲，文化价值也包含在"利益"之中。但它们并不是简单地连接在一起的，这种随意的联系，是不成熟、不理智、不准确、不负责任的表现。犹如我们不能把美国的国家利益，等同于基督教文明的利益，也不能把中国的国家利益，说成是儒家文明的利益。

我们认为，国家利益可以"一事一议"，好像谈生意那样，通过理性的协商来解决。如果把这种事情上升到文明、文化的层次里，就会变成充满感情和心理因素的、非理性的问题。

一个国家不能自命为某一种文明的代表或化身，说成是某文明的卫士；各种政治集团也不该盗用文明、文化的名义，制造民粹运动来为自己的政治利益服务。这种夹杂着经济和政治目的的"国家利益"，会大大歪曲不同文明之间关系的本质，造成恶劣的结果。

八、美美与共

从历史和现实中可以看到，要想处理好不同文明之间的关系，首要的条件应该是各自能够保持一种平和、谦逊的心态，就是中国古人所谓的"君子之风"。

前几年，我提出了"各美其美、美人之美、美美与共、天下大同"的设想，这是我的心愿。要想实现这几句话，还要走很长的路，甚至要付出沉重的代价。比如要做到"各美其美、美人之美"，也就是各种文明教化的人，不仅欣赏本民族的文化，还要发自内心地欣赏异民族的文化;做到不以本民族文化的标准,去评判异民族文化的"优劣",断定什么是"糟粕",什么是"精华"。

要达到这样的境界并不容易,比如当今世界上许多发展中国家,历史上大多遭受过西方殖民主义的欺凌,这些国家的民众,由于受一种被扭曲的心理的影响,容易产生两种截然相反的倾向:一种是妄自菲薄,盲目崇拜西方;一种是闭关排外,甚至极端仇视西方。目前,这种仇视西方的状况似乎已经酝酿成一股社会潮流。从另一方面说,作为强势文明的发达国家,容易妄自尊大,热衷于搞"传教",一古脑地推销自己的"文明",其实这样做会蒙住自己的耳目,成了不了解世界大势的井底之蛙。中国的历史上,也出现过"盲目崇拜"和"闭关排外"的现象。希望今天的中国学术界,能够彻底抛弃妄自菲薄、盲目崇拜西方或者妄自尊大、闭关排外的心理。

中华文明经历了几千年,积聚了无数先人的聪明智慧和宝贵经验,我想我们今天尤其需要下大力气学习、研究和总结。面对今天这种"信息爆炸"、形形色色"异文化"纷至沓来的时代,我们需认真思考怎么办?全盘接受、盲目排斥都不是好的办法,我们应该用一种理智的、稳健的,不是轻率的、情绪化的心态来"欣赏"它。要知道,不论哪种文明,都不是完美无缺的,都有精华和糟粕,所以对涌进来的异文化我们既要"理解",又要有所"选择"。这就是我说的"各美其美、美人之美、美美与共"。

中国历史上有过这样的例子。唐朝的时候,国家昌盛、经济发达、文化繁荣,引起了邻国日本的关注,派人来学习,与唐朝建立了友好关系。他们把唐朝好的东西带回去,丰富了自己的文化。这段历史表明,当时的日本人是很有"鉴赏力"的,善于"美人之美",因此获得了很多文化资源,达到了"双赢"的结果。

当今地球上的人类,应该比古代人具有更广阔的胸怀、更远大的目光,对于不同文化有更高的鉴赏力,拥有一个与不同文明和睦相处的良好心态。在这方面,我们的先辈留下了许多包含了深刻哲理的宝贵经验。比如孔子说:"己所不欲,勿施于人",强调的是人们"不应该做什么",而不是要求人们"应该做什么";又如"修己而不责人"、"退一步海阔天空"等等这样的格言,都包含了克己、忍耐、收敛的意思。这些都是在中华民族多元一体格局形成的漫长岁月中,逐渐发展起来的中国人特有的一套哲学思想。

为了人类能够生活在一个"和而不同"的世界上,从现在起就必须提倡在审美的、人文的层次上,在人们的社会活动中树立起一个"美美与共"的文化心态,这是人们思想观念上的一场深刻大变革,它可能与当前世界上很多人习惯的思维模式和行为方式相抵触。在这场变革中,一定会因为不被理解而引起一些人的非议甚至抵制,特别是当触动到某些集团的利益的时候,可能还会受到猛烈的攻击。但是,当我们看到人类前进的步伐已经迈上全球化、信息化的道路,已经到了一个必须尽快解决全球化和人类不同文明如何相得益彰、共同繁荣的紧要关头,这些抵制和攻击又算得了什么。

九、博采众家之长

当我们探讨和研究不同文明如何相处的时候,必须充分了解和借鉴世界上各种文明,做到博采众长、开阔胸怀、拓宽思路、启迪灵感。中国的社会科学工作者在探讨、研究中华文明的时候，也要认真地理解和研究世界上其他文明的文化，要"美人之美"。

近年来，"欧盟"的统一进程引起了人们的关注。欧洲的社会经济发展，一直在世界上扮演着"领跑者"的角色，所以欧盟的统一，可以看做是在全球化背景和现代社会条件下，欧洲不同文明、不同文化的国家，在试图重新协调它们之间的关系，探索如何共处的一个实例。当然，欧洲的"统一"并不就是未来"全球化"的模式，全球化并不是世界"统一"。地球上如此众多信仰不同、风俗各异的民族和国家，情况远比欧洲复杂得多，而且世界各地普遍存在着严峻的经济、政治和军事等诸多问题，决不是一个"模式"就能解决的。这个尝试和实践之所以引起我们注意，是因为它能为世界上不同文明之间的交往，提供很多值得学习、借鉴的经验。

从人类学社会学的角度看，世界上所有文明都蕴含着人类的智慧，每一种文明都值得我们关注、研究，从中汲取营养。比如像印度这样一个历史悠久，民族、宗教关系极其复杂的国家，在他们的传统文化中就包含着极其丰富的处理多民族、多宗教、多文化并存的经验；同样，历史上曾经出现过的强大国家和各种强势文明，诸如奥斯曼帝国、俄罗斯帝国、奥匈帝国，阿拉伯文明、南美文明、非洲文明等等，这些庞大的多民族的社会实体，无不在解决不同文化之间的交流、沟通和融合方面，为后人积累了丰富的经验和教训。

作为人类学社会学工作者，我们应该以严肃、认真的态度，不带任何偏见地深入研究本民族的历史文化，同时也应该下功夫研究其他国家、民族的历史文化，以扩展我们的视野，增强我们的想象力和创新能力,为当今世界经济迅速"全球化"的同时,建设一个"和而不同"的美好社会贡献力量。

2004 年 8 月